「科幻推進實驗室」的誕生

雖然生物技術已經越來越高深
可是《科學怪人》的憂慮卻似乎離我們越來越近
雖然「一九八四」已經過去二十幾年
可是人類卻好像越來越走向《一九八四》

偉大的科幻心靈就像宇宙中原子聚合的恆星
發光發熱，照亮銀河中黑暗的角落

「科幻推進實驗室」立志要集合這些既精采又深刻
既娛樂又啓發的科幻傑作，逐年出版

把科幻推進到這個社會
讓我們享受這些非凡想像力所恩賜的心靈奇景
讓我們在娛樂中獲得啓發
在通俗中得到智慧

這就是「科幻推進實驗室」誕生的目標

沙丘系列 002

沙丘魔堡（下）

Dune

法蘭克·赫伯特◎著
顧備◎譯

貓頭鷹出版社
科幻推進實驗室

ISBN 978-986-7001-53-5
986-7001-53-5

沙丘系列 002

沙丘魔堡(下)

作　　者　法蘭克・赫伯特（Frank Herbert）
譯　　者　顧備、黃鼎純（詞彙表）
主　　編　陳穎青
責任編輯　陳湘婷
內文排版　李曉青
封面設計　林敏煌、王達人（繪圖）
特約編輯　魏秋綢
發 行 人　涂玉雲
社　　長　陳穎青
總 編 輯　謝宜英
出　　版　貓頭鷹出版社
讀者意見信箱：owl_service@cite.com.tw
貓頭鷹知識網：www.owls.tw
發　　行　英屬蓋曼群島商家庭傳媒股份有限公司城邦分公司
聯絡地址：104 台北市民生東路二段141號2樓
郵撥帳號：19863813／戶名：書虫股份有限公司
購書服務專線：02-25007718~9
（周一至周五上午09:30-12:00；下午13:30-17:00）
24小時傳眞專線：02-25001990~1
購書服務信箱：service@readingclub.com.tw
香港發行　城邦（香港）出版集團
電話：852-25086231／傳眞：852-25789337
馬新發行　城邦（馬新）出版集團
電話：603-90563833／傳眞：603-90562833
印　　刷　成陽印刷股份有限公司
初　　版　2007年5月

定　　價　320元
港幣售價　HK107元

國家圖書館出版品預行編目資料

沙丘魔堡 / 法蘭克・赫伯特（Frank Herbert）著；
顧備譯. -- 初版.-- 臺北市：貓頭鷹出版：
家庭傳媒城邦分公司發行, 2007〔民96〕
面；　公分 .--（沙丘系列；1-2）
譯自：Dune
ISBN 978-986-7001-52-8（上冊：平裝）. --
978-986-7001-53-5（下冊：平裝）

874.57　　96007618

目次

你所鄙視的是什麼？只有知道這一點，才能真正了解一個人。

——摘自伊如蘭公主的《穆哈迪手記》

「他們死了，男爵老爺。」衛隊長阿金·耐福德說，「那個女人和男孩肯定全死了。」

伏拉迪米爾·哈肯尼男爵從他私人艙房內的懸浮式睡床上坐了起來。艙房位於男爵的私人太空護衛艦內部，它現已在阿拉吉斯著陸，像一重重外殼一樣保衛著他。艙房內，護衛艦表面粗糙的金屬內壁全都被幃幔、襯墊和珍稀藝術品遮住了。

「這是肯定的，」衛隊長說，「他們死了。」

男爵在懸浮床上移動了一下龐大的身軀，把注意力集中在艙房對面壁龕裡一個跳躍著的男孩木雕上。睡意漸漸消失，他的手伸到墜著一層層肥肉的脖子下面，調整了一下安在那兒的加裝了襯墊的懸浮器，眼光越過臥室裡的一盞懸浮球燈，往門廊方向望去，死盯著站在遮罩場之外的耐福德隊長。

「他們肯定死了，男爵老爺。」那人又重複了一遍。

男爵注意到耐福德眼中有一絲服食塞繆塔迷藥後產生的呆滯神情。顯然，接到報告時，他正深深沉浸在那種致幻劑所產生的亢奮狀態中，趕到這裡之前才服用了解毒劑。

「我得到了詳盡的報告。」耐福德說。

讓他緊張一下，冒點冷汗吧。男爵想，統御工具必須保持鋒利，可以隨時使用。權力和恐懼——保持鋒利，隨時可用。

「你見到他們的屍體了？」男爵用低沉的聲音問道。

耐福德遲疑了。

「嗯？」

「老爺……有人看見他們飛進沙暴裡去了……風速超過八百公里，沒有任何生命能從那樣的沙暴裡倖存下來，老爺，沒有！就連我們自己的一架撲翼機也在追擊時墜毀了。」

男爵盯著耐福德，注意到對方下頷的肌肉緊張不安地抽動著，每當他吞口水時，下頷就會顫動起來。

「你看到屍體了？」男爵問。

「老爺……」

「你得意洋洋地跑到這兒來，到底想幹什麼？」男爵咆哮道，「就爲了把一件還沒確定的事說成是確定的嗎？你以爲我會表揚你的愚蠢，再給你升一次職嗎？」

耐福德的臉變得刷白。

看看這些懦夫，男爵想，我周圍全是這樣一群無用的傻瓜。就算我把沙子撒在這傢伙面前，告訴他這是穀子，他也會像雞一樣把沙子啄個乾淨。

「這麼說，因爲艾德荷，我們才找到了他們？」男爵問。

「是的，老爺！」

瞧他如何不假思索，隨口亂答一氣，男爵想。「他們想逃到弗瑞曼人那裡去，對嗎？」男爵問。

「是的，老爺！」

「你的……報告當中，還有什麼別的貨色嗎？」

「那個皇家行星生態學家，凱恩斯，也捲了進去，老爺。不知在什麼情況下，艾德荷加入了凱恩斯一夥……我可以說，是在很值得懷疑的情況下。」

「然後呢？」

「他們……呃，一起逃進了沙漠裡的一個地方。顯然，那個男孩和他母親當時正躲藏在那裡。我們的人奮勇追擊，我方有幾個人不幸遇到一起遮罩場爆炸。」

「我們損失了多少人？」

「我……啊，還不清楚，老爺。」

他在撒謊，男爵想，損失肯定相當嚴重。

「那個皇家馬屁精，那個凱恩斯，」男爵說，「他在玩兩面派的把戲，對嗎？」

「對，這一點我敢以我的名譽擔保，老爺。」

他的名譽？他有什麼名譽！男爵在心裡罵道。

「叫人殺了他。」男爵說。

「老爺！凱恩斯可是皇家行星生態學家，是皇帝陛下的僕……」

「那麼，就讓它看起來像一次意外事故好了！」

「老爺，在攻克那個弗瑞曼人巢穴的戰鬥中，薩督卡和我們的武裝部隊一起作戰。凱恩斯目前在他們手上。」

「把他從他們手裡要過來，就說我要審問他。」

「如果他們反對呢？」

「如果你處理得當，他們是不會反對的。」

耐福德咽下一口口水：「是，老爺！」

「那個人必須死，」男爵低聲吼道，「他竟然企圖幫助我的敵人。」

衛隊長把身體重心從一隻腳移到另一隻腳上。

「怎麼？」

「老爺，薩督卡……手裡還關著兩個人，您或許會感興趣的。他們抓住了公爵刺客團的團長。」

「哈瓦特？瑟菲．哈瓦特？」

「我親眼看到那個俘虜了，老爺。是哈瓦特。」

「居然還有這種好事！我以前怎麼也不會相信。」

「他們說他是被震盪槍擊倒的，老爺。在沙漠裡他不能使用遮罩場。事實上，他沒有受傷。要是我們插上一手，他會提供給我們一些重要情報呢。」

「你說的可是一個門塔特，」男爵咆哮道，「不要在門塔特身上浪費時間。他開口了嗎？關於這次戰敗他都講了些什麼？他知不知道……不，他不可能知道。」

「他沒怎麼開口，老爺，但我們從中發現，他認定出賣他們的叛徒是潔西嘉夫人。」

「啊……啊。」

男爵坐回到懸浮床上，思索著，然後說：「你能肯定嗎？激起他怒火的人是潔西嘉夫人？」

「他當著我的面說的，老爺。」

「那就讓他以爲她還活著。」

「但是，老爺……」

「閉嘴！我要你們善待哈瓦特，千萬不要告訴他那位已故的岳大夫的任何事，相反，我們要煽起他對潔西嘉夫人的懷疑。盡管岳才是眞正的叛徒，但要對他說岳大夫是爲保護公爵而死的。從某種意義上講，這甚至可能是眞的呢。」

「老爺，我不……」

「耐福德，控制並誤導門塔特的辦法就是向他提供他所需要的情報，錯誤的情報——這樣就會導致錯誤的結論。」

「是，老爺。可……」

「哈瓦特餓不餓？渴不渴？」

「老爺，哈瓦特還在薩督卡人手裡！」

「是啊。那倒是眞的，對。但是，薩督卡人會和我一樣急於想從哈瓦特那裡得到情報。關於我們的盟友，我已經注意到一件事，耐福德。論政治手腕……他們不太高明。我相信這個缺陷是有意培養起來的，皇上希望他們這樣。是啊，我堅信不疑。你要提醒薩督卡司令官，我最拿手的就是從不願合作的俘虜嘴裡掏出情報。」

耐福德的樣子算不上高興。「是，老爺。」

「你去告訴薩督卡司令官，我想同時提審哈瓦特和凱恩斯，讓他倆狗咬狗。我想，這一點，他那個腦子還是會明白的。」

「是，老爺。」

「一旦這兩個人到了我們手裡……」男爵點點頭。

「老爺，薩督卡人肯定會提出要求，在每次審訊期間，都派一名觀察員參加審問。」

「我相信，我們肯定能製造出一起緊急事件，把任何不受歡迎的觀察員支開一陣子，耐福德。」

「我明白了，老爺。到那時，凱恩斯就會發生『意外事故』。」

「凱恩斯和哈瓦特都會發生意外的，耐福德。但只有凱恩斯會發生眞正的意外。我要的是哈瓦特。對，啊，就是這樣。」

耐福德眨了眨眼，又吞了口口水。看樣子他想問什麼問題，但終於還是選擇了沉默。

「給哈瓦特好吃好喝，」男爵說，「要充滿同情地善待他。已故的彼得配製過一種會殘留在體內的慢性毒藥，你去把這種毒藥下在他的水裡。嗯，從此之後，解毒劑將成爲哈瓦特定期服用的日常用品……除非我下令停藥。」

「解毒劑，是。」耐福德搖搖頭，「可……」

「別蠢了，耐福德，公爵用牙裡的毒藥膠囊差點害死我。他當著我的面施放毒氣，奪走了我最有價值的門塔特——彼得·德·佛瑞斯。我需要一個接替他的人選。」

「哈瓦特？」

「哈瓦特。」

「可……」

「你是要說，哈瓦特完全忠於亞崔迪家族。沒錯。但亞崔迪已經死絕了，我們會成功招安他的。一定要說服他，讓他認爲自己不該爲公爵的逝世而受到譴責，這一切完全是那個該死的比吉斯特巫婆幹的。而他的主人也不怎麼樣，讓感情蒙蔽了理智。門塔特欣賞考慮問題不帶任何感情的個人素質。耐福德，我們一定能招安那個令人生畏的瑟菲·哈瓦特。」

「招安他。是，老爺。」

「哈瓦特很不走運，跟了這麼一個缺乏有效情報資源的爛主人，無法將他的推理能力發揮到極致，而這正是門塔特應該享有的權利。在這方面，哈瓦特會看出我所言非虛。公爵負擔不起那些最有效率的一流間諜，所以無法向他的門塔特提供分析所需的重要資訊。」男爵盯著耐福德說，「我們最好永遠不要自欺欺人，耐福德。眞理其實是非常強有力的武器。我們知道我們是怎樣戰勝亞崔迪的，哈瓦特也知道。這勝利是我們用錢砸出來的。」

「是，老爺！錢砸出來的。」

「我們會招安哈瓦特的，」男爵說，「我們要把他藏起來，不讓薩督卡人和他接觸。但我們要留上一手……用解毒劑來控制他。體內的毒藥無論如何也排除不了，而且，耐福德，哈瓦特永遠也不會懷疑的。毒素檢測器查不出彼得的毒藥來，哈瓦特盡管檢查自己的食物好了，反正絕對查不出任何下毒的痕跡。」

耐福德的眼睛睜大了。他終於明白了。

「有時候，缺少某件東西，」男爵說，「會跟『有』某種東西一樣置人於死地。缺少空氣會怎麼樣？呃？缺少水會怎麼樣？缺少了我們已經上癮的東西，又會怎麼樣？」男爵點點頭，「耐福德，你懂我的意思了嗎？」

耐福德緊張地咽了一口口水：「懂了，老爺。」

「那就趕緊去辦。趕快去找薩督卡司令官，把這件事辦妥。」

「遵命，老爺。」耐福德鞠了一躬，急匆匆轉身跑開。

我的哈瓦特！男爵想，薩督卡人會把他交給我的，就算他們有所懷疑，頂多懷疑我想殺掉那個門塔特。我會讓他們深信不疑的！這群傻瓜！他可是有史以來最可怕的門塔特，一個受訓專門殺人的門塔特，而他們卻會把他扔給我，就像扔一個準備銷毀的蠢玩具。我會向他們展示一下，這樣的玩具究竟有什麼用途。

男爵把手伸到吊床旁邊的一塊帷幔下面，按下一個按鈕，傳喚他的大侄子拉賓。然後，他坐回床上，面帶微笑。

亞崔迪一族死光了！

那個愚蠢的衛隊長是對的，當然是死了。阿拉吉斯的沙暴一路狂掃，沒有任何生命可以在沙暴過後倖存下來，更別說撲翼機了……還有機上的人。那個女人和男孩已經死了。適當的賄賂，動用難以想像的鉅款，把勢不可擋的強大軍隊空降到這個星球上……還有精心編造、專門提供給皇上一人的祕密報告，所有精心策畫的戰略，今天終於取得了輝煌的戰果。

權力和恐懼——恐懼和權力！

男爵能看到擺在他前面的路。總有一天，哈肯尼人會登上皇位。不會是他自己，也不是他的兒子，而是另一個哈肯尼人。當然，絕不是這個他召來的拉賓。而是拉賓的弟弟，年輕的菲得・羅薩。那孩子有一種男爵所欣賞的鋒銳——兇殘。

一個可愛的孩子，男爵想，比如說，一兩年後，他十七歲，我就可以確切地知道他是否是哈肯尼家族用來奪取皇冠的工具了。

「男爵大人！」

那人站在男爵臥室門的遮罩場外，身材矮小，一身肥肉，長著跟他父輩們一樣的小眼睛、脹鼓鼓的肩膀。現在他的肥胖裡還有幾分結實，但任何人一眼就能看出，總有一天他將不得不依賴可攜式懸浮器來支撐那具過度肥碩的身子。

頭腦簡單肌肉發達，男爵想，不是個門塔特的料，我這個侄子……不會是另一個彼得。但也許是專門爲了眼前這項任務而生的。如果我給他自由，放手讓他去做，他會把擋道的一切全部碾成粉末。哦，他會成爲阿拉吉斯上多麼遭人憎恨的人物啊！

「我親愛的拉賓。」男爵說。他關了房門處的遮罩場，但卻有意讓護體遮罩場開到最大功率，知道遮罩場在床頭懸浮球燈的照射下會發出微光，讓人一眼就能看到。

「您召我來有什麼指示？」拉賓說。他走進房間，瞥了一眼護體遮罩場引起的空氣擾動，然後環顧四周，想找一把懸浮椅，卻沒有找到。

「走近一點，讓我能清楚地看到你。」男爵說。

拉賓又向前走了一步，知道這該死的老傢伙有意撤掉了屋裡的椅子，迫使來訪者不得不站著。

「亞崔迪一族全都死了，」男爵說，「包括最後的那個繼承人。這就是我召你來阿拉吉斯的原因。這顆星球重新屬於你了。」

拉賓眨眨眼睛：「可我以爲，您準備推舉彼得・德・佛瑞斯——」

「彼得也死了。」

「彼得？」

「彼得。」

男爵重新啓動了房門的遮罩場，以隔絕任何可能的攻擊。

「你終於對他生厭了，是嗎？」拉賓問。

在遮罩能量的房間裡，他的聲音顯得死板單調，毫無生氣。

「這些話我只跟你講這一次。」男爵低沉地說，「你暗示說我除掉了彼得，就像有些人除草一樣。」他舉起肥嘟嘟的手，打了個響指，「是這樣嗎？我還沒笨到那種程度，侄兒。如果你再用言語或行動暗指我愚蠢的話，我就要對你不客氣了。」

拉賓的眼睛避開了男爵，眼光中流露出恐懼的神情。他隱約知道一點這位老男爵對付家裡人的手段。當然，很少會弄到出人命的地步，除非其中有不可抗拒的利益誘惑，或者是被大大地激怒了。盡管如此，家族處罰仍然有可能極其痛苦。

「原諒我吧，男爵大人。」拉賓說。他垂下眼睛，盡量顯得卑躬屈膝，以此來掩飾自己的憤怒。

「你騙不了我，拉賓。」男爵說。

拉賓仍然垂著眼皮，緊張地咽了一口口水。

「我要強調一點：」男爵說，「絕不要不假思索地輕易除掉一個人，而整個封邑『通過正當的法律程序』所做的正是這種事。殺人必須是爲了一個壓倒其他一切方面的目的，而且，你必須明白你的目的是什麼！」

拉賓的聲音裡透著憤怒：「可你自己就除掉了那個叛徒——岳！昨天晚上我來的時候，親眼看到他的屍體被抬了出去。」

拉賓盯著他的叔叔，突然因爲自己的話而感到一陣恐懼。

但是，男爵卻微笑起來。「我對危險的武器一向非常小心。」他說，「岳大夫是個叛徒，是他把公爵出賣給我的。」男爵的聲音突然強硬起來，「我收買了一個蘇克學校的大夫！皇家學院！你聽明白了嗎，小子？但如果聽之任之，那種武器就會愈來愈不受控制。我並不是隨便除掉他的。」

「皇上知道你收買了一位蘇克學校畢業的醫生嗎？」

這個問題倒是一針見血，男爵想，難道我對這個侄子的判斷有誤？

「這件事皇上還不知道，」男爵說，「但他的薩督卡一定會向他報告的。然而，不等發生那種事，我就會通過宇聯公司的管道，把我的報告呈交到皇上手中。我將解釋說，我幸運地發現了一位大夫，他僞造出了接受過皇室訓練級心理訓練的履歷。一位假大夫，你明白嗎？人人都知道，你不可能改變蘇克學院設定的心理定勢，所以，這種解釋會被接受的。」

「啊——我明白了。」拉賓喃喃地說。

而男爵心想：確實，我倒眞的希望你能明白。我希望你能看出來，保住這個祕密有多重要。突然，男爵有點弄不明白自己的行爲了。我爲什麼要那樣做？既然我必須先利用他，然後再拋棄他，那我爲什麼還要向我的這個愚蠢的侄子誇口呢？男爵對自己很生氣，覺得自己彷彿被人出賣了。

「這件事必須保密，」拉賓說，「我明白了。」

男爵歎了一口氣說：「這一回，關於阿拉吉斯的事務，我給你的指示與上次不同，侄兒。上次你統治這個地方的時候，我嚴格控制著你。但這次，我只有一個要求。」

「大人？」

「收入。」

「收入？」

「拉賓，你知道不知道，把這麼龐大的軍隊運來進攻亞崔迪，我們花了多少錢？你對宇航公會運送軍事物資的要價有沒有一點最起碼的概念？」

「很貴吧，對嗎？」

「貴！」

男爵一隻肥碩的手臂朝拉賓一揮。「如果你榨乾阿拉吉斯的每一分錢，整整榨上六十年，也僅僅勉強夠償付我們支出的這筆費用！」

拉賓吃驚地張開嘴，又閉上了，沒說話。

「貴！」男爵輕蔑地說，「該死的宇航公會壟斷了太空。要不是我老早以前就開始爲這筆開銷籌措資金的話，我們早就毀在宇航公會手裡了。你要知道，拉賓，這是最令我們頭疼的問題，甚至連運送薩督卡軍團的運費也是我們出的。」

這已經不是第一回了，男爵不止一次想過，宇航公會是否也會有落入別人陷阱的那一天。這些人太陰險了，放你的血，但卻不太多，讓你下不了反抗的決心，最後被他們牢牢攥在手心裡。到那時，他們就會逼著你不停地掏錢，掏錢，再掏錢。

他們向來爲軍事冒險收取額外高昂的費用。「風險率高。」油腔滑調的宇航公會代表這樣解釋說。即使你能想方設法在宇航公會的銀行機構中安插一個間諜，他們就會在你的系統中安插兩個。

難以忍受！

「這麼說，收入第一。」拉賓說。

男爵垂下手臂，握成一個拳頭，「狠狠地擠。」

「只要榨得出錢，我就可以隨便做任何我想做的事？」

「任何事。」

「您帶來的大炮，」拉賓說，「我可以……」

「我正要把它們運走。」

「可您……」

「你以後再也用不著這些玩具了。它們是經過特別改造的，現在已經沒用了，而我們卻急需金屬。這種武器無法穿透遮罩場，拉賓，它們只不過是出乎敵人意料的奇襲工具。這個令人討厭的星球上有無數岩洞，我們早就料到公爵的人會撤到岩洞裡去。我們的大炮只不過是把他們封死在洞裡的工具。」

「弗瑞曼人不用遮罩場。」

「你如果想要，可以保留一些雷射槍。」

「好吧，大人。而我可以隨心所欲？」

「只要你能榨出錢來。」

拉賓心滿意足地笑了：「我完全明白了，大人。」

「首先必須澄清一件事，」男爵咆哮道，「沒有什麼東西你能完全明白。幸好你還明白如何執行我的命令。侄兒，你是否想到過，這個星球上至少有五百萬人？」

「大人，您是不是忘了，我以前曾是這裡的代理西瑞達？請大人原諒，我要說您也許還低估了人口數呢。要數清散居在窪地和盆地裡的人口是相當困難的。如果考慮到弗瑞曼人……」

「弗瑞曼人不值得考慮！」

「請原諒，大人。薩督卡人可不這麼認爲。」

男爵猶豫了，盯著他的侄子說：「你知道什麼情況嗎？」

「我昨晚抵達時，大人您已經休息了。我……嗯，冒昧地接觸了我屬下的……嗯，以前屬下的一些軍官，他們一直在擔任薩督卡人的嚮導。他們報告說，一夥弗瑞曼人在這裡東南方某地伏擊了一支薩督卡部隊，把他們全殲了。」

「全殲一支薩督卡部隊？」

「是的，大人。」

「不可能！」

拉賓聳了聳肩。

「弗瑞曼人打敗了薩督卡。」男爵譏笑道。

「我只是在復述我得到的報告。」拉賓說，「據說，這支弗瑞曼部隊事先已經俘虜了公爵手下那位可怕的瑟菲．哈瓦特。」

「啊……」

男爵點點頭，笑了起來。

「我相信這個報告，」拉賓說，「您不知道弗瑞曼人以前多麼令人頭痛。」

「也許吧。但你那些軍官們看到的並不是弗瑞曼人。他們一定是哈瓦特訓練的亞崔迪人，僞裝成弗瑞曼人了。這是唯一可能的答案。」

拉賓再次聳了聳肩：「這個……可薩督卡認爲他們是弗瑞曼人。薩督卡已經著手實施一項計畫，準備消滅所有的弗瑞曼人。」

「好極了！」

「但是……」

「這樣一來，薩督卡人就有事可做了，不會再有閒工夫來過問我們的事。而我們卻會得到哈瓦特，用不了多久。這是肯定的！我可以感覺得到！啊，眞是個好日子呀！薩督卡人去追剿幾夥沙漠遊民，我們卻可以得到眞正有價値的東西。」

「大人……」拉賓躊躇著，皺起眉頭，「我總覺得我們低估了弗瑞曼人，無論是數量還是……」

「別理他們，孩子！他們是一群烏合之眾，我們關心的是人口集中的鄉村城鎭。那兒可有好大一批人呢，對吧？」

「是的，大人。」

「他們讓我放心不下，拉賓。」

「讓您放心不下？」

「哦……他們中的百分之九十不値得擔心，但總有那麼幾撮人……那些小家族之類，那些可能做出危險事情的有野心的傢伙。如果他們之中有人帶著有關這裡發生的、令人不愉快的故事離開阿拉吉斯，那可是最令我不快的事。你知道我會多麼不高興嗎？」

拉賓緊張地咽了口口水。

「你必須立即採取措施，從每個小家族中扣下一個人質。」男爵說，「每個離開阿拉吉斯的人都必須明白，這是一場嚴格限於兩大家族之間的戰爭，薩督卡人從未參與其中。你明白了嗎？我們向公爵提供了這類局面下最常見的條件，並向他提出流放的提議。但是，還沒來得及詳談，他就在一次不幸的事故中送了性命。他本來已經準備接受流放提議了。事件經過就是這樣。任何有關這裡薩督卡的『謠言』，必須受到眾人的嘲笑。」

「這也是皇上的希望。」拉賓說。

「也是皇上的希望。」

「可走私販怎麼辦？」

「沒人會相信走私販的，拉賓。人們可以忍受他們的存在，但不會相信他們。但你還是得向那些人撒點賄賂……或者採取其他什麼措施，我相信你一定能想出辦法來的。」

「是，大人。」

「那麼，你在阿拉吉斯有兩件事要做，拉賓。源源不斷的收入和無情的鐵拳。這裡用不著憐憫。認清土著的本質：一群奴隸而已，總是嫉妒他們的主人，一有機會就趁機造反。絕不能向他們顯示半點同情和憐憫。」

「能滅絕整個星球嗎？」拉賓問。

「滅絕？」頭猛地一轉，顯出男爵的驚訝，「誰說要滅絕？」

「呃，我原以爲您準備遷入新的居民，而且——」

「我說的是榨取，侄兒，不是滅絕。別浪費這裡的人口，只要迫使他們完全臣服就行了。你準喜歡吃肉吧，我的孩子。」他笑起來，帶著酒窩的胖臉上露出嬰兒般天眞可愛的神情，「食肉動物永遠不會止步不前。沒有憐憫，永不止步。憐憫是吃飽了撐出來的。等你飢腸轆轆、口渴難熬的時候，自然會把憐憫扔到九霄雲外。一定要隨時記住飢餓和乾渴的滋味。」男爵撫摸著可攜式懸浮器上凸起的肚子，「就像我一樣。」

「我明白了，大人。」

拉賓左右看了一眼。

「那麼，一切都清楚了，侄兒？」

「只除了一件事，叔叔，那個行星生態學家，凱恩斯。」

「啊，是啊，凱恩斯。」

「他是皇上的人，大人。他可以隨意來去，而且和弗瑞曼人的關係十分密切……還娶了一個弗瑞曼女人。」

「明天夜幕降臨前，凱恩斯就會死了。」

「殺死皇上的臣屬——這可是件危險的事啊，叔叔。」

「我爲什麼做得這麼過分？而且這麼倉促？其中的道理，你自己想想吧。」男爵問道，他的聲音很低，帶著一種說不出的威懾力，「另外，你永遠不必擔心凱恩斯會離開阿拉吉斯了，也不用擔心他對香料的那股狂熱的勁頭。」

「當然！」

「那些知道內情的人絕不會做出任何威脅到香料供給的事，」男爵說，「凱恩斯當然是知道內情的人。」

「我已經忘了。」拉賓說。

他們在沉默中對望著。

過了一會兒，男爵說：「順便說一句，你要把給我本人的香料供給當作頭等大事來辦。雖然我囤積了大量私貨，但公爵的人發動了那次自殺式攻擊，把我們準備出售的大部分儲備都毀掉了。」

拉賓點點頭說：「是，大人。」

男爵高興起來，「那麼，明天早上，你把這兒剩下的機構重新整合一下，對他們說：『我們尊敬的帕迪沙皇帝陛下已經任命我來管理這個星球，並結束所有的戰亂。』」

「明白了，大人。」

「這一回，我相信你的確是明白了。明天我們再具體討論一下細節。現在，讓我先睡上一覺。」

男爵關閉門口的遮罩場，看著侄子走出房門，消失在視線之外。

頭腦簡單。男爵想，四肢發達，頭腦簡單。在他的管制之下，那些人會被碾成肉醬的。然後，當我把菲得．羅薩派來解除他們身上的重負時，他們一定會對著他們的拯救者大聲歡呼：敬愛的菲得．羅薩，仁慈的菲得．羅薩，把他們從野獸拉賓的蹂躪下解救出來的大好人。菲得．羅薩，一個值得追隨、値得爲之而死的人。到那時，那孩子就會懂得如何壓榨別人，自身卻毫髮無傷。我肯定，他才是我們所需要的人。他會學到的。多麼可愛的孩子啊，眞是個可愛的孩子。

※　※　※

才十五歲，他就學會了沉默。

——摘自伊如蘭公主的《穆哈迪童年簡史》

保羅竭力控制住撲翼機，愈來愈意識到他們正從混沌的風暴裡往外衝。他那高於門塔特的超能力計算著各種最不起眼的因素，感受著鋒面、沙浪、紊亂的氣流和時常出現的旋渦。

面板上的各種螢光指針發出綠瑩瑩的光，機艙內顯得危機四伏。艙外黃褐色的沙塵看上去全都一樣，讓人分不清東南西北，但他內在的感知能力卻開始看透沙幕。

必須找到一股適當的渦流。他想。

一段時間以來，他感到風暴在減弱，但狂風仍吹得他們搖擺不定，他等待著沙暴中出現另一股渦流。

旋渦來了，像一股突如其來的巨浪，把撲翼機震得嘎嘎作響。保羅大膽地讓飛船猛地向左傾斜。潔西嘉在高度計上看到了撲翼機這個不要命的動作。

「保羅！」她尖叫道。

旋渦轉著他們，擰著他們，顛著他們，把飛船向上拋起，彷彿它是噴泉水柱中的一小塊木片。然後，它把他們噴了出去。在二號月亮的月光下，他們就像一縷舞動的沙塵之中的一粒長了翅膀的微塵。

保羅往下望去，看到了那根由沙塵標明的熱風柱，正是它剛剛把他們吐了出來。只見沙暴逐漸減弱，慢慢消失，像一條流入沙漠的乾枯河流。從他們所在的上升氣流望下去，沙塵映著月光，變成了灰色。

「我們出來了。」潔西嘉悄聲道。

保羅掉轉機頭，避開沙塵，讓機翼有節奏地拍打著。他掃視著夜空。

「我們出來了。」他說。

潔西嘉的心臟怦怦亂跳，她強使自己鎮靜下來，看著逐漸縮小的沙暴。她的時間感告訴她，他們乘著那種混合多種大自然力量的沙暴飛行了將近四個小時。但她同時感到，他們飛行了整整一生。她感到自己獲得了新生。

就像祈禱文中所說的，她想，我們面對它，而不是抗拒它。沙暴從我們身邊經過，包圍著我們。它過去了，而我依然屹立。

「我很不喜歡機翼發出的這種聲音。」保羅說，「我們的撲翼機在沙暴中受損了。」

他放在操縱桿上的雙手感覺到了受損撲翼機發出的刺耳的摩擦聲。他們飛出了風暴，但仍然沒有脫離這個盲點，進入他的預言能力所見的未來。不過，他們終究逃出來了。保羅感到自己渾身顫抖，似乎即將有所領悟。

他顫抖著。

這種感覺十分強烈，令人生畏。他發現他不由自主地思索著，究竟是什麼導致了這種讓自己渾身顫抖的領悟之感。他覺得部分原因是因爲阿拉吉斯滲透了香料的食物，但另一部分則是因爲祈禱文，彷彿這些言語本身就具有某種力量一般。

「我絕不能害怕……」

因果關係：他頂住了兇惡的自然力量，活下來了，站在即將領悟的邊緣。如果沒有祈禱文的魔力，這種頓悟是不可能的。

《奧蘭治聖經》上的話在他腦海中迴響：「我們究竟缺少什麼，所以才看不見、聽不到我們身旁的另一個世界？」

「這兒到處是岩石。」潔西嘉說。

保羅晃晃腦袋，把注意力集中在撲翼機的著陸程式上。他看著母親指出的地方，看到前面沙地上升起一片形狀各異的暗黑色岩石，向右側一路延展開來。他感到風繞著腳踝轉，在船艙裡捲起一陣塵土。機體某個地方漏了個洞，很可能是風暴的傑作。

「最好降落在沙面上，」潔西嘉說，「機翼可能承受不起急煞車。」

他朝前面月光下一處位於沙丘邊上、飽受流沙侵蝕的岩脊點點頭。「降在那堆岩石附近。檢查一下妳的安全帶。」

她照做了，心想：我們有水，也有蒸餾服。只要能找到吃的，我們就能在這片沙漠上堅持很長一段時間。弗瑞曼人就生活在沙漠中，他們能做到的，我們也能。

「我們一停下來，馬上朝岩石那邊跑。」保羅說，「我來拿背包。」

「跑什麼……」她不作聲了，點點頭，「沙蟲。」

「我們的朋友沙蟲。」他糾正她說，「牠們會吃掉這架撲翼機，消滅我們在這裡著陸的痕跡。」

這種想法眞夠直截了當的。她想。

他們滑翔著，愈來愈低……愈來愈低……

眼前景物一掠而過：沙丘那模糊的陰影，周圍像島嶼一樣升起的岩石。撲翼機輕輕擦過一座沙丘的頂部，躍過沙穀，又擦過另一座沙丘。

利用沙的摩擦力減速，潔西嘉想，不由得暗自讚賞他的技巧。

「坐穩了！」他警告說。

他向後拉動撲翼機的兩翼制動桿，先是輕輕地拉，愈來愈用力。他感到撲翼機兜住空氣，疾風尖叫著穿過層層交疊的護板和機翼上的主葉片。

突然，幾乎毫無徵兆，因爲沙暴吹打強度大爲降低的左翼向內側捲曲，彎折，砰的一聲砸在機體一側。撲翼機越過一座沙丘頂部，向左一擰，翻了一個筋斗，底朝天，一頭栽在旁邊的一座沙丘上。沙土傾瀉而下，機頭立刻被埋在沙裡。機身傾倒在折損的左側機翼那邊，撲翼機右翼高高翹起，直指星空。

保羅用力扯開安全帶，向上爬過母親，拉開艙門。周圍的沙立刻湧入船艙，帶進一股燧石燃燒後的焦味。他從後座把背包拖出來，見母親也解開了安全帶。她站到右邊座位的邊沿，踩著座位鑽了出來，爬到飛船的金屬外殼上。保羅緊跟在後，抓住背包帶，把背包拖了出來。

「朝那兒跑！」他命令道。

他指指沙坡後面，那邊高高聳立著一座風沙侵蝕的石山。

潔西嘉跳下撲翼機，拔腿便跑，踉踉蹌蹌、一步一滑地攀上沙丘。她聽見保羅喘息著跟在後面。他們爬上一條彎彎曲曲一路向岩石方向延伸下去的沙脊。

「沿著沙脊跑，」保羅命令說，「這樣快些。」

流沙陷腳，他們深一腳淺一腳地朝岩石跑去。

一種全新的聲音向他們直逼過來：那是極低的噺噺聲，一種在沙地上摩擦滑行而發出的沙沙聲。

「沙蟲！」保羅說。

聲音愈來愈大。

「快！」保羅氣喘吁吁地喊道。

岩石前方是一片礫石灘，像一片從沙海裡向斜上方伸出的海灘，就在距離他們前方不到十公尺處。這時，身後響起金屬被咬碎的嘎吱聲。

保羅把背包移到右手，抓住背包帶，背包隨著他的腳步拍打著身側。他另一隻手拉住母親的胳膊，拚命爬上突起的岩石，穿過一條彎彎曲曲、風沙侵蝕而成的溝壑，爬上到處是礫石的岩面。吐出的氣乾燥至極，喉嚨裡火辣辣的。

「我再也跑不動了。」潔西嘉喘著粗氣說。

保羅停下來，把她推進一條岩縫，轉身俯視著下面的沙漠。一條一拱一拱的沙堆移動著，與他們所在岩石小島平行。月光如水，沙浪泛起漣漪，浪頭般湧起的沙堆大約距離他們一公里遠，掀起的沙浪幾乎與保羅的眼睛一樣高。沙蟲所經之處，一座座沙丘被夷為平地，只留下蜿蜒的曲線，在那片沙漠上拐來拐去。他們那架失事撲翼機的殘骸就遺棄在那裡。

沙蟲過處，再看不見撲翼機的蹤影。

湧起的沙堆又向沙漠中心移去，橫過它來時走過的路線，一路尋尋覓覓，還在找吃的。

「它比宇航公會的太空飛船還要大，」保羅悄聲道，「我聽說沙漠深處的沙蟲長得很大，但沒料到……會有這麼大。」

「我也沒料到。」潔西嘉喘著氣說。

那東西已經遠離石山，加快速度，朝地平線方向去了，身後留下一條彎曲的軌跡。兩人側耳傾聽，直到牠穿行的聲音漸漸消失在周圍細沙的流動聲中。

保羅深深吸了口氣，抬頭望著霜月映射下的峭壁，引用了一句弗瑞曼人《求生：宗教手冊》中的話：『旅行要趁夜，白天則在黑暗的陰影中休息。』他看看母親，「離天亮還有幾個小時，妳能繼續走嗎？」

「馬上就好。」

保羅走上礫石岩面，把背包揹在肩上，繫好背包帶。他手裡拿著定位羅盤，站了一會兒。

「你準備好了就動身。」他說。

她手一撐，從岩石上站起身來，感到體力恢復了。「往哪兒走？」

「沿著這條岩脊走。」他指著說。

「深入沙漠。」她說。

「弗瑞曼人的沙漠。」保羅輕聲道。

他驀地一驚，停下腳步。在卡拉丹時，他曾在夢中預見過同樣的場景，夢中的畫面清晰地出現在他腦海中。他見過這片沙漠。但夢中的景致與眼前稍有不同，當時的夢境彷彿被吸入了潛意識，淹沒在記憶中，而如今眞正身臨其境的時候，過去所見的幻象卻無法完全與現實一一對應。到底是什麼不同呢？他一動不動，幻象卻似乎移動起來，以不同於過去的角度慢慢逼近。

在夢中，艾德荷和我們在一起。他想起來了，可現在，艾德荷已經死了。

「你找到路了嗎？」潔西嘉問，誤以爲他是在猶豫。

「沒有，」他說，「但我們還是得走。」

他拉緊背包帶，沿著岩石上風沙鑿出的溝槽向上爬。溝槽的出口在一塊岩面上，月光下，階梯形的岩脊一路向南攀升。

保羅朝岩脊走去，攀上第一個岩階，潔西嘉緊隨其後。

沒過多久，她發現他們的路線艱難無比，只能邊走邊看，隨機應變。岩石間的沙坑使他們行動遲緩，風沙蝕刻的岩壁鋒銳割手，面前的障礙迫使他們做出選擇：從上面翻過去，還是從旁邊繞過去？地形逼著他們遵循它的節奏。兩人只在不得不說話的時候才開口，嗓音嘶啞，氣喘吁吁。

「當心這兒，岩階上有沙，會打滑。」

「注意頭頂那塊岩石，別碰著頭。」

「靠著岩脊下面走，別爬上去。月亮在我們背後，月光會暴露我們的行蹤，遠處隨便什麼人都能看到我們。」

保羅在一塊山岩的拐彎處停下腳步，岩壁上有一條凸起的岩縫，他把背包靠在這條狹窄的岩縫上。

潔西嘉靠在他身旁，慶幸可以休息一會兒了。她聽見保羅在拉蒸餾服的水管，於是也吸了一點自己的回收水。水有點鹹，她不由得回憶起卡拉丹的水——高大的噴泉在空中劃出一條弧線，水量如此之多，多得讓人視而不見……她注意的只是噴泉的形狀，它的倒影，或是它的聲音。

停下吧。她想，休息一會兒……真正的休息。

她突然想到，停步就相當於憐憫，哪怕只停一會兒。不能停步的地方不存在憐憫。

保羅從岩壁上撐起來，轉身，攀過一個斜坡。潔西嘉歎了口氣，跟了上去。

他們滑下一道斜坡，來到一大片寬廣的碎石堆中。在這個支離破碎的地方，他們重新高一腳低一腳地走起來。

潔西嘉只覺得腳下一整夜都是大大小小的顆粒：大石頭、小石頭、豆大的礫石、剝落的石屑；豆大的沙、普通的沙、粗沙、細沙或粉末一樣的沙。

沙塵粉末鑽進鼻塞，不得不把它們吹出來；豆粒大的沙和礫石在堅硬的岩面上滾來滾去，一不小心就會滑倒；剝落的岩面鋒利得隨時可能割傷手腳；無所不在的沙堆時時拖住他們的腳步。

保羅突然在一塊岩石頂上停下，他母親來不及收步，跌進他懷裡。他扶住母親，幫她重新站穩。他指著左邊，潔西嘉順著他的手臂望過去，看清他們正站在懸崖頂上，二百公尺高的懸崖下面是一片沙漠，綿延不絕，像凝滯的海洋。它躺在那兒，到處泛著月白色的波浪，一浪一浪的沙丘投下無數陰影，消散在弧形的沙脊下。遠處，隔著灰濛濛的塵霧，矗立著另一處高聳的峭壁懸崖。

「沙漠開闊地。」她說。

「太寬了，穿過去不容易。」保羅說，臉上罩著篩檢程式，聲音變得很低沉。

潔西嘉左右看了看，下面除了沙什麼也沒有。

保羅直視前方，越過遼闊的沙丘，看著隨月亮移動不停變幻的月影。「大約三四公里寬。」他說。

「沙蟲。」她說。

「肯定有。」

她的注意力集中到自己疲憊的身體上，渾身肌肉疼痛不已，連感官都變得遲鈍了。「我們可以休息一下，吃點東西嗎？」

保羅讓背包滑下肩頭，坐下來，靠在背包上。潔西嘉一隻手放在他肩上，撐住自己的身體，然後倒在他旁邊的岩石上。坐穩之後，她感到保羅轉過身去，聽見他在背包裡翻著什麼。

「拿著。」他說。

他把兩粒能量膠囊塞進她的掌心。他的手十分乾燥。

她吝嗇地從蒸餾服水管中吸了一小口水，把兩粒能量膠囊吞進肚裡。

「把你的水喝完。」保羅說，「常言道，要想儲存水分，最好的地方就是你自己的身體。它能使你保持體力，你會更有力氣。要相信你的蒸餾服。」

她服從了，一口氣把儲水袋中的水喝光，覺得體力稍有恢復。她想，盡管身心疲憊，但此時此刻，這兒是多麼靜謐祥和啊！她記得以前聽詩人勇士葛尼·哈萊克說過：「一口乾糧和隨之而來的靜謐，勝過無數犧牲和戰爭。」

潔西嘉把這句話復述給保羅聽。

「的確是葛尼的話。」他說。

她注意到他的語調不同於以往，那種說話的口氣，就像是在說一個已死的人。她想：可憐的葛尼也許眞的已經死了。亞崔迪的軍隊不是戰死就是被俘，要不就是像他倆一樣迷失在這無水的虛無之中。

「葛尼總是能找到最適合的引語，」保羅說，「我彷佛現在就能聽見他在說：『我要讓河流乾涸，把大地出賣給魔鬼；我要用陌生人的手，讓原野荒蕪，毀滅在其中生存的一切。』」

潔西嘉閉上雙眼，發現自己幾乎被兒子悲愴的言語感動得熱淚盈眶。

過了一會兒，保羅說：「你……感覺怎樣？」

她意識到他是在問她懷孕的情況，於是說：「你妹妹還要好幾個月才會降生，我仍然覺得……有足夠的體力。」

她想：怎麼我跟我自己的兒子講話還這麼正式！這麼生硬！對比吉斯特來說，這種奇異的問題，答案只能在自己內心深處找到。於是她靜下心來，細細查驗，找到了這種拘謹的根源：我害怕自己的兒子；對他陌生的行事風格感到害怕；我害怕他所看到的未來，也害怕他以後會對我說的話。

保羅把兜帽拉下來，蓋住眼睛，聆聽著夜色下昆蟲喧囂的叫聲。他自己的沉默壓迫著他。他感到鼻子發癢，於是摳了摳，卸下鼻塞，隨後便聞到一股濃郁的肉桂香，愈來愈濃。

「這附近有香料。」他說。

一陣柔風吹過保羅的臉頰，翻動著他斗篷的衣褶。但這風並不像沙暴那樣充滿威脅。他已經能分辨出兩者的差異了。

「天快亮了。」他說。

潔西嘉點點頭。

「有一種方法可以安全地橫跨那片沙漠，」保羅說，「弗瑞曼人的方法。」

「沙蟲怎麼辦？」

保羅說：「我們的沙漠救生包裡有一支沙槌，如果我們把它埋在這裡的岩石後面，讓它不停地敲，就會讓沙蟲忙上一陣子。」

她望向遠方，在他們與另一座峭壁之間，月光照亮了那片廣袤的沙漠。「一陣子？來得及走四公里嗎？」

「也許吧。如果我們走過沙漠時只發出純自然的聲響，就是那種不會引來沙蟲的聲音……」

保羅打量著開闊的沙漠地帶，在腦海中搜尋他過去預見的事件。與沙漠救生包一起的說明書裡含糊不清地提到過鼓槌和製造者矛鉤，到底是派什麼用場的呢？他想找出答案。他覺得很奇怪，一想到沙蟲，他預感到的就全是可怕的事。在他的意識邊緣，他隱隱覺得沙蟲應該受到尊重，而不應該害怕牠，前提是……前提是……

他搖搖頭。

「腳步聲聽起來必須沒有節奏。」潔西嘉說。

「什麼？哦，是了。如果我們打亂腳步……嗯，沙本身也會不時移來移去，沙蟲不可能查看每個微小的聲音。嘗試之前，我們必須好好休息一下。」

他望著對面那堵岩壁，注意著那邊高懸於崖頂的月影移動的時間，然後說：「不到一個小時，天就要亮了。」

「我們在哪兒度過白天？」她問。

保羅扭過頭來，指著左邊說：「那兒，北邊懸崖拐彎的後面。妳可以看到風沙是如何侵蝕岩體的，那邊是迎風面，一定會有一些岩縫，很深的那種。」

「最好現在就出發？」她問。

他站起身，扶著她站了起來。「要往下爬呢，妳休息夠了嗎？我想在宿營之前，盡可能走到離崖底沙漠近一點的地方。」

「休息夠了。」她點頭示意他帶路。

他猶豫了一會，然後拿起背包，在肩膀上揹好，轉身朝下面走去。

要是有懸浮器就好了，能抵消重力的作用。潔西嘉想，那樣的話，往下一跳就到了，多容易。但也許懸浮器是另一種應該避免在沙漠開闊地使用的東西，也許它與遮罩場一樣會引來沙蟲。

他們沿著一道道岩床一路向下。前面是一條裂谷，月影勾出了它的輪廓，一直照到另一端的出口處。

保羅在前面帶路往下走，小心翼翼地移動著，但步伐很快，因爲月光明顯持續不了多長時間了。他們一路向下繞行，走入愈來愈深的黑暗。頭頂的岩石隱隱約約，與群星混在一起。走著走著，裂谷突然變窄，只有大約十幾公尺寬，外面是昏暗的灰色沙坡邊緣，沙坡傾斜而下，沉入一片黑暗。

「我們可以從這裡下去嗎？」潔西嘉小聲問道。

「我想可以。」

他用一隻腳踩在斜坡表面試了試。

「我們可以滑下去。」他說，「我先下，聽到我停下來以後妳再下。」

「小心。」她說。

他踩上斜坡，沿著柔軟的沙面向下滑去，滑到一個微凹的窪地，裡面塡滿了沙子，周圍是一圈岩壁。

身後傳來沙的滑動聲。黑暗中，他努力望向斜坡上面，差點被傾瀉而下的流沙推倒。隨後，周圍漸漸沉寂下來。

「母親？」他叫道。

沒有回答。

「母親？」

他丟下背包，奮力往斜坡上爬。他像瘋子一樣在沙堆上抓啊，挖啊，拚命把沙往後拋。「母親！」他大口大口地喘著氣，叫道，「母親，妳在哪兒？」

又一道流沙傾瀉在他身上，落下的沙子把他腰部以下都埋住了。他掙扎著爬了出來。

她遇上了滑沙，他想，被埋在沙子下面了。我必須保持冷靜，仔細想想。母親不會立即窒息而死，她會用明點龜息法使自己全身的細胞進入休眠狀態，以減少對氧氣的需求。她知道我會把她挖出來的。

他用母親所教的比吉斯特心法，使狂跳的心平靜下來，腦子裡什麼也不想，一片空白，讓記憶中剛剛發生的事以最眞實的面目一一重播。每個動作，每步滑行，都重現在他腦海中，像慢鏡頭一樣，一幀一幀地播放著。然後，他把時間分割成以秒爲單位的間隔，與記憶中的鏡頭一一對照，以便完全重現剛才發生的事故。

過了一會兒，保羅以之字形爬上沙坡，極其小心地摸索著，直到找到裂谷岩壁，那裡有一塊向外凸出的石頭。他開始往下挖，小心地把沙搬走，以免再次引起滑坡。一塊布料在他手下露了出來，他循著這塊布找到一隻手臂。保羅輕輕地沿著手臂繼續挖，母親的臉終於露了出來。

「能聽見我說話嗎？」他輕聲問道。

沒有回答。

他挖得更快了，把她的肩膀也挖了出來。她的身體摸上去軟軟的，但他終於探到了她遲緩的心跳。

明點龜息法。他告訴自己說。

他除掉她腰部以上的沙，把她的雙臂搭在自己肩上，沿著斜坡往下拉。開始慢慢地拉，然後，感到上面的沙快要塌了，他能拉多快就拉多快，越拉越快，拚命喘著氣，努力保持身體的平衡。他終於把她拉了出來，來到堅實的岩面上。他把她扛在肩上，搖搖晃晃地猛跑。與此同時，整個沙面塌了下來，岩壁間嘩啦啦的塌陷聲震耳欲聾，聲音愈來愈大。

他停在裂谷出口處，下面大約三十公尺的地方就是連綿不絕的沙丘。他輕輕把她放在沙地上，低聲和她說話，讓她從昏死狀態中恢復過來。

她慢慢醒來，呼吸聲愈來愈重。

「我知道你會找到我的。」她小聲說。

他回頭看看裂谷說：「如果我沒找到妳，也許妳會死得更好受些。」

「保羅！」

「我把背包丟了，」他說，「埋在沙子下面……至少一百噸沙。」

「全丟了？」

「餘下的水、蒸餾帳篷——所有重要的東西。」他摸了摸口袋，「定位羅盤還在。」又在腰帶裡搜了搜，「小刀、雙筒望遠鏡。有了這些東西，我們可以好好瞧瞧這個要了我們命的地方。」

就在這時，太陽從裂谷盡頭左邊一點的地方躍出地平線。廣袤的沙漠閃爍起各種色彩，躲在岩石中的鳥兒們齊聲高歌。

但潔西嘉在保羅臉上看到的只有絕望。她用蔑視的口氣毫不留情地對他說：「難道我是這麼教你的嗎？」

「妳怎麼還不明白？」他說，「能支撐我們在這裡活下去的一切都被埋在沙下面了。」

「可你找到我了。」她說。她的聲音變得柔和，充滿理智。

保羅重新蹲下。

過了一會兒，他仰望著裂谷處那道新形成的沙坡，仔細打量著，計算著沙土的鬆軟程度。

「如果我們能把那道斜坡上的沙固定住一小塊，從那裡往下挖個洞，再固定住洞口表層的沙土，也許就能插根棍子搆到背包。有水的話，這是可以辦到的，但我們的水不夠……」他突然住口，然後說道，「泡沫！」

潔西嘉一動不動，以免打斷他的思路。

保羅看看外面的沙丘，鼻子和眼睛一起搜索著，找準方向，最後把注意力集中在下面一片發黑的沙土上。

「香料，」他說，「它的成分是高鹼性的。而我有定位羅盤，裡面的電池是酸性的。」

倚在岩石上的潔西嘉挺直身子。

保羅不理她，徑直跳了起來，沿著陰風陣陣的裂谷往下，從裂谷出口傾斜的沙坡跑進下面的沙漠。

潔西嘉觀察著他走路的方式，見他有意打亂了自己的步伐——一步……停，兩步，三步……滑行，停……

他的步伐完全沒有節奏，就算獵食的沙蟲也不會覺察到有某個不屬於沙漠的東西在移動。

保羅到達香料區，鏟起一堆香料放進他的長袍裡兜起來，又回到裂谷裡。他把香料扔在潔西嘉面前的沙地上，蹲下來，開始用刀尖拆開定位羅盤。羅盤表面很快被卸了下來。他取下腰帶，把羅盤的零件倒在上面，從中取出電池。接著，他又取出羅盤的刻度盤，手裡只剩下空空如也的羅盤外殼。

「你需要水。」潔西嘉說。

保羅從脖子旁邊抓過吸水管，吸了一大口，然後把水吐在羅盤外殼上裡。

如果不成功，水就浪費了。潔西嘉想，不過，反正是死，不管怎樣都沒關係。

保羅用小刀劃開能量電池，把電池裡的晶體倒進水裡。水裡泛起少許泡沫，然後平息下來。

潔西嘉眼角的餘光突然瞥見頭頂有什麼東西在動，她抬起頭，看見一排鷹立在裂谷上沿，緊盯著下面暴露在空氣中的水。

神母啊！她想，牠們從那麼遠的地方就嗅到了水的味道！

保羅把蓋子扣回羅盤，去掉蓋子上的「重啓」按鈕，留下一個小洞，以便液體流出。他一手拿著改造好的羅盤，另一隻手抓起一把香料，回到岩縫上邊，研究著斜坡的地勢，沒繫腰帶的長袍在微風中輕輕飄動著。他費力地往斜坡上走了一段，踢開腳下細細的流沙，攪起一團沙塵。

沒過多久，他停了下來，把一小撮香料塞進羅盤，用力晃了晃。

綠色泡沫從蓋子上的小孔中不斷地流出。保羅把它對準斜坡，在那裡形成一道低低的泡沫堤，再踢開堤下面的沙，一邊用更多的泡沫固定挖開的沙層。

潔西嘉走到他下面，大聲叫道：「要我幫忙嗎？」

「上來挖，」他說，「我們大約要挖三公尺，上面的沙隨時可能塌下來。」說話時，羅盤盒裡已經不再有泡沫流出。「快點，」保羅說，「不知這些泡沫能使沙固定多長時間。」

潔西嘉爬到保羅身邊。他又把一撮香料塞入羅盤盒，搖了搖盒子，泡沫重新汩汩流出。

保羅用泡沫築起護堤，潔西嘉則開始用雙手刨沙，把挖出的沙拋到斜坡下面。「要挖多深？」她氣喘吁吁地問。

「大約三公尺。」他說，「我只能算出背包的大概位置，說不定還得加寬洞口。」他往旁邊移了一步，在鬆軟的沙裡滑了一跤，「斜著挖，不要直接往下。」

潔西嘉照他說的做了。

洞慢慢往下延伸，挖到與下面窪地地表平齊的深度，但還是看不見他們的背包。

我會不會算錯了？保羅暗自問道，慌了手腳的人是我，所以才鑄成大錯。這影響了我的推算能力嗎？

他看看羅盤，裡面的酸液只剩下不到兩盎司。

潔西嘉在洞裡站直身子，用沾滿泡沫的手在臉上擦了擦，望著保羅。

「從沙層表面向下。」保羅說，「輕一點，好。」他又往羅盤盒裡塞進一撮香料，讓泡沫淌到潔西嘉雙手周圍。她開始從洞口斜著往下插，第二次下插時，她的手碰到了硬物。她慢慢挖出一截縫著塑膠帶扣的背帶。

「別拉，千萬別拉。」保羅說著，聲音幾乎輕到耳語的地步。

「我們的泡沫用完了。」

潔西嘉一手抓住背帶，抬頭看著他。

保羅把空空的定位羅盤盒扔進下面的盆地，說：「把妳的另一隻手給我。現在仔細聽我說。我會把妳拉到洞邊，然後往山下拉，但妳千萬要抓住帶子，別鬆手。這個斜坡已經自己穩定住了，我們上面不會有更多的沙傾瀉下來。我會保證妳的頭不會被沙埋住。等這個洞被沙填滿以後，我就可以把妳挖出來，把背包也拉上來。」

「我明白。」她說。

「準備好了？」

「準備好了。」她的手指握緊背帶。

保羅猛拉了一下，她有一半身子被拉出洞外。泡沫堤防塌了下來，沙粒傾瀉而下，但保羅始終護著她的頭。一切重新平息下來之後，潔西嘉發覺自己被埋在齊腰深的沙裡，左臂和左肩都埋在沙下。她的下頜被保羅的長袍包著，沒有受傷，只有右肩因爲保羅的拉扯隱隱作疼。

「背帶仍然在我手裡。」她說。

保羅慢慢把手插進她旁邊的沙裡，找到背帶。「我們一起拉，」他說，「穩著些用力，千萬別扯斷背帶。」

他們把背包一點點拉上來，更多的沙粒傾瀉而下。當背帶清清楚楚露出沙面之後，保羅停下手，先把母親從沙裡救了出來，然後兩人一起沿斜坡向下，終於把背包拉出沙坑。

不到幾分鐘，他們已經站在裂谷裡了，好不容易才重新找回的背包就夾在兩人中間。

保羅看著母親，泡沫弄髒了她的臉和長袍，在泡沫乾了的地方，沙子結成硬塊沾在她身上。看上去，她好像剛剛做了一次人形靶，被人用濕嗒嗒的綠色沙球猛砸了一通。

「妳看起來一團糟。」他說。

「你自己也不怎麼樣。」她說。

他們開始放聲大笑，接著又一起啜泣起來。

「本來不應該發生的，」保羅說，「都怪我粗心大意。」

她聳聳肩，感到成塊的沙從長袍上跌落。

「我去把帳篷搭起來，」他說，「最好脫了長袍，好好抖抖。」他拿起背包，轉身走開了。

潔西嘉點點頭，忽然覺得很累，連話都不想說。

「岩石上有一個鑿出來的固定孔，」保羅說，「以前有人在這兒搭過帳篷。」

爲什麼不呢？她一邊刷袍子一邊想，這個地方不錯：在岩壁深處，面對大約四公里外的另一處懸崖。高高在上，足以避開沙蟲的攻擊，但又近得可以輕易到達即將穿越的沙漠。

她轉過身，見保羅已經把帳篷撐起來了，帶有加固肋條的拱形帳篷與裂谷岩壁融爲一體，難以分辨。保羅從她身旁走過，舉起雙筒望遠鏡。他飛快地調轉旋鈕，把焦點對準在那邊的懸崖上。沙漠開闊地的另一邊，晨光給對面巍峨的棕色懸崖披上了金色的輕紗。

潔西嘉看看保羅，發現他正觀察著那一片世界末日般荒蕪的景致，雙眼探察著流沙的河流和峽谷。

「那邊還長了些東西。」他說。

潔西嘉從帳篷旁邊的背包裡找出另一副望遠鏡，走到保羅身邊。

「那兒。」他一手拿望遠鏡，另一隻手指著遠方。

她朝他所指的方向望去。

「巨型仙人掌，」她說，「看上去乾巴巴的。」

「附近可能有人。」保羅說。

「可能是某個植物實驗站留下的東西。」她提醒道。

「這裡已經是沙漠中向南相當遠的地方了。」保羅說。他放低望遠鏡，撫著鼻塞下方的皮膚，感到雙唇十分乾燥，裂了許多小口子。他的嘴裡渴極了，滿是沙土的味道。「感覺那兒是弗瑞曼人的地盤。」他說。

「你敢肯定弗瑞曼人會友好地對待我們嗎？」她問。

「凱恩斯保證說他們會幫我們的。」

但必須考慮到生活在這片沙漠裡的人的絕望情緒，她想，這種滋味我今天算是稍稍領略到了。絕望中的人或許會因為我們的水殺死我們。

她閉上雙眼，腦海中浮現出往日卡拉丹的美景，與這片荒蕪的土地形成了鮮明的對比。保羅出生之前，有一次，她和萊托公爵在卡拉丹外出度假。他們飛越南方的叢林，掠過野草叢生的草地和稻穀纍纍的三角洲。一片綠意盎然中，他們看到了如螞蟻般排列成行的人群，肩上挑著懸浮扁擔，排著隊運送貨物。而海面上，無數帆船撐起白色的船帆，像盛開在海中的朵朵鮮花。

一切都逝去了。

潔西嘉睜開眼睛，望向沉寂的沙漠。白天，溫度漸漸升高，永不安寧的熱魔開始攪動外面開闊沙地上的空氣。對面的岩壁在熱浪中漸漸模糊起來，就像透過廉價玻璃看到的景致。

一道沙流揚起沙幕，在裂谷出口處呼嘯而過。這是晨風從崖頂吹下的塵土，夾雜著沙鷹飛離崖頂時所帶起的沙粒，嘶嘶作響傾瀉而下。可是，沙瀑過後，她仍然能聽到嘶嘶的沙響。這聲音愈來愈大，只要聽過一次，就永遠不會忘記。

「沙蟲。」保羅輕聲說。

沙蟲來自他們右面，帶著一種彷彿一切都不放在眼裡的威嚴。只見一個沙堆拐來拐去，橫掃過他們視野範圍內的沙丘。沙堆前部分開，揚起陣陣沙濤，像船首劈開的巨浪。接著，牠不見了，消失在他們左側。

聲音漸小，最後，聽不見了。

「我見過的有些太空護衛艦都不如牠大。」保羅小聲說。

她點點頭，繼續盯著沙漠另一邊。沙蟲所經之處留下一條巨大的溝壑，從他們面前經過，長得讓人難以忍受，彷彿無窮無盡一般，直奔向天空的盡頭，最後消融在地平線中。

「休息的時候，」潔西嘉說，「我們應該繼續你的學業。」

他壓下突生的怒火，「母親，難道妳不認爲我們可以不用……」

「今天你表現得有些驚惶失措。」她說，「對你自己的大腦和明點，你或許的確比我更了解。但對於身體的氣，你要學的還很多。身體有時會不由自主地做出本能的反應，保羅，這一點我可以教你應付。你必須學會控制每一條肌肉，每一根筋脈。你需要練習你的手。我們先從手指肌肉練起，然後是手掌的肌腱和指尖的靈敏度。」她轉過身，「來，進帳篷，現在就開始。」

他彎了彎左手的手指，看著她爬過帳篷的密封門，知道自己無法使她改變決定……他必須同意。

我所受過的訓練已經深入骨髓，無論這些訓練是什麼，它們與我已經密不可分了。他想。

練習你的手！

他看看自己的手，和沙蟲那樣的生物比起來，它顯得多麼渺小啊！

※ ※ ※

我們來自卡拉丹。以我們的生活方式而言，那裡就是天堂。在卡拉丹，無論是現實生活中的天堂，還是精神世界中的天堂，都沒有必要花心思去營造——我們能夠看到，天堂就在我們身邊。然而，過天堂般的生活，通常要付出相對的代價。我們所付出的代價，與其他生活在幸福中的人完全相同——我們變得柔弱，喪失了強悍之氣。

——摘自伊如蘭公主的《穆哈迪談話錄》

「這麼說，你就是那個了不起的葛尼．哈萊克。」那人說。

哈萊克站在圓形的洞穴辦公室裡，看著坐在對面金屬辦公桌後面的走私販。那人穿著弗瑞曼人的長袍，有一雙淺藍色的眼睛，這表明他常吃外星球的食物。辦公室的陳設完全照抄太空護衛艦的艦橋——有通訊設備，有電視螢幕，沿著呈三十度弧面的牆壁擺放，還有遙控武器射擊聯控裝置。辦公桌同時充當投影系統，影像投射在沒有東西遮擋的一段弧形牆面上。

「我是斯泰本．特克，埃斯馬．特克的兒子。」走私販說。

「那麼，你就是那個讓我欠下一份人情的人了，謝謝你提供給我們的幫助。」哈萊克說。

「啊哈……感謝。」走私者說，「坐。」

一把椅子從螢幕旁邊的牆裡伸出來，是飛船上用的座椅。哈萊克歎了口氣，在椅子上坐下，感到十分疲倦。從走私販身旁一個黑色的螢幕上，他可以看到自己的鏡像。他盯著自己那張坑坑窪窪的臉，陰晦的臉上寫滿了疲倦，橫過下頜的墨藤鞭痕憤怒地扭成一團。

哈萊克把目光從自己的影子上轉開，盯著特克。他在這位走私者身上看到了家族的遺傳特徵：和他父親一模一樣的笨重身軀，突出的濃眉，岩石般平板的臉頰和鼻子。

「你的人告訴我，你父親死了，是被哈肯尼人殺死的。」哈萊克說。

「如果不是哈肯尼人殺的，就是你們中的叛徒殺的。」特克說。

憤怒戰勝了哈萊克的部分疲倦，他直起身體：「你知道那個叛徒的名字嗎？」

「我們還不能確定。」

「瑟菲·哈瓦特懷疑是潔西嘉夫人。」

「啊……那個比吉斯特巫婆……也許吧。但哈瓦特現在是哈肯尼人的俘虜。」

「我聽說了。」哈萊克深深吸了一口氣，「我以爲，我們還要討論另一樁交易——如何殺死更多哈肯尼人的交易。」

「我們不會做任何有可能引起別人注意的事。」特克說。

哈萊克的身體一僵：「可是——」

「至於你和你那些被我們救出來的人，歡迎你們到我們中間避難。」特克說，「你說到感謝，很好，那就替我們工作，還清你們欠下的人情。能幹的人我們總是需要的。但盡管如此，只要你做出一件公開對抗哈肯尼的事，我們就會除掉你。」

「他們殺了你的父親，夥計！」

「也許吧。如果眞是這樣，我要告訴你，對那些不假思索就貿然行動的人，我父親的回答是：『石頭鈍，沙子悶，但傻瓜的怒火比石頭更鈍，比沙子更悶。』」

「這麼說，你的意思是不採取任何行動了？」哈萊克譏諷道。

「我沒這麼說。我只是說，我要保護我們與宇航公會的協議，而宇航公會要求我們謹愼從事。要毀掉敵人有的是其他辦法。」

「啊……啊。」

「這個『啊』倒是說對了。如果你想找到那個巫婆，那就找吧。但我要提醒你，你也許太遲了……還有，我們懷疑她究竟是不是你要找的人。」

「哈瓦特很少犯錯誤。」

「可他居然允許自己落入哈肯尼人之手。」

「你認爲他才是那個叛徒？」

特克聳聳肩：「只是個理論上的推測。我們認爲那個巫婆死了。至少，哈肯尼人相信她死了。」

「你似乎知道很多有關哈肯尼人的事嘛。」

「線索和暗示……流言和直覺。」

「我們有七十四個人。」哈萊克說，「既然你希望我們加入你們，那麼，你一定認定我們的公爵已經死了。」

「有人已經見過他的屍體了。」

「那個男孩——保羅少爺也……」哈萊克想咽口口水，卻覺得喉嚨像被什麼東西哽住了一般。

「根據我們得到的最新消息，他與他母親一起，在一次沙漠風暴中失蹤了。看樣子，就連屍骨也永遠別指望找到了。」

「這麼說，那個巫婆也死了……全都死了。」

特克點點頭，「還有，那個野獸拉賓，據說將再次登上沙丘星的權力寶座。」

「蘭吉維爾的拉賓伯爵？」

「是的。」

怒火湧上哈萊克心頭，好長時間才壓下胸中的憤怒。他喘著氣，粗聲說道：「我自己有一筆賬要跟拉賓算，他欠我一家人的命……」他摸著下頜的傷疤，「……還有這個……」

「時機未到，不該過早冒險。」特克說。他皺著眉頭，望著哈萊克下頜顫抖的肌肉，充血的眼中一閃即逝的凶光。

「我知道……我知道……」哈萊克深深吸了一口氣。「你和你的人可以先跟我們做事，然後尋找適當的時機離開阿拉吉斯。有許多地方——」

「我解除我對部下的一切約束，他們可以自行選擇。但既然拉賓在這兒——我留下。」

「以你現在的心態，我不知道應不應該讓你留下。」

哈萊克怒視著走私販：「你懷疑我的話？」

「不，不……」

「你從哈肯尼人手裡把我救出來，我之所以效忠萊托公爵，也是出於這個原因。我要留在阿拉吉斯……跟著你工作……或者，跟弗瑞曼人工作。」

「只要心裡有想法，無論說不說出來，這種想法都在那兒，實實在在，都會影響到日後的行動。」特克說，「你或許會發現，在弗瑞曼人之間過日子，生與死的界限只有一線之隔，快得很。」

哈萊克的眼睛閉了一會兒，感到疲倦襲上心頭。「能夠領導我們穿過沙漠和陷阱的領袖在哪兒啊？」他喃喃地自言自語。

「慢慢來，報仇雪恨的一天總會來的。」特克說，「速度只是魔鬼的騙術。讓你的悲哀冷卻下來……我們自有良方轉移注意力。有三樣東西可醫治心病——水、綠草和漂亮的女人。」

哈萊克睜開眼睛，「我寧願要拉賓·哈肯尼的血從我腳下流過。」他盯著特克說，「你眞認爲會有那麼一天？」

「葛尼·哈萊克，你的明天會是什麼樣子，我無能爲力。我只能幫你活過今天。」

「那麼，我接受你的幫助。我會一直待在這兒，直到你告訴我報仇雪恨的日子到了，可以爲你父親和其他所有……」

「聽我說，鬥士。」特克說著，向前傾靠在辦公桌上。走私販的肩膀綳緊了，目光堅定，一張臉突然像一塊飽經風霜的岩石。「我父親的水——我會親自跟哈肯尼人討回來，用我自己的刀。」

哈萊克盯著特克，在那一瞬間，這個走私販讓他想起了萊托公爵：同樣是一位領袖人物，英勇無畏，對自己的地位和未來要走的路充滿自信。他就像公爵……抵達阿拉吉斯之前的公爵。

「你願意接受我的劍嗎？」哈萊克問。

特克坐回到座位上，全身鬆弛下來，默默地打量著哈萊克。

「你覺得我是個鬥士嗎？」哈萊克追問道。

「公爵的左膀右臂中，你是唯一一個逃出來。」特克說，「你的敵人占據壓倒性優勢，可你卻能與他們周旋……你擊敗敵人的方法，也正是我們擊敗阿拉吉斯的方法。」

「嗯？」

「我們是憑著忍耐才在這裡活下來的，葛尼．哈萊克。」特克說，「阿拉吉斯才是我們的敵人。」

「一個時期一個敵人，你是這個意思吧？」

「正是如此。」

「這也是弗瑞曼人應付環境的方法？」

「也許吧。」

「你說過，也許我會發現，與弗瑞曼人在一起，日子會過得很辛苦。是因爲他們住在沙漠裡，住在開闊地帶嗎？」

「誰知道弗瑞曼人住在哪兒？對我們來說，中央高原是無人區。但我更希望談談……」

「有人曾經告訴我，宇航公會很少安排運送香料的駁船飛越沙漠上空。」哈萊克說，「但有流言說，如果你知道該往哪兒看的話，就能看到沙漠裡到處有一點一點的綠地。」

「流言！」特克冷笑一聲，「你想在我們和弗瑞曼人之間作出選擇嗎？我們有一整套安全措施，在岩石上鑿出了我們自己的穴地，還有可以藏身的窪地。我們過著文明人的生活，而弗瑞曼人則是一幫衣衫襤褸的烏合之眾，我們只利用他們尋找香料。」

「但他們可以殺死哈肯尼人。」

「你想知道結果嗎？即使到現在，他們仍然像動物一樣被人四處追殺。哈肯尼人用雷射槍獵殺他們，因爲他們沒有遮罩場。他們正在大批大批地被消滅。爲什麼？就是因爲他們殺死了哈肯尼人。」

「他們殺死的眞是哈肯尼人嗎？」哈萊克問。

「你這是什麼意思？」

「難道你沒聽說過，可能有薩督卡與哈肯尼人在一起？」

「流言罷了。」

「但是，搞大屠殺——那不像是哈肯尼人的作風。對他們來說，屠殺是一種浪費。」

「我只相信我親眼所見的事實。」特克說，「你自己決定吧，鬥士。是跟我，還是跟弗瑞曼人。我們倆有共同的仇敵，我答應爲你提供避難所，也答應會給你機會，讓你有朝一日能痛飲仇人的鮮血。這一點我可以肯定。而弗瑞曼人能給你的只是被人追殺的生活。」

哈萊克遲疑了，他感受到了特克話裡的明智和同情。可不知爲什麼，他仍舊放心不下。

「相信你自己的能力。」特克說，「是誰的決策使你的部隊在戰鬥中安然度過難關？你的。決定吧。」

「就這樣吧。」哈萊克說，「公爵和他兒子都死了？」

「哈肯尼人相信這一點。對於這種事，我傾向於相信哈肯尼人。」特克嘴邊露出一絲冷笑，「但這是我唯一相信他們的地方。」

「那麼，就這樣吧。」哈萊克又重複了一遍。他伸出右手，以一種傳統的姿勢，手心向上，大拇指平平地彎在手心裡。「我向你奉上我的劍。」

「接受。」

「你希望我去說服我的那些人嗎？」

「你打算讓他們自行決定？」

「他們跟了我這麼久，一直跟到這裡，但大多數人都是卡拉丹出生的，阿拉吉斯不是他們原來想像的那樣。在這裡，他們失去了一切，只保住一條性命。我希望能由他們自行決定，就現在。」

「現在不是遲疑的時候。」特克說，「他們畢竟追隨你到了這裡。」

「你需要他們，是這樣嗎？」

「我們永遠用得上有經驗的戰士……現在這種情況下，更是如此。」

「你已經接受了我的效忠。那麼，你希望我去說服他們嗎？」

「我認爲他們還是會跟你走的，葛尼．哈萊克。」

「希望如此。」

「是啊。」

「那麼，在這件事上，我可以自己決定了？」

「你自己決定吧。」

哈萊克從座椅中撐起身體，感到即使這麼一點小動作，也需要耗費他不少僅存的精力。「眼下，我要保證他們有地方住，還要有吃有喝。」他說。

「與我的軍需官商量吧，」特克說，「他的名字叫德里斯。告訴他，是我說的，希望盡可能地熱情款待你們。等一會兒我會親自來看你們。現在我先要處理一批等著裝船的香料。」

「財源廣進！」哈萊克說。

「財源廣進！」特克說，「亂世正是我們做生意的大好時機。」

哈萊克點點頭。他只聽一陣微弱的窸窣聲，感到了空氣流動，一道氣密艙門在他身邊打開了。哈萊克轉過身，彎腰走出門去，離開了辦公室。

他發覺自己正站在一間會議廳裡。他的人都在這兒，是特克的助手帶他們進來的。這是一個長長的、相當狹窄的空間，在天然岩石中開鑿而成。大廳表面十分光滑，說明開鑿時使用過切割機。天花板一路向遠方延伸，高度足以使拱頂不借助人工器材撐住上面的岩石，同時還兼顧了甬道裡的對流風，可以保證空氣新鮮。大廳兩邊，武器架和武器櫃沿牆排列成行。

看到自己的部下時，哈萊克不禁有些感動。他自豪地注意到，能站起來的人都站著，一點也不因疲倦和戰敗而稍有懈怠。走私販派來的醫生在他們中間走動著，醫治傷患。懸浮擔架集中放在左邊一個地方，每個傷患身邊都有一個亞崔迪人看護著。

亞崔迪人就是這樣訓練的——「我們關心自己人！」每個人都把這句話牢牢記在心中，團隊也因此緊密地團結在一起。

他的一名助手向前邁了一步，他從箱子裡拿出了哈萊克的九弦琴。那人向他敬了個禮：「長官，這裡的醫生說，馬泰已經沒希望了。他們這兒只有戰地急救藥物，沒有骨庫和器官庫，所以做不了移植手術。按照他們的說法，馬泰堅持不了多久了。他對您有一個請求。」

「什麼請求？」

那位軍官把九弦琴往前一遞。「馬泰想聽一首歌，好走得輕鬆些，長官。他說，您知道是哪首歌……他以前就常常要您唱那首歌。」那軍官哽咽著說，「就是那首《我的女人》。您……」

「我知道。」哈萊克接過九弦琴，從指板下輕輕挑出撥片，在九弦琴上輕輕彈了幾下，發覺有人已經把音調好了。他的眼睛一陣酸楚，但他努力驅散悲傷之情，漫步向前，隨手彈出幾個和弦，盡力露出輕鬆的笑容。

他的幾個部下和走私販的醫生彎腰伏在一具擔架上。哈萊克走近時，有人伴著久已熟悉的旋律輕聲唱了起來：

我的女人站在窗前，
玲瓏的曲線映在四四方方的玻璃上，
她舉起胳膊……彎了彎……抱在胸前。
落日的餘暉爲她披上了豔紅的外衣和金黃的輕紗。
到我身邊來吧……
到我身邊來，
我的愛人啊，伸出妳溫柔的臂膀。
爲了我……
爲了我，
我的愛人啊，伸出妳溫柔的臂膀。

唱歌的人停下了，伸出一隻扎著繃帶的手，爲躺在擔架上的人闔上眼瞼。

哈萊克撥出最後一個溫柔的和弦，心想：現在我們只剩下七十三個人了。

※ ※ ※

對許多人而言，皇室的家庭生活都是難以理解的，但我將盡量為您簡略地描述一下。我認為，我父親只有一個真正的朋友，那就是哈西米爾·芬倫伯爵，一個天生的閹人，帝國最可怕的鬥士之一。伯爵短小精悍，相貌醜陋。一天，他給我父親帶來一個新買來的奴隸姬妾，而我則被母親派去暗中監視他們。因為我父親當年與比吉斯特簽訂了協約，他只可以從那些奴隸姬妾中選一個留在身邊，當然，絕對不允許她生下皇室繼承人。但私通時常發生，同樣令人無法忍受。作為自我保護的一種手段，我們大家都暗中監視著父親。如果父親看上了新人，我的母親就會面臨被暗殺的威脅。漸漸地，我們成了這方面的老手，我母親、我的姐妹們和我，都學會了如何逃脫各種各樣難以察覺的致命武器。雖然這麼說有些讓人難以啓齒，但我絕不相信我的父親對這些暗殺毫不知情。皇室家庭不同於其他家庭，雖然表面上光鮮，但背地裡卻是暗流湧動。現在，新來了一個奴隸姬妾，長著和我父親一樣的滿頭紅髮，身材苗條，舉止優雅。她有著舞蹈家的素質，所受過的訓練明顯包括精神誘惑。當她在他面前赤身裸體，擺出各種姿勢時，我父親盯了她很長時間，最後說：「太美了，我們可以把她視為一件禮物留下來。」您不知道，在皇室中，這種只限一名姬妾的規定曾經引起過多少恐慌。對我們來說，新姬妾的精明和自控能力是最致命的威脅。

——摘自伊如蘭公主的《我父親的家事》

下午較晚的時候，保羅站在蒸餾帳篷外，搭帳篷的裂谷籠罩在陰影之中。他的目光越過空曠的沙漠，凝視著遠處的懸崖，不知是否該喚醒帳篷裡熟睡的母親。

他們的棲身處之外便是層層疊疊的沙丘，背向落日斜暉的部分形成一團團漆黑的陰影，像黑夜的碎片。

平平的。

他的意識在這片平坦的沙漠上搜尋著稍有些高度的東西，但在令人發昏的熱氣和地平線之間，任何具有說得過去的高度的東西都找不到。沒有盛開的鮮花，也沒有其他輕輕搖曳之物證明有微風吹過……銀藍色的天空下，只有連綿的沙丘和遠處的懸崖。

如果沙漠那邊並不存在什麼廢棄的實驗站，該如何是好？他暗自問道。如果那兒也沒有弗瑞曼人，我們看到的植物只不過是偶然生長在那裡的，又該怎麼辦？

帳篷裡，潔西嘉醒了，翻過身來仰躺著，從帳篷透明的窗口斜望出去，偷偷看著保羅。他背朝她站著，站姿讓她想起了他的父親。她感到心中的悲痛又如泉水般湧起，於是趕忙把視線移開。

過了一會兒，她調整好蒸餾服，喝了些帳篷儲水袋中的水，使自己重新振作起來。她鑽出帳篷來到外面，伸了個懶腰，驅走身體裡殘留的睡意。

保羅沒轉身，「我發現自己很喜歡這裡的寧靜。」

人的大腦多麼善於調整自己以適應環境啊。她想起了比吉斯特的一條公理：壓力之下，大腦可以趨向任何一方——積極或消極，主動或被動。可以將大腦的活動視爲一幅頻譜圖，在消極的一端，它的極點是無意識；而在積極的一端，它的極點則是超意識。壓力之下大腦傾向於何方，很大程度上受到平時訓練的影響。

「在這裡生活，同樣可以過得很好。」保羅說。

她嘗試著用他的眼光來了解沙漠，試著將這顆星球上一切嚴苛的生存法則視爲天經地義，揣測著保羅看到的種種未來。一個人完全可以獨自一人在這外面過活，她想，用不著擔心有人會在背後謀害你，也用不著害怕會被人追殺。

她走到保羅身邊，舉起雙筒望遠鏡，調好焦距，觀察著對面的懸崖。溝壑裡長著仙人掌和其他刺狀生物……陰影中還有一片低矮的黃綠色野草。

「我去收起帳篷。」保羅說。

潔西嘉點點頭。她走到裂谷出口，從那兒可以俯瞰沙漠。她把望遠鏡轉向左邊，看見一塊白花花的鹽鹼凹地，邊緣處混合著骯髒的深色。一片白色土地，在這個白色意味著死亡的地方。但這塊凹地卻另有含意——水。過去某個時期，曾經有水流過那片閃著白光的地方。她放下望遠鏡，整理著斗篷，聽著保羅走動時的動靜。

太陽越沉越低，陰影漸漸伸到那片鹽鹼凹地。日落處的地平線上，五彩霞光四射。霞光流動，但黑暗已經開始試探這片黃沙。煤黑色的陰影瀰漫開來，厚重的夜色塗抹在整片沙漠上。

星星！

她抬頭望著它們，感到保羅走過來，站在她身旁。沙漠中的夜色越聚越濃，彷彿將星星向上空抬升。白晝的勢力逐漸衰退，一陣短暫的和風拂過她的臉頰。

「一號月亮很快就會升起來。」保羅說，「背包收拾好了，沙槌也埋好了。」

我們可能永遠葬身於這個地獄般的地方，她想，永遠無人知曉。

夜風揚起沙塵，擦過她的臉頰，帶來陣陣肉桂氣息。黑暗中香氣逼人。

「聞聞。」保羅說。

「透過篩檢程式都能聞到這股味道，」她說，「本地的財富。但能用它買到水嗎？」她指著開闊地對面，「那裡看不出人工照明的跡象。」

「如果有弗瑞曼人，他們的穴地可能就隱藏在那些岩石後面。」他說。

在他們右側，一輪銀環升出地平線：一號新月。它猛然躍入視線之內，清晰極了，甚至能看見月表有一個拳形的陰影平躺著。潔西嘉打量著銀色月光籠罩下的沙漠。

「我把沙槌插在裂谷最深處，」保羅說，「點燃它的延遲引信後，它會在大約三十分鐘以後開始敲擊。」

「三十分鐘？」

「之後，它便會開始召喚……沙蟲。」

「哦。我準備好了，可以出發了。」

他從她身邊走開，潔西嘉聽到他向上走，回裂谷那邊去了。

黑夜像一個隧洞，她想，通往明天的隧洞……如果我們還有明天的話。她搖搖頭，又想：我為什麼要如此沮喪呢？我受過訓練，完全可以應付得更好些！

保羅揹著背包回來了，領路走下山崖，來到第一座沙丘前。他停下來，聽了聽，母親跟在後面走了過來。保羅聽見母親輕輕的腳步聲，還有沙粒滑動的聲音——這是沙漠表示自己安全程度的密碼。

「我們絕對不能發出有節奏的聲響，所以步伐一定要夠散亂才行。」保羅說著，回憶起在沙上走路的情形……既有預知的記憶，又有真實的記憶。

「看我怎麼走，」他說，「這是弗瑞曼人在沙漠上行走的方式。」

他走到沙丘的迎風坡上，沿著曲面，拖著腳在沙上滑行起來。

潔西嘉仔細看著他走了十步，然後模仿他的步子，跟著往前走。她看出其中的奧妙了：他們的腳步聲必須聽上去好像沙子自然移動的聲音……像風吹沙走一樣。但她的肌肉卻對這種不自然的碎步表示抗議，怎麼也無法協調一致：走一步……拖一步……拖一步……走一步……走一步……停……拖一步……走一步……

時間一分一秒地溜走了，前方的岩壁似乎還是那麼遠，後面的懸崖依然高高聳立著。

咚！咚！咚！咚！

後面傳來擊鼓聲。

「沙槌。」保羅輕聲道。

沙槌的敲擊繼續著，他們發現，大步往前走時，很難不受沙槌節奏的影響。

咚！咚！咚！咚！

兩人走進月光照耀下的開闊地，空洞的鼓聲穿透了整個開闊地。他們一會兒上，一會兒下，翻越凸起的沙丘：走一步……拖一步……停……走一步……橫穿過砂礫區，豆粒大的沙紛紛從他們腳底滑落：拖一步……停……走一步……

行進途中，他們的耳朵一直在搜索著那種特別的嘶嘶聲。

那聲音終於出現了。開始很輕，被他們拖曳的腳步聲掩蓋了。但它變得愈來愈響……從西方遠遠地傳過來。

咚！咚！咚！咚！沙槌繼續敲擊。

身後傳來的嘶嘶聲傳遍夜色，愈來愈近。他們邊走邊回頭，看到了飛速前行的沙蟲拱起的一座小山。

「繼續走，」保羅小聲說，「別回頭看。」

從他們離開的那塊岩石的陰影裡，爆發出一陣令人牙疼的摩擦聲，嘎嘎作響，響聲連成一片。

「繼續走。」保羅重複著。

他們已經到了中點，雖然沒有標記，但保羅看得出來，這裡正位於兩座懸崖之間。前面一座，後面一座，看樣子，兩邊距離一樣遠。

在他們身後的夜色中，充斥著抽打聲和狂亂撕咬岩石的巨響。

他們繼續往前走啊走啊……肌肉一陣陣有節奏的跳疼，似乎會永遠這麼疼下去。但保羅看到，前面的懸崖顯得愈來愈高了，正召喚著他們。

潔西嘉腳不停步，腦海中卻一片空白。她知道，自己現在全靠意志力才得以繼續前進。她口裡乾得發疼，很想停下來喝口蒸餾服儲水袋裡的水，但後面傳來的聲音驅走了她所有的念頭，現在她只想快點到達那邊的懸崖。

咚！咚……

遠方，身後的懸崖上重新爆發出一陣沙蟲憤怒的撞擊聲，淹沒了沙槌敲擊的節奏。

然後是一片寂靜！

「快。」保羅小聲說。

她點點頭，雖然知道他看不見這個動作，但她需要用點頭的動作提醒自己，必須要求早已因爲這種非自然的步伐達到極限的肌肉做出更大努力……

前面，象徵安全的岩壁直插星空，保羅看見懸崖腳下伸展出一片平坦的沙地。他踏上沙地，疲憊至極的身體不由得一個踉蹌，他自然而然地伸出一隻腳，想站穩身體。

腳步聲引起了共鳴，咚咚聲震撼著他們周圍的沙地。

保羅立刻向旁邊斜走兩步。

咚！咚！

「這是沙鼓區！」潔西嘉低聲說。

保羅恢復了鎮定，迅速掃了一眼四周的沙漠，懸崖離他們也許只有兩百公尺遠。

身後傳來一陣嘶嘶聲——像風聲，又像漲潮的聲音，盡管這裡並沒有水。

「跑！」潔西嘉尖叫道，「保羅，跑！」

腳下響起一連串敲擊沙地的鼓聲。然後，他們跑出了沙鼓區，來到礫石地上。原先彆扭而散亂的步伐使肌肉備感痠痛，跑了一陣子之後，疼痛的肌肉反而鬆弛下來，以平時習慣的動作和節奏飛快地奔跑著。但沙子和礫石拖慢了他們的腳步。沙蟲的噺噺聲愈來愈近，像風暴一樣，怒吼著朝他們撲來。

潔西嘉一個踉蹌，跪了下去，她腦子裡只有疲勞、沙蟲聲和恐懼。

保羅一把拉起她。

兩人手牽手，繼續向前跑。

一根細細的竿子插在他們前方的沙裡，他們從它旁邊跑過，又看到另一根竿子。

跑過竿子之前，潔西嘉甚至沒注意到它們的存在。

又一根竿子——從岩縫中戳出來，豎在風蝕的岩表上。

又是一根。

岩石！

腳下感到了岩石的堅硬，那種毫不下陷的表面對腳底的反震。更加堅實的腳步給了她新的力量。

一條深深的岩縫，由上至下垂直劃過他們面前的懸崖，在岩壁上留下一條陰影。他們撲過去，擠進窄小的洞裡。

身後，沙蟲穿行的聲音停下了。

潔西嘉和保羅扭過頭，窺探著外面的沙漠。

大約五十公尺開外，沙丘開始隆起的地方，一片岩灘的灘頭，一條銀灰色的弧形裂口從沙漠裡升起，沙石和灰塵瀑布般紛紛滾落在四周。它升得更高了，變成一張巨大的嘴，四處尋找著食物——這是一個又黑又圓的大洞，邊緣部分在月光中閃閃發亮。

保羅和潔西嘉蜷縮在窄小的岩縫裡，眼睜睜地看著大口朝他們蛇行而來。濃郁的肉桂氣息撲進他們的鼻腔，前面是月光下閃閃發亮的森森白牙。

大口一前一後伸縮著。

保羅屏住呼吸。

潔西嘉蹲在地上，直直地盯著。

唯有在比吉斯特訓練下高度集中的注意力才使她得以壓制那種最原始的恐懼心理，從腦海中排斥深深鐫刻在種族記憶中的恐怖。

保羅的感受卻有些類似欣喜。剛才的一瞬間，他突破了時間的屏障，進入更加深不可測、無法預知的未來。他那有預知力的靈眼什麼也看不見，只能感到前方的黑暗，彷彿他以前跨出的某一步使他墜入一口深井……或是跌入巨浪波谷。他的視線被遮住了，怎麼也看不到未來。未來的地貌發生了巨大的改變。

暗不可見的未來並沒有嚇倒他，反而大大強化了他的其他感官。他發現，自己正記錄著那個怪物的每個特徵參數。牠從沙裡升起，四處尋找著他，那張大嘴的直徑約有八十公尺……周邊長滿亮晶晶的一圈白牙，閃著森森白光。牙齒呈弧形，正是嘯刃刀的形狀……呼吸的洪流噴出肉桂香，雜著淡淡的乙醛味……酸味……

沙蟲遮擋了上空的月光，掃蕩他們頭頂的岩石。碎石和細沙瀑布般瀉進他們狹窄的藏身之所。

保羅把母親往裡擠了擠。

肉桂香！

這股味道如潮水般從他臉上湧過。

沙蟲與香料到底有什麼關係？他暗自問道。他想起列特—凱恩斯曾不經意間說漏了嘴，沙蟲和香料之間存在某種關聯。

噗隆隆！

好像右邊極遠處響起一聲焦雷。

又是一聲，噗隆隆！

沙蟲退回沙地，在那兒躺了一會兒，亮晶晶的牙齒反射著月光。

咚！咚！咚！咚！

另一根沙槌！保羅想。

聲音還是從右邊傳來的。

一陣顫抖掠過沙蟲全身，牠更遠地退進沙地，只有身體的半個截面還露在地面上，形狀像半口大鐘，又像蜿蜒蜒跨在沙丘之上的一條隧道。

沙唠嚓唠嚓響個不停。

那怪物繼續往下沉，後退著，翻滾著，變成一個隆起的小丘。然後，它穿過大沙丘之間的鞍部，歪歪扭扭地爬走了。

保羅走出岩縫，看著那道沙浪滾過荒漠，向新的沙槌方向竄去。

潔西嘉跟著走了出來，凝神細聽：咚！咚！咚！咚！咚……

過了一會兒，沙槌聲停止了。

保羅摸到蒸餾服上的管子，啜了一口回收水。

潔西嘉想把注意力放在他的動作上，但疲勞加餘悸，她腦子裡一片空白。「牠真的走了？」她小聲問道。

「有人在召喚牠。」保羅說，「弗瑞曼人。」

她感到自己漸漸恢復過來。「牠可眞大啊！」

「沒有呑掉我們撲翼機的那條大。」

「你能肯定是弗瑞曼人嗎？」

「他們用了沙槌。」

「他們爲什麼要幫助我們？」

「也許他們並不是在幫我們，也許他們碰巧在召喚沙蟲。」

「爲什麼？」

答案懸在他意識的邊緣，就是不肯出來。他腦海中有一個幻象，與沙漠救生包裡嵌有倒鉤的棍子有關——製造者矛鉤。

「他們爲什麼要召喚沙蟲？」潔西嘉問。

一絲恐懼觸動了他的心，他強迫自己從母親身邊走開，抬頭看著懸崖。「我們最好在天亮前找到上山的路，」他指指前方說，「我們剛剛不是路過一些竿子嗎？那邊還有更多。」

她沿著他手指的方向看過去，看到一些竿子——飽經風蝕的標誌竿，在凸岩上標示出一條陰影似的小道，一路延伸到他們上方高懸的岩縫裡。

「他們標出了上崖的路。」保羅說。他把背包揹在肩上，走到凸岩腳下，開始向上攀登。

潔西嘉等了一會兒，休息一下，等體力恢復，這才跟上去。

他們沿著竿子指引的路線往上爬，凸岩漸漸變窄，最後成了一道黑幽幽的岩縫旁的石壁。

保羅側著頭，窺視這個陰暗的地方，腳下狹窄的凸岩立腳不穩，一不小心就會失足滑下去，他的動作十分緩慢，小心翼翼。從外面望進去，岩縫裡一片漆黑。狹縫向上伸去，上方開口處能看見璀璨的星空。他用耳朵搜索著，卻只能聽見早已料到的聲響：涓涓細沙流動的聲音，昆蟲的唧唧聲，小動物跑動的啪嗒聲。他伸出一隻腳，在岩縫的黑暗中探尋了一番，發現腳下的岩石表面鋪了一層砂礫。慢慢地，他一點一點繞過岩角，示意母親跟上。他緊緊抓住她的衣襟，幫她繞過岩角。

他們向上望去，看著彷彿鑲嵌在兩塊岩壁之間的星光。保羅只能模模糊糊看到身旁母親的動作，像一團灰影。「要是能冒險點一盞燈就好了！」他悄聲說。

「除了眼睛，我們還有別的感官。」她說。

保羅向前探了一步，把重量移到一隻腳上，另一隻腳摸索著，結果碰到一個障礙物。他提起腳，發現是一個台階，於是踩了上去。他向後伸出手，摸到母親的手臂，拉著她的長袍，要她跟上。

又是一個台階。

「我想，它一直通到崖頂。」他小聲說。

台階又低又平，潔西嘉想，毫無疑問是人工鑿成的。

她跟著影影綽綽步步前行的保羅，試探著沿台階往上走。岩壁之間的空隙愈來愈窄，最後幾乎擦上她的肩頭。台階盡頭是一個狹長的隘道口。隘道長約二十公尺，通往一個月光照耀下的低窪盆地。保羅走出隘道，來到盆地邊沿，輕聲說道：「多美的地方！」

潔西嘉站在他後面一步遠的地方，一句話也說不出來，僅能無言地表示贊同，沉默地凝視著盆地。

盡管身體虛弱；盡管鼻塞和蒸餾服體液回收管讓人很不舒服；盡管驚魂未定，渾身上下沒有一處不渴望休息，但是，盆地的美景仍然充斥了她所有的感官，使她忍不住駐足欣賞它的美。

「像仙境一樣。」保羅輕聲說。

潔西嘉點點頭。

散布在她面前的是沙漠生物：灌木叢、仙人掌、一簇簇草葉，全都在月光下顫動著。她左邊的環形岩壁黑漆漆的，月光如霜，照在右邊的岩壁上。

「肯定是弗瑞曼人的營地。」保羅說。

「能讓這麼多植物活下來，這兒一定有人照料。」她贊同地說，擰開吸水管的蓋子，吸了口水。溫暖、微帶辛辣的水沿著喉嚨滑了下去。她發現，這口水大大恢復了她的體力。她重新蓋上蓋子，蓋子擦著細沙，發出嚓嚓的響聲。

有什麼東西晃了一下，引起了保羅的注意。就在右下方的盆地底部。他往下看，穿過煙霧似的灌木和雜草，發現灑滿月光的沙地上有些砰砰亂跳的小動物。

「老鼠！」他低聲說。

砰砰砰！牠們在陰影中鑽進跳出。

不知什麼東西掠過他們眼前，無聲地墜入老鼠群中。隨後便是一聲細細的尖叫，一隻幽靈般的灰鳥拍撲著翅膀飛起來，爪子上抓著一個小小的黑點，掠過盆地飛走了。

我們需要這個提示。潔西嘉想。

保羅仍舊盯著盆地對面。他吸了口氣，感受著鼠尾草散發出的草香，這微微刺鼻的氣味在夜空中飄動。而那隻獵食的鳥（這片沙漠就是這樣，危機四伏），更襯出這片盆地的靜謐。如此沉寂，幾乎可以聽到淡藍色的月光掃過仙人掌和灌木叢。月光在低聲吟唱，以音樂的本質而論，比他聽過的任何歌聲更為和諧。

「我們最好找個地方把帳篷搭起來。」他說，「明天我們可以試試看去找弗瑞曼人，他們……」

「找到弗瑞曼人以後，大多數闖入這裡的人都後悔了！」

這個聲音低沉有力，充滿陽剛之氣，打斷了他的話，也打破了沉寂。聲音來自他們右上方。

「請不要跑，闖入者。」保羅正準備退回隘道，那聲音又說，「跑只會浪費你們體內的水。」

他們想要我們身體裡的水！潔西嘉想。她調動起全身肌肉，壓倒疲乏，蓄積了最大的力量準備反擊，但從外表上卻一點也看不出來。她準確地判定出了聲源，心想：這麼隱祕！我剛才竟然沒聽到他的動靜。可她隨即便意識到，那個聲音的主人只允許自己發出最細微的響動，相當於沙漠中大自然的聲音。

他們左邊盆地邊緣又傳來另一個聲音：「快下手，史帝加。取他們的水，我們好繼續上路。沒多久就要天亮了，我們的時間不多。」

保羅對緊急事件的反應不及他母親快，剛才他身體發僵，企圖後退，突發的恐慌使他的能力大打折扣。爲此，他悔恨不已。這時，他強迫自己遵照母親平日的教誨：放鬆，不僅僅是表面上的放鬆，而是全身心鬆弛，使肌肉完全受控於己，隨時準備朝任何方向突擊。

他一動不動，覺察到自己內心深處的恐懼，也明白它的來源。這一回，眼前又是一片漆黑，他看不到未來……他們被夾在瘋狂的弗瑞曼人中間，而對方唯一感興趣的，只是這兩個沒有遮罩場護體的人肉體中的水。

※　※　※

弗瑞曼人的宗教經過改良後，也正是我們現在所謂「宇宙棟梁」的最初來源。他們的牧師帶著啓示錄、箴言和預言來到我們中間，給我們帶來阿拉吉斯的神祕的宗教混合體。這種大雜燴式的混合有諸多動人心弦的美妙之處，其中最具代表性的就是其激動人心的音樂。它以古老歌謠為基礎，又烙上了新時代覺醒的印記。有誰沒聽過《老人的讚美歌》？有誰沒有被它深深打動過？

我驅動雙腳穿越沙漠，
幻影翻騰，像迎賓的主人。
貪求榮耀，渴望冒險，
我徘徊在阿爾—庫拉布的地平線上。
看時間改變滄海桑田，
看歲月爬上我的眼角眉梢。
我是一棵年輕的樹，
眼看那小鳥迅速飛近，
比猛衝的豺狼更英勇，
散布在我年輕的枝椏上。
我聽見牠們成群結隊地飛來，
嘴爪牢牢抓住我的樹梢！

——摘自伊如蘭公主的《阿拉吉斯的覺醒》

那人爬過沙丘頂，像一粒被正午的陽光捕獲的飛塵。他只穿了一件被撕得粉碎的斗篷，碎布片遮不住的部位，裸露的皮膚暴露在灼熱的陽光中。他的兜帽已經從斗篷上扯掉了，但他撕下一條爛布，把它做成一塊包頭布裹在頭上。頭巾下露出一縷縷沙色頭髮，與他稀疏的鬍鬚和濃濃的眉毛相配。藍中透藍的眼睛下面有一條殘留的污漬，向下伸向他的臉頰。鬍鬚上有條暗淡的壓痕，是蒸餾服水管壓過的痕跡。

爬過沙丘頂以後，他停了下來，手臂沿沙丘迎風面向下伸出，背上、手臂上和腿上流出的血凝結成塊，傷口沾滿一片片黃沙。他慢慢把手伸到身子下面，撐著站了起來，東倒西歪地立在那兒。甚至在他幾乎漫無目的的動作中，仍然看得出他曾經是個舉手投足準確無比的人。

「我是列特—凱恩斯。」他對著空曠的地平線宣告說。聲音粗啞，是從前威嚴嗓音的拙劣模仿，「我是皇帝陛下的行星生態學家，」他輕聲嘟囔著，「阿拉吉斯的行星生態學家，我是這片大地的管家。」

他步履蹣跚地走了幾步，跌倒在沙丘迎風面結成硬殼的沙表上，雙手無力地插進沙裡。

我是這片大地的管家。他想。

他意識到自己處於半昏迷狀態，有些神志不清，意識到自己應該挖個洞，用相對涼爽的地下沙層把自己埋起來。但他仍能聞到地下某處某個香料菌叢發出的略帶甜味的刺鼻氣息。他比任何弗瑞曼人更加清楚這個事實所包藏的危險。如果他能聞到香料菌發出的氣味，那就意味著沙下深處，氣體已達到接近噴發的壓力。他必須離開這裡。

他的雙手沿著沙丘滑面，虛弱地做出攀爬的動作。

他的腦子裡突然閃過一個異常清晰的念頭：一顆星球眞正的財富存在於它的土地之中，它是文明的根源。我們的介入方式是什麼？農業。

他又想，人的思維眞是夠奇怪的，只要固定在一個模式中，就總也跳不出來。哈肯尼軍隊把他單獨留在這兒，沒有水，沒有蒸餾服。他們認爲就算沙漠沒能殺死他，沙蟲也會吃掉他。他們認爲這樣做很有趣，把他活著留在那裡，用他自己星球的無情的力量一點一點地殺死他。

哈肯尼人一直覺得弗瑞曼人很難消滅。他想。我們不會輕易死去，可現在我該死了……我很快就要死了……但我就算死，也還是個生態學家。

「生態學的最高境界就是理解因果關係。」

這個聲音嚇了他一跳，因爲他熟悉這聲音，知道這聲音的主人已經死了。那是他父親的聲音。在他繼承父業之前，他父親一直是這個星球的生態學家。父親很久以前就死了，在普拉斯特盆地的坍方事故中身亡。

「你這下陷進去了，兒子。」他父親說，「你本該知道企圖幫助公爵家那個孩子的後果。」

我神志不清了。凱恩斯想。

聲音好像是從右邊傳來的。凱恩斯的臉擦著沙子，轉過去朝那個方向看，卻只看見蜿蜒伸展的沙丘，在烈日曝曬下與熱魔起舞。

「一個系統中存在的生命越多，系統可以容納生命的地方也就越多。」他父親說。這一回，聲音來自他的左後方。

他爲什麼一直轉來轉去的？凱恩斯自問道，難道他不想見我？

「生命會改造維持生命的環境，使環境支持更多的生命。」他父親說，「生命會增加環境所缺乏的養分。通過大量從一個有機體到另一個有機體的化學作用，它將更多能量輸入這個系統。」

他爲什麼要反反復復嘮叨同一個主題呢？凱恩斯自問，這些東西我十歲以前就知道了。

沙漠鷹開始在他上空盤旋起來。與這裡大多數野生動物一樣，牠也是食腐動物。凱恩斯看見一團陰影從他手邊掠過，於是掙扎著轉過頭來，仰望上方。鷹群像銀藍色天空中一團模模糊糊的黑點，又像飄在他頭頂遠處的煙垢。

「我們這門學科是通用性的。」他父親說，「在處理星球範圍內的諸多難題時，你無法在這個問題和那個問題之間劃出一條清晰的界限。星球生態學必須隨時修改，以適應不斷變化的現實。」

他究竟想告訴我什麼？凱恩斯問自己，是不是一些我未能看到的因果關係？

他的臉頰重新跌回灼熱的沙裡，他嗅到一股岩石燒灼的氣味。是下面的香料菌叢在釋放氣體。他大腦中某個掌管邏輯的角落突然生出一種想法：飛在我頭頂上的那些鳥是食腐鳥，也許我的一些弗瑞曼人會看見牠們，然後跑來查看一番。

「對正在開展工作的行星生態學家來說，他最重要的工具是人。」他父親說，「你必須在這些人中間傳播生態學知識。正是爲了這個目的，我才創造了這一套全新的生態學符號系統。」

他在重複我小時候他對我講過的話，凱恩斯想。

他開始覺得身體發冷，但是大腦中那個尙有邏輯的角落告訴他：你頭頂上是太陽，你沒有蒸餾服，你很熱，火熱的太陽正在烤出你身體內的水分。

他的手指無力地在沙上抓著。

他們甚至沒給我留一件蒸餾服！

「空氣中的水分有助於阻止生命體內水分的過度蒸發。」他父親說。

他爲什麼要重複那些最淺顯的原理？凱恩斯問自己。

他試著想像空氣中的水分——綠草盈盈，覆蓋著這個沙丘。在他身下某個地方有流動的活水，沿著長長的露天水渠緩緩流動，最終被完全蒸發到空中。這幅圖景只出現在書本的插圖中。地表水，灌溉用水……他想起了書上的話，在每個生長季節，灌溉一公頃土地就需要五千立方公尺的水。

「我們在阿拉吉斯的第一個目標，」他父親說，「是培植草地。我們從這些能夠適應貧瘠土地的變異野草開始。成功實現利用草地留住水分之後，我們就著手培養高地森林，接著是幾個露天水體——開始是小型水庫——然後把捕風凝水器沿各主風道按一定的間隔排列，把被風偷走的水重新收回來。我們必須創造眞正的季風——富含水氣的風，但我們永遠離不開對捕風器的需求。」

總是向我說教。凱恩斯想，他爲什麼不閉嘴？難道他看不出我就要死了嗎？

「你也會死的，」他父親說，「你身下很深的地方正形成一股氣泡，如果你不從沙丘上面爬下來的話，你就死定了。它就在那兒，你知道的。你可以聞到香料菌的氣味。你知道，那些小製造者正將它們的一部分水分注入香料菌叢。」

身下有水的想法使他發狂。他想像著那些水，被堅韌的半植物、半動物的小製造者封閉在多孔的岩層裡，輕輕一碰，岩層裂開，一股涼爽、清潔、純淨、多汁、甜蜜的水就會注入……

香料菌叢！

他吸了一口氣，聞到一股濃郁的甜香，比剛才濃得多。

凱恩斯強撐著自己跪起來，聽見一隻鳥尖叫一聲，急速拍撲著翅膀飛走了。

這裡是富產香料的沙漠，他想，即使在白天的烈日下，周圍也一定有弗瑞曼人。他們肯定會看到鳥兒，也一定會來查看的。

「動物需要遷徙，」他父親說，「游牧民族也有同樣的需求。這種運動是爲了滿足身體對水、食物、礦物的需要。現在，我們必須控制遷徙，使它爲我們的最終目標服務。」

「閉嘴，老傢伙。」凱恩斯喃喃地說。

「我們必須爲整個星球做一件在阿拉吉斯上前所未見的事。」他父親說，「我們必須把人當成一種改造行星生態的建設性力量。我們要在這片大地上安插最適合的生命形態：這裡放一株草，那裡放一隻動物，那裡安插一個人。我們要用這種方法改變本地的水循環系統，爲這顆星球創造全新的地貌。」

「閉嘴。」凱恩斯啞著嗓門說。

「遷徙路線是第一個線索，由此，我們掌握了沙蟲和香料之間的關係。」他父親說。

沙蟲。凱恩斯的腦海中突然湧起了希望。泡沫破裂時，製造者一定會來。可我沒有矛鉤。沒有矛鉤又怎能騎到巨大的製造者身上去呢？

挫敗之感正在耗盡他僅存的那點氣力，他感覺得到。水是這麼近，僅僅在他身下大約一百公尺左右。沙蟲肯定會來的，但在沙漠地表無法抓到牠，也無法利用牠。

凱恩斯向前撲倒在沙上，趴在剛才爬行時形成的淺坑裡。他感到左臉挨著的沙熱得發燙，但意識卻模模糊糊地，彷彿離他很遠。

「阿拉吉斯的環境促成了當地生命形態特有的進化模式。」他父親說，「可長期以來，幾乎沒有人從香料的角度來看生態平衡。這可眞是奇怪。這裡沒有大面積爲植物所覆蓋的區域，卻有接近理想水準的氮—氧—二氧化碳平衡。這個星球的能量圈是可見的，而且是完全可以理解的——一個冷酷的化學反應過程。冷酷也罷，但這個過程本身卻是完整的。如果你發現其中存在缺口，那麼必定存在某種彌補這一缺口的東西。科學由許多因素組成，一旦解釋清楚，這些因素簡直顯而易見。在我親眼目睹小製造者之前很久，我就知道，這種事物必定存在，就在沙漠深處。」

「請別再說教了，父親。」凱恩斯輕聲說。

一隻鷹落在他向前伸出的手邊，凱恩斯看見牠收起翅膀，偏著頭，一動不動地盯著他。他聚集起全身的力量，對牠嘶聲吆喝了兩聲。鷹跳開兩步，仍舊盯著他不放。

「在此之前，人類及其活動一直是各行星地表的災害。」他父親說，「大自然往往會因爲這些災害而向人們索取賠償：或者消滅他們，或者壓縮他們的規模，以大自然自己的方式將人類融入行星的生態體系之中。」

老鷹低下頭，展開翅膀，又重新收回雙翅。牠把注意力集中在他伸出的手上。

凱恩斯發覺自己已經沒有對牠吆喝的力氣了。

「大自然與人類之間這種歷史悠久的互相掠奪、互相壓榨的生態體系將止於阿拉吉斯。」他父親說，「你不可能永無止境地盜取你所需要的一切，絲毫不顧子孫後代的福祉。一個星球的物理變化清清楚楚地寫在它的經濟、政治紀錄之中，這本紀錄就擺在我們面前。我們應當如何發展？路線是顯而易見的。」

他永遠停不下來，永遠在說教。凱恩斯想，說教，說教，說教。

鷹跳了一步，離凱恩斯伸出的手更近了。它朝這邊轉轉頭，又朝那邊轉轉，打量他裸露在外的皮肉。

「阿拉吉斯是個只生產單一作物的星球，」他父親說，「單一作物。它使統治階級得以像從古至今所有統治階級那樣，過著奢侈的生活。在他們之下，則是僅以剩餘物資為生、半人半奴隸的大眾。而引起我們注意的正是這些大眾和剩餘物質，他們的價值遠遠超過人們從前的想像。」

「我不聽你的，父親，」凱恩斯輕聲說，「走開！」

他又想：這附近肯定有我的弗瑞曼人，他們不會看不到盤旋在我頭頂的這些鳥兒。他們會來查看的，哪怕只是為了得到最微不足道的一點點水分。

「阿拉吉斯的大眾將會明白，我們的目的是使這片大地有活水流動。」他父親說，「至於我們具體打算怎麼做，不用說，他們中的大多數人只有一點不著邊際的猜測。許多人甚至以為，我們會從其他水資源豐富的星球上引來活水。這些人完全不理解這種做法的困難，難度之大，令人望而卻步。但是，只要他們相信我們，那就任由他們幻想他們所希望得到的任何東西吧。」

再過一會兒，我就會爬起來，告訴他，他在我心目中是個什麼東西。凱恩斯想，他本該幫我一把，卻只站在那兒喋喋不休。

那隻鷹又往前跳了一步，更靠近凱恩斯伸出的手了。同時，又有兩隻鷹飛下來，停在牠後面的沙地上。

「在我們的大眾中間，宗教和法律必須是統一的，是同一種事物。」他父親說，「抗上之舉必須被視為邪惡，必須受到宗教懲處。這會產生雙重利益，使人民更順從，同時更勇敢。我們不應過於依賴個人的勇猛，不應將個人的勇氣置於全體人民的勇氣之上。」

在我最需要的時候，我的人民又在哪兒？凱恩斯想。他集中全身力氣，把手朝距離最近那隻鷹一伸，但只伸前了一指。牠向後一躍，跳到同伴中間。所有的鷹都伸開翅膀，做好起飛的架式。

「我們的時間表制定得十分高明，使它達到了純粹的自然現象的境界。」他父親說，「一顆行星上的全體生命形式是一個無比巨大、彼此密不可分的統一體。一開始，動植物的變化完全受我們所掌握的物理力量主宰。它們走上既定軌道之後，我們的影響力就不會那麼直接了，只起引導的作用——當然，到那時，我們還是不會撒手不管。請記住，我們只需要控制行星能量圈的百分之三——僅需百分之三，就能改變整個能量結構，使之成為一個符合我們需要的自給自足系統。」

你為什麼不幫幫我？凱恩斯心想，總是這樣，在我最需要你的時候，你總是辜負我。他想把頭轉過來，瞪著他父親說話的方向，瞪得那個老傢伙不敢看他。但肌肉卻不聽他的使喚。

凱恩斯看見那隻鷹動了一下，朝他的手走過來，一次只謹慎地邁一步。牠的同伴則裝出漠不關心的樣子，等待著。那隻鷹停下了，只要再跳一步就能夠到他的手。

就在這時，凱恩斯豁然開朗。猛然間，他看到了有關阿拉吉斯未來的種種可能性，這是他父親從來沒有看到過的。各種不同的可能性沿著各種不同的路徑，如洪水般在他腦海裡奔流不息。

「不要讓你的人民落進某個英雄的手裡，再沒有比這更可怕的災難了。」他父親說。

看透了我的心思！凱恩斯想，哼，隨便他吧！

消息已經送到我的各個穴地、各個村落。他想，沒有什麼能阻擋其傳播。如果公爵的兒子還活著，他們會找到他，遵照我的命令保護他。他們也許會拋開那個女人，他的母親，但他們會救下那男孩的性命。

那隻鷹向前跳了一步，距離之近，已經可以啄擊他的手了。牠偏著腦袋，打量著這具俯臥的軀體。突然，牠伸直身子，抬頭向上，尖叫一聲躍入空中，斜飛而去，身後跟著牠的同伴們。

他們來了！我的弗瑞曼人找到我了！凱恩斯想。

然後，他聽到了沙子摩擦發出的嚓嚓聲。

每個弗瑞曼人都知道這種聲音，能夠立即把它與沙蟲和沙漠中其他生物所發出的聲音區別開。在他身下某處，香料菌叢已經從小製造者身上得到了足夠的水和有機物，達到了瘋狂生長的關鍵時期。一團巨大的二氧化碳泡沫正在沙層深處形成，即將向上「炸」開。爆炸中心將形成一個沙塵旋渦。屆時，沙漠深處已經形成的東西將翻上沙漠表面，而現在處於地表的任何東西則會被壓下去，兩者徹底交換位置。

鷹群在上空盤旋，沮喪地尖叫著。牠們知道即將發生什麼事。任何沙漠生靈都知道。

而我也是沙漠生靈。凱恩斯想，你懂嗎，父親？我是個沙漠生靈。

他感到自己被泡沫高高抬起，然後感到了泡沫的碎裂。沙塵旋渦包圍著他，把他拖進冰冷的黑暗之中。有那麼一陣子，冰冷和潮濕的感覺令他無比喜悅，無比寬慰。接著，當他的星球殺死他的時候，凱恩斯突然想到，他父親和其他所有科學家都錯了——只有意外和偏差，才是宇宙中最恒定不變的事物。

這是最明白不過的事實，現在，就連那群沙漠鷹都認識到了這一點。

預言和預知——怎麼可能用回答未知的問題檢驗它們的真偽？想一想：所有預言之中，有多少是客觀準確地描述出未來的「波形」（穆哈迪用這個詞指他所看到的未來）？又有多少先知們努力奮鬥，以創造他們所預言的未來？做出預言，這一行為本身便會形成影響，有利於未來向預言的方向發展——人們想到過這種影響嗎？先知看到的真的是未來嗎？或許，他看到的只是某處薄弱環節，某個故障點，某道裂痕，他可以用他的語言、他的決斷一舉擊破，就像一位鑽石加工者，精研裂紋走向之後，鋒刃一揮，就能破開最堅固的寶石？

——摘自伊如蘭公主的《私人沉思錄：有關穆哈迪》

※ ※ ※

「取他們的水。」黑暗中，那個人叫道。保羅戰勝了恐懼，看了母親一眼。他那受過訓練的眼睛看得出，她已經做好了戰鬥準備，渾身肌肉蓄勢待發。

「遺憾的是，我們不得不立即除掉你們。」他們頭上那個聲音說。

這是最開始跟我們講話的那個人，潔西嘉想，對方至少有兩個人，一個在我們右邊，一個在左邊。

「Cignoro hrobosa sukares hin mange la pchagavas doi me kamavas na beslas lele pal hrobas!」他們右邊那個人隔著盆地大聲說道。

語速太快，保羅一點也聽不懂。但潔西嘉受過比吉斯特訓練，她分辨出了這種方言。這是契科布薩語，古老的狩獵語言之一。上面那人的意思是：也許這兩個就是我們正在尋找的陌生人。

喊聲之後，周圍突然沉寂下來。圓環形的二號月亮——略帶點象牙蘭花的顏色——滾動著劃過盆地的上空，月色窺人，明亮耀眼。

岩壁那邊傳來攀爬的聲音，上面和兩邊都有……月光下，許多黑點在移動，從陰影中不斷擁出。

整整一支部隊！保羅心想，胸口因驚悸一陣劇痛。

一個身穿雜色斗篷的高個子在潔西嘉面前停住腳步。爲了講話清楚，他把面罩推到一邊，月光下露出濃濃的鬍鬚，臉和眼睛仍然藏在頭戴的兜帽裡。

「我們在這兒找到了什麼？神仙還是人？」他問。

潔西嘉聽出了對方話中開玩笑的語氣，於是允許自己暗暗生出一線希望。這是一個慣於發號施令的聲音，也是最開始從沉沉黑夜裡冒出來、嚇了他們一跳的那個聲音。

「我敢說，是人。」那人說。

潔西嘉沒有看到，但感覺到那人長袍的摺縫裡藏著刀。她一陣後悔，苦澀地想到，保羅和她都沒有遮罩場。

「妳會說話嗎？」那人問。

潔西嘉將皇族的所有傲慢全部融入她說話的態度和語氣裡。她必須立刻回答，但這個人講的話還不夠多，不足以使她弄清他的文化背景和弱點。

「是誰在夜裡像匪徒般來到我們面前？」她厲聲質問。

兜帽下的頭突然一動，顯示出對方的緊張。緊接著，這人又慢慢放鬆下來。後一個動作很能說明問題：此人有極強的自控能力。

保羅從他母親身邊移開，盡量使兩人分開，既分散敵人的進攻目標，也使他們倆都有施展拳腳的空間。

保羅的動作引起了對方注意，罩著兜帽的頭轉了過來。兜帽敞開了一道縫，一窄條臉暴露在月光下。潔西嘉看到了一個尖鼻子、一隻閃閃發亮的眼睛——深色，完全是深色，沒有一點眼白，還有向上高高翹起的深褐色髭鬚。

「一個惹人喜愛的小傢伙。」那人說，「如果你們是從哈肯尼人手裡逃出來的逃亡者，也許會受到我們的歡迎呢。你們是逃亡者嗎，孩子？」

保羅腦中閃過各種可能性：陷阱？事實？必須當機立斷。

「你們為什麼歡迎逃亡者？」保羅問道。

「一個像大人一樣說話和思考的孩子。」那個高個子說，「好的，我現在就來回答你的問題，年輕人。我是不向哈肯尼人繳水——也就是不向他們納稅的人中的一員。這就是我也許會歡迎逃亡者的原因。」

他知道我們是誰。保羅想，從聲音裡聽得出來，他有所隱瞞。

「我是史帝加，弗瑞曼人，」高個子說，「這名字能幫你快點回答嗎，孩子？」

是他的聲音。保羅想。他記得在上次會議中見過這個男人，當時他來索要被哈肯尼人殺死的一位朋友的屍體。

「我認識你，史帝加，」保羅說，「你那次來找你朋友的水，在我父親的會議上露了一面，那次會議我也參加了。你帶走了我父親的一個人，鄧肯·艾德荷——朋友之間的交換。」

「艾德荷拋棄了我們，回到他的公爵那裡去了。」史帝加說。

潔西嘉聽出他的口氣中有一絲怨恨，於是全神戒備，準備攻擊。

他們上面的岩石中響起一個聲音：「我們在這兒是浪費時間，史帝加。」

「這是公爵的兒子，」史帝加吼道，「他肯定是列特要我們找的那個人。」

「可他只是……一個孩子，史帝加。」

「公爵是個眞正的男子漢，而這個小傢伙知道怎麼使用沙槌。」史帝加說，「敢於穿過夏胡露的地盤，這是眞正的勇氣。」

潔西嘉聽出他在心裡已經把她排除在外了，他已經作出決定了嗎？

「我們沒有時間檢驗他的身份。」上面那個聲音抗議道。

「但是他很可能就是利山·阿蓋博——天外綸音。」史帝加說道。

他希望有個能證實保羅身份的吉兆！潔西嘉想。

「但那個女人……」他們上面那個聲音說。

潔西嘉重新做好準備，那個聲音充滿殺機。

「是的，這個女人，」史帝加說，「還有她的水。」

「你是懂規則的，」岩石中傳出的聲音說，「不能與沙漠共存的人……」

「閉嘴，」史帝加說，「時代變了。」

「這也是列特的指令嗎？」岩石叢中的聲音問。

「翼手信使的密波資訊你也聽到了，詹米斯。」史帝加說，「爲什麼老是要追問我？」

潔西嘉心想：翼手信使！這個詞的含意十分豐富，不同語境中有不同的意思。它源自眞遜尼神學和宗教律法。「翼手信使」指的是蝙蝠，一種會飛的小型哺乳動物。而「翼手信使的密波資訊」是說，他們已經收到了來自遠方的資訊，要他們尋找保羅和她自己。

「我只是提醒你別忘了你的職責，我的朋友史帝加。」他們上面的聲音說。

「我的職責是使部落保持強盛，」史帝加說，「那是我唯一的職責，不需要別人提醒。這個小大人使我很感興趣。他的肉體很軟弱，他一直靠許多水過活，現在又遠離了父親的太陽，另外，他也沒有我們的伊巴德香料藍眼睛。可他講起話、做起事來，卻不像那些住在窪地上的軟蛋。他父親也同樣不是膽小鬼。這怎麼可能呢？」

「我們不能待在這兒吵一晚上。」岩石叢中的聲音說，「如果來了巡邏隊……」

「我不想再和你爭辯了，詹米斯。閉嘴！」史帝加說。

上面那個人不吭聲了，但潔西嘉聽見他在移動。他躍過隘道，跳下盆地底層，來到他們左邊。

「翼手信使的話表明，救下你們兩個對我們有益，」史帝加說，「我可以從這個堅強的小男人身上看出這一點。他還年輕，可以學。但妳呢，女人？」他盯著潔西嘉。

我現在已經掌握了他的語音和說話模式。潔西嘉想，用魔音大法，只消一句話就控制住他。但他是個強壯的人……如果讓他保持清醒的頭腦，完全的行動自由，對我們更有價值。走一步看一步吧。

「我是這孩子的母親，」潔西嘉說，「你欣賞他的力量，其中有一部分是由我訓練出來的。」

「一個女人的力量可以是無限的，」史帝加說，「聖母更是必然如此。問題是，妳是聖母嗎？」

這一回，潔西嘉沒理會問題中的機鋒，老老實實地回答說：「不是。」

「妳受過有關沙漠的訓練嗎？」

「沒有。但許多人認爲，我受過的訓練很有價值。」

「關於價值，我們有自己的判斷。」史帝加說。

「每個人都有權做出自己的判斷。」她說。

「很好，妳是個明白事理的人。」史帝加說，「我們不能延誤行程，留在這裡考察妳，女人。妳明白嗎？我們不想要妳的陰影來麻煩我們。我將帶走這個小男人，妳的兒子。他將得到我的庇護，我的部落就是他的避難所。但妳嘛，女人——妳懂嗎，這不關個人私事？這是規矩，是伊提斯拉。這麼解釋夠清楚了嗎？」

保羅向前走了半步：「你在說些什麼？」

史帝加飛快地瞟了保羅一眼，但注意力仍然放在潔西嘉身上，「如果不是從小接受在沙漠生活的最嚴格訓練，妳可能會給整個部落帶來毀滅。這是法律。我們不能帶上妳，除非……」

潔西嘉動手了。起初向下一癱，假裝昏倒在地。對一個虛弱的外來者而言，這個舉動再自然不過了，必然會使對方的反應遲緩一下。不常見的事物，如果打扮成一般人習見習聞的另一件事物，常人總是需要一點時間才能明白眞相。史帝加右肩下垂，準備抽出長袍皺摺中的武器，指向她最新的位置。說時遲那時快，潔西嘉身體一轉，手臂一揮，只見兩人袍服相接。下一瞬間，她已經背靠山岩，史帝加擋在她身前，動彈不得。

母親開始動作的同時，保羅退開兩步。潔西嘉進攻，他則向黑暗中猛衝過去。一個長著絡腮鬍的人在他面前剛剛站起身，半彎著腰，手持武器向他撲來。保羅一個刺拳打在那人的胸骨下，側步進身，在他的脖根上劈了一掌。那人倒下時，保羅奪過他的武器。

保羅奔進黑暗之中，沿著岩石往上爬，奪來的武器插在腰帶裡。這件武器的形狀摸上去並不熟悉，但他還是認出這是一件投射兵器。它透露了不少這個地方的祕密，證明這裡沒有使用遮罩場。

他們的注意力將集中在我母親和那個叫史帝加的傢伙身上。她對付得了他。我必須到達一個安全有利的位置，在那裡威脅他們，好讓她有時間逃跑。

盆地裡傳來一陣刺耳的槍聲，子彈嗖嗖飛過他四周的岩石，其中一顆擦到了他的長袍。他擠過岩石叢中一個拐角，發現自己進了一道垂直狹窄的石縫，於是開始一點一點往上爬。背靠一邊岩壁，腳蹬著另一邊，慢慢向上爬去，盡可能不弄出聲音。

只聽史帝加的吼聲迴盪在盆地中：「退回去，你們這些沙蟲腦袋的白癡！你們要是再往前走一步，她就會扭斷我的脖子。」

盆地裡傳來一個聲音：「那個男孩跑掉了，史帝加。我們……」

「他當然跑掉了，你這滿腦子沙的……哎喲！……輕點，女人！」

「告訴他們不要再追我兒子了。」潔西嘉說。

「他們已經停下了，女人。他跑掉了，正如妳希望的那樣。神明哪！妳爲什麼不早說妳是一個神乎其神的女人，還是個好戰士？」

「讓你的人往後退。」潔西嘉說，「要他們都從陰影裡出來，到盆地那兒去，站到我能看見的地方……我知道他們的人數，這一點你最好相信我的話。」

她想：這一刻的平衡隨時可能打破，但只要這個人的頭腦像我想的那麼精明，我們就有機會。

保羅一吋一吋地往上爬，發現了一道狹窄的石稜，可以靠在上面休息一會兒，同時監視下面的盆地。史帝加的聲音又響了起來。

「如果我拒絕呢？妳能怎樣……哎喲！別動手，女人！聽著，我們沒有傷害妳的意思。老天！你既然能像這樣打敗我們中最強的人，妳的價值十倍於與妳體重相當的水。」

理性測試時間到，看這人是不是眞有頭腦。潔西嘉想。她說：「你問起過天外綸音。」

「妳可能就是傳說中的人物，」他說，「但只有驗證之後，我才會完全相信。我只知道妳跟著那個愚蠢的公爵來到這裡……哎喲——哎喲！女人！妳殺死我也罷，我說的是事實！他是個值得尊敬的人，也是位勇敢的人，但像他那樣把自己置於哈肯尼的鐵拳之下，實在太愚蠢了！」

沉默。

片刻之後，潔西嘉才開口道：「他別無選擇，但我們別爭論這個問題了。現在，告訴你那個藏在灌木叢後面的人，叫他不要妄想用他的武器瞄準我，不然我就先要你的命，再收拾他。」

「你，」史帝加吼道，「照她說的做！」

「可是，史帝加……」

「照她說的去做，你這沙蟲臉的爬行動物，滿腦子沙的蜥蜴屎！照她說的做，不然我就幫著她把你給拆了。你難道還看不出這女人的價值嗎？」

灌木叢後面的那個人從半隱蔽的地方直起身來，放低槍口。

「他已經照妳說的做了。」史帝加說。

「現在，」潔西嘉說，「把你對我的打算向你的人解釋清楚。我不希望看到哪個毛頭小夥子一時頭腦發熱，犯下愚蠢的錯誤。」

「混進村莊和鄉鎮時，我們必須掩蓋自己的身份，把自己打扮成窪地人和盆地人。」史帝加說，「我們不帶武器，因為嘯刃刀是神聖的。但是妳，女人，妳具有神奇的格鬥術。這種技巧我們以前只是聽說過，很多人甚至不相信有這種本事。但任誰也不會懷疑親眼所見的事實。妳制住了一個全副武裝的弗瑞曼人。妳這種身手，是搜身都不會暴露的武器。」

史帝加的話音剛落，盆地中就是一陣騷動。

「如果我答應教你那種……神奇的格鬥術，又怎麼樣？」

「那我就會像支持妳兒子一樣支持妳。」

「我們怎麼能肯定你的承諾是認真的？」

史帝加的口氣不像剛才那樣理智了，變得有點憤憤然。「女人，我們這兒沒人會隨身帶著紙準備簽訂契約，但我們絕不會做出晚上許下承諾、天一亮就食言的事。一個男人，說出的話就是契約。作為部落首領，我作出的承諾對部落全體成員都有約束力。教我們學會這種不可思議的格鬥術，妳就會得到我們的庇護，直到妳自己想離開為止。妳的水將和我們的水融為一體。」

「你能代表所有弗瑞曼人講話嗎？」潔西嘉問。

「過一段時間也許可以。但現在，只有我哥哥列特才能代表所有弗瑞曼人。在這兒，我只能保證嚴守機密，我的人絕不會對任何其他穴地的人提起妳們。哈肯尼人已經殺回沙丘星阿拉吉斯，妳的公爵死了，外面謠傳妳們倆已經在一次颶風沙暴中喪生。獵人不會窮追死去的獵物。」

這樣的話，應該算安全了。潔西嘉想。但這些人有良好的通訊手段，能夠隨時送出任何消息。

「我猜想，哈肯尼人一定會懸賞捉拿我們。」她說。

史帝加沉默不語。她幾乎能看到他飛快地轉著念頭，同時感到他的肌肉在自己手下蠕動。

過了一會兒，他說：「我再說一遍，我代表我的整個部落向妳提出了口頭契約。我的人現在已經知道了妳對我們的價值。出賣了妳，哈肯尼人能給我們什麼？我們的自由嗎？哈！不，妳是塔可瓦，是與自由等價的珍寶，妳的價值勝過哈肯尼保險庫中的所有香料，當然可以換取我們的庇護。」

「那麼，我會將我的格鬥術傳授給你們。」潔西嘉說，感到這話無意中帶上了強烈的宗教色彩，像宗教儀式上的宣講辭。

「現在，妳總可以放開我了吧？」

「就這麼辦吧。」潔西嘉說。她鬆開他，往旁邊跨了一步，將盆地邊緣的全景盡收眼底。這次考察很不徹底，她想，保羅必須深入了解這些人，為此，我寧可犧牲自己的生命。

在悄無聲息的等待期間，保羅一點一點向前挪，以便更好地觀察母親所處的位置。移動時，他忽然聽到一聲沉重的呼吸，然後突然中斷。聲音就在上面，在他藏身的這條垂直岩縫裡。他朝上望去，感到星光下隱約有一個模糊的影子。

史帝加的聲音從盆地裡傳來：「你，上邊那個！別再盯著那小男孩了，他馬上就會下來。」

保羅上方的黑暗中響起一個聲音，聽不出是女孩還是年輕的男孩子。「但是，史帝加，他不可能……」

「我說別管他了，加妮！你這蜥蜴爪子！」

保羅上方小聲罵了一句：「竟敢叫我蜥蜴爪子！」黑影退回去，不見了。

保羅的注意力重新回到盆地，緊盯著母親身邊史帝加移動的灰影。

「你們都過來。」史帝加叫道，然後轉向潔西嘉，「現在輪到我問妳了。我們怎麼才能確保妳會履行妳那一半契約？妳一直生活在紙張和空洞的合約裡，就像……」

「我們比吉斯特跟你們一樣，從不食言。」潔西嘉說。

四周頓時鴉雀無聲。長時間的沉默之後，人群中響起一片噝噝聲：「一個比吉斯特女巫！」

保羅從腰帶裡抽出繳獲的武器，瞄準史帝加。但那人和他的同伴們一動不動，只直愣愣地盯著潔西嘉。

「那個傳說！」有人說。

「據說，夏杜特．梅帕絲就是這麼報告的，認定妳就是那個傳說中的人物。」史帝加說，「但這麼重要的事一定要檢驗清楚。如果妳眞的是傳說中的那個比吉斯特，而妳兒子將帶領我們前往天堂……」他聳了聳肩。

潔西嘉歎了口氣，心想：這麼說，我們的護使團甚至在這個地獄般的鬼洞裡也遍植宗教安全閥。嗯，也好……對我們有好處。反正這正是當初到處散播傳說和宗教信仰的目的所在。

她說：「給你們帶來傳說的女預言家，她的話結合了奇蹟和眞預——這我知道。你們希望看到某種徵兆嗎？」

史帝加的鼻孔在月光下一張一闔。「我們急不可待，等不到舉行正式儀式了。」他悄聲說。

潔西嘉想起安排緊急逃亡路線時凱恩斯給她看的一張地圖。剛剛過去，感覺卻像很久以前的往事。她記得圖上有一個叫「泰布穴地」的地方，它的旁邊有一個注釋：「史帝加」。「或許徵兆會出現在我們到達泰布穴地的時候。」她說。

這句話驚得他目瞪口呆。潔西嘉心想：要是他知道比吉斯特的那套手法，還不知他會怎樣呢！那個護使團的比吉斯特姐妹一定極其出色。這些弗瑞曼人已經被她安排得妥妥帖帖，巴不得相信我們！

史帝加不安地動了動，「我們得出發了。」

她點點頭，讓他明白，是她允許他們走的。

他抬頭看著懸崖，幾乎直對著保羅潛伏處叫道：「喂，你，小傢伙，你可以下來了。」隨後，他轉向潔西嘉，用致歉的口吻說，「妳兒子往上爬時，弄出的聲音吵得不得了。他還有很多東西要學，不然會給我們大家帶來危險的。幸好他還年輕。」

「毫無疑問，我們雙方都有許多可以教給對方的東西。」潔西嘉說，「至於這會兒，你最好去看看你那邊的同伴。我那個吵人的兒子解除他的武裝時有點粗暴。」

史帝加一個急轉身，兜帽拍在身上劈啪作響。「哪兒？」

「那堆灌木叢後面。」她指著說。

史帝加拍拍手下兩個人，「去看看。」他掃視著自己的同伴，數著人頭，「詹米斯不見了。」他轉向潔西嘉，「連妳的小傢伙也會妳那種神奇的格鬥術？」

「你肯定也注意到了，你發布命令那麼久了，我兒子還藏在上面一動不動。」

史帝加派去的那兩個人回來了。他們扶著一個人，後者在他們扶持下踉踉蹌蹌地走著，大口大口地喘著粗氣。史帝加飛快地瞥了那人一眼，又注視著潔西嘉說：「妳兒子只聽妳的命令，是嗎？很好，懂紀律。」

「保羅，你現在可以下來了。」潔西嘉說。

保羅站起身，踏進照在他藏身岩縫上的月光下，把繳獲的弗瑞曼武器插進腰帶。他正要轉身，岩縫中又立起一個人影，與他面對面站著。

在月光和岩石的灰影中，保羅看到一個身穿弗瑞曼長袍的小小身影，一張小臉罩在兜帽的陰影中，偷偷窺視著他。一把彈射槍的槍口從長袍摺縫裡伸出，瞄準了他。

「我叫加妮，列特的女兒。」

聲音輕快，半帶笑意。

「其實你根本沒機會傷害我的同伴。」她說。

保羅咽下一口口水。面前的人影轉入一條月光下的小路，於是他看到一張淘氣的臉，一雙藍幽幽深陷的眼眸。他熟悉這張臉，在他最早期的帶有預知能力的夢中，他在無數個夢裡見過她。保羅驚呆了，愣在那裡一動不動。他記得這張佯嗔薄怒的臉，還曾向聖母凱斯·海倫·莫希阿姆描述過，當時他說：「我會認識她的。」

這張臉就在眼前，但他從來沒夢到在這種情況下與她相遇。

「你弄出來的聲音可真夠大的，簡直像發脾氣的夏胡露。」她說，「而且爬上來時選了最難走的一條路。跟我來，我帶你走一條好走的路下山。」

他爬出岩縫，跟著她飄動的長袍，一路翻過起伏的路面。她跑起來像一隻瞪羚，在岩石上翩翩起舞。保羅感到熱血上衝，整張臉都紅了。幸虧是在夜裡，黑暗遮住了他的窘迫。

*這個女孩！*藉著她，命運的手實實在在地觸到了他。保羅感到自己彷彿衝上了浪尖，全身上下精神煥發。不一會兒，他們下到盆地底部，站在那群弗瑞曼人中間。

潔西嘉對保羅狡黠地一笑，又轉身對史帝加說：「這將是一次不錯的交易，我們可以彼此學習。希望你和你的人不要介意我們剛才動了粗，在當時，這似乎……是必要的，剛才你正要……犯錯誤。」

「使別人免於犯錯，這是來自天堂的禮物。」史帝加說。他用左手摸了摸嘴唇，伸出右手從保羅腰間抽出那件武器，扔給他的一個同伴，「你會得到你自己的彈射槍，小傢伙，但要靠你自己去掙。」

保羅正要開口，又猶豫了。他想起了母親的教誨：「第一句話務必愼重。」

「我兒子已經有他需要的武器了。」潔西嘉說。她盯著史帝加，逼他想想保羅是怎樣得到這把彈射槍的。

史帝加瞟了一眼那個被保羅制伏了的人——詹米斯。後者站在一旁，低著頭，喘著粗氣。「妳眞是個難對付的女人。」史帝加說。他伸出左手，對一個同伴打了個響指，「Kushti bakka te。」

又是契科布薩語。潔西嘉想。

那個同伴把兩塊方形薄紗放到史帝加手中。史帝加用手指擼了一下薄紗，把其中一塊繫在潔西嘉兜帽下的脖子上，然後又用相同的手法把另一塊薄紗繫在保羅脖子上。

「現在妳們繫上了巴卡的方巾，」他說，「如果我們走散了，別人會知道妳們是史帝加穴地的人。武器的事嘛，我們以後另找時間討論。」

接著，他從手下那隊人面前走過，檢查著每一個成員，把保羅那個弗瑞曼包交給其中一人揹上。

巴卡。潔西嘉想。她想起了這個宗教術語：巴卡——哭泣者。正是這塊方巾的象徵意義將這群人凝結在一起，這一點她感覺到了。可爲什麼「哭泣」能把他們團結在一起呢？她問自己。

史帝加走到那個曾使保羅極爲困窘的女孩面前，對她說：「加妮，這個小大人就由妳照顧了。別讓他碰上麻煩。」

加妮碰了碰保羅的手臂，「過來吧，小大人。」

保羅盡量不讓話中透出怒氣：「我的名字叫保羅，妳最好……」

「我們會給你取一個名字的，小男子漢，」史帝加說，「等舉行成年禮季，進行阿克爾測試的時候。」

理性測試。潔西嘉暗中將「阿克爾」一詞翻譯過來。保羅需要確立他的地位，這是壓倒一切的緊迫問題。她厲聲道：「我的兒子已經通過高姆刺測試了。」

四周頓時一片沉默。她知道，這句話大出他們意料，震動了在場的所有人。

「我們彼此還有許多東西並不相互了解，」史帝加說，「但我們耽擱得太久了。不能讓白天的太陽發現我們還暴露在開闊地帶。」他走到被保羅擊敗的那人身邊，問道，「詹米斯，你還能走嗎？」

詹米斯哼了一聲：「只不過打了我個冷不防。完全是個意外，我能走。」

「不是什麼意外。」史帝加說，「你和加妮負責那個小傢伙的安全，詹米斯。這兩個人受我的庇護。」

潔西嘉盯著那個叫詹米斯的人。聽聲音，他就是當初在岩石間與史帝加發生爭執的人，那個充滿殺機的聲音出自他的嘴巴。而史帝加看出機會來了，想借這次事件加強對這個詹米斯的領導。

史帝加用審視的目光掃了一眼他的隊伍，打了個手勢，讓兩個人走出隊伍。「拉魯斯、法魯克，你倆負責把我們的足跡掩蓋起來，要做到不留任何痕跡。千萬多加小心——我們帶著兩個沒受過訓練的人。」他轉過身，舉起一隻手，指著盆地另一邊，「排成小隊隊形，注意保護側翼——出發。我們必須在天亮前到達瑞吉斯洞。」

潔西嘉走在史帝加身旁，她數了數，弗瑞曼人有四十個，再加上他們倆，一共四十二人。潔西嘉想：他們行進時完全像軍隊裡的一個連隊——就連那個小女孩加妮也像軍人。

保羅在隊伍中的位置緊跟在加妮後面。雖然他在剛才的戰鬥中被那個女孩占了上風，但他已經壓下了因此產生的不快。此刻，浮現在他腦海中的只有母親那一聲喝斥帶來的回憶：「我的兒子已經通過高姆刺測試了。」他發覺，自己的手竟因爲記憶中的痛苦一陣陣刺痛。

「注意你要走的路，」加妮低聲說，「不要碰著灌木叢，以免留下痕跡，暴露行蹤。」

保羅咽了口口水，點點頭。

潔西嘉仔細傾聽著隊伍前進時發出的聲音，卻只能聽到她自己和保羅的腳步聲，不由得對弗瑞曼人的行進方式大感驚訝。他們四十個人一起穿越盆地，可發出的聲音卻與大自然的聲音完全相符——像幽靈船一樣，無聲無息，只見到他們的長袍在陰影下飄然掠過。他們的目的地是泰布穴地——史帝加的穴地。

她在心中反復掂量著這個詞——穴地。這是契科布薩語，無數個世紀以來，這個古老辭彙的含意從未改變。穴地——遇到危險時的緊急集結地。最初交鋒的緊張狀態過去之後，她開始尋思這門語言和這個詞的深遠內涵。

「我們走得很快。」史帝加說，「要是夏胡露——也就是妳們所說的沙蟲——給面子的話，我們天亮前就可以到達瑞吉斯洞。」

潔西嘉點點頭，盡量保存體力。她覺得疲倦極了，但仍能控制住自己，這全靠意志的力量，還有……她承認，因爲興奮。她的思緒集中在這支部隊的價值上，看到了它透露出來的弗瑞曼文化。

「他們所有的人，」她想，「整個文化，都培養成了軍隊一般的風格。對一個流亡中的公爵來說，這是最珍貴的無價之寶！」

※ ※ ※

弗瑞曼人在古人稱為「斯潘龍波根」的品質方面造詣極深，即，他們非常善於等待，從期望得到某樣東西，到採取行動去獲取那樣東西之間，他們會自願地拖延很長一段時間。

——摘自伊如蘭公主的《穆哈迪的智慧》

他們穿過盆地山壁上一條窄得必須側身而行的岩縫，在破曉時分抵達瑞吉斯洞。暗淡的曙光中，潔西嘉看著史帝加派出哨兵，望著他們四散開來，向懸崖上爬去。

保羅邊走邊抬頭看，面前的岩壁就像掛在這顆星球上的一幅掛毯，岩壁上那道窄窄的裂縫直插灰藍色的天空，竟把這幅掛毯切成了兩半。

加妮拉著保羅的袍子，催他快走。她說：「快點，天已經亮了。」

「朝上面爬的那些人，他們要去哪兒？」保羅小聲問。

「他們是白天的第一班崗哨。」她說，「快點！」

周邊留下一批哨兵，即使遇襲也不會全軍覆滅。保羅想，聰明。但更聰明的做法是分成幾個小隊，分批到達這個地方。這樣做，損失整個部隊的可能性更小。他突然一頓，意識到這其實是游擊戰的思維模式。他想起他父親曾經擔心的事：亞崔迪可能會變成一個游擊家族。

「快點！」加妮壓低嗓音，斷斷地說。

保羅加快步伐，聽到身後眾人的衣袍唰唰響動。他想起岳那本縮微的《奧蘭治聖經》，上面有一段關於人生歷程的話：「天堂在我右邊，地獄在我左邊，死神則在我身後。」

他在心裡反復默念著這句引言。

轉過一個彎道，通道變寬了。史帝加站在一邊，指揮他們轉進右邊角落裡一個低矮的洞口。

「快！」他低聲說，「如果巡邏隊在這裡逮到我們，我們只能像籠裡的兔子一樣束手就擒了。」

保羅跟在加妮後面，彎腰鑽進洞口。山洞裡隱約有些微弱的灰色光線，是從前面某處發出來的。

「你可以直起身了。」她說。

他站直身子，打量著這個地方：這是個又深又寬的山洞，圓形的洞頂向上彎曲，剛剛到伸手搆不著的高度。隊伍在黑暗中分散開來。保羅看見母親走到一邊，查看著他們的同伴。他同時注意到，盡管她的裝束與弗瑞曼人一樣，但卻未能與他們融為一體，她的一舉一動都給人一種兼具威嚴和優雅的感覺。

「找個地方休息，不要停在過道上，小大人。」加妮說，「這兒有吃的。」她把兩小團用葉子包著的食物放在他手上，他立刻聞到陣陣香料氣息。

史帝加走到潔西嘉的身後，向左邊那隊人命令道：「把密封罩準備好，小心保護洞裡的水汽。」接著，他又轉向另一個弗瑞曼人，「雷米爾，拿些懸浮球燈來。」然後，他抓住潔西嘉的手臂說，「我想讓妳看些東西，神奇女人。」他領著她轉過一塊曲形的岩石，向光源處走去。

潔西嘉發現自己來到了這個山洞的另一個出口，這個洞口的洞沿很寬闊，開在高高的崖壁上。她向外望去。外面是另一個盆地，大約十到十二公里寬，盆地四周被高高的岩壁所包圍，四下散布著幾叢稀疏的植物。

就在她打量著黎明時分灰白色的盆地時，只見太陽自遠處峭壁上升起，照亮了淺褐色大地上的岩石和沙礫。她注意到，阿拉吉斯的太陽好像是從地平線直接跳出來的一樣。

那是因為我們想阻止它升起來，她想，夜晚比白天安全。這時，她心裡突然冒出一種渴望，竟想在這從未下過雨的地方看到彩虹。我必須抑制這些不切實際的欲望。她想，這是軟弱的表現，我再也承受不起軟弱的代價了。

史帝加抓住她的胳膊，指著盆地那一邊。「那兒！妳看，我們的人。」

她看著他手指的地方，果然發現有人影晃動：盆地底部有許多人，從陽光下跑過，躲進對面岩壁的陰影裡。盡管距離遙遠，他們的動作在明淨的空氣中仍然十分明顯。她從長袍下取出她的雙筒望遠鏡，把焦距對準遠處的人群。只見方巾飄動，活像一隻隻多彩的蝴蝶隨風起舞。

「那就是家，」史帝加說，「我們今天晚上就能抵達。」他盯著盆地，捋著鬍子說，「我的人民這麼晚還在外面工作，意味著附近沒有巡邏隊。等一會兒我會向他們發信號，他們會替我們準備好的。」

「你的人民表現出良好的紀律性。」潔西嘉說。她放下望遠鏡，發現史帝加正盯著對面的人群。

「他們所遵守的紀律使部落得以保存至今。」他說，「保存部落，這也是我們在自己人中間挑選首領的標準。首領應該是最強壯的人，也是能給大家帶來水和安全的人。」他從盆地收回視線，看著她的臉。

她回望著他，注意到他那沒有半點眼白的眼睛、沾有汗跡的眼眶、嘴邊掛滿塵土的鬍子和髭鬚，還有儲水袋的水管，從他的鼻孔處開始向下彎曲，伸進蒸餾服。

「我打敗了你，這會損害到你的領導地位嗎，史帝加？」她問。

「妳當時又沒向我挑戰。」他說。

「對一個領袖人物而言，維繫部下對自己的尊崇是很重要的。」她說。

「那些沙虱，沒有一個是我對付不了的。」史帝加說，「妳打敗了我，也就等於把我們全打敗了。現在，他們希望能從妳那兒學會那種……神奇的格鬥術……還有些人則感到好奇，想看看妳會不會向我挑戰。」

她掂量著隱藏在這句話裡的暗示：「在正式的決鬥中打敗你？」

他點點頭，「我勸妳最好別這樣做，因為他們不會跟妳走的。妳不屬於沙漠。他們已經從我們昨晚的行軍途中看出來了。」

「講求實際的人。」她說。

「確實如此。」他看了一眼盆地說，「只有我們自己知道我們的需求。但現在，沒多少人會在離家這麼近的地方深思這個問題。我們外出的時間已經很長了，一直在準備把我們那部分香料配額送到自由行商那裡，賣給該死的宇航公會……願他們的臉永遠是黑色的。」

潔西嘉正打算轉身離開，聽到這話又中途停下來，回頭看著他的臉說：「宇航公會？宇航公會跟你們的香料又有什麼關係？」

「那是列特的命令，」史帝加說，「我們也知道原因，但個中滋味眞是讓人厭惡。我們拿大量的香料去賄賂宇航公會，目的是保障我們頭上沒有衛星，這樣一來，就沒人能窺探到我們在阿拉吉斯地面上做的事了。」

她想起保羅也這麼說過，他認定這就是阿拉吉斯上空沒有衛星的原因。潔西嘉精心斟酌自己的用詞，再次問道：「你們在阿拉吉斯地面上做了些什麼？爲什麼不想讓別人看見？」

「我們在改變地貌……雖然進度緩慢，但一步一腳印。我們要改造阿拉吉斯，讓它適合人類居住。我們這一代人是看不到了，我們的孩子也看不到，我們的孩子的孩子，甚至他們的孩子的孫子也都可能看不到……但是，那一天總會到來的。」他那隱沒在黑暗中的雙眼凝望著洞外的盆地，「會有地表水，高大的綠色植物，人們不用穿蒸餾服也可以自由自在地走來走去。」

原來這就是列特—凱恩斯的夢。潔西嘉想。她接著又說：「賄賂是危險的，對方的胃口會愈來愈大。」

「他們的胃口確實在增加，」他說，「但最慢的辦法總是最安全的辦法。」

潔西嘉轉過身去，望著外面的盆地，盡力用史帝加在想像中看它的方式去看它。但她看到的僅僅是遠處帶著芥末色斑點的灰色岩石，以及懸崖上空突然揚起的漫天塵霧。

「啊——啊！」史帝加說。

起初她還以爲那是巡邏車，隨後意識到那其實是海市蜃樓——是懸浮在沙漠上空的另一幅風景：近處的黃沙，遠處搖曳的綠葉，中間還有一條長長的沙蟲正在行進，沙蟲背上飄動著的好像是弗瑞曼長袍。

海市蜃樓漸漸消失了。

「騎著牠走比自己走強得多，」史帝加說，「但我們不能允許製造者進入這個盆地。所以，今晚我們必須再走一晚。」

製造者——他們用來稱呼沙蟲的專有名詞。她想。

她掂量著他這幾句話的重要性，還有，他居然聲稱不能讓製造者進入這個盆地。她知道自己在海市蜃樓中看到了什麼：弗瑞曼人正騎在一條巨型沙蟲的背上。她用了最強的控制力，這才沒有流露出她對這一景象暗示的內容所感到的極度震驚。

「我們必須回到大夥兒那去了，」史帝加說，「要不然，我的人也許會懷疑我在跟妳調情呢。早就有人嫉妒我了，因爲昨晚在托羅羅盆地跟妳打鬥時，我的雙手嘗到了妳的甜美。」

「夠了！」潔西嘉厲聲呵斥。

「我沒有惡意，」史帝加說，聲音很溫和，「我們這兒有規定，不允許對本族女子做出違背她們意願的事。而妳嘛……」他聳聳肩，「以妳的身手，甚至根本不需要那條規定的保護。」

「請你記住，我曾經是一位公爵的女人。」她說。這一次，她的聲音平靜多了。

「悉聽尊便。」他說，「現在該封閉這個洞口了，這樣才能允許大家鬆一鬆蒸餾服。我的人今天需要舒舒服服地休息一下。到明天，他們的家人可不會讓他們歇著。」

說完，兩人陷入了沉默。

潔西嘉望著外面的陽光。她不止一次從史帝加的話中聽出了弦外之音。除了他的支持，他似乎還有什麼額外的提議。他需要一個妻子嗎？她意識到自己還是有可能和他走到那一步的，這種方法可以消弭因爭奪部落領導權而導致的衝突——通過男人與女人的適當結合。

但那樣一來，保羅怎麼辦？誰知道這裡的父母怎麼對待自己的孩子？她那尚未出世的女兒又該怎麼辦？一個去世公爵的女兒？她盡量讓自己靜下心來，充分面對現實，仔細思考正在她肚子裡成長的這個孩子的意義，了解當初她允許自己懷孕的動機。她知道爲什麼：屈從於自己的本能。所有面臨死亡的生物都受到這種意義深遠的本能驅使——通過繁衍後代來尋求種族的延續。物種的生殖本能勝利了。

潔西嘉瞟了一眼史帝加，發現他正看著自己，等待著。在這兒，一個女人與他那樣的男人結婚後生出的女兒——這個女兒的命運將會如何？她問自己，他是否會干涉一名比吉斯特所必須遵從的原則？

史帝加清了清嗓子，這個動作顯示，他理解她心裡所想的一部分問題。「對一個領袖來說，重要的是使他成爲領袖的那些東西，也就是他的人民所需要的東西。如果妳教我學會妳的那種神奇的格鬥術，遲早有一天，我們中的一個將不得不向另一個人挑戰。我倒寧願選擇其他的方法。」

「還有其他選擇嗎？」她問。

「塞亞迪娜。」他說，「我們的聖母年紀大了。」

沒等她發問，他又說：「我不應該主動提出當妳的配偶。不是我個人沒有這個願望，妳確實很漂亮，值得追求。但假如妳成了我的一個女人，也許會使我的一些年輕人產生誤會，以爲我過於貪圖肉體的歡樂，不夠關心部落的需求。就連現在，他們都在豎起耳朵監聽我們的談話，睜著眼睛監視我們的舉止。」

一個做事前先衡量輕重、考慮後果的男人。她想。

「我的年輕人中，有些小夥子剛到血氣方剛的年紀。」他說，「必須讓他們安心度過這一時期，我絕對不可以給他們留下任何理由向我挑戰。因爲我將不得不把他們變成殘廢，不得不殺死他們。對一個首領來說，只要可以體面地避免爭議，決鬥就不是什麼恰當的解決辦法。妳知道，首領的素質是區分一夥人和一族人的要素之一。首領維持著個體的數量水準，如果個體太少，一族人就會蛻變爲一夥人。」

這些話既是講給她聽，也是講給那些暗地裡偷聽他們談話的人聽。十分深刻。她不由得重新評估起眼前這個人來。

他很有才幹，她想，他是從哪兒學到這種內部平衡論的？

「律法規定了我們挑選首領的形式，這一律法是公正的，」史帝加說，「但它並不表示，公正永遠是一個民族所需要的東西。我們現在眞正需要的是時間，壯大和繁榮的時間，把我們的人散布到更多土地上的時間。」

他的祖先是什麼樣的人？她猜想著，這樣的血統到底源於何處？

她說：「史帝加，我低估你了。」

「我估計是這樣。」他說。

「我們倆都明顯低估了對方。」她說。

「我希望結束這種局面，」他說，「我希望與妳建立起友誼……和信任。我希望我們能夠彼此敬重對方，是那種發自內心的敬重，而不是一時的衝動。」

「我理解。」她說。

「妳相信我嗎？」

「我聽得出你的誠懇。」

「在我們中間，」他說，「塞亞迪娜雖然不是正式的領導人，但地位尊貴。她們教育大眾，她們在這兒維繫著神的力量。」他摸了摸自己的胸膛。

我應該打聽一下這位神祕的聖母。她想。潔西嘉對史帝加說道：「說起你們的聖母……我聽過傳說和預言中的一些片段。」

「據說，一位比吉斯特和她的後代掌握著我們未來的鑰匙。」他說。

「你們相信我就是那個比吉斯特？」

她觀察著他的臉，心想：新生的蘆葦最容易枯死，開始的階段總是最危險的。

「我們不知道。」他說。

她點點頭，心想：史帝加是位值得尊敬的人。他希望能從我這裡看出某種徵兆，卻不想用取巧的辦法，告訴我這個徵兆是什麼。

潔西嘉轉過頭去，凝視著下面盆地中金色、紫色的陰影，看著洞口滿是塵埃的空氣輕輕顫動。此刻，她如同貓科動物一般，似乎已經隱約預感到了什麼。她知道護使團的隱語，也知道如何利用傳說、利用人們的恐懼和希望，以實現自己的目的。然而，她感到弗瑞曼人中發生了巨大的改變……彷彿有人已經搶先置身於弗瑞曼人中間，早已把護使團的影響力兌成了現金。

史帝加清了清喉嚨。

她感到他的不耐煩，知道現在已經是白天了，人們正等著封閉這個洞口。而她則應該大膽行動起來。她知道她需要什麼：學校裡教過的某種的宗教學程，這些聖語會帶給她……

「自發記憶。」她輕聲說。

無數記憶彷彿在她腦海裡翻騰湧動。她識別出了這種感受，不由得心跳加速。這種識別信號從不見於比吉斯特的任何訓練，它只可能是自發記憶。她完全放任自己，讓話語自然而然地從口中流出。

「聖語有言，」她說，「遠至塵埃落定之處……」她從長袍裡伸出一隻手臂。只見史帝加睜大了眼睛，身後傳來許多衣袍颯颯作響的聲音，「我看見一個……手裡拿著儆戒書的弗瑞曼人，」她漫聲長吟，「他向他所挑戰並征服了的太陽神阿—拉特念誦經文，向最終審判日的聖法官薩度斯念誦經文。他念道：

『我的敵人像風暴下的綠葉，
零落飄搖。
難道你沒看見
我們的主的偉跡？
敵人設下陰謀暗害我們，
他便把瘟疫送到他們中間。
敵人就像被獵人驅散的鳥兒，
他們的陰謀就像一粒粒毒丸，
受到每一張嘴的排斥。』」

一陣戰慄震動著她，她垂下手臂。

身後洞內的陰影中響起眾多聲音，悄聲回應：「他們的惡業已被推翻。」

「上帝的怒火湧上胸膛。」她說著，一邊想：現在，總算走上正軌了。

「上帝的怒火已經點燃。」眾人回應。

她點點頭。「你們的敵人終將滅亡。」她說。

「比拉凱法。」他們回應道。

一片寂靜中，史帝加向她躬身行禮。「塞亞迪娜，」他說，「如果夏胡露允許的話，妳就可以走向內部，成爲聖母了。」

走向內部。她想，這種說法眞夠奇怪的。好在其餘部分與預言完全吻合。剛才所做的一切讓她產生了一種苦澀、自嘲之感。我們的護使團幾乎從不失手，即使在這片荒蕪的沙漠，也爲我們準備好了庇護所。弗瑞曼人的禮拜禱詞就是爲我們製造藏身之處的工具。現在……我必須扮演上帝之友奧麗亞的角色……也就是流浪者口中的塞亞迪娜，這個人物已經和我們比吉斯特的預言一起深深印在他們心中。他們甚至跟我們一樣，把他們的女性主祭司稱爲聖母。

洞內的陰影裡，保羅站在加妮身邊。他仍在回味她剛才給他吃的那種食物：鳥肉、穀物，混合著香料蜜，包在一片葉子裡。品嘗這種食物時，他意識到自己以前從未吃過這麼濃的香料萃取物。保羅有些害怕起來。他知道香料萃取物會對自己產生什麼作用——所謂的「香料之變」，這種變化會進一步強化他的預知性。

「比拉凱法。」加妮悄聲說。

他望著她，發現她和其他弗瑞曼人一樣，聆聽著母親的話，產生了深深的敬畏之心。只有那個叫詹米斯的人似乎沒受這個儀式的影響：他把雙臂交叉抱在胸前，在一旁冷眼旁觀。

「Duy yakha bin mange,」加妮低聲吟道，「Duy punra bin mange.」我有兩隻眼睛，我有兩隻腳。

她敬畏不已地凝視著保羅。

保羅深深吸了一口氣，努力想平息內心的煩亂不安。母親的話與香料萃取物的藥力相輔相成，他只覺得母親的聲音在心裡像燃燒的火焰般上下跳動。但與此同時，他仍能覺察到她話中的玩世不恭——他太了解她了！但即便如此，也無法阻止那一點點香料食品所激發的身體與意識的變化。

可怕的使命！

他感覺到了，那是一種無從逃避的種族意識。資料大量湧入，頭腦變得犀利無比，意識冷靜精準。他滑倒在地，背靠岩石坐下，不加抵抗地敞開心靈。

他的意識流入一層沒有時間概念的空間。在那裡，他可以看到時間的歷程，感知可能的路徑，感受未來之風……過去之風：一隻眼睛看過去，一隻眼睛看現在，一隻眼睛看將來——三者結合在一起，合成一個三重幻象，他由此看到了時間轉變而成的空間。

有危險，會讓他陷於滅頂之災的危險，他感覺到了。他必須緊緊抓住對現在的認知，感覺種種一閃即逝的偏差，潮水般流過的諸般動作，不斷地把現在凝固成永久的過去。

抓住現在，他第一次感到時間像一個巨物，穩穩地流動著，潮水、海浪、巨濤不斷拍打著它，像波濤拍擊嶙峋崖壁，時間的流動因此變得複雜起來。他對自己的預知能力有了新的認識，懼意迅速湧上心頭，他明白了時間盲點的根源，判斷失誤的根源。

他意識到，他的預知能力其實是一種綜合了各種已知資訊的啓發、闡釋式思維。它既精確，又存在誤差，而這種誤差會對未來產生深遠的影響。某種類似海森堡測不準原理的因素也會在其間產生作用：爲了看到未來，他必須消耗能量，而消耗的能量又改變了他所看到的未來。

他所看到的是存在於這個山洞之內的一個時間節點，諸種可能性在此劇烈衝撞。在這裡，哪怕最細微的一個動作——眼睛一眨，無心的一句話，錯放的一粒沙——都有可能撼動某個巨大的槓桿，影響已知的宇宙。這裡所輸出的結局充滿暴力，但這個結局又是如此富於變化，變數之多，只要他稍稍一動，事物發展的模式就會發生重大改變。

這番景象使他恨不得讓自己凝固不動。但「不動」本身也是一種行動，同樣會產生後果。無數個後果，無數條發展方向，從這個山洞裡向外呈扇形展開。絕大多數發展方向上，他都看到了自己的屍體，鮮血從一個可怕的刀口中汩汩湧出。

※ ※ ※

我的父親，帕迪沙皇帝，一手促成了萊托公爵的死，把阿拉吉斯交還到哈肯尼人手裡。那一年他七十二歲，可看上去還不到三十五。在公開場合，他通常只穿薩督卡軍服，頭戴波薩格將官的黑色頭盔，盔頂上飾有象徵皇室的金獅紋章。軍服公開表明他的權力源自武力。但他也不總是那麼愛炫耀。只要他願意，他渾身上下都可以散發出無窮的魅力和真誠。但後來那段日子裡，我常常在想，不知道他的內心是否真像他所表現出來的那樣。如今，我認為他其實一直在掙扎，一心想逃出那個看不見的牢籠。你要明白，他是個皇帝，是君臨天下的一國之父，而他所處的這個朝代卻是歷史上最可悲的皇朝。我們拒絕給他生一個合法的兒子作繼承人，對一個統治者而言，這難道不是最可怕的失敗嗎？同是生育之事，我的母親服從她的上級比吉斯特，而潔西嘉夫人卻違抗了下達給她的命令。這兩個人中，誰是強者？歷史已經做出了回答。

——摘自伊如蘭公主的《我父親的家事》

潔西嘉在黑暗的洞中醒來，感到她周圍的弗瑞曼人已經開始四處走動了，鼻子裡聞到的是蒸餾服散發出來的酸臭味。她內心的時間感告訴她，外面很快就要入夜了。洞裡現在仍是一片黑暗，密封罩把這片區域與沙漠隔開，以保持大家體內的水分。

極度疲乏之下，今天她允許自己完全放鬆地好好睡了一大覺。潔西嘉覺察到，這表明她在潛意識中評估了當前的形勢，一點也不擔心他們母子倆在史帝加部隊中的人身安全。她在用長袍做成的吊床上翻了個身，雙腳滑落到岩石地面上，穿好沙靴。

繫沙靴時一定得記住打平結，方便蒸餾服的泵壓運動。她想。需要牢記在心的事眞多呀。

潔西嘉仍在回味著早餐的味道：用一片葉子包起來的鳥肉和穀物，混著香料蜜吃。她突然想到，在這裡，作息時間是顚倒的：夜晚從事日常活動，白天則是休息的時間。

夜晚是隱蔽，夜晚是安全。

懸掛吊床的樁子釘在岩壁的凹孔裡，她從上面解下自己的長袍，在黑暗中摸索著長袍的領子，找到後迅速把頭從領子裡鑽進去。

該如何把資訊傳給我們的比吉斯特姐妹會？她思忖著，兩個自己人失去了聯繫，正在阿拉吉斯的避難處。必須把這個消息告訴她們。

懸浮球燈在山洞深處亮起，她看到人們在那邊四下走動著，保羅也夾在他們中間。他已經穿好衣服，兜帽翻在身後，露出亞崔迪家族特有的鷹臉。

今天早上休息前，他的舉動顯得非常奇怪。她想，很自閉的樣子，就像剛從死亡線上爬回來的人，還沒有完全意識到自己已經回到人間。眼睛半閉著，眼神呆滯，像檢視著自己的內心深處。她不由得想起他在這之前的警告：混合香料的食物會讓人上癮。

會有副作用嗎？她猜測著。他說香料與他的預知能力有關，但他對於自己所看見的未來卻始終保持著奇怪的緘默。

史帝加從她右邊的陰影裡走來，穿過懸浮球燈下的那群人。她留意到了他用手指不安地捋鬍鬚的動作，還有那種警覺的神情，像潛行的貓。

她發現保羅周圍的人又緊張起來，表現得十分明顯：僵硬的動作，還有他們占據的位置，彷彿要舉行什麼儀式。懼意突然襲上潔西嘉心頭。

「他們受我的庇護！」史帝加低聲喝道。

潔西嘉認出了站在史帝加對面的那個人——詹米斯！隨後，從詹米斯緊繃的雙肩上，她看出了他的怒火。

*詹米斯！被保羅打敗的那個人！*她想。

「你知道規矩，史帝加。」詹米斯說。

「誰能比我更清楚呢？」史帝加問。她聽出他的話音裡有安撫的成分。

「我選擇決鬥。」詹米斯咆哮著說。

潔西嘉迅速穿過山洞，走過去抓住史帝加的胳膊。「這是什麼意思？」她問。

「是艾姆泰爾規則——一種常用的毀滅性測試，」史帝加說，「詹米斯要求檢驗你在神聖傳說中的地位。」

「她必須找人替她決鬥。」詹米斯說，「如果她的替身贏了，一切傳說就都是真的。但根據神聖傳說……」他瞥了一眼周圍簇擁的人群，「……她不需要從弗瑞曼人中挑選替身。那就意味著，她只能在自己的隨行人員中挑選。」

*他是說，要跟保羅單打獨鬥！*潔西嘉想。

她鬆開史帝加的手臂，向前跨進半步說：「我向來自己出戰，」她說，「這是最簡單的……」

「我們怎麼決鬥用不著妳來告訴我們！」詹米斯大喝道，「如果妳拿不出比我看到的那些玩意兒更有效的證據，證明妳就是傳說中的比吉斯特，那就最好閉嘴。昨天早上，很可能是史帝加告訴妳該說些什麼的。也許他出於對妳的寵愛，給妳灌了一腦子經文，而妳則鸚鵡學舌地念給我們聽，想騙過我們。」

我對付得了他。潔西嘉想，但那樣做也許不符合經他們演繹的神聖傳說。看來，護使團在這個星球上的工作已經在本土化的過程中被大大扭曲了，她再一次對這種演變感到驚訝。

史帝加看看潔西嘉，壓低嗓門，卻有意讓邊上的人都能聽見。「詹米斯是一個記仇的人，塞亞迪娜。妳兒子打敗了他，而……」

「那是意外！」詹米斯咆哮道，「托羅羅盆地有女巫做怪。我現在就可以證明給你們看！」

「……而我自己也曾經擊敗過他。」史帝加繼續說，「他發起這次泰哈迪式挑戰還有個目的，就是報復我。他這人暴力傾向太重，永遠無法成爲一個優秀的首領。太像個加弗拉，腦子有問題。嘴上說的是規矩，心裡想的卻是薩法——歧途。他的行爲背離了神的教誨。不，他永遠也不會成爲一個合格的首領。我留了他這麼長時間，無非是因爲他在戰鬥中還算有用。但他發狂的時候，即使對他自己的部落來說也是危險的。」

「史帝加！」詹米斯一聲怒吼。

潔西嘉明白史帝加的意圖，他想激怒詹米斯，誘他拋開保羅，轉而向史帝加挑戰。

史帝加轉向詹米斯，潔西嘉再次從他低沉的嗓音裡聽出了要求和解的意味：「詹米斯，他不過是個孩子，他是……」

「當初你自己說過，他已經是個大人了。」詹米斯說，「而他母親說，他通過了高姆刺測試。現在他已經成年，藏的水多得讓人噁心。幫他們揹背包的人說，背包裡有好幾個標準密封水瓶，裝滿了水！好幾公升呢！我們卻要吸吮自己儲水袋裡回收的每一滴水。」

史帝加瞥了一眼潔西嘉，「是眞的嗎？你們的背包裡有水？」

「是啊。」

「好幾個標準密封水瓶？」

「兩個水袋。」

「這筆財富妳打算怎麼用？」

財富？潔西嘉吃驚地想。她感覺到了對方冷冰冰的語氣，搖了搖頭。

「在我出生的地方，水從天上落下，流過地面，匯入大河。」她說，「還有遼闊的海洋，那是一望無際的水，你甚至看不到海的另一邊。我從沒受過用水紀律方面的訓練，在我以前所生活的環境裡，從來沒有必要把水當成財富。」

周圍的人群中響起一片歎息聲：「水從天上落下……流過地面。」

「妳知不知道，我們中有些人出於意外，用光了儲水袋裡的水。今晚到達泰布穴地之前，他們就會面臨極大的困難？」

「我怎麼會知道？」潔西嘉搖搖頭說，「如果他們需要，就從我們的背包裡取些水給他們好了。」

「妳希望這樣處理這筆財富嗎？」

「我希望用它拯救生命。」她說。

「那麼，我們接受妳的恩惠，塞亞迪娜。」

「別想用水收買我們！」詹米斯咆哮著，「你也別想激怒我對付你本人，史帝加。我知道，你一直在使激將法，想讓我在證明自己的話之前向你提出挑戰。」

史帝加面向詹米斯，「你已經下定決心，一定要逼迫這個孩子與你決鬥，詹米斯？」他的聲音低沉兇狠。

「她必須找到替身爲她一戰。」

「即使她是在我的庇護下？」

「我要求援引艾姆泰爾規則，」詹米斯說，「這是我的權利。」

史帝加點點頭。「那麼，如果這個男孩沒能把你打倒，在那之後，你必須回應我的戰刀。而這一次，我不會再像以前那樣收回我的刀鋒了。」

「你不能這麼做，」潔西嘉說，「保羅不過是個……」

「妳不能干涉，塞亞迪娜。」史帝加說，「哦，我知道妳能打敗我，因此，也就能打敗我們之中的任何人，但如果我們聯合起來，妳就無法獲勝了。我們必須這麼做，這就是艾姆泰爾規則。」

潔西嘉陷入了沉默，她盯著懸浮球燈綠色燈光中的史帝加。他的表情已經變得冷酷無情。她又把注意力轉向詹米斯，看到了他緊鎖在眉間的怨恨。她想：*我早就應該看出來了，他一直悶悶不樂，壓著心頭的怒火。他是那種生性沉默寡言的人，凡事都放在心裡。我該早點做好準備的。*

「如果你傷了我兒子，」她說，「你就要準備和我鬥上一鬥了。現在我正式向你挑戰，我要把你剁成肉……」

「母親，」保羅向前邁了一步，碰碰她的衣袖，「也許，如果我跟詹米斯解釋一下……」

「解釋？」詹米斯冷笑一聲。

保羅沉默了，盯著那個人。保羅並不怕他，詹米斯看上去笨手笨腳。那晚在沙地相遇時，他輕而易舉就打倒了他。但是，保羅仍能感受到這個時間節點似的山洞裡種種可能性的衝撞，仍然記得他在預見的幻象中看到自己死於刀下。幻象之中，他逃離死神的機會似乎並不多……

史帝加說：「塞亞迪娜，妳現在必須退後到……」

「別再叫她塞亞迪娜！」詹米斯說，「這一點還有待證明！她確實知道祈禱文，那又怎麼樣？只要是我們的人，就連孩子都背得出。」

他講的已經夠多了。她想，我完全掌握了他的模式，已經有了控制他的辦法，一句話就可以定住他。她躊躇起來，但我無法把他們所有人全都制住。

「到時候，你要面對的人就是我了。」潔西嘉說。她稍稍抬高嗓門，讓聲音帶著一股淒厲之氣，結尾時猛地一收。

詹米斯盯著她，臉上露出恐慌的神情。

「我將教會你什麼是痛苦，」她用同樣的聲調說，「決鬥時記住我這句話吧。你會痛苦到極點，跟這種折磨比起來，就連高姆刺都算得上幸福的回憶。你渾身會翻騰著……」

「她在對我下咒！」詹米斯大口喘息著，他握起右拳，舉在耳邊，「我要求她保持沉默！」

「批准。」史帝加道，向潔西嘉投去警告的一瞥，「如果妳再開口說話，塞亞迪娜，我們就將視之爲妳的巫術，妳也會受到相應的懲罰。」他點頭示意她退開。

幾隻手拉著她，扶她退到後面去，但她感到他們並沒有惡意。她看見保羅與人群隔開了，一臉生氣勃勃的加妮在保羅耳邊小聲說著什麼，一邊朝詹米斯那邊點了點頭。

隊伍圍成一個圓圈，更多的懸浮球燈被點亮了，這一回全都調成黃光。

詹米斯走進圓圈，脫下長袍，捲成一團扔給人群中的某個人。他站在那兒，穿著漂亮的深灰色蒸餾服，一道道摺痕和皺摺將蒸餾服分成一塊塊方格。他低下頭，嘴湊近肩頭的水管，從儲水袋裡吸了幾口水喝。過了一會兒，他伸直身子，脫下蒸餾服，小心地把它遞進人群中。詹米斯圍著腰布，腳上緊緊纏著腳布，右手拿了一把嘯刃刀，站在那邊等待著。

潔西嘉看著那個女孩加妮幫助保羅，看著她把嘯刃刀塞進保羅手裡，又看著他掂量了一下，體會刀的重量和平衡感。潔西嘉想，保羅的肉體和明點都受過訓練，他是在最嚴格的學校裡學會廝殺的。他的那些老師們，像鄧肯·艾德荷和葛尼·哈萊克等人，全都是一生戎馬的傳奇人物。此外，這孩子還熟知比吉斯特的種種以柔克剛的格鬥術，看上去身手敏捷，信心十足。

可他畢竟只有十五歲啊，她想，又沒有遮罩場。我必須阻止這場決鬥。無論如何，總會想出辦法的……她抬起頭來，發現史帝加正注視著她。

「妳不能阻止決鬥，」他說，「也絕對不能講話。」

她一隻手捂住嘴，心想：我已經把恐懼植入了詹米斯心中，他的動作會因此遲緩下來……但願如此。要是我會念咒——要是我眞會念咒就好了。

保羅獨自一個人站著，剛好站在圈內靠邊的地方。他穿著平時穿在蒸餾服下面的搏擊短褲，右手舉起嘯刃刀，赤腳站在鋪滿沙礫的岩石上。艾德荷反復告誡過他：「當你弄不清腳下的地面狀況時，赤腳是最好的。」還有剛才加妮的指點：「每次交手之後，詹米斯都會持刀轉向右側，這是他的習慣，我們大家都知道。他會盯著你的眼睛，趁你眨眼的時候出刀。他的兩隻手都可以作戰，所以要留神他的刀突然換手。」

但保羅覺得，自己身上最強的就是他所受過的訓練和本能的條件反射，這是他日復一日，一個小時又一個小時，在訓練場上反復練習，經過千錘百煉才換來的。

葛尼·哈萊克的話也必須記住：「優秀的刀客要同時想到刀尖、刀刃和月牙護手。刀尖同樣可以砍劈，刀刃同樣可以刺戳，護手則可以鎖拿對方的刀刃。」

保羅瞟了一眼嘯刃刀，沒有月牙護手，只有細細一彎的環狀刀柄，把手稍稍外翻，以保護握刀的手。更糟的是，他不清楚刀身可以承受多大的力量而不致斷裂，甚至不知道它是否會斷裂。

詹米斯開始在保羅對面沿圓圈邊緣向右移動。

保羅剛蹲下身子，隨即意識到自己現在並沒有遮罩場，而他以前的訓練全都是在遮罩場護體的情況下進行的。他所受的訓練是以最快的速度回防，將進攻的速度放緩，算好時機，以便刺穿敵人的遮罩場。雖然訓練他的人也一再告誡他不要過於依賴遮罩場，不要以爲對方的進攻速度總是很遲緩，但他知道，遮罩場意識已成了他的一部分。

詹米斯按照挑戰的儀式大叫道：「願你刀斷人亡！」

也就是說，這刀是會斷的。保羅想。

他提醒自己，詹米斯也沒帶遮罩場。但同時，詹米斯也沒有受過遮罩場訓練，因而沒有遮罩場鬥士的習慣。

保羅隔著圓圈盯著詹米斯。那人的身體看上去像身上纏著繩結的骷髏，懸浮球燈下，他的嘯刃刀發出米黃色的光芒。

一絲恐懼感襲上保羅心頭，他突然感到自己孤身一人，赤裸裸地站在晦暗的黃光下，被關在人群圍成的圓圈裡。預知能力把數不清的經歷灌輸到他腦海中，向他暗示未來最可能的發展趨勢，還有引發這些趨勢的一系列決斷。但這一回是眞正的現實，是生死鬥。最細小的變化都會導致不同的結局，而他在數不清的結局中看到的都是死亡的陰影。

他意識到，任何因素都會改變未來的結局。觀戰的人群中有人咳嗽，這會分散注意力；懸浮球燈的光線稍有變化，這使陰影此消彼長，影響判斷。

我害怕了。保羅告訴自己說。

他在詹米斯對面小心地兜著圈子，反復默念比吉斯特對抗內心恐懼的祈禱文：「恐懼會扼殺思維能力……」這些語句如冰水般澆遍他的全身。他感到肌肉不再糾結，他擺好了姿勢，準備就緒。

「我要用你的血來洗我的刀！」詹米斯怒吼著。最後一個字剛出口，他已經猛撲過來。

潔西嘉看到了他的動作，好不容易才咽下一聲尖叫。

但那人一刀砍了個空。保羅已經站在詹米斯身後，面前就是對手毫無遮攔的後背。

機會！保羅，快！潔西嘉在心裡尖叫道。

保羅的動作慢了一拍，雖然姿勢優美流暢，但實在太慢了，竟使詹米斯得以及時閃開，後退一步，移到了右側。

保羅退回原地，放低身姿。「想洗刀，先得找到我的血。」他說。

潔西嘉發現兒子在拿捏時間上還是以遮罩場攻防爲標準。她明白了，兒子過去所受的訓練現在成了一把雙刃劍。這小夥子的反應結合了年輕人的敏捷和受訓後的速度，已經達到眼前這些人從未見過的極致。但攻擊方面，過去的訓練卻制約了他。保羅習慣了足以刺穿遮罩場的有限速度。遮罩場會彈回速度太快的攻擊，只有結合虛招的緩慢反擊才能奏效。進攻者需要控制速度和動作，再輔以相應的計謀，才能穿透遮罩場的保護。

保羅看出來了嗎？她問自己，他一定要看到這一點才行！

詹米斯再一次發起進攻，藍墨水似的眼睛閃閃發光。懸浮球燈懸浮球燈下，迅速移動的身體像一道黃色幻影。

保羅又一次滑開，動作過於緩慢地反攻了一下。

又一次。

又一次。

每個回合，保羅的反擊都慢了一拍。

潔西嘉注意到一個細節，她只希望詹米斯沒看出來。保羅的防衛動作雖然快得令人眼花撩亂，但兩人擦身而過時的角度實在太懸了。只有在有遮罩場的情況下，這個角度才可謂恰到好處，遮罩場會擋開詹米斯可能的攻擊。

「妳兒子是在耍弄那個可憐的笨蛋嗎？」史帝加問。沒等她回答，他已經揮手示意她別開口，「對不起，妳必須保持沉默。」

此刻，兩個人影在岩石上互兜圈子。詹米斯拿刀的手伸在身體前方，刀尖微側；保羅伏著身子，刀身放得低低的。

詹米斯再一次撲擊。這次他繞到右邊，之前保羅一直朝那個方向閃躲。

保羅沒有後退，也沒有閃躲，他的刀尖迎上了對方握刀的手。然後，這男孩撤下一步，閃身避到左側——多虧加妮的警告。

詹米斯退進圓圈中央，揉著握刀的手。血從傷口上滴了下來，片刻之後，止住了。懸浮球燈朦朧的光線中，他的雙眼睜得大大的，像兩個藍黑色的洞。他打量著保羅，眼神中出現了一絲戒備。

「哦！那一個受傷了。」史帝加咕噥了一聲。

保羅先伏下身做好準備，然後高聲叫道：「你降不降？」按照過去的訓練要求，第一次見血後必須這麼問。

「哈！」詹米斯大叫一聲。

人群中傳出一陣憤怒的議論聲。

「等一等！」史帝加高聲說，「這小夥子還不懂我們的規矩。」他轉身對保羅說，「泰哈迪式挑戰中沒有投降，必須由死亡證明誰是正確的一方。」

潔西嘉看到保羅艱難地咽下一口口水，她想：他從來沒像這樣殺過人……在這種性命相拚的決鬥中。他能做到嗎？

保羅被詹米斯逼著，向右慢慢地兜著圈子。他知道，這個山洞裡有數不清的變數影響著結局，這種預見力又開始折磨著他。他新近對預知力的領悟使他認識到，這次搏鬥中，隨時需要迅速做出決定，而這種情況出現得太多、太頻繁，轉瞬即逝，沒等他看到某個決斷可能的後果，決斷本身便已經成爲過去。

變數累積——於是，這個山洞才會成爲諸多可能性劇烈衝突的節點，橫亙在他前方，由於變數太多變得有點模糊不清。它就像洪流中的巨石，在它周圍的急流中造出無數旋渦。

「結束戰鬥吧，小子，」史帝加低聲說，「別再耍他了。」

保羅依靠自己的速度優勢，向圈中步步緊逼。

詹米斯則連連後退。到現在，他已經徹底明白了：眼前的人絕不是在泰哈迪決鬥圈中容易對付的異鄉客，那種人從來是弗瑞曼嘯刃刀最容易捕獲的獵物。

潔西嘉看到詹米斯臉上閃過絕望的陰影。現在的他最爲危險。她想，情急拚命，什麼事都做得出來。他看出來了，這一回，他的對手並非他們自己部落裡的小孩子，而是從小受訓的戰士，天生的戰爭機器。我種在他心裡的恐懼開花結果了。

她發覺，自己竟在內心深處同情起詹米斯來，但這種情緒轉眼間便無影無蹤——她意識到兒子即將面臨巨大的危險。

詹米斯可能做出任何事……任何無法預料的事。她告訴自己。她不知保羅是否曾經看到過即將發生的事，現在的他是否正在重複這個經歷。但她看到了兒子移動的方式，看到一串串汗珠出現在他的臉上、肩上，也從他肌肉的動作上看出他的小心謹慎。潔西嘉第一次感受到，保羅的天賦中同樣存在不確定性因素。這僅僅是她的直覺感受，她並不明白其中的道理。

保羅現在加快了步伐，繞著圈子，但並不急於進攻。他已經看出了對手的懼意。保羅的意識中響起鄧肯·艾德荷的聲音：「當對手怕你的時候，你應該讓這種懼意自由發展下去，給他足夠的時間，讓懼意影響他的判斷，讓懼意變成恐懼。心存恐懼的人會與自己的內心交戰。最終，他會因絕望而拚死一搏。這是最危險的時刻。但一般來說，心存恐懼的人通常會犯下致命的錯誤。你在這兒受訓的目的，就是發現這些錯誤，利用它們。」

山洞裡的人群開始小聲地議論紛紛。

他們以為保羅在戲弄詹米斯。潔西嘉想，他們認為保羅的行為是不必要的殘忍。

但她同時也感到了人群中那股興奮的潛流，對這場決鬥的讚賞。她能看到詹米斯身上的壓力越聚越多，這種壓力什麼時候會達到詹米斯無法容忍的程度，她、詹米斯……或保羅，都知道得一清二楚。

詹米斯高高跳起來，右手向下猛砍。但這隻手是空的。嘯刃刀已經換入他的左手。

潔西嘉倒吸了一口涼氣。

但加妮已經警告過保羅：「詹米斯的兩隻手都可以作戰。」而他所接受的訓練也早已考慮到了這種招數。「注意刀，而不是拿刀的手。」葛尼．哈萊克曾經一次又一次這麼警告他，「一方面，刀比拿刀的手更危險；另一方面，刀可以握在任何一隻手裡。」

保羅看出了詹米斯犯下的致命錯誤：跳起來是為了擾亂保羅的注意力，隱蔽換刀的動作，但他的腳下功夫很差，一跳之後，恢復防守慢了一拍。

除了懸浮球燈昏暗的黃光和圍觀者墨藍色的眼睛，其他一切與練習場上的操練一模一樣。當身體移動的力量與遮罩場力場相牴觸時，遮罩場便會停止作用。這種情況下，遮罩場格鬥也追求攻擊速度。只見保羅刀光一閃，斜身揮刀，撩向正在下落的詹米斯的胸口——然後退開，看著對手一頭栽倒。

詹米斯像一塊破布般軟綿綿墜地，臉朝下喘了一口氣，朝保羅轉過臉，隨即一動不動地躺在岩石地面上，沒有生命的眼睛瞪得大大的，像黑色的玻璃珠。

「用刀尖殺人缺乏藝術氣息。」艾德荷曾經這樣告訴保羅，「但如果出現了好機會，就不要有所顧慮，不要被這句話束縛手腳。」

人們一擁而上，擠滿整個圓圈，推開保羅。他們手忙腳亂地把詹米斯的屍體包了起來。不一會兒，一群人抬著用長袍裹好的大包，匆匆跑進洞的深處。

岩石地面上的屍體不見了。

潔西嘉擠過去，走向兒子，感到自己彷彿在一片裹著長袍、散發出惡臭的後背的海洋裡游泳一般。人群中一片異樣的沉默。

現在是可怕的時刻，她想，他殺了一個人，無論頭腦還是體力都明顯高於對手，但他絕不能爲此沾沾自喜。

她擠過最後一圈人，來到一塊小小的空地，兩個滿臉鬍子的弗瑞曼人正在幫助保羅重新穿上蒸餾服。

潔西嘉凝視著她的兒子。保羅兩眼閃閃發亮，重重地喘息著，聽任那兩個人替他穿衣服，自己卻一動不動。

他跟詹米斯對打，身上連一點傷都沒有。其中一個人喃喃地說。

加妮站在一旁，目光集中在保羅身上。潔西嘉看出這個女孩很興奮，那張生氣勃勃的臉上滿是仰慕。

現在就說，而且要快。她想。

口吻和姿態都飽含輕蔑，她開口道：「好哇，那麼——殺人的滋味如何啊？」

保羅像被打了一下子一樣，愣了。他抬起頭，迎著母親冷冰冰的目光，一時間血氣上衝，整張臉立刻陰沉下來。他不由自主地朝詹米斯剛才躺過的地方看了一眼。

詹米斯的屍體已經被抬進山洞深處，史帝加剛從那邊回來，擠到潔西嘉身旁，對保羅說：「下一次，等你向我挑戰，試圖奪取我的領導權時，不要以爲你可以像戲弄詹米斯那樣來戲弄我。」語氣嚴峻，竭力壓制著內心的憤怒。

潔西嘉覺察得出，她自己和史帝加的話如何深深地印在保羅心裡，這些批評在他身上起了作用。這些弗瑞曼人其實只是犯了個錯誤，但錯誤也自有其用處。她像保羅那樣掃視著周圍這群人的臉，看到了保羅所看到的：仰慕；是的，還有害怕……有些人臉上還流露著——厭惡。她望了望史帝加，他臉上一副聽天由命的表情。潔西嘉明白他是怎麼看待這場決鬥的。

保羅看著母親。「妳知道殺人的滋味。」他說。

她從他的聲音裡聽出了悔意，知道他已經恢復了理智。潔西嘉掃了大家一眼，說道：「保羅以前從來沒有用刀殺過人。」

史帝加朝她轉過臉來，臉上露出難以置信的神情。

「我沒有戲弄他。」保羅說。他擠到母親面前，拉拉長袍，瞥了一眼洞內被詹米斯的鮮血染黑的地方。「我並不想殺死他。」

潔西嘉看到史帝加臉上漸漸露出了信任的神情，看著他用青筋糾結的手捋了捋鬍鬚，一副如釋重負的樣子。同時，她也聽到人群中開始發出表示理解的嘀咕聲。

「原來你要他投降就是爲了這個，」史帝加說，「我明白了。我們的方式有所不同，但你以後會明白其中的深意。我還以爲，我們讓一個心如蛇蠍的傢伙加入到我們的隊伍裡了。」他躊躇了一下，這才開口道，「我不該再叫你小子了。」

人群中有人大聲喊道：「你得給他起個名字，史帝加。」

史帝加點點頭，捋著鬍鬚說：「我看到了你的力量……像柱子下面基石的力量。」他停了一會，說，「我們自己人以後會叫你『友索』，意思是柱子的基石。這是你的祕密名號，你在隊伍裡的名字。我們泰布穴地內部的人可以用這個名字稱呼你，但外面的人卻不能這麼叫。」

竊竊私語傳遍了整個隊伍。「名字選得好，那種……力量……會給我們帶來好運的。」潔西嘉感到了他們的認同，知道自己也被包括在內，他們認同了她的權威。她成了眞正的塞亞迪娜。

「現在，你希望選擇什麼成年名字，好讓我們在公開場合稱呼你？」史帝加問。

保羅看了母親一眼，又回過頭來看著史帝加。在他的頭腦中，此時此刻的事件正與他曾預見的「記憶」對比。預見和現實稍有不同，他能感受到這種不同，它就像有形的壓力，將他壓進現實的窄門。

「你們怎麼稱呼那種會蹦蹦跳跳的小耗子？」保羅問道。他想起了在托羅羅盆地裡跳來跳去的那種小動物，於是一邊說，一邊用一隻手比劃起來。

隊伍中響起一陣嘻嘻哈哈的笑聲。

「我們叫牠穆哈迪。」史帝加說。

潔西嘉倒吸一口涼氣。那就是保羅告訴過她的名字，他說弗瑞曼人會接受他們，並稱他爲「穆哈迪」。她突然害怕起自己的兒子來，同時也爲他感到害怕。

保羅咽了一口口水，感到自己正在扮演一個早已在腦海中演過無數次的角色……然而……卻還是有些不太一樣。他彷彿棲身於令人頭暈目眩的高峰之巔，歷經世事，知識淵博，但周圍卻是無底深淵。

他再次回憶起那個幻境，追隨亞崔迪綠黑旗的狂熱的戰士，以先知穆哈迪的名義燒殺劫掠，戰火蔓延至整個宇宙。

絕不能讓那樣的事發生。他告誡自己。

「這就是你想要的名字？穆哈迪？」史帝加問。

「我是亞崔迪家族的一員，」保羅輕聲道，然後抬高嗓門，「完全放棄我父親給我起的名字是不對的，你們可以叫我保羅—穆哈迪嗎？」

「你就是保羅—穆哈迪了。」史帝加說。

保羅心想：這件事從沒出現在我的幻夢中，我做了一件與預言不同的事。但他依然感覺得到周圍的深淵。

隊伍中又響起嗡嗡的低語，人們交頭接耳：「既有智慧又有力量……還要什麼呢……傳說肯定是眞的了……利山．阿蓋博……天外綸音。」

「我要告訴你一件有關你新名字的事，」史帝加說，「你的選擇讓我們很滿意。穆哈迪精於沙漠之道。穆哈迪會自己製造水；穆哈迪懂得躲避太陽，改在涼爽的夜間活動；穆哈迪多產，繁殖力極強，整個星球上到處都能看見牠們的身影。我們把穆哈迪稱爲『男孩的老師』。你可以在這個強有力的柱基上開始建立你自己的生活了，保羅—穆哈迪，我們的友索，歡迎你。」

史帝加用一隻手掌觸了觸保羅的前額，然後縮回手，擁抱保羅，喃喃地念道：「友索。」

史帝加剛鬆開保羅，隊伍裡另一名成員就趨身上前擁抱保羅，重複著他的新名字。全隊人一個接一個擁抱他，一個個聲音迴盪在洞中：「友索……友索……友索……」他一邊接受眾人的問候，一邊認出不少熟悉的面孔，他已經可以叫出隊伍中一些人的名字了。接下來是加妮，她也抱著保羅，把臉頰貼在他的臉頰上，呼喊著他的名字。

之後，保羅再次站到史帝加面前。史帝加說：「你現在是伊齊旺．比德溫了——我們的弗瑞曼好兄弟。」他板起面孔，以命令的語氣說，「現在，保羅—穆哈迪，繫緊蒸餾服。」他瞥了一眼加妮，

「加妮！保羅—穆哈迪的鼻塞，我從沒見過這麼不合適的！我不是命令妳照顧他嗎？」

「我沒有材料，史帝加，」她說，「當然，有詹米斯的蒸餾服，但是——」

「夠了！」

「那我就把我自己的分給他吧，」她說，「我只要有件蒸餾服就行，直到……」

「用不著，」史帝加說，「我知道我們還有一些多餘的蒸餾服配件。多餘的配件在哪兒？我們是一個集體還是一群野人？」

隊伍中伸出若干隻手來，主動拿出幾件結實的纖維織物。史帝加從中選了四件，交給加妮。「把這些給友索和塞亞迪娜換上。」

隊伍後面傳出一個聲音：「那些水怎麼辦，史帝加？他們背包裡的那幾個標準密封水瓶？」

「我知道你需要水，法羅克。」史帝加說著，看了看潔西嘉。她點點頭。

「打開一瓶給那些需要水的人。」史帝加說，「司水員……司水員到哪兒去了？啊，希莫姆，小心量一量，看需要多少水。只取出必要的水量，不要多了。這水是塞亞迪娜從她亡夫那裡得來的遺產。回穴地以後，要在扣去損耗後，以野外兌換率來償還。」

「野外兌換率是多少？」潔西嘉問。

「十比一。」史帝加說。

「但是……」

「這是一條明智的規定，以後妳會明白的。」史帝加說。

隊伍後面，無數長袍發出窸窸窣窣的聲音，人們排隊取水。

史帝加伸出一隻手，人們安靜下來。「至於詹米斯，」他說，「我下令舉行一次隆重的葬禮。詹米斯過去是我們的同伴和比德溫好兄弟，他用泰哈迪挑戰替我們證實了我們的好運氣。在我們沒向死者表示敬意前，不能就這麼離開。我提議舉行隆重的葬禮……在太陽下山時，讓黑暗保護他踏上旅程。」

聽到這些話，保羅覺得自己又一次墜入深淵……時間盲點。他的腦海中，對將來的「回憶」一時消失……除了……除了……他依然能感覺到亞崔迪軍的綠黑旗在飄揚……就在前方某處……他依然看得見聖戰的陰影，還有帶血的劍刃和狂熱的戰士。

不會是那樣的，他告誡自己，我絕不能讓它發展成那樣。

※ ※ ※

上帝創造阿拉吉斯，以錘煉他的信徒。

——摘自伊如蘭公主的《穆哈迪的智慧》

寂靜的山洞中，潔西嘉聽得見人們走在沙上發出的嚓嚓聲和洞外遠處的鳥鳴聲。史帝加說過，那是他的哨兵發出的信號。

巨大的塑膠密封罩已從洞口移開，夜幕開始籠罩四野。夜色越過她面前的岩石，朝遠處開闊的盆地那邊蔓延過去。她感到白天的日光正漸漸遠離，不僅是因爲天已經黑了，乾熱也正逐漸退去。這些弗瑞曼人明顯有一種特殊本領，他們對空氣濕度很敏感，連最微小的變化也能感覺得到。她知道，很快，自己那經過訓練的意識感官就能讓她和這群弗瑞曼人一樣敏感。

洞口打開時，他們匆匆忙忙繫緊蒸餾服。

洞內深處，有人開始唱起聖歌：

「Ima trava okolo!

I korenja okolo!」

潔西嘉默默翻譯著：這些是灰！這些是根！

爲詹米斯舉行的葬禮開始了。

她望著洞外阿拉吉斯的落日，望著層次分明的彩雲斜過空中。夜開始慢慢地把陰影推向遠處的岩石和沙丘。

但炎熱仍滯留不去。

熱迫使她聯想到水，也使她聯想到她親眼目睹的事實：這些人可能全都受過訓練，只在一定時間以後才會感覺到渴。

渴。

她還記得卡拉丹月光下的海浪，如白色長袍，拂著礁石……就連海風也帶著重重的潮氣。此刻，微風掀動她的長袍，吹得她臉頰和前額上裸露的皮膚陣陣刺痛。新的鼻塞讓她很不舒服，讓她不斷想到連接在鼻塞下面的管子，從鼻側往下直伸到蒸餾服裡，目的是回收她呼吸中的水汽。

蒸餾服本身就是個發汗箱。

「當你適應了體內較低的含水量之後，蒸餾服就會讓你感覺更舒服些。」史帝加說過。

她知道他是對的，但就算知道，也無法讓她在此時此刻感到舒服些。對水量的關注沉甸甸地壓在她腦海中。哦，不，她糾正自己，是關注水分。

兩個詞的區別很微妙，意義卻十分重大。

她聽到漸漸走近的腳步聲，轉過頭，見保羅從山洞深處走出來，身後跟著一臉生氣勃勃的加妮。

還有一件事，潔西嘉想，保羅應該警惕他們的女人。這些沙漠中的女人可當不了公爵夫人。做側室還可以，但絕不能做正室。

隨後，她對自己這種想法感到很驚訝，心想：我是不是已經受了有關他的種種安排的影響？她意識到自己的思維模式早已受到別人的擺布。我只想到皇室婚姻的需要，一點也沒聯想到我自己的側室身份。不過……我不僅僅是他的側室。

「母親。」

保羅在她面前停下，加妮站在他旁邊。

「母親，妳知道他們在那邊做什麼嗎？」

潔西嘉看著他兜帽下眼睛處那兩塊黑斑。「我大概猜得出來。」

「加妮帶我去看了……我應該去看一眼，他們需要我的允許……才可以稱水重。」

潔西嘉看著加妮。

「他們在提取詹米斯的水，」加妮說，細細的聲音透過鼻塞傳了出來，「這是規矩：肉體屬於個人，可他的水是屬於部落的……除非那人是決鬥而死。」

「他們說這水是我的。」保羅說。

潔西嘉突然警覺起來，心中一懍。連她自己都不知道爲什麼。

「決鬥中獲得的水屬於勝者，」加妮說，「這是因爲決鬥雙方必須不穿蒸餾服，露天戰鬥。勝者理應收回他在戰鬥中失去的水。」

「我不想要他的水。」保羅喃喃地說。他感到自己在內心深處不安地看到無數畫面，一幕幕場景同時映在他面前，他自己也是這些圖像中的一部分。他還不清楚自己要怎麼做，但有一件事他是肯定的：他不想要這些從詹米斯肉體中提取出來的水。

「可那是……水。」加妮說。

潔西嘉對加妮說「水」這個詞的方式感到很驚訝。如此簡單的詞裡竟包含著這麼多內涵。一條比吉斯特公理出現在她腦海中：生存能力就是在陌生水域裡游泳的能力。潔西嘉想：保羅和我，我們必須在這片陌生的水域裡找出激流和水流模式……如果我們想生存下去的話。

「你要接受那些水。」潔西嘉說。

她分辨出了自己的腔調。她曾用同樣的語氣跟萊托公爵講過話，告訴她那已故的公爵，他必須應允某件不明不白的交易，爲此接受一大筆錢——因爲只有財富才能維持亞崔迪的權勢。

在阿拉吉斯，水就是財富。這一點她看得非常清楚。

保羅仍然沉默著，隨即明白自己的確會按她的命令去做——不是因爲那是她的命令，而是因爲她說話的語氣迫使他重新考慮。拒絕接受水，意味著拒絕接受弗瑞曼人的生活方式。

保羅想起岳的《奧蘭治聖經》第四百六十七頁中的一段話，於是他說道：「一切生命起源於水。」

潔西嘉盯著他。他從哪裡知道的這句引語的？她暗自問道，他還沒學過祕笈呢。

「是那麼說的沒錯。」加妮說，「這是聖箴言。《夏－納馬》裡就是這麼寫的：『水是萬物中第一個被創造出來的。』」

出於某種她無法解釋的理由（這種沒來由的惶恐比惶恐本身更令她不安），潔西嘉突然顫慄起來。她轉過身，以掩飾她的慌亂，卻剛好看見日落。太陽沉到地平線下，一片象徵暴力與災難的血色溢滿天空。

「是時候了。」

洞內迴盪著史帝加的聲音。「詹米斯的武器已經被毀掉了，他已受到夏胡露的召喚。是夏胡露規定了月盈月虧，讓月亮天天變小，最後變成凋殘的彎鉤。」史帝加的聲音低沉下來，「詹米斯也是如此。」

沉寂像一張厚重的毯子壓在岩洞內。

潔西嘉看見史帝加灰色的身影彷彿幽靈般在洞內的黑暗中移動著。她又回頭看了一眼盆地，微微感到有點涼意。

「詹米斯的朋友們，請過來。」史帝加說。

潔西嘉身後的人動起來，在洞口拉起一道簾子。山洞深處點亮了一盞懸浮球燈，懸在眾人頭頂，黃色的光線照亮了緩緩移動的人流。衣袍摩擦，沙沙作響。

加妮邁開一步，像被燈光拉動一樣。

潔西嘉彎腰貼近保羅的耳朵，用家族密語說：「效法他們；他們怎麼做，你就怎麼做。只是一次簡單的儀式，爲了撫慰詹米斯的靈魂。」

不會那麼簡單。保羅想，只覺得意識翻騰，彷彿想努力抓住某個不住移動的東西，想按住它，讓它動彈不得。

加妮溜回潔西嘉身邊，拉起她的手，「來吧，塞亞迪娜，我們必須和他分開坐。」

保羅看著她們離開，隱入一片黑暗。只剩下他一個人了，他有一種被拋棄的感覺。

安裝簾子的那些人走到他身邊。

「來吧，友索。」

他讓人領著往前走，然後被推入人群。眾人在史帝加周圍圍成一圈。史帝加站在懸浮球燈下，身旁的岩石地面上放著一個彎曲帶稜角的包裹，上面蓋著一件長袍。

史帝加打了個手勢，全隊人都蹲坐下來，衣袍隨著他們的動作窸窸窣窣。保羅與他們一起蹲下，看著史帝加。頭頂的懸浮球燈照在他臉上，史帝加的眼睛看上去像兩個深陷的凹窩，脖子上的綠紗巾在燈光下閃閃發亮。保羅把注意力轉向史帝加腳邊蓋著長袍的包裹，認出了布料裡伸出的巴利斯九弦琴琴把。

「聖言有言，」史帝加吟道，「當一號月亮升起之時，靈魂將隨之而去，將這具軀殼裡的水留在身後。今晚，當我們看到一號月亮升起時，蒙召喚者為誰？」

「詹米斯。」全隊人齊聲回答。

史帝加以一隻腳後跟為軸，轉了一圈，依次望著每個人的臉。「我是詹米斯的朋友，」他說，「當鷹式飛機在『岩中密洞』處向我們俯衝時，是詹米斯把我拉到安全的地方。」

他朝身邊那堆東西彎下腰去，掀起長袍。「作為詹米斯的朋友，我拿走這件長袍——這是首領的權利。」他把長袍搭在肩上，直起身來。

此時，保羅才看見露出來的那堆東西裡都有什麼：一件閃閃發光的銀灰色蒸餾服，一個砸凹了的標準密封水瓶，一塊中間放著一本小冊子的方巾，一個不見了刀身的嘯刃刀刀把，一把空刀鞘，一個摺疊背包，一個定位羅盤，一個密波傳信器，一隻沙槌，一堆拳頭大小的金屬鉤子，一小包雜物，樣子像是一把包在布裡的小石子，一捆羽毛……摺疊背包旁，放著那把九弦琴。

這麼說，詹米斯也彈九弦琴。保羅想。這件樂器讓他想起了葛尼·哈萊克，想起失落的往昔。借助他有關將來的記憶，保羅知道自己或許有機會再見到哈萊克，但他也知道，再見面的機會很小，十分渺茫。他不知道究竟會怎樣。有關未來的這些不確定因素讓他既驚且慮。這是否意味著，某件我將做……也許會做的事，可能會毀掉葛尼……或者，使他重生……或者……

保羅咽下一口口水，搖了搖頭。

史帝加再次向那堆東西俯下身去。

「這些給詹米斯的女人和外面的哨兵。」他說著，把那包小石子和那本書放進他長袍的摺縫中。

「首領的權利。」眾人齊聲誦道。

「詹米斯的咖啡量具。」史帝加拿起一個扁平的綠色金屬圓盤，「回到穴地後，舉行適當的儀式時，交給友索。」

「首領的權利。」眾人齊聲誦道。

最後，他拿起那把嘯刃刀的刀把，手舉刀把站在那裡。

「作爲陪葬品。」

「作爲陪葬品。」眾人應和道。

潔西嘉也在圓圈中，坐在保羅對面。她點點頭，辨出了這種儀式的古老淵源。這是蒙昧和知識、野蠻和文明的結合——我們比吉斯特對我們自己的死者有一套莊嚴肅穆的送葬儀式，他們的葬禮應該就起源於此吧。她看著保羅，暗自問道：他看出來了嗎？他知道該怎麼辦嗎？

「我們是詹米斯的朋友，」史帝加說，「我們不會用淚水爲我們的死者送行。」

保羅左邊一個蓄著灰色鬍鬚的人站了起來。「我曾是詹米斯的朋友。」他走到那堆遺物旁，拿起密波傳信器，「雙鳥之圍中，當我們的水降到最低儲備時，詹米斯分出他的水與我們共用。」那人說著，回到他在圓圈中的位置。

難道我也要說我曾是詹米斯的朋友嗎？保羅問自己，他們期望我也從那堆東西中拿走什麼嗎？他看到人們紛紛把臉轉向他，又再轉開去。他們確實是這麼期望的！

保羅對面的另一個人站起身，走到背包旁，拿走了定位羅盤。「我曾是詹米斯的朋友，」他說，「當巡邏隊在光明岩追上我們時，我受了傷。是詹米斯把他們引開，受傷的人才得以獲救。」他回到圈子裡他的位置。

再一次，人們把臉轉向保羅。他看到了他們滿懷期待的神情，卻不得不垂下眼簾。一隻胳膊肘輕輕推了他一下，一個聲音輕聲道：「你想給我們帶來毀滅嗎？」

我怎麼能說自己曾是他的朋友呢？保羅想。

又一個人影從保羅對面站了起來，那人的臉隱沒在兜帽裡，徑直走到燈光下。保羅立即認出，那是他的母親。她從那堆東西裡拿起一塊方巾。「我曾是詹米斯的朋友，」她說，「當他身上眾神所聚的靈魂看到真理時，他的靈魂讓步了，聽憑我的兒子占了上風。」她回到她的位置上。

保羅想起的卻是決鬥之後母親譏笑的口吻：「殺人的滋味如何啊？」

再一次，他看到人們的臉轉向他，感到隊伍裡慢慢滋長的憤怒和恐懼。保羅腦海中突然閃過一個念頭，母親曾給他看過一本電影書，專門介紹「祭奠死者的儀式」，他在裡面看到過一段相關內容。

他知道自己不得不做些什麼了。

慢慢地，保羅站起身來。

人圈舒了一口氣。

走向圓圈中央時，他感到他的自我變小了，彷彿失去了一部分，必須在這裡找回來。他彎腰從那堆遺物上拿起九弦琴。琴弦不知碰到了遺物堆上的什麼東西，一根弦發出柔和的琴音。

「我曾經是詹米斯的朋友。」保羅輕聲說。

淚水燒灼著眼睛，他努力抬高音量：「詹米斯教會我……教會我……殺戮……是要付出代價的。我希望我能更了解詹米斯就好了。」

他茫然地摸索著回到他在圓圈中的位置，跌坐在岩石地面上。

有個聲音輕聲說：「他流淚了！」

這句話迅速傳遍了整個圓圈裡的人。

「友索把水送給了死者！」

他感到有手指觸摸著他濕潤的臉頰，聽到了敬畏的低語。潔西嘉聽見了這些聲音，感受到了這一行爲的深遠影響。這裡一定有什麼可怕的禁忌反對流淚。她把心思集中在那句話上：「他把水送給了死者！」一份給予另一個世界的禮物：眼淚。毫無疑問，眼淚是神聖的。

在此之前，這個星球上的任何東西——賣水的人、當地人乾燥的皮膚、蒸餾服或嚴格的用水紀律——都沒有讓她如此深刻地悟到水的終極價値。水在這裡是一種比其他任何事物都更寶貴的東西——水就是生活本身，各種象徵、儀式都以它爲核心。

水。

「我摸到他的臉頰了，」有人小聲說，「我觸到了那份禮物。」

起初，觸摸他臉頰的手指使保羅很害怕，他不由得緊緊抓住冰冷的九弦琴琴把，感到琴弦深深勒入他的掌心。後來，順著那些在黑暗中摸索的手，他看到了手後面的臉——他們全都瞪大眼睛，一臉敬畏。

不一會兒，那些手縮了回去，葬禮繼續進行。但這時，保羅與周圍的眾人之間出現了一道微妙的間隙，全隊人都有意退後半步，以一種充滿敬畏的隔離來表示對他的尊崇。

葬禮儀式在低沉的頌歌中結束：

滿月召喚你——
你將晉見夏胡露；
紅色的夜色裡，揚塵的天空下，

你浴血而亡。
我們向圓月祈禱——
好運因你悠長。
而在堅實的大地上，
我們一定會找到
一心探求的寶藏。

史帝加腳邊只剩下一個鼓鼓囊囊的袋子。他俯下身去，把手掌壓在上面。有人走到他身旁，站在他肘邊。保羅從兜帽的陰影下認出了加妮的臉。

「詹米斯攜帶著三十三公升七又三十二分之三盎司屬於部落的水。」加妮說，「現在，我在塞亞迪娜的面前，祝福這水。Ekkeri-akairi, 這就是那神聖的水，屬於保羅—穆哈迪的水！Kivi aka-vi, 就這麼多了，Nakelas! Nakelas! 可以量，可以數。ukair-an! 心跳聲，jan-jan-jan, 來自我們的朋友……詹米斯。」

意味深長的沉默猝然而至。一片沉寂中，加妮轉過身來，凝視著保羅，說：「我是火焰，你就是燃燒的煤；我是露珠，你就是結露的水。」

「比拉凱法。」眾人齊聲誦道。

「這部分水屬於保羅—穆哈迪，」加妮說，「願他爲部落保護它，保藏它，不要因粗心大意而失去它。願他在需要的時候，慷慨地使用它。願他在爲部落捐軀時，無私地奉獻它。」

「比拉凱法。」

我必須接受這份水。保羅想。他慢慢站起身來，一步一步走到加妮旁邊。史帝加退後一步，給他讓出地方，同時輕輕從他手中接過九弦琴。

「跪下。」加妮說。

保羅跪下。

她引導著保羅的雙手伸向水袋，放在富有彈性的水袋表面。「部落將這份水託付給你。」她說，「詹米斯離開了它，安心地把它拿去吧。」她拉著保羅站了起來。

史帝加把九弦琴還給他，另一隻手攤開，掌心裡是一小堆金屬環，大小不一，在懸浮球燈懸浮球燈下閃閃發光。

加妮拿起最大的一個金屬環，套在一根手指上。「三十公升。」她說。她一個接一個拿起其他金屬環，把每一個都舉起來給保羅看看，嘴裡不停地數著，「兩公升；一公升；七個一盎司，一個三十二分之三盎司，加在一起是三十三公升七又三十二分之三盎司。」

她把它們套在手指上，讓保羅察看。

「你接受這些水嗎？」史帝加問。

保羅咽了口口水，點頭應道：「是的。」

「等一會兒，」加妮說，「我會教你如何把它們拴在一塊方巾上。這樣一來，在你需要保持安靜的時候，它們就不會唠噎作響，暴露你的行藏。」她伸出手來。

「你願意……替我保管它們嗎？」保羅問。

加妮轉過頭去，驚愕地看著史帝加。

他笑了笑，說：「我們的友索，保羅—穆哈迪，還不了解我們的習慣，加妮。替他保管計水器吧，到教會他怎麼攜帶計水器爲止。這不算是承諾。」

她點了點頭，從長袍裡拉出一條布帶，把金屬環串在上面，在布條的上下方各打了一個樣式複雜的結，猶豫了一下，這才塞進長袍下面的腰袋裡。

我好像犯了什麼錯。保羅想。他感到周圍的人都把這事當成了滑稽事，都在笑話他。他在心裡把剛才的場景與預知的記憶聯繫在一起，終於恍然大悟：把計水器交給一個女人——這是向對方求婚。

「司水員。」史帝加說。

隊伍中一陣沙沙的衣袍聲，兩個人走了出來，抬起水袋。史帝加取下懸浮球燈懸浮球燈，領頭往山洞深處走去。

保羅被推到加妮身後。他注視著岩壁上忽閃的燈光，舞動的陰影，感到眾人雖然保持著沉默，但充滿期待的氣氛，情緒高漲。

潔西嘉被熱情的手拉入隊尾，被擁擠的人群包圍著。她一時有些恐慌。她剛才認出了這種儀式的片段，也辨別出了對話中零星的契科布薩語和荷坦尼方言。她知道，這一刻看似單純，但隨時可能爆發狂熱的暴力行爲。

「jan-jan-jan,」她想，「走——走——走。」

就像一場完全不受大人控制的兒童遊戲。

史帝加在一堵黃色岩壁前停下。他按下一塊突起的岩石，岩壁悄無聲息地從他面前滑開，露出一條不規則的岩縫。他帶頭穿過裂縫，經過一個漆黑的蜂窩狀格子。保羅從格子旁邊走過時，感到一股涼風撲面而來。

保羅轉過頭，疑惑地望著加妮，扯了扯她的手臂，「空氣感覺很潮濕呢。」

「噓……」她小聲說。

但他們身後一個人說：「今晚的捕風器裡水汽眞不少，是詹米斯在告訴我們他很滿意。」

潔西嘉走過密封門，聽到它在身後合上了。她發現弗瑞曼人在經過蜂巢格子時都放慢了腳步。當潔西嘉自己走到格子對面時，她感覺到了潮濕的空氣。

捕風器！她想，他們在地表某個地方藏著一台捕風器，把空氣經通風管送到下面這個比較涼爽的地方，借此凝聚空氣中的水汽。

他們通過另一道石門，門上也有一道蜂巢格。隊伍剛一走過，門就在他們身後合上了。吹在背上的氣流帶著潔西嘉和保羅都能明顯感覺到的水汽。

隊伍最前方，史帝加手上的懸浮球燈懸浮球燈漸漸下沉。過了一會兒，他感到腳下出現了階梯，朝左下方拐去。燈光從岩壁上反射回來，照在一片帶著兜帽的頭上。人們盤旋向下，沿著螺旋台階走了下去。

潔西嘉感到周圍的人緊張起來，沉默而急切，形成一種壓力，壓迫著她的神經。

階梯結束後，隊伍通過另一道矮門，一個巨大的開闊空間吞噬了懸浮球燈懸浮球燈的燈光。這個大洞有一個高高向上拱起的岩頂。

保羅感到加妮把手放在他的手臂上，聽見寒氣逼人的空氣裡傳來微弱的滴水聲。在這座水的聖殿裡，絕對的寂靜籠罩著這群弗瑞曼人。

我在夢中見過這個地方。他想。

這念頭既讓他安心，又讓他不安。沿著這條道路走下去，就在前方不遠處，狂熱的弗瑞曼以他的名義，在整個宇宙中砍殺出一條屬於他們的榮耀之路。亞崔迪的綠黑旗將成爲恐懼的象徵，瘋狂的戰士高呼著口號衝入戰場：「穆哈迪！」

絕不能那樣。他想，我絕不允許發生那種事。

但他卻能感覺到體內覺醒的強烈的種族意識，還有可怕的使命感。他還意識到，任何小事都無法改變那種盲目的個人崇拜，而那種狂熱正自行集聚力量和動力。就算他現在死去，他母親和未出生的妹妹也會繼續下去——除非整個隊伍裡所有的人在此時此地死於非命，包括他自己和母親，只有這樣才能阻止這種事發生。

保羅審視四周，見隊伍排成一條線向外伸展開去。他們推著他向前，直到走近一個就著天然岩石雕鑿而成的矮牆上。史帝加手中提著懸浮球燈懸浮球燈。燈光的映射下，保羅看見矮牆後面一片黑色的平靜水面。它向遠方延展到陰影之中，又黑又深，遠處的岩壁只隱約可見，或許有一百公尺遠。

潔西嘉感到臉頰和前額乾燥緊繃的皮膚在潮濕的空氣中鬆弛下來。水池很深，她能感覺到它的深度。她竭力抵制想把手伸入水中的誘惑。

左邊響起濺水的聲音。她沿著陰影中的弗瑞曼隊伍看過去，見保羅身旁站著史帝加，正和司水員一起，把他們背負的水傾倒進一個流量計，然後流入水池。流量計看上去像水池邊上一個灰色的孔眼。水慢慢流過水錶時，只見發光的指標也隨之移動起來。指針在三十三公升七又三十二分之三盎司的地方停下來。

水量的測定眞精確啊。潔西嘉想。她還發現，水流過之後，水錶的水槽壁上沒有留下任何水漬。看樣子，流過這些槽壁的水在某種力量的作用下失去了原有的附著力。這件小事透露出弗瑞曼人高超的工藝技術，他們是完美主義者。

潔西嘉沿著矮牆走到史帝加身邊，人們禮貌地給她讓開路。她注意到，保羅眼神有些畏縮，但現在占據她思想的是這座神祕的巨大水池。

史帝加看著她。「我們中曾有人很需要水，」他說，「可他們就算來到這裡，也不會碰這裡的水，這你知道嗎？」

「我相信。」她說。

他望著水池。「我們這兒有三億八千多萬公升的水，」他說，「把它與小製造者隔開，把它隱藏並保護起來。」

「一大筆寶藏。」她說。

史帝加舉起懸浮球燈懸浮球燈，直視她的眼睛。「它比寶藏還貴重。我們有數千個這樣的蓄水池，我們中只有極少數人才知道全部蓄水池的方位。」他把頭偏到一邊，懸浮球燈懸浮球燈黃色的燈影投射到他的臉上和鬍鬚上，「聽見了嗎？」

他們側耳諦聽。

捕風器凝聚的水滴落在水池裡，這聲音充溢了整個空間。潔西嘉看到，全隊人都全神貫注地聆聽著，被這水滴聲深深吸引。只有保羅似乎站在離它很遠很遠的地方。

對保羅來說，這滴答聲意味著時間正分分秒秒地從他身邊溜走。他可以感覺到時光飛逝如電，永遠也無法再體驗到完全相同的一刻。他感到自己需要立刻做出決定，卻覺得無能爲力，一動也動不了。

「經過精確計算，」史帝加小聲說，「我們可以知道距離我們的目標還差多少水，誤差不會超過一千萬公升。等有了足夠的水，我們就可以改變阿拉吉斯。」

隊伍中傳出陣陣低語回應道：「比拉凱法！」

「我們將用綠草固定沙丘，」史帝加說著，聲音大了起來，「我們將用樹木和叢林把水固定在土壤中。」

「比拉凱法！」

「讓兩極的冰帽逐年退後。」史帝加說。

「比拉凱法！」

「我們將把阿拉吉斯建成我們的樂土家園，要在兩極安裝透鏡融化極冰，要在溫帶造湖蓄水，只把沙漠深處留給製造者和牠的香料。」

「比拉凱法！」

「再不會有人缺水喝。井裡、池塘裡、湖裡、運河裡，到處都可以取到水。汩汩的水流從暗渠中引出，澆灌我們的植物。任何人都可以拿到水，唾手可得的水。」

「比拉凱法！」

潔西嘉體會到了這些話中的宗教色彩，發覺自己本能地產生了一種敬畏之情。他們正在憧憬未來，她想，這就是他們奮力攀登以求實現的目標。這是那個科學家的夢……而這些頭腦簡單的人，這些庶民，現在滿腦子轉的都是這個美夢。

她想著列特—凱恩斯，那位完全本地化了的皇家行星生態學家。她很想知道他究竟是個什麼樣的人。這是一個足以俘獲人們靈魂的夢想，也是一個人們樂意爲之犧牲的夢想，她能從中感受到那位生態學家的手筆。兒子所需要的一樣至關重要的東西正是這個：有一個奮鬥理想的人民。這種人最容易受熱情和宗教狂熱的感染，只要運用得當，他們會像利劍一樣所向披靡，幫助保羅贏回他的地位。

「我們現在要走了，」史帝加說，「回去等待一號月亮升起。當詹米斯平安上路時，我們就可以回家了。」

大家不情願地小聲嘟囔起來，但隊伍還是跟著他，掉頭沿著水閘爬上階梯。

保羅走在加妮後面，覺得一個生死攸關的重要時刻已經過去，他錯過了做出重大決策的時機，現在已經被自己所創造出來的神話纏住了。他知道自己以前見過這個地方，那是在遙遠的卡拉丹，他在一次預言式夢境的片段中經歷過這些事。當時他沒能看清全部細節，但現在，他已經把這個地方牢牢記錄在腦海裡。他突然意識到自己的天賦也有局限性，驚訝之餘，竟產生了一種全新的感覺。他彷彿是在時間的海洋裡沖浪，時而跌下波谷，時而沖上浪尖。與此同時，周圍的其他波浪起起伏伏，時而將未來的變化擁上浪尖，時而又將它捲入波谷。

在這時間的海洋裡，充滿暴力和殺戮的瘋狂聖戰始終矗立海面，像海浪拍擊下的海岬。

隊伍從最後一道門魚貫而出，進入主洞。門封閉了，燈光熄滅了，洞口的密封罩也取掉了，露出籠罩著沙漠的夜空和群星。

潔西嘉走到洞口乾燥的平台上，仰頭看著群星。明亮的星星在夜空中顯得很近。這時，她感到身邊的人群騷動起來，她身後某處響起了九弦琴的樂音。保羅的聲音和著這支小調，帶著一種她不喜歡的憂鬱。

山洞深處，加妮的聲音從黑暗裡飄出：「給我講講你出生地的水吧，保羅—穆哈迪。」

保羅說：「下次，加妮，我保證。」

聲音如此悲傷。

「這是一把很好的巴利斯九弦琴。」加妮說。

「非常好，」保羅說，「你認爲詹米斯會介意我用他的琴嗎？」

他居然在大家情緒這麼緊張的情況下談起死人來。潔西嘉想。這一舉動中暗藏的喻意使她不安。

一個男人插嘴說：「詹米斯有時很喜歡音樂，眞的。」

「那就給我唱一首你們的歌吧。」加妮請求道。

那個女孩的聲音充滿女性魅力，潔西嘉想，我必須警告保羅小心他們的女人……越快越好。

「這是我一位朋友的歌，」保羅說，「我想，他現在已經死了，他叫葛尼。他把這支歌稱爲他的晚課。」

隊伍靜了下來，聽著保羅用少年人微顫、甜美的高音，伴著九弦琴叮叮噹噹的琴聲唱了起來：

在這個時刻，可以清楚地看見夕陽的餘暉——
金色明亮的太陽就這樣消失在薄暮中。
狂亂的內心，嫋嫋的麝香，
合成對愛人的思念。

歌詞撞擊著潔西嘉的心房，熱情奔放，使她突然間深切地意識到自己的存在，感到了自己的肉體和它的需求。她帶著一絲緊張，靜靜地聽著。

夜是珍珠香熏的安魂曲……
這是屬於我們的歌！
歡笑聲中，
你的眼睛神采奕奕——
鮮花裝點的戀情，
牽動著我們的心；
鮮花裝點的戀情，
充實了我們的欲望。

歌聲散去，四周一片寂靜，保羅的餘音仍縈繞在空中。我兒子爲什麼要給那個女孩唱情歌？她問自己。她突然感到一陣恐懼，感到周圍有一種生命力在流動，可她卻無法抓住那種生命的激情。他爲什麼要選這首歌？她猜測著，有的時候，本能的舉動是最眞實的。他爲什麼要那麼做？

保羅靜靜地坐在黑暗中，腦子裡只有一個念頭：我母親是我的敵人。她現在還不知道，但她的確是我的敵人。她要發動聖戰。她生我養我，訓練了我，但她卻是我的敵人。

※ ※ ※

進步這個概念起了一種保護機制的作用，使我們不至於害怕未來。

——摘自伊如蘭公主的《穆哈迪語錄》

十七歲生日那天，菲得·羅薩·哈肯尼在家族競技場上殺死了他的第一百個奴隸角鬥士。來自宮廷的觀察員芬倫伯爵和夫人專程來到哈肯尼人的母星吉迪·普萊姆觀禮，並於當日下午受邀和哈肯尼的直系家族成員一起坐在三角形競技場上的金色包廂裡，觀賞競技盛事。

爲表達對準男爵的敬意，也爲了提醒全體哈肯尼人菲得·羅薩是指定的爵位繼承人，今天被定爲吉迪·普萊姆的節日。男爵已經頒布法令，宣布從這一天的正午到次日正午爲法定休息日。在家族城市哈可，人們費盡心思營造歡樂的氣氛，建築物上旌旗飛揚，面朝宮殿大街的牆壁都被粉刷一新。

但芬倫伯爵和夫人注意到，只要一離開主幹道，街上就到處堆著垃圾，凹凸不平的棕色牆壁把倒影投在一個個黑漆漆的污水坑裡，行人個個行色匆匆，看上去鬼鬼祟祟。

男爵的要塞是一座藍色建築物，完美得讓人害怕。但伯爵和夫人看得出來：哈肯尼人已經開始爲消滅亞崔迪家族付出代價了——到處是衛兵，他們手裡的武器閃著特殊的光彩，受過訓練的人一眼就能看出，這些武器經常使用。從一個區到另一個區的常用通道都設有崗哨，甚至在要塞裡也是如此。

僕人們走路的姿勢、緊綳的雙肩、始終左顧右盼的眼神……都在顯示出他們所受的軍事訓練。

「壓力愈來愈大。」伯爵用密語輕聲對他的夫人說，「男爵剛開始明白，除掉萊托公爵，他實際上付出的代價有多大。」

「等有時間了，我一定要給你講講鳳凰浴火重生的傳說。」她說。

他們來到要塞的接待大廳，等著去觀看家族競技比賽。這個廳不算太大，也許只有四十公尺長，二十多公尺寬，但大廳邊緣每根裝飾柱頂都突然收窄，尖尖的，而天花板則微微拱起，給人造成空間極大的錯覺。

「啊——啊，男爵來了。」伯爵說。

男爵沿著大廳的長邊走過來，因爲需要控制可攜式懸浮器撐著的一身肥肉，所以一路邁著特殊的步伐，搖搖擺擺地晃過來。他下巴上的肥肉上下抖個不停；懸浮器輕輕擺動，在他那身橘紅色的長袍下轉來轉去。他手上的戒指閃閃發亮，綴織在長袍上的月白火焰石亮晶晶地閃著光。

菲得·羅薩走在男爵肘邊，滿頭黑髮燙成一個個髮鬈，顯得喜氣洋洋，只是與下面那雙陰鬱的眼睛不甚協調。他穿著黑色的緊身束腰外衣，緊身長褲，褲腳略呈喇叭形，小腳上套著一雙軟底鞋。

芬倫夫人注意到了這位年輕人走路的姿勢和緊身外衣下面肌肉的運動，心想：這是一個不會讓自己長胖的人。

男爵在他們面前停下，一把抓住菲得·羅薩的手臂。「我的侄子，未來的男爵，菲得·羅薩·哈肯尼。」然後，他把自己那張嬰兒般胖嘟嘟的臉轉向菲得·羅薩，「這就是我向你提起過的芬倫伯爵和夫人。」

菲得·羅薩按照禮儀的要求低頭行禮。他打量著芬倫夫人：一頭金髮，身材苗條，完美的身材裹在一件淡褐色的曳地長裙裡，裙子式樣極其簡單，沒有任何裝飾。伯爵夫人那雙灰綠色的大眼睛正回望著他。她身上有一種比吉斯特式的沉著冷靜，使這個年輕人稍感不安。

「嗯……啊……嗯……」伯爵說。他審視著菲得・羅薩。「嗯……年輕人很有禮貌呀，對嗎，呃，親愛的？」伯爵瞥了一眼男爵說，「我親愛的男爵，你說你向這位彬彬有禮的年輕人提過我們？你都說了些什麼？」

「我跟我侄子講過，皇上對您十分器重，芬倫伯爵。」男爵說著，心裡卻在想：好好記住他，菲得！記住這個僞裝成兔子的殺手——這才是最危險的殺手。

「當然！」伯爵說著，朝自己的夫人笑了笑。

菲得・羅薩發現，這個人的言談舉止近乎無禮，只要說了什麼引起別人注意的話，他會當即打住，而且毫不掩飾。年輕人把注意力集中在伯爵身上：這是個身材矮小的人，表面看來似乎很瘦弱。相貌十分狡猾，有一雙超大的黑眼睛，灰色的鬢腳壓在兩側。他的舉動也很奇特，常常是頭和手示意一個方向，說話卻朝著另一個方向，讓人感到難以捉摸，不知道他到底在跟誰說話。

「嗯……啊……嗯……這麼有……嗯……禮貌的年輕人，眞是……呃……少見啊。」伯爵拍著男爵的肩頭說，「我……啊……祝賀你……嗯……找到如此完美的……啊……繼承人。眞是……嗯……長者的智慧。」

「您過獎了！」男爵彎腰致敬。但菲得・羅薩注意到，叔叔眼中並無謙恭的神情。

「你……嗯……在說反話呀，說明……啊……嗯……你正在認眞考慮什麼大事。」伯爵說。

又來了，菲得・羅薩想，這話聽起來似乎很無禮，但你又瞧不出他到底在暗示什麼。

聽著這人的話，菲得・羅薩覺得自己的腦子彷彿被人摁進了一個充斥著嗯嗯呀呀的泥潭。菲得・羅薩把注意力轉回到芬倫夫人身上。

「我們……啊……占去這位年輕人太多時間了。」她說，「據我所知，他今天應該出現在競技場上。」

眞是個美人兒，相比之下，皇室的後宮佳麗都黯然失色！菲得．羅薩想。他隨即說道：「夫人，今天我將爲您而殺戮。如果您允許的話，我將在競技場上把勝利的光榮奉獻給您。」

她迎上他的目光，神態平和，但聲音裡卻帶著鞭子抽打的嘯音：「我不允許。」

「菲得！」男爵叫道，他心想：小鬼頭！想惹得這位要命的伯爵向他挑戰嗎？

但伯爵只是笑了笑，「……嗯……啊……」

「該上競技場了，你眞的應該去好好準備一下了，菲得。」男爵說，「必須休息好，別做任何愚蠢的冒險。」

菲得．羅薩鞠了一躬，他的臉陰沉下來，面帶怒氣。「我相信一切都會如您所願的，叔叔。」接著向芬倫伯爵點了點頭，「閣下。」又朝伯爵夫人點點頭，「夫人。」然後，他轉過身去，大步走出客廳，幾乎看都沒看聚在雙層門旁各個小家族的人。

「太年輕了！」男爵歎了一口氣。

「嗯……的確，嗯……」伯爵說。

而芬倫夫人想：他會不會就是聖母所說的那位年輕人？難道這就是我們必須保存的遺傳譜系？

「在出發去競技場之前，我們還有一個多小時的時間。」男爵說，「也許咱們現在可以好好聊聊了，芬倫伯爵。」肥碩的腦袋朝右一偏，「這段時間以來，形勢發生了許多變化，這些都需要好好討論討論。」

男爵想：現在可以瞧瞧皇上這個送信夥計的本事了，看他怎麼傳達他帶來的消息，不管這些消息是什麼。總不至於直言不諱到粗魯的地步，把皇帝的意思徑直說出來吧。

伯爵對他的夫人說：「嗯……啊……嗯，妳……可以……啊……出去轉轉嗎，親愛的？」

「每一天，有時甚至每個小時，都會發生變化，」她說，「嗯——」她甜甜地對男爵微笑著，轉身走開了。她挺胸抬頭，氣度高貴，曳地的長裙發出沙沙的聲響，朝大廳盡頭的雙層門走去。

男爵注意到，她走近時，各個小家族都停止了談話，所有人的眼睛都追隨著她。比吉斯特！男爵想，把她們全都除掉，這個宇宙會更好！

「我們左邊那兩根柱子之間有一個隔音的靜錐區，」男爵說，「我們可以在那邊好好談一談，不必擔心有人偷聽。」他在前面帶路，搖搖擺擺地走進那片隔音區，要塞裡的各種噪音頓時顯得模糊而遙遠。

伯爵走到男爵身邊，兩人轉過身去面對牆壁，這樣一來，別人便無法讀出他們的唇語了。

「我們對你命令薩督卡人離開阿拉吉斯的方式很不滿意。」伯爵說。

直截了當！男爵想。

「薩督卡人不能再冒險在那裡待下去了，不然就有可能被人發現皇上幫助了我。」男爵說。

「但你的侄子拉賓似乎並不重視弗瑞曼人的問題，沒有積極地尋求解決辦法。」

「皇上希望怎麼辦？」男爵問，「阿拉吉斯上可能只剩下一小撮弗瑞曼人。南部沙漠是不可能居住的無人區，而我們的巡邏隊定期在北部沙漠地區掃蕩。」

「誰說南部沙漠是不可能居住的無人區？」

「你們自己的行星生態學家說的，親愛的伯爵。」

「可凱恩斯博士已經死了。」

「啊，是的……很不幸。眞的很不幸。」

「我們從一次橫越南部地區的飛行中得到消息，」伯爵說，「有證據表明，那裡有植物生長。」

「這麼說，宇航公會已經同意從空中監視阿拉吉斯了？」

「你清楚得很，男爵，皇上不可能合法地安排對阿拉吉斯進行監視。」

「而我又付不起衛星監視的價錢。」男爵說，「那次飛越是誰做的？」

「一個……走私販。」

「有人對您撒了謊，伯爵。」男爵說，「在探測南部地區的問題上，他們不可能比拉賓的人做得更好。沙暴、靜電噪音，所有這些您都知道。地面導航系統的安裝速度還趕不上它們被摧毀的速度。」

「各種形式的靜電噪音，這個問題，我們以後另找時間討論吧。」伯爵說。

啊，原來如此——男爵想。「這麼說，您是在我的賬目裡發現什麼錯誤了嗎？」男爵質問道。

「既然你已經說了是錯誤，還那麼緊張幹什麼？錯誤用不著這樣辯護吧。」伯爵說。

他這是故意要激怒我。男爵想。他做了兩次深呼吸，盡量讓自己冷靜下來。他可以聞到自己的汗味，長袍下面懸浮器的裝具帶忽然使他渾身發癢，焦躁不安起來。

「公爵的側室和那個男孩是死了，但皇上不應該不高興啊。」男爵說，「他們飛進沙漠中心，剛好遇上沙暴。」

「是啊，有這麼多意外事故，倒是滿方便的。」伯爵贊同地說。

「我不喜歡您的語氣，伯爵。」男爵說。

「憤怒是一回事，暴力是另一回事。」伯爵說，「我警告你：如果我在這兒也不幸遇上一次意外事故的話，各大家族就都會了解到你在阿拉吉斯上所做的一切。他們早就懷疑你做買賣的方法了。」

「最近我能回憶起來的唯一一次買賣，」男爵說，「就是運送幾個軍團的薩督卡人到阿拉吉斯。」

「你認為你可以據此要脅皇上嗎？」

「我可沒那麼想過！」

伯爵微笑著說：「薩督卡指揮官會說，他們並未得到皇上的命令。這次行動完全是因爲他們想跟你的弗瑞曼土著打上一仗。」

「許多人都會懷疑這樣的供詞。」男爵說。話是這麼說，但這樣的威脅使他緊張不安。薩督卡人眞會那麼嚴守軍令嗎？他暗自問道。

「皇上的確希望審查一下你的賬目。」伯爵說。

「隨時恭候。」

「你……啊……不反對嗎？」

「沒什麼可反對的。我在宇聯公司的管理工作完全經得起最細緻的審計。」他心想：如果他想捏造證據，讓他起訴我好了，曝光就曝光。而我將站在那裡，像不畏強權的普羅米修士一般，說：「相信我，我是被冤枉的。」那以後，無論他再對我提出任何指控，哪怕是眞實的指控，各大家族都不會相信他了。人們不會相信一個曾經提出虛假指控的起訴者的第二次攻擊。

「毫無疑問，你的帳本肯定經得起最嚴格的審查。」伯爵喃喃地說。

「皇上爲何對消滅弗瑞曼人如此感興趣？」男爵問。

「想改變話題，呃？」伯爵聳聳肩，「是薩督卡人希望如此，不是皇上。他們需要練習殺戮……而且，他們討厭做事留尾巴。」

一再提醒我，他背後有一群嗜血成性的殺手撐腰。他是想嚇唬我嗎？男爵猜測著。

「做買賣總免不了一定程度的殺戮，」男爵說，「但也應該有個限度，總得剩下幾個人開採香料吧。」

伯爵爆發出一聲尖利刺耳的大笑，「你以爲你可以給弗瑞曼人帶上籠頭，牢牢控制住他們嗎？」

「控制弗瑞曼人的籠頭向來只嫌太少。」男爵說，「但殺戮已經使我剩下的其他良民感到不安了。現在是時候考慮用另一種方式來解決阿拉吉斯的問題了，我親愛的芬倫。我必須承認，這一靈感來自皇上。」

「啊——啊？」

「您看，伯爵。給我靈感的是皇上的監獄星球，薩魯撒·塞康達斯。」

伯爵兩眼放光，專注地盯著他，「阿拉吉斯和薩魯撒·塞康達斯之間會有什麼聯繫？」

男爵覺察到了芬倫眼中的警覺，說：「目前還沒什麼聯繫。」

「目前？」

「只要把這裡當成一顆監獄行星，就可以在阿拉吉斯上形成一支人力充足的勞工隊伍。您必須承認，這是一條可行的辦法。」

「你預計犯人的人數會大大增加嗎？」

「阿拉吉斯一直動盪不安，」男爵承認說，「我不得不相當嚴苛地榨取利潤，芬倫。畢竟，爲了運送我們雙方的軍隊開赴阿拉吉斯，您知道我向該死的宇航公會付了多少錢。錢總要有個來處嘛。」

「我建議，男爵，沒有皇上的允許，不要把阿拉吉斯變成監獄行星。」

「當然不會。」男爵說，芬倫突然變得冷冰冰的語氣讓他吃了一驚。

「還有一件事，」伯爵說，「我們聽說，萊托公爵的門塔特瑟菲·哈瓦特沒死，你雇用了他。」

「就那麼浪費掉一個人才，我下不了手。」男爵說。

「可你向我們的薩督卡司令官撒了謊，說哈瓦特死了。」

「僅僅是一個善意的謊言，我親愛的伯爵。我沒心思跟那個傢伙糾纏不休。」

「哈瓦特是眞正的叛徒嗎？」

「噢，天哪！當然不！是那個假大夫，」男爵擦掉脖子上的汗水，「您得明白，芬倫，我沒有門塔特可用，這您也知道。我可從來沒試過身邊沒有門塔特的日子，太讓人不安了。」

「你怎麼使哈瓦特轉而效忠你的？」

「他的公爵死了。」男爵勉強擠出一絲笑容，「用不著怕哈瓦特，我親愛的伯爵。這個門塔特體內已經浸透了一種潛伏性毒藥，我們在他的飯裡摻入解毒藥。如果沒有解毒藥，毒性一發作——他幾天內就會死。」

「撤掉解毒藥。」伯爵說。

「可他很有用啊！」

「他知道太多活人不該知道的事。」

「您說過，皇上並不怕事情敗露。」

「不要跟我耍什麼花招，男爵！」

「等我看到蓋有皇上御璽的聖旨時，我自會服從命令。」他說，「但是，我不會屈從於你臨時產生的一個念頭。」

「你以為這只是臨時產生的一個念頭嗎？」

「還會是什麼？皇上欠我一個人情，芬倫。我替他除去了那個討厭的公爵。」

「在一大堆薩督卡人的說明下。」

「皇上還能在哪兒找到像我這樣的家族，既能向他提供偽裝的軍裝，又能隱瞞他插手此事的事實？」

「他向自己提出過同樣的問題，男爵，只不過他所強調的重點稍有不同。」

男爵打量著芬倫，注意到對方下頜僵硬的肌肉，看得出他正小心翼翼地控制著自己。「啊——

啊，那麼，」他說，「我希望皇上該不會以爲，他可以公開此事，轉而攻擊我吧。」

「他希望不至於有這個必要。」

「皇上該不會以爲我是在威脅他吧！」男爵故意在語氣裡流露出幾分憤怒和悲痛。他心想：這件事就讓他冤枉我好了！這樣我就可以一邊登上皇位，一邊捶胸頓足地訴說我是如何冤屈！

伯爵的聲音變得乾巴巴的，顯得很遙遠，他說：「皇上相信他的直覺所告訴他的一切。」

「皇上敢當著整個立法會的面控告我叛國嗎？」男爵說。他滿懷希望地屏住呼吸。

「皇上沒有什麼不敢做的。」

在懸浮器的幫助下，男爵一個急轉身，遮掩住自己臉上的表情。這個心願竟然有可能在我生前實現！他想，皇上！就讓他冤枉我吧！到那時——通過賄賂和施壓，自然會形成大家族同盟。他們會紛紛聚集在我的旗下，像一群危急中尋找庇護的鄉下人。他們最害怕的就是皇上的薩督卡軍拒絕接受立法會的管制，一次進攻一個家族，將各大家族各個擊破。

「皇上眞誠地希望，他永遠不必指控你犯有叛國大罪。」伯爵說。

男爵發現很難控制住自己的語氣，讓話中只流露出委屈，而不暗藏諷刺之意，但他還是盡可能應付道：「我一直是最忠心耿耿的臣民，這些話讓我深受打擊，程度之深，簡直無法言說。」

「嗯……啊……嗯……」伯爵說。

男爵依舊背對著伯爵，點點頭。過了一會兒，他說：「該去競技場了。」

「是啊。」伯爵說。

他們走出靜錐區，肩並肩地朝大廳盡頭那群小家族走去。要塞某處響起沉悶的鐘聲——競技比賽入場前二十分鐘的預告。

「小家族的人正等著你引領他們入場呢。」伯爵一邊說，一邊朝身邊的人群點頭致意。

雙關語……雙關語。男爵想。

他抬頭望著大廳出口側面牆上的一排新的辟邪物——巨大的公牛頭標本和已故萊托公爵的父親亞崔迪老公爵的油畫。它們使男爵心中突然湧起一種不祥之兆。忽然間，他很想知道這些辟邪物過去是如何激勵萊托公爵的。它們從前掛在卡拉丹的大廳裡，後來又掛在阿拉吉斯——神勇的父親和殺死他的公牛頭。

「人類只有……啊……一種……嗯……科學。」伯爵道。兩人走上鮮花鋪地的道路，從大廳進入休息廳。房間不大，窗戶很高，地下鋪著白紫相間的瓷磚。

「什麼科學？」男爵問。

「就是嗯……啊……不滿足的……嗯……科學。」伯爵說。

後面尾隨的那群巴結奉承的小家族眾人笑了起來，笑聲中帶著恰到好處的讚賞推崇，但與侍從們打開通向外面的大門後突然湧進的馬達轟鳴聲不甚協調。外面是一排地面車輛，車上的三角標誌旗在微風中迎風飄揚。

男爵提高音量，蓋過突如其來的噪音，說：「希望我侄子今天的表演不會讓您感到失望，芬倫伯爵。」

「我啊……心中嘛……充滿了……嗯……企盼，是的。」伯爵說，「家族的血緣……啊……也是必須……啊……考慮到的，這是……啊……官方紀錄……啊……的要求嘛。」

一驚之下，男爵身體猛地一僵。為了掩飾，他趕緊假裝在出口的第一級台階上絆了一下。官方紀錄！另一個含意是有關顛覆皇室罪行的報告書！

但伯爵咯咯地笑起來，裝成開了個玩笑的樣子，拍了拍男爵的手臂。

盡管如此，前往競技場的一路上，男爵始終放不下心。他往後靠坐在配有裝甲護板的汽車座椅上，一直暗暗察看身旁的伯爵，心裡猶疑不定：皇上的信使爲什麼覺得有必要當著各個小家族的面開那個特別的玩笑？芬倫幾乎從來不做任何他認爲沒有必要的事；如果只用一個詞就行了，他絕不會用兩個詞；一句話可以表達的意思，他絕不會用幾句話。

他們在三角形競技場的金色包廂裡落座。場內號角齊鳴，包廂上面和周圍一層層看台上擠滿了喧囂的人群和飛揚的三角旗。就在這時，男爵得到了答案。

「我親愛的男爵，」伯爵靠過來，湊近他的耳朵說，「你知道，皇上還沒有正式批准你所選擇的繼承人呢。」

極度的震驚之下，男爵感到周圍的喧鬧聲完全消失了，自己彷彿突然進入一個隔音區，什麼也聽不見。他瞪著芬倫，幾乎沒看到伯爵夫人穿過外面的衛隊，走進金色包廂，加入到他們中間。

「這就是我今天到這兒來的眞正原因。」伯爵說，「皇上想知道你是否挑選了一個恰當的繼承人，他希望我能就此事寫一份報告給他。平時大家都戴著面具做人，沒有什麼比競技場更能暴露一個人眞正的內心世界了，對嗎？」

「皇上答應過，我可以自行挑選繼承人！」男爵從牙縫中說道。

「再說吧。」芬倫說著，轉過頭去招呼他的夫人。她坐下來，朝男爵笑了笑，注意力轉向下面的沙地。競技場上，穿著緊身衣褲的菲得．羅薩露面了。他右手戴著黑手套，握著一把長刀，戴白手套的左手握著一把短刀。

「白色代表毒藥，黑色代表純潔。」芬倫夫人說，「這種風俗眞夠怪的，是不是啊，親愛的？」

「唔——唔。」伯爵說。

家族成員專屬的迴廊式看台上響起一片歡呼。菲得．羅薩停下來，接受他們的歡呼和問候。他抬起頭，掃視著那些面孔。他看到了他的表兄弟、表姊妹、同父異母兄弟、內室家眷和遠房親戚們。那麼多張嘴，粉紅色的喇叭一樣大張著，在一片五顏六色華美的服飾和滿天翻飛的旗幟中大聲歡呼。

這時，菲得．羅薩突然想到，那一排排臉正渴望看到鮮血的祭奠，無論是奴隸角鬥士的血還是他的血，對他們來說都同樣令人興奮。當然，在這次戰鬥中，無疑只會有一種結果。這裡的危險只有形式，沒有內容——然而……

菲得．羅薩把手裡的雙刀對著太陽高高舉起，以傳統的方式向競技場的三個角一一致意。白手套中的短刀（白色，毒藥的象徵）先入鞘；接著，黑手套中的長刀也收入鞘中。但是，代表純潔的刀現在並不純潔：黑色的刀刃上也塗有毒藥，這件祕密將把今天變成純屬他個人的勝利。

調整好身上的防護盾只花了他很短的時間。他停下來，感到前額的皮膚有點發緊，這表明他確已受到防護盾的妥善保護。

這是讓人緊張的一刻，但菲得．羅薩卻從容不迫，一舉一動帶著馬戲團老闆的自信：向教練和助手們點點頭，用審視的一瞥檢查他們的裝備——帶著尖刺、閃閃發光的手銬腳鐐已放在應放的地方，倒刺和鐵鉤上飄動著藍色流蘇。

菲得．羅薩向樂隊發出信號。

節奏緩慢的進行曲開始了，古老、莊嚴。菲得．羅薩率領他的隊伍穿過角鬥場，來到他叔叔的金色包廂下，躬身行禮。慶典鑰匙被扔了下來，他一把抓住。

音樂停止。

在突如其來的沉寂中，他退後兩步，舉起鑰匙，高呼道：「我把眞理的鑰匙獻給……」他停下來，知道他叔叔會怎麼想：這個年輕的傻瓜終究還是要把鑰匙獻給芬倫伯爵夫人，引起一場騷動！

「……獻給我的叔叔和保護人，伏拉迪米爾．哈肯尼男爵大人！」菲得．羅薩高聲叫道。

他得意地看到叔叔長長地舒了一口氣。

音樂重新響起，這一回是快節奏的進行曲。菲得·羅薩領著他的人跑步穿過角鬥場，回到警戒門的門口——這道門只允許佩戴門卡的人進出。羅薩本人驕傲自大，從不使用警戒門，也很少需要護衛。但今天，這些都是用得著的——特殊安排有時會帶來特殊危險。

沉寂再一次籠罩著競技場。

菲得·羅薩轉過身去，面向對面的大紅門——角鬥士將從那道門進場。

特殊的角鬥士。

瑟菲·哈瓦特想出來的這個計畫眞是太高明了，簡單明瞭，直截了當。菲得·羅薩想，不能給奴隸角鬥士下藥，那樣太危險，會被人揭穿的。相反，在催眠狀態下把一個關鍵字強行灌輸給他，等到關鍵時刻，只要念出關鍵字，他的肌肉就會僵住，無法動彈。菲得·羅薩在腦中反復背誦這個生死攸關的關鍵字，無聲地嚅動著嘴唇念道：「人渣！」觀眾們看到的只是一個沒注射過迷藥的奴隸角鬥士，被人送進競技場，企圖殺死未來的男爵。精心安排好的所有證據都將指向奴隸總管。

紅色大門的伺服電機發出低沉的嗡嗡聲，大門漸漸開啓。

菲得·羅薩全神貫注地注視著大紅門。開始的一刻最爲關鍵，奴隸角鬥士一進場，受過訓練的眼睛就能通過他的外表獲知需要了解的一切資訊。所有奴隸角鬥士都應該注射過艾拉加迷藥，成爲對戰中的屠宰對象。只需要留意察看他們如何舉刀，如何防禦，看他們是否留意看台上的觀眾。奴隸腦袋的擺動方式更可以提供反擊和佯攻最重要的線索。

大紅門砰地打開。

一個身材高大、肌肉發達、光頭、黑眼睛深陷的人衝了出來。他的皮膚呈胡蘿蔔色，正符合注射過艾拉加迷藥之後的表徵。但菲得·羅薩知道，那顏色是染上去的。這個奴隸穿著綠色緊身連衣褲，戴著一條紅色的半防護盾腰帶。腰帶上的箭頭指向左邊，表明他的左邊有防護盾護身。他用使劍的方式舉起刀，刀尖稍稍向外伸出。從姿勢上看得出，這是個受過訓練的武士。慢慢地，他向前走進角鬥場，有防護盾護體的那一側朝向菲得．羅薩和警戒門邊上的那群人。

「我不喜歡這傢伙的樣子，」一個爲菲得．羅薩拿倒鉤的人說，「您確信他注射過迷藥了，少爺？」

「他的顏色是對的。」菲得．羅薩說。

「可他的站姿像個眞正的武士。」另一個助手說。

菲得．羅薩向前走了兩步，走到沙地裡，打量著這個奴隸。

「他把自個兒的手臂怎麼了？」一個助手說。

菲得．羅薩注意到，這個人的左前臂上有一塊鮮血淋漓的抓傷。菲得的目光順著那人的手臂一直向下看到他的手，然後轉向綠色褲子的左臀處——那兒有一個用血畫成的圖案：一隻鷹的輪廓。

鷹！

菲得．羅薩抬起頭來，看著那雙深陷的黑眼睛，發現對方正帶著不同尋常的警覺的神情瞪著他。

這是萊托公爵的武士！是我們在阿拉吉斯俘獲的俘虜！菲得．羅薩想，不是一般的奴隸角鬥士！一陣寒意貫穿全身。他很想知道，哈瓦特是否對這次競技另有安排：計謀裡套著計謀，僞裝裡套著僞裝。而最後的懲罰只會落到奴隸總管頭上。

菲得．羅薩的主教練在他耳邊小聲說：「我不喜歡那個傢伙的樣子，老爺。讓我先在他拿刀的手臂上插一兩個倒刺試試。」

「我要把我自己的倒刺插上去。」菲得．羅薩從教練手中接過一對帶倒鉤的短槍，掂了掂，試了試平衡。這些倒鉤本來也該塗上藥的，但這次卻沒有，主教練也許會因此丟掉性命。但這也是計畫的一部分。

「這次角鬥之後，你會成爲英雄。」哈瓦特是這樣說的，「不顧競技場上意外出現的變節行爲，像眞正的男子漢一樣一對一殺死想取你性命的角鬥士。奴隸總管會被處死，你的人會接替他的職務。」

菲得．羅薩向前走了五步，進入角鬥場內。他故意站了一會兒，打量著那個奴隸。他知道，看台上的行家應該意識到情況有點不對勁了。那個武士有注射過迷藥的人的膚色，但他站得很穩，一點也不發抖。現在，台上的角鬥迷會交頭接耳：「瞧他站得多穩。他應該躁動不安才是——要麼進攻，要麼撤退。可瞧瞧他，保存著實力，等待時機。注射過迷藥的人是等不下去的。」

菲得．羅薩感到自己興奮起來，渾身激情燃燒。就讓哈瓦特在腦子裡打他的小算盤去吧，就讓他去玩背叛出賣的把戲吧。他想，我對付得了這個奴隸。抹上毒藥的是我的長刀，而不是短刀。就連哈瓦特也不知道這個祕密。

「嗨，哈肯尼！」那個奴隸大喊道，「準備好領死了嗎？」

一片死寂籠罩了競技場。奴隸從不主動挑戰！

現在，菲得．羅薩看清了那個奴隸的眼睛，看到了這雙眼睛中因絕望而起的冰冷的兇殘。菲得估量著對方的站姿，看出他渾身放鬆，蓄勢待發。奴隸中間特有的祕密管道將哈瓦特的資訊傳到了這個角鬥士耳中：「你將得到一次殺死準男爵的機會。」看樣子，至少計畫的這一部分已經順利實施了。

一縷緊張的微笑掠過菲得．羅薩的嘴角。從對手的站姿上，他看到了計畫的成功。他舉起了倒刺。

「嗨！嗨！」奴隸向他挑戰，向前逼近了兩步。

到現在，迴廊看台上再也不會有人看不出來了。羅薩想。

藥物應該引起巨大的恐懼，使奴隸大大喪失戰鬥力，他的每個動作都會表現出內心的恐懼，他知道自己沒希望了——他不可能贏。他知道準男爵那隻戴白手套的手握著的刀上塗了什麼毒藥，所以他應該滿腦子想的都是關於那些毒藥的可怕故事。「準男爵從不讓對手死得痛快，他喜歡證實稀有毒藥的藥效。」「他可以站在角鬥場上，看著在地上翻滾扭曲的受害者，饒有興趣地指出毒藥有趣的副作用。」這個奴隸也害怕，這不假，但他並沒有驚恐萬狀。

菲得·羅薩高高舉起倒刺，用近於問候的態度點了點頭。

奴隸猛撲過來。

他的佯攻和防守反擊是菲得·羅薩所見過的對手中最好的。一次拿捏得很準的側擊，只差一點沒有砍斷準男爵左腿的筋腱。

菲得·羅薩跳開，將一根帶倒鉤的短槍留在奴隸的右前臂上，倒鉤完全沒入肌肉，不傷到筋骨是不可能拔出來的。

迴廊看台上響起一聲驚呼。

這聲音使菲得·羅薩洋洋得意、飄飄欲仙。

他知道他叔叔現在的感受：身旁坐著來自宮廷的觀察員芬倫伯爵和夫人，他無法干預角鬥。眾目睽睽之下，在宮廷來的證人面前，他的一舉一動都被密切監視著。男爵只能用一種辦法干預競技場上的賽事：威脅到他自己的辦法。

奴隸退後，用牙咬著刀，騰出雙手，用倒鉤短槍上的流蘇將短槍緊緊纏在手臂上，以免影響行動。「你的破針我感覺不到啊！」他吆喝道，再一次向前逼來，鋼刀擺出架式，以左側身體面對對手，身體後傾，最大程度地利用那半個防護盾保護身體。

奴隸的這個動作也沒有逃過觀眾的眼睛，家族成員專屬的包廂裡傳出尖聲斥罵。菲得·羅薩的教練們也大聲喊叫，問他是否需要他們上場協助。

他揮手讓他們退回警戒門。

我將奉送給他們一場他們前所未見的精彩表演。菲得·羅薩想，場上不是瘟頭瘟腦的屠宰對象，不會讓他們舒舒服服靠在椅背上，從容欣賞殺人的手法。今天這個場面將攫住他們的五臟六腑，再狠狠一擰。等我成了男爵，他們每個人都會記住這一天，都會因我今天的神勇對我畏懼入骨。

奴隸角鬥士側身蟹行，向前逼近，菲得·羅薩則緩緩後退。角鬥場上的沙土在腳下嘎嘎作響，他耳中聽到的是奴隸的喘息，聞到的是他自己的汗味和瀰漫在空氣中的淡淡血腥味。

準男爵穩步倒退，轉向右邊，手中的第二根短槍蓄勢待發。奴隸躍到一邊。菲得·羅薩好像絆了一跤，只聽看台上傳來一片尖叫聲。

奴隸再一次猛撲過來。

眾神啊！好一個勇猛的鬥士！菲得·羅薩一邊跳開一邊想。他全仗著年輕人的敏捷才保住性命，但他又把第二根短槍插進了奴隸右臂的三角肌。

看台上，興奮的歡呼聲傾瀉而下。

他們現在是在為我喝彩。菲得·羅薩想。他聽得出來，彩聲充滿狂熱。哈瓦特說過，他會聽到這種歡呼的。他們以前從來沒為家族中的鬥士歡呼過。帶著一絲冷酷，他想起哈瓦特曾經告訴過他的一句話：「一個人更容易被他所欽佩的敵人嚇倒。」

菲得·羅薩敏捷地退到能讓觀眾看得更加清楚的角鬥場中央。他抽出長刀，伏低身體，等著那個奴隸往前衝。

對手只耽擱了一會兒工夫，將第二根短槍在手臂上繫緊，然後快步趕了過來。

讓整個家族瞧著吧。菲得·羅薩想，我是他們的敵人；讓他們一想到我，就想起我現在的神勇吧。

他抽出短刀。

「我不怕你，哈肯尼豬玀。」奴隸角鬥士說，「你的折磨傷不著死人，不等你的教練碰到我，我就會死在我自己的刀下。我將讓你跟我一起死！」

菲得．羅薩獰笑著，一晃塗有毒藥的長刀。「試試這個。」說著，他用另一隻手上的短刀發起佯攻。

奴隸把刀換到另一隻手中，向內急轉，一邊閃躲，一邊虛晃一刀，格開準男爵的短刀——那把握在白手套裡、按照慣例應該塗有毒藥的刀。

「你休想逃命，哈肯尼！」奴隸角鬥士氣喘吁吁地叫道。

兩人鬥作一團，從沙地打到角鬥場邊。菲得．羅薩的防護盾與奴隸的半個遮罩場相撞時迸出藍光，周圍的空氣中充滿來自遮罩場的臭氧味道。

「死在你自己的毒藥上吧！」奴隸咬牙切齒地吼道。

他扭住菲得．羅薩戴白手套的手，用力往內側彎，扭過他認為塗有毒藥的那把短刀，朝菲得．羅薩身上刺下去。

讓他們瞧著！菲得．羅薩想，手中長刀向下一拉，叮噹一聲，卻砍在奴隸手臂上插著的短槍上，傷不了對手。

菲得．羅薩只覺一陣絕望，他沒想到鉤竿竟會對奴隸有利，成了對手的另一面防護盾。這個奴隸的力氣眞大！短刀無情地向內彎折。菲得．羅薩不得不想到一個事實：一個人也可能死於沒塗毒藥的刀上。

「人渣！」菲得．羅薩氣喘吁吁地說。

聽到這個關鍵字，角鬥士的肌肉聽話地一鬆。對菲得．羅薩來說已經足夠了。他推開角鬥士，在兩人中間騰出可以揮舞長刀的空隙。塗有毒藥的刀尖一閃，在角鬥士的胸前由上至下劃出一條血痕。毒藥立即造成了致命的痛楚，那人鬆開菲得．羅薩，搖搖晃晃地後退。

現在，就讓我親愛的家族成員好好看看吧。菲得．羅薩想，讓他們想想這個奴隸吧，他企圖把他認為塗有毒藥的刀扭過來刺我，可結果如何？讓他們去猜測，一個可以做出這種舉動的角鬥士是怎麼混進競技場的。最後，讓他們時時記住，他們永遠無法肯定我哪隻手裡握著毒刀。

菲得．羅薩默默地站在一旁，看著那個奴隸緩慢的動作。角鬥士神智不清地搖晃著。現在，每位觀眾都能辨出他臉上的神情。死亡寫在他臉上。奴隸知道自己完了，也知道自己是如何送命的——不該塗毒藥的刀上塗了毒藥。

「你！」奴隸呻吟著。

菲得．羅薩退後幾步，給死神讓出空間。毒藥中使神經麻痹的成分還沒有充分發揮藥效，但對方遲緩的動作說明毒藥正在逐漸生效。

奴隸搖搖晃晃地向前邁進，彷彿被一根繩子拉著似的。一次向前踉蹌一步，每一步邁出，他的意識裡便只有這一步。他手裡仍舊緊緊抓著他的刀，但刀尖不住地顫抖著。

「總有一天……我們中的……一個……會……殺死……你。」他喘著氣說。

奴隸角鬥士的嘴悲哀地微微一撟。他坐下，癱倒，然後渾身一僵，從菲得．羅薩身前向遠處一滾，臉朝下趴在地上。

靜靜的角鬥場中，菲得．羅薩向前走去，腳尖伸入角鬥士身下，把他臉朝上翻過來，好讓觀眾看他被毒藥扭曲的臉，痙攣的肌肉。但角鬥士已經用刀結果了自己的性命，胸膛上只露出刀把。

沮喪之餘，菲得．羅薩仍然頗為佩服，這個奴隸竟然能夠聚起最後的力量，戰勝毒藥的麻痹效果，自我了斷。欽佩之後，他也意識到，這裡面有一種眞正令人恐懼的東西。

令人恐懼的就是使一個人成爲超人的那種力量。

菲得．羅薩正思索著這個問題，突然意識到周圍的看台和迴廊上爆發出陣陣喧囂，人們放下一切矜持，縱情歡呼著。

菲得．羅薩轉過身來，抬頭看著他們。

所有的人都在歡呼，只除了男爵、伯爵和伯爵夫人。男爵用手支著下頜坐在那裡沉思著，伯爵及其夫人則盯著下面的他，笑容像假面具一樣掛在臉上。

芬倫伯爵轉身對他的夫人說：「啊——嗯，一個……嗯……足智多謀的年輕人。哦，嗯，是不是啊，親愛的？」

「他的……啊……反應相當敏捷。」

男爵看看她，又看看伯爵，注意力重新集中到角鬥場上。他想：居然讓刺客如此接近我的人！憤怒漸漸取代了恐懼。今晚，我要把那個奴隸總管架在小火上慢慢烤死……要是這位伯爵和伯爵夫人也在這個陰謀裡插了一手……

男爵包廂裡的對話對菲得．羅薩來說太遙遠了，他們的聲音淹沒在四周興奮的跺足吶喊聲中：「頭！頭！頭！頭！」

菲得．羅薩懶洋洋地朝男爵轉過身來。男爵不禁皺起眉頭，勉強壓住心頭的氣憤，朝站在蜷曲的奴隸死屍身邊的年輕人揮了揮手。給那孩子一顆人頭吧，他揭露了奴隸總管的陰謀，這是他贏得的獎品。

菲得．羅薩看到了叔叔表示同意的信號，心想：他們自以爲給了我榮譽，我要讓他們明白我是怎麼想的！

他看見他的教練們拿著一把鋸刀走過來，準備切下戰利品。菲得揮揮手讓他們退回去，教練們猶豫不決，於是他再次揮手重複剛才的指示。他們以爲區區一顆人頭就算給我榮譽了！他想。他彎下腰，掰開奴隸握著刀把的手，然後拔出插在那人胸膛上的刀，把刀放在奴隸軟綿綿的手中。

這些事轉眼便做完了，他站起身，打手勢召來他的教練。「給這個奴隸留個全屍，把他和他手裡的刀一起下葬。」他說，「這個人値得尊敬。」

金色包廂裡，芬倫伯爵傾身湊近男爵說道：「高貴的行爲啊——太精彩了。你的侄子既有勇氣又有風度。」

「他拒絕人頭，這是對大家的侮辱。」男爵說。

「完全不是。」芬倫夫人說。她轉過身，抬頭望著四周的層層看台。

男爵注意到她頸部的線條——眞正可愛的滑嫩肌膚——像個小男孩。

「他們喜歡你侄子的做法。」她說。

坐在最遠位置上的人都明白了菲得．羅薩這一舉動的含意，觀眾們看著教練把完整的奴隸屍體抬走。男爵看著觀眾，意識到伯爵夫人的看法是正確的。觀眾們簡直發瘋了，相互拍打著，尖叫著，跺著腳。

男爵疲倦地說：「我將不得不下令舉行一次慶功宴。你不能把大家就這樣送回家去，他們的精力還沒有發洩完呢。他們一定要看到我跟他們分享快樂，跟他們一樣興高采烈才行。」他給衛兵打了個手勢，上面的僕從立即放低橘紅色的哈肯尼三角旗，一次，兩次，三次。這是即將舉行慶功宴的信號。

菲得．羅薩走過角鬥場，站在金色包廂下，還刀入鞘，雙臂垂在體側。人群狂亂的吼聲絲毫沒有減弱的跡象，他用壓過喧囂的音量高聲問道：「慶功宴嗎，叔叔？」

看到他們在講話的觀眾們等待著，喧鬧聲漸漸平息下來。

「爲你慶功，菲得！」男爵對著下面大聲說道。他再次命令垂下三角旗發出信號。角鬥場對面，遮罩場已經撤除，年輕人跳入角鬥場，競相向菲得．羅薩奔去。

「是你命令撤除遮罩場的，男爵？」伯爵問。

「沒人會傷害這個小夥子，」男爵說，「他是英雄。」。

第一批人衝到菲得．羅薩面前，把他舉到肩上，開始繞著角鬥場遊行。

「今晚，他可以不帶武器，不穿防護盾，獨自走過哈肯尼最糟的街區。」男爵說，「只要有他在，他們會把最後一點食物、最後一滴酒都讓給他。」

男爵從椅子上撐起來，把一身肥肉安頓在懸浮器上。「請原諒我先行告退了，有些事需要我立即處理，衛兵會護送你們返回要塞的。」

伯爵站起來，微微一欠身，「當然，男爵。我們正企盼著慶功宴呢。我還從來沒有……嗯……參加過哈肯尼人的慶功宴。」

「是啊，」男爵說，「慶功宴。」他轉身離開，走出包廂的私人出口，立即被他的衛兵圍得水泄不通。

一個衛隊指揮官向芬倫伯爵鞠了一躬，「靜候您的吩咐，大人。」

「我們……啊……先等一會兒，等最擁擠的……嗯……人群散去之後再離開。」伯爵說。

「是，大人。」那人彎下腰，往後退了三步。

芬倫伯爵轉向他的夫人，再次用他們的個人密語說：「當然，妳也看見了？」

她用同樣的密語回答道：「那小子事先就知道角鬥士沒被注射迷藥。一時害怕是有的，但沒有驚訝。」

「是計畫好的，」他說，「整場角鬥完全是計畫好的。」

「毫無疑問。」

「這裡面散發著哈瓦特的臭味。」

「確實如此。」她說。

「我剛才還要求男爵除掉哈瓦特。」

「那是一個錯誤，親愛的。」

「我現在明白了。」

「哈肯尼人也許不久就會有一個新男爵了。」

「如果由哈瓦特策畫安排的話。」

「他的計畫一向經得起考驗，眞的。」她說。

「那個年輕人會更容易控制些。」

「對我們來說……今晚之後。」她說。

「根據妳的預期，引誘他有沒有什麼困難啊，我負責血緣的小媽媽？」

「沒問題，親愛的。他盯我的樣子你也看見了。」

「是的，現在我也明白爲什麼我們必須得到他的血脈了。」

「是啊，還有，我們必須設法控制住他。我將在他內心深處深深地灌輸一個控制他的氣和明點的關鍵字，把他捏在我們手裡。」

「我們要盡快離開這裡——只要妳一確定自己懷上了，我們馬上就走。」他說。

她打了個寒噤，「天哪，我可不想在這麼一個可怕的地方懷孩子。」

「我們這麼做也是爲了全人類嘛。」他說。

「反正你要做的事最簡單不過了。」她說。

「但我也需要克服一些傳統的偏見，」他說，「妳知道，那種相當原始的偏見。」

「我的親親小可憐，」她說著，拍了拍他的臉頰，「你也知道，要想拯救這支血脈，這是唯一的辦法。」

他用乾巴巴的聲音說：「我很理解我們所要做的事。」

「我們不會失敗的。」她說。

「內疚初起時，感覺很像失敗的預感。」他提醒道。

「我們不會內疚。」她說，「在催眠狀態中，讓那個菲得·羅薩的靈與肉進入我的子宮——然後就走。」

「那個叔叔，」他說，「妳以前見過如此變態的人嗎？」

「十分殘暴，」她說，「但他的這個侄子可能會比他更糟。」

「那得感謝他叔叔，妳知道的。想想看，如果用其他方式來撫養這小子——比如說，用亞崔迪的道德規範去引導他——那又會怎樣？」

「真讓人難過呀。」她說。

「但願我們能把那個亞崔迪的年輕人和這個傢伙一起救下來。我聽說過一些有關那個年輕人保羅的情況，從我掌握的情報來看，保羅是個非常可敬的小夥子，是先天血統和後天訓練的優良結合。」他搖搖頭，「但是，我們不應該浪費感情，不應對貴族的不幸遭遇過度悲傷。」

「比吉斯特有一句諺語。」她說。

「每件事妳們都有諺語。」他不滿地說。

「你會喜歡這句諺語的。」她說，「原話是這麼說的：『見到屍首前，不要想當然地以爲他已經死了。即使見到以後，你仍舊有可能被假象所蒙蔽。』」

※ ※ ※

穆哈迪在《反思》中告訴我們，當他第一次面對阿拉吉斯生活的必需品時，他的教育才真正開始。從那以後，他學會了如何豎沙竿測天氣；通過皮膚的刺痛學會風沙的語言；學會了沙子可以使鼻子又痛又癢；還學會了如何收集身體散失在附近的珍貴水分，如何守衛它，保存它。當他的眼睛變成伊巴德香料藍時，他終於學會了契科布薩人的生活方式。

——摘自史帝加為伊如蘭公主的《穆哈迪其人》所作的前言

史帝加的隊伍在沙漠裡兩次迷路，終於在一號月亮熹微的月光下爬出盆地，回到穴地。穿長袍的人們聞到了家的味道，於是加速前行。歸人們身後的灰色曙光在天邊山凹處最亮，按照弗瑞曼人以地平線的天光爲參照系的曆法，現在正值仲秋，弗瑞曼人稱之爲帽岩月。

穴地的孩子們把被風颳落的枯葉堆集在懸崖腳下，隊伍穿行其中時卻沒有什麼異響，除了保羅和他母親偶爾弄出一點雜音，所有動靜完全與夜裡大自然的聲響混在一起，無法分辨。

保羅擦去前額汗濕的沙塵，感到有人拉了一下他的手臂，只聽加妮低聲道：「照我說的去做：把你的兜帽帽沿放下來蓋住前額！只把眼睛留在外面。你在浪費水分。」

身後傳來悄聲命令，要他們安靜：「沙漠聽見你們了！」

頭頂高高的岩石上響起一聲鳥鳴。

隊伍停了下來，保羅突然感到一陣緊張。

岩石中響起微弱的敲擊聲，很輕，不比耗子跳到沙地上的聲音大多少。

鳥兒又叫了起來。

一陣不安的情緒掠過隊伍。耗子蹦跳的聲音在繼續，一點點蹦到沙地另一邊去了。

鳥兒再次喳喳叫起來。

隊伍繼續往上爬進岩石中的一條岩縫，弗瑞曼人突然屏住了呼吸，保羅不由得警覺起來。他發現大家在偷偷窺視加妮。加妮似乎有些畏縮，彷彿身體都縮小了一圈似的。

現在腳下踩著的是岩石了，周圍響起衣袍拂動的聲音。保羅覺得隊伍的紀律有些鬆弛下來了，但加妮和其他人仍然保持著讓人不安的沉默。他跟著一個人影往上走，走了幾級台階，轉過一個彎，然後走過更多台階，進入一條隧道，穿過兩道用來密封水汽的門，最後走進一個懸浮球燈懸浮球燈照亮的走廊，走廊兩邊的岩壁和岩頂都是黃色的。

保羅看見周圍的弗瑞曼人紛紛把兜帽甩到腦後，拔掉鼻塞，大口大口做著深呼吸。還有人歎息著。保羅扭頭去找加妮，發覺她已經從自己身邊走開了。他被一個個穿著長袍的身體包圍著。有人擠了他一下，說：「對不起，友索。眞夠擠的！總是這樣。」

在他左邊，一張長滿鬍鬚的瘦長臉轉向保羅。那人叫法羅克。染上汗跡的眼窩裡有一雙深藍色的眼珠，在黃色燈光下顯得更藍了。「摘掉兜帽吧，友索。」法羅克說，「到家了。」他幫助保羅解開兜帽的帶子，用胳膊肘在人群中擠出一小塊空地。

保羅拔出鼻塞，把口罩轉到一邊。這地方特有的一股味道向他襲來：沒洗澡的汗臭味，蒸餾回收廢棄物遺留下來的刺鼻的味道，還有人體散發的酸臭味。所有這些之上是濃郁的香料味，香料及香料加工品的味道蓋過了所有異味。

「我們爲什麼要等，法羅克？」保羅問。

「我想，在等聖母吧。你也聽到那消息了吧——可憐的加妮。」

可憐的加妮？保羅暗自問道。他看看四周，這裡這麼擠，他很想知道她在哪兒，母親又在哪兒？法羅克深深吸了口氣。「家的味道。」他說。

這人居然在享受空氣裡的這股惡臭，語調裡絲毫沒有譏諷的意味。這時，他聽到了母親的咳嗽聲，聲音穿過擁擠的人群傳到他耳朵裡：「你們穴地裡的味道眞濃，史帝加。我看你們用香料做了不少東西……造紙……造塑膠……還有那個，是不是化學爆炸物？」

「妳聞一聞就可以知道這麼多嗎？」這是另一個男人的聲音。

保羅意識到她說這話是爲他好，她要他快點接受這種惡臭的侵襲。

隊伍前面傳來一陣嗡嗡的騷動，還有拉長的吸氣聲，彷彿貫穿整個弗瑞曼隊伍。保羅聽見竊竊私語沿著隊伍傳了過來：「那麼，這是眞的了——列特死了。」

列特，保羅想，然後：加妮，列特的女兒。零零碎碎的信息在他腦海中拼成了一整塊。列特是那個行星生態學家的弗瑞曼名字。

保羅看著法羅克，問：「是不是那個又叫凱恩斯的列特？」

「列特只有一個。」法羅克說。

保羅轉過身去，凝視著他前面一個弗瑞曼人穿著長袍的背影。這麼說，列特—凱恩斯死了。他想。

「是哈肯尼人的陰謀。」有人小聲說，「弄得像一次意外事故……在沙漠裡迷路了……一次撲翼機墜毀事件。」

保羅一股怒氣直衝上來。那個人把他們當朋友，幫他們逃出哈肯尼人的魔掌，又派出他的弗瑞曼部隊來尋找他們這兩個迷失在沙漠裡的人……又一個哈肯尼的受害者。

「友索更渴望報仇了嗎？」法羅克問。

沒等保羅回答，前方傳來一聲低沉的召喚，整個隊伍向前擁去，帶著保羅一起走進一間更寬大的岩室裡。他發現自己站在一塊空地上，面對史帝加和一個奇怪的女人。這女人穿著一件色彩亮麗的外套，橘色和綠色相間，衣服上綴滿流蘇。她的雙臂裸露在外，一直露到肩膀。保羅看得出她沒穿蒸餾服。她的皮膚呈淺橄欖色，黑色的頭髮從高高的前額向後梳起，更突出她那尖尖的顴骨和深色雙眼之間高聳的鷹鉤鼻。

她轉身面向他，保羅看到她耳朵上綴著用計水環串在一起的金環。

「就是他打敗了我的詹米斯？」她問。

「安靜，哈拉赫，」史帝加說，「是詹米斯要求這樣做的——他要求進行泰哈迪式的檢驗。」

「可他不過是個孩子！」她說著，猛地一搖頭，計水環晃來晃去，發出叮叮噹噹的聲音，「我的孩子被另一個孩子弄得沒了父親！肯定是一次意外。」

「友索，你多大了？」史帝加問。

「十五個標準年，十五歲。」保羅說。

史帝加的目光掃過整個隊伍。「你們中有人要向我挑戰嗎？」

沉默。

史帝加看著那個女人說：「在我學會他那種神奇的格鬥術之前，我不願向他挑戰。」

她回望著他：「但是——」

「妳看見那個陌生女人了嗎？那個與加妮一起去見聖母的女人？」史帝加問，「她是外星來的塞亞迪娜，是這孩子的母親。母親和兒子都是戰技神奇的高手。」

「天外綸音。」那女人小聲說。轉過頭來望著保羅的時候，她的雙眼流露出畏懼的神情。

又是那個傳說。保羅想。

「也許吧。」史帝加說，「但還沒有驗證過。」他把注意力轉回保羅身上，「友索，這是我們的規矩，你現在要爲詹米斯的這個女人和他的兩個兒子承擔起責任來。他的住所，是你的了；他的咖啡用具也是你的……還有這個，他的女人。」

保羅打量著這個女人，心想：她爲什麼不爲自己的男人悲痛哀悼？爲什麼看不出她有恨我的意思？突然，他看到所有弗瑞曼人都正盯著他，等待著。

有人輕聲說：「還有工作要做呢。快說吧，你要怎麼接受她。」

史帝加說：「你接受哈拉赫作你的女人，還是僕人？」

哈拉赫舉起雙臂，單腳腳跟著地，慢慢轉著圈。「我還年輕呢，友索。他們說，我看起來還像當年跟喬弗在一起的時候那麼年輕……在詹米斯打敗他之前。」

詹米斯殺了另一個人才得到她。保羅想。

保羅說：「如果我接受她作我的僕人，以後我可以改主意嗎？」

「你有一年的時間改變你的決定。」史帝加說，「在那之後，她就是個自由的女人了，可以憑她的心願做出自己選擇……另外，你可以在任何時候還她自由，讓她得到自由選擇的權利。但無論如何，照顧她是你的責任，爲期一年……而且，你要始終爲詹米斯的兒子承擔一定的責任。」

「我接受她作我的僕人。」保羅說。

哈拉赫跺著腳，氣憤地晃著肩膀，「可我還年輕呢！」

史帝加看著保羅說：「謹慎是一個首領身上很有價值的個性。」

「可我還年輕啊！」哈拉赫重複道。

「安靜！」史帝加命令道，「如果某樣東西有價值，它的價值會體現出來的。帶友索去他的住所，並負責做到讓他有地方休息，有新衣服換。」

「啊—啊—啊！」她說。

保羅已經記錄下她的許多資訊，對她有了初步評估。他能感覺到隊伍的不耐煩，知道已經耽擱了大家的工夫。他想壯起膽子問問他母親和加妮的下落，但從史帝加緊張不安的樣子看，那會是一個錯誤。

他面對哈拉赫，抬高嗓音，加上顫音，以激起她的敬畏：「帶我去我的住所，哈拉赫！我們另找時間來談妳的青春。」

她退後兩步，畏懼地朝史帝加看了一眼。「他的聲音眞奇怪。」她啞著嗓子說。

「史帝加，」保羅說，「我欠了加妮父親很重一筆債，如果有任何……」

「我們將在會議上做出決定，」史帝加說，「那時候你再講吧。」他點點頭，示意眾人解散，轉身走開。隊伍裡其餘的人跟在他後面紛紛離去。

保羅拉起哈拉赫的手臂，注意到她的手臂冰涼，感到她正在發抖。「我不會傷害妳的，哈拉赫，帶我去我們的住所吧。」他用平和的語氣說。

「一年結束之後，你該不會趕我走吧？」她說，「我也知道我不像過去那麼年輕了。」

「只要我活著，我這裡就會有妳的一席之地。」他說著，放開她的手臂，「現在走吧。我們的住所在哪兒？」

她轉身帶著保羅沿走廊走出去，向右轉了個彎，走進一段寬闊的橫向隧道，頭頂上一盞盞分布均勻的黃色懸浮球燈懸浮球燈照亮了整條隧道。石頭地面光滑平整，打掃得很乾淨，沒有一點沙。

保羅趨前幾步，走在她旁邊，一邊走，一邊打量著她那鷹似的側面輪廓。「妳不恨我嗎，哈拉赫？」

「我爲什麼要恨你呢？」

一群孩子在一條支巷的凸岩上盯著他倆瞧，她對他們點點頭。保羅瞥見孩子們身後隱約露出幾個成年人的身影，半掩在纖維掛簾後。

「我……打敗了詹米斯。」

「史帝加說，葬禮已經舉行過了，而且你也是他的一個朋友。」她側過臉來，從旁邊看了他一眼，「史帝加說，你把水送給死者了，是眞的嗎？」

「是的。」

「那比我會做……比我能做的還要多。」

「難道妳不爲他哀悼嗎？」

「到了哀悼的時候，我會爲他哀悼的。」

他們穿過一個拱形洞口。保羅從這個洞口望進去，發現這是一間又大又亮的岩室，許多男男女女正在機器旁工作著。從他們工作的速度來看，似乎格外緊急。

「他們在那兒做什麼呢？」保羅問。

他們已經走過了拱門，她回頭看了一眼，說：「他們急著在我們逃離這裡之前完成塑膠工廠的生產定額。爲了種草，我們需要許多露水收集器。」

「爲什麼要逃離？」

「在屠夫們停止捕殺我們，或者被趕出我們的土地之前，我們必須不斷逃亡。」

保羅打了個趔趄，忙穩住身形。他感到時間似乎凝固了一瞬，想起了一個片段，一段預言式的圖像——但它卻有點失眞，像一連串運動圖像中的下一幀，和他記憶中的未來景象稍有不同。

「薩督卡在捕殺我們。」他說。

「除了一兩個空穴地之外，他們什麼也找不到。」她說，「能在沙漠中找到的只有他們自己的死亡。」

「他們會找到這個地方嗎？」

「有可能。」

「那我們爲什麼還要花時間……」他朝身後的拱形洞口點點頭，「……製造……露水收集器？」

「種植工作必須繼續下去。」

「露水收集器是什麼？」他問。

她扭頭充滿驚訝地瞥了他一眼，「難道他們什麼也沒教過你？……我是說，在你原來的那個星球上。」

「沒提到過露水收集器。」

「噢——」只有意味深長的一個字。

「究竟是什麼？」

「你在外面沙海裡看到的每一叢灌木，每一株野草，」她說，「你以爲我們離開之後，它們是怎樣活下來的？其實，每一株植物都受到了最悉心的照料，小心地種在它自己的小坑裡。那些小坑裝滿光滑的橢圓形變色塑膠球。由於光的緣故，它們看上去白色的。如果你從高處往下看，你能看到它們在曙光中閃閃發亮，那是白色的反射光。但當太陽老爹離去時，變色塑膠會在黑暗中恢復透明的顏色。它的冷卻速度極快，能把空氣中的水汽凝聚在球體表面。水汽聚多了就變成露珠，滴下去就能維持我們的植物的生存。」

「露水收集器。」他喃喃自語，這個方案如此簡單，卻又如此完美，他被深深打動了。

「我會在適當的時候哀悼詹米斯的。」她說，她似乎還沒甩開保羅剛才的那個問題，「詹米斯是個好人，但容易發火。詹米斯呀，在養家餬口方面很能幹，與孩子們在一起的時候眞是好得沒話說。

他把喬弗的兒子——我生的第一個孩子——視爲己出，對他和對自己的孩子一樣，一視同仁。」她用滿懷疑慮的眼光盯著保羅，「跟你在一起也會是那樣的嗎，友索？」

「我們不存在那方面的問題。」

「可如果……」

「哈拉赫！」

保羅刺耳的嚴厲語調讓她畏縮起來。

左手邊的拱門裡是另一間燈火通明的岩室。「那兒在造什麼？」他問。

「他們在修理織布機，」她說，「但今晚就必須拆掉，準備馬上運走。」她手指著左邊一條支巷，「從那邊走過去，是食品加工廠和蒸餾服維修廠。」她看看保羅，又說，「你的蒸餾服看樣子是新的，但如果需要修理的話，我對蒸餾服可是很拿手哦。我老早就在廠裡工作了。」

從這裡開始，他們不斷遇到其他人，隧道兩邊的洞口也愈來愈密集。一隊男女從他們身旁走過，扛著沉重得咯吱作響的包裹，渾身散發出濃郁的香料味。

「他們得不到我們的水，」哈拉赫說，「也得不到我們的香料。這一點你可以放心。」

保羅朝隧道牆壁上一個個洞口望進去，看到凸出的岩角部分都蓋著厚厚的毯子，房間裡的牆壁上都掛著色彩鮮豔的掛毯，成排的靠墊擺在地上。洞口的人在他們走近時紛紛沉默下來，用凶巴巴的目光瞪著保羅。

「你打敗了詹米斯，大家都覺得很奇怪。」哈拉赫說，「看樣子，等我們在新穴地裡安頓下來以後，你必須做些什麼，證明一下你的實力。」

「我不喜歡殺人。」他說。

「史帝加也是這麼說的。」但她的語氣卻透露出她並不相信這話。

前方傳來尖細的讀書聲，聲音愈來愈大。他們來到另一個洞口旁，比保羅見到過的任何洞口都更寬些。他放慢腳步，往房間裡瞧。屋裡擠滿孩子，他們雙腿交叉坐在栗色的地毯上。

遠處牆上掛著一塊黑板，旁邊站著一個身穿黃色罩衫的女人，一隻手還拿著投影筆。黑板上畫滿了圖——圓圈，楔形，弧線，蛇行曲線和方塊，還有被平行線分割的圓弧。那女人指著那些圖，一個接一個地點下去，盡可能快地移動著投影筆。而孩子們則有節奏地跟著她的手往下讀。

保羅繼續跟著哈拉赫往穴地深處走，一路聽著琅琅的讀書聲，越往裡走，後面的聲音越微弱。

「樹，」孩子們齊聲讀道，「樹，草，沙丘，風，山脈，山坡，火，閃電，岩石，石塊，沙塵，沙，熱，庇護所，熱量，滿，冬天，冷，空，侵蝕，夏天，洞穴，白天，壓力，月亮，夜晚，岩帽，沙潮，斜坡，種植，夾板……」

「這種時間妳們還開課？」保羅問。

她的臉嚴肅下來，聲音鄭重沉痛：「列特教導我們，教育一刻也不能中止。我們會永遠記住死去的列特，這是契科布薩人的悼念方式。」

她穿過隧道走到左邊，登上一塊隆起的平台，分開紗質的橘紅色門簾，往旁邊一站，說：「你的住所已經準備好了，友索。」

登上她站的那個平台前，保羅猶豫了一下，他突然不大情願和這個女人單獨相處。他想到，自己正被一種奇特的生活方式所包圍，只有徹底了解弗瑞曼人的倫理觀念和價值體系，才能理解這種生活方式。他感到這個弗瑞曼世界正在探尋他，企圖誘惑他，將他誘入陷阱。他知道陷阱裡是什麼——瘋狂的聖戰，那個讓他感到應該不惜一切代價加以避免的聖戰。

「這是你的亞曆，」哈拉赫說，「你爲什麼要猶豫呢？」

保羅點點頭，登上她的平台。他從她手裡接過簾子，順手摸了摸織物中的金屬纖維。保羅跟著她穿過一個很短的門廊，走進一間較大的房間。房間呈正方形，每邊大約六公尺，地上鋪著厚厚的藍色地毯，藍綠色的織物蓋住岩石牆壁，天花板上也遮著黃色織物，懸在頭頂的懸浮球燈懸浮球燈被調成黃光。

整體效果像一頂古代的帳篷。

哈拉赫站在他面前，左手叉腰，一雙眼睛打量著他的臉。「孩子們跟一個朋友在一起，」她說，「過一會兒就會出來的。」

保羅飛快地掃了一眼這個房間，掩飾自己的窘迫不安。他看到，右邊有一道薄薄的簾子，半掩住另一個更大的房間，那裡面沿牆擺了一排靠墊。他感到從通風管裡吹來一股柔和的微風，發現管口就在他的正前方，巧妙地隱藏在另一道簾子後面。

「你要我幫你脫掉蒸餾服嗎？」哈拉赫問。

「不……啊，謝謝。」

「要我拿吃的來嗎？」

「是的。」

「那個房間外面有一間休息室，」她用手指了指，「爲了讓你在脫掉蒸餾服時感到舒適、方便。」

「妳說過我們不得不離開這個穴地，」保羅說，「難道我們不該打好包裹什麼的？」

「到時候會收拾好的，」她說，「屠夫們還沒查到我們這片區域來呢。」

她仍然躊躇著，盯著他瞧。

「你還沒有伊巴德香料藍的眼睛，」她說，「怪雖怪，但也不是完全沒有吸引力。」

「去拿吃的來，」他說，「我餓了。」

她對他笑了笑——是那種一切了然於胸的、女人的微笑，讓保羅頗爲不安。「我是你的僕人。」她說著，輕快地一轉身，低頭從一道厚厚的壁簾下面鑽了進去。壁簾落回原地之前，保羅看見了另一條通道。

保羅突然對自己生起氣來。他撩開右邊薄薄的簾子，走進那個較大的房間。他站了一會兒，覺得自己心神不寧。他想知道加妮在哪兒……剛剛失去父親的加妮。

我們在這一點上很相似。他想。

外面走廊裡傳來一聲拖得長長的呼叫，聲音因爲隔著簾子減弱了。呼叫聲重複著，稍稍遠了些。然後又是一聲。保羅意識到這是有人在報時。他發現自己沒在這裡見到過鐘錶。

一股淡淡的酸性灌木燃燒後的氣味鑽進他的鼻孔，蓋過了穴地裡無所不在的臭味。保羅發覺自己已經抑制住了這種穴地氣味對神經的侵擾。

他又想起了他的母親，不斷變化的未來畫面中總有她的身影……還有她的女兒。未來和現在，多重時間在他的意識中舞動著，他飛快地搖了搖頭，把注意力集中自己眼前這些代表弗瑞曼文化的物件上，這些東西向他講述著已經吞沒了他們的這個弗瑞曼文化，闡述著它的深度和廣度。

還有它的種種若有若無的怪異之處。

他曾經在夢中隱約見過這些洞穴和這個房間。夢中所見告訴他，這是一種極其陌生的事物，迥異於他此前所見的一切。

這裡看不見毒素檢測器的影子。在這個擁擠的洞穴群中，他沒在任何地方發現使用毒素檢測器的跡象。但他仍舊在穴地的臭氣中嗅到了毒物的氣味，既有劇毒，也有普通毒物。

一陣簾子的唰唰聲。保羅轉過身去，以爲是哈拉赫帶吃的回來了。但他沒有看到哈拉赫，站在一幅圖案不同的簾子下面的是兩個小男孩，也許一個九歲，一個十歲。他們用充滿期待的目光看著他。

每個孩子的腰間都掛著一把雙刃刀，一隻手搭在刀柄上。

保羅突然想起了有關弗瑞曼人的故事：他們的孩子戰鬥起來跟大人一樣兇悍。

※ ※ ※

手在動，嘴在動——
奇思妙想在言語中翻湧。
還有那雙如飢似渴的雙眼！
他是一座自我的孤島。

——摘自伊如蘭公主的《穆哈迪手記》

洞裡擠滿了人，洞頂很高的地方亮著一盞螢光燈，可人群所在的岩穴裡只有微弱的光線，表明這個岩石環繞的密閉空間很大……潔西嘉覺得，甚至比她的比吉斯特學校聚會廳還大。史帝加和她站在平台上，她估計平台下面聚集了五千多人。

還有更多的人陸續到來。

空氣中到處是人們嘰嘰喳喳的竊竊私語。

「已經派人去妳兒子的住所叫他來了，塞亞迪娜。」史帝加說，「妳希望和他商量一下妳的決定嗎？」

「他可以改變我的決定嗎？」

「你自己講話時所用的空氣來自你自己的肺部，但是——」

「我的決定不變。」她說。

但她還是有些不安，不知道是否該利用保羅作藉口，退出這個危險的考驗。同時也應該考慮到未出世的女兒。危及母親身體的事，也會危及女兒的身體。

幾個男人扛著捲起的地毯走過來，在地毯的重壓下嘿呦嘿呦地哼著。他們把地毯扔在平台上，揚起一陣灰塵。

史帝加抓住她的手臂，領她回到平台後面的邊界上，站在一個可以發出迴響的角形傳音區裡。他指著傳音區裡的一個石凳說：「聖母將坐在這裡。但在她來之前，妳可以坐在上面休息一下。」

「我寧願站著。」潔西嘉說。

她看著人們打開地毯，在平台上鋪好。她朝人群望去。現在，下面的岩穴底層至少有一萬人了。而人們還在陸續趕來。

她知道，外面的沙漠上空早已是紅色的日暮時分。但這個洞廳裡卻永遠是微黃的黎明。下面是灰濛濛一片浩瀚的人海，他們聚集在這裡，看她拿自己的性命冒險。

她右邊的人群突然讓開一條路，她看見保羅走了過來，兩側各有一個小男孩護衛。孩子們大搖大擺地走著，一副自大的神情，手按刀柄，怒視著兩邊的人牆。

「詹米斯的兒子，現在是友索的兒子了。」史帝加說，「他們把護衛的職責看得很認眞呢。」他大膽地對潔西嘉笑了笑。

潔西嘉明白，史帝加是想幫她緩和一下緊張的情緒。她承認，史帝加的努力確實起作用了，她也很感激他的這種努力，但它畢竟無法使她的思緒脫離自己即將面對的危險。

我沒有選擇，只能這樣做。她想，如果我們要在這群弗瑞曼人中保住我們的地位，就必須迅速果敢地採取行動。

保羅攀上平台，把孩子們留在台下。他在母親面前停下，看了看史帝加，回過頭來對潔西嘉說：「發生了什麼事？我以爲是召我來開會呢。」

史帝加舉起一隻手，示意大家安靜，然後指指左邊。擁擠的人群再次讓出一條路，加妮沿著人牆組成的巷道走了過來，一張精靈般淘氣的娃娃臉上露出悲傷的神情。她已經脫掉了蒸餾服，換上了一件優雅的藍色罩衫，裸露出纖細的手臂。她在左臂靠近肩膀處繫了一條綠手巾。

綠色代表哀悼。保羅想。

這是一種習俗，詹米斯的兩個兒子剛才間接地向他解釋過。他們告訴他，他們不穿綠色，因爲他們接受了他，讓他成爲他們的保護人與父親。

「你就是天外綸音嗎？」他們問。保羅卻從他們的問話中聽出了聖戰的味道。他聳聳肩，用提問堵住了那兩張喋喋不休的嘴。他很快便了解到，這兩個孩子中，年長的那個叫凱利弗，十歲，是喬弗的兒子；而年幼的那個叫奧羅普，八歲，是詹米斯的兒子。

眞是奇特的一天啊。應他的要求，這兩個孩子一直在他身邊護衛著，因爲他想避開人們的好奇心，希望能夠盡量不受打擾，好讓自己有時間理清思緒，回憶那些預知的記憶，以便想出一個防止聖戰爆發的好辦法。

現在，站在平台上母親身旁，看著台下擁擠的人群。保羅懷疑是否眞的存在某種解決之道，可以防止爆發最狂熱的聖戰。

加妮走近平台，四個女人遠遠地跟在她身後，用轎子抬著另一個女人。

潔西嘉沒有理會走過來的加妮，只全神貫注地盯著轎子上那個女人：一個乾癟的醜老太婆，一個滿臉是皺紋、渾身皺巴巴的老婦人。她穿著黑色法衣，兜帽甩在後面，露出編得整整齊齊的灰色髮辮和青筋糾結的脖子。

抬轎子的女人站在台下，把轎子輕輕放在平台上，加妮攙扶著老太婆站了起來。

原來這就是他們的聖母。潔西嘉想。

老太婆重重地倚在加妮肩頭，蹣跚地朝潔西嘉走來，看上去像包在黑袍裡的一捆乾柴。她在潔西嘉面前停下腳步，抬頭凝視了很長時間，這才用沙啞的嗓音輕聲道：「原來妳就是那個人，」頂在細長脖子上的頭顫顫巍巍地點了一下，「那個夏杜特·梅帕絲同情妳，她是對的。」

潔西嘉輕蔑地回答道：「我不需要任何人的同情。」

「咱們會知道的。」老太婆沙啞地說。她用讓人吃驚的速度迅速轉過身去，面向人群，「告訴他們吧，史帝加。」

「非這樣不可嗎？」他問。

「我們是米斯人，」老太婆用嘶啞的聲音道，「自從我們的眞遜尼派祖先逃離尼祿蒂克·阿—奧羅巴以來，我們就懂得了遷徙和死亡。只要年輕一代繼續這樣的生活方式，我們的民族就不會滅亡。」

史帝加深深吸了口氣，向前跨了兩步。

沉默籠罩了這個擠滿人的山洞。山洞裡現在大約有兩萬多人，全都默默地站著，幾乎一動不動。這使潔西嘉突然間覺得自己很渺小。她告誡自己，一定要謹言愼行。

「今晚，我們必須離開這個長久以來庇護我們的穴地，向南深入沙漠。」史帝加說。他那低沉的聲音越過一張張仰視的面孔，通過平台後面的角形傳音區遠遠地傳出去，發出隆隆的迴響。

人群依然保持著沉默。

「聖母告訴我說，她活不過下次尋找新穴地的探尋之旅了。」史帝加說，「以前我們也曾經歷過沒有聖母的生活，但在被迫尋找新家園的長旅中，我們不能沒有聖母的引領。」

人群騷動起來，發出嘰嘰喳喳的低語，空氣中流動著緊張不安的氣氛。

「但這種窘境也許不會發生，」史帝加繼續說，「因爲我們的新塞亞迪娜，神奇的潔西嘉，已經同意在這個時候舉行儀式，打算在我們還沒有失去聖母的力量之前通過儀式的考驗。」

神奇的潔西嘉。潔西嘉想著這個稱呼。她看到保羅正盯著她瞧，眼中充滿疑問。但在這種奇異氣氛下，他只能閉上嘴，保持沉默。

如果我死於這次嘗試，他該怎麼辦呢？潔西嘉暗自問道。她再一次感到憂心忡忡起來。

加妮領著老聖母走到角形傳聲區深處的石凳上坐下，然後退回，侍立在史帝加身旁。

「就算神奇的潔西嘉失敗了，我們也不會喪失一切。」史帝加說，「加妮，列特的女兒，將被奉爲塞亞迪娜。」他朝旁邊跨開一步。

從角形傳音區深處傳來老太婆的聲音，是那種被擴大了的低語聲，尖銳而刺耳：「加妮剛剛結束她的探尋之旅——加妮已經看見水了。」

人群低聲回應：「她已經看見水了。」

「我願奉列特的女兒爲塞亞迪娜。」老太婆嘶啞地說。

「接受。」人們回應道。

保羅幾乎聽不見舉行儀式的聲音，他的注意力全神貫注於史帝加說他母親的那些話上。

如果她失敗了呢？他想。

他轉過身去，回頭看看被眾人稱爲聖母的人，打量著這個乾癟的老太婆。她有一雙深不可測的藍眼睛，看起來彷彿一陣微風都能把她吹跑似的，然而，她身上卻隱隱透出一種在季風沙暴中也能巋然不動的力量。他還記得曾以高姆刺的痛苦來考驗他的聖母凱斯·海倫·莫希阿姆，眼前這個人具有與聖母莫希阿姆相同的魔力。

「我，聖母拉馬羅，代表眾神發言。我要對你們說，」老太婆說，「加妮成爲塞亞迪娜是符合天意的。」

「符合天意。」眾人回應道。

老太婆點點頭，輕聲說道：「我賜予她銀色的天空、金色的沙漠和閃閃發光的岩石，以及未來的綠色原野。我把這些賜予塞亞迪娜加妮。在這播種的典禮上，爲了讓她不要忘記她是我們大家的僕人，把這些僕役的任務交給她吧，讓她像夏胡露一樣承擔這些工作。」她抬起一隻褐色棍子般的手臂，然後垂下。

潔西嘉感到，發生在自己身邊的典禮儀式彷彿一股激流，裹脅著她，讓她再也無法後退。她看了一眼保羅充滿疑問的臉，然後振作精神，準備接受嚴峻的考驗。

「司水員到前面來。」加妮說，少女般的嗓音中只有最輕微的一絲顫抖，透露出內心深處的不自信。

此刻，潔西嘉感到自己已經處於危險的焦點。從眾人凝神觀望的眼睛中，從場內的寂靜中，她看到了這種危險。

人們讓開一條彎彎曲曲的小道，一小隊男人兩兩成對從後面朝前擠出來，每一對都抬著一隻小皮袋，大約是人頭的兩倍大。袋子沉甸甸地上下晃動著。

兩個領頭的人把抬來的袋子放在平台上加妮腳邊，然後退了回去。

潔西嘉看看袋子，又看看那些人。他們的兜帽都甩在腦後，露出項下扎成一捲的長髮，深陷的深色眼睛目不轉睛地回望著她。

袋子裡散發出一股芬芳的肉桂香，飄過潔西嘉面前。是香料？她猜想著。

「有水嗎？」加妮問。

左邊的司水員，一個鼻梁上橫著一道紫色傷疤的男人，點點頭說：「有水，塞亞迪娜。但我們不能喝。」

「有種子嗎？」加妮問。

「有種子。」那人回答說。

加妮跪了下去，把手放在晃來晃去的水袋上，「願眾神賜福於水和種子。」

潔西嘉很熟悉這種儀式，她回過頭去看看老聖母拉馬羅。老太婆閉起雙眼，彎腰坐在那裡，好像睡著了。

「塞亞迪娜潔西嘉。」加妮說。

潔西嘉扭過頭，看見女孩正盯著她。

「妳嘗過聖水嗎？」加妮問。

潔西嘉還沒來得及回答，加妮接著又說：「妳不可能嘗過聖水，因爲妳是外來者，沒有這個權利。」

人群中傳出一陣歎息，衣袍沙沙的振動聲讓她後頸上寒毛倒豎。

「莊稼成熟，製造者已死。」加妮說。水袋上固定著一個噴水管，盤繞在晃動著的水袋頂上。她一邊說，一邊鬆開水管。

此時，潔西嘉感到周遭危險的氣氛已達沸點。她瞥了一眼保羅，見他正沉湎於這個儀式的神祕氣息之中，兩眼直愣愣地盯著加妮。

他曾經預見過這一刻嗎？潔西嘉很想知道。她一隻手放在腹部，想著未出世的女兒，暗自問道：我究竟有沒有權利，拿我們兩人的性命來冒這個險呢？

加妮朝潔西嘉舉起噴水管，說：「這是生命之水，比水更偉大的水——解脫靈魂的水。如果妳確是聖母，它會爲妳打開宇宙之門。現在，就讓夏胡露來判斷吧！」

對未出世的女兒的責任，對保羅的責任。這兩種責任撕扯著潔西嘉的心。爲了保羅，她知道自己應該接過噴水管，喝下水袋裡的液體。但當她彎下身，湊近送過來的水管時，本能告訴她這是極度危險的。

水袋裡的東西散發出一種苦味，很像許多她知道的毒藥，但又不盡相同。

「現在，你必須把它喝下去。」加妮說。

不能回頭了。潔西嘉提醒自己。可在她接受的所有比吉斯特訓練中，她想不出任何可以幫助她度過難關的方法。

這是什麼？潔西嘉問自己，酒？毒藥？

她彎下身去，湊近噴水管，聞到一股肉桂的香味，隨即記起當初鄧肯．艾德荷的醉態。香料酒？她問自己。她把吸管放進嘴裡，只吸了一小口水袋中的液體。這東西嘗起來有一股香料味道，舌頭上一陣辛辣，隱隱有些刺痛的感覺。

加妮的手在皮袋上一按，一大股液體噴進潔西嘉口中。她還沒來得及有所動作，已經不由自主地把那東西呑了下去，之後才想到竭力保持自己的冷靜和尊嚴。

「淺嘗死亡的氣息比死亡本身更可怕。」加妮說。她盯著潔西嘉，等待著。

潔西嘉望著加妮，嘴裡仍含著那個噴水管。袋中物的氣息湧進她的鼻腔中，嘴裡，眼睛裡，臉頰上。她品嘗著這種氣息，一種刺激性的芬芳。

涼意沁人！

加妮再次把液體噴入潔西嘉口中。

無上的美味！

潔西嘉打量著加妮的臉，看著她生氣勃勃的五官，從她臉上看出了列特—凱恩斯的痕跡。這種痕跡還很稚弱，沒有被歲月固定下來。

他們給我吃的是一種迷藥。潔西嘉告訴自己。

但卻不像她知道的其他任何迷藥，也不是比吉斯特訓練裡教過的任何藥物。

加妮的面龐如此清晰，彷彿有一道光清清楚楚地勾勒出面部輪廓。

一種迷藥。

潔西嘉覺得頭暈目眩，四周一片死寂。身體的每一根筋絡都接受了這個事實：某件意義深遠的事已經發生了。她感到自己是一粒有知覺的微塵，甚至比任何亞原子粒子都要小，但卻可以運動，可以感覺周遭的世界。豁然開朗，就像猛地拉開帷幕——她意識到，她能像感知肌肉運動一樣感知自己的內心世界。她是微塵，但又不僅僅是微塵。

聖母！

學校裡曾經傳說，有些人沒能通過嚴格的聖母試煉，被迷藥奪走了性命。

潔西嘉把注意力集中在聖母拉馬羅身上，她知道，這一切都發生在彷彿凝固不動的一瞬間內。所謂凝固，只是針對她一個人。對她來說，時間已經暫時停頓。

時間爲什麼會停頓？她問自己。她凝視著周圍人們臉上凝固不動的表情，看見加妮頭頂上方有一粒小小的塵埃，定定地懸在那裡。

等待。

問題的答案突然出現在她的意識中，就像大爆炸般突兀：她個人的時間之所以停頓，是爲了拯救她的生命。

她專注於自己的內心世界，審視著內在的一切，隨即便看到一個細胞核，一個黑點。她探索著黑點，卻當即被彈了回來。

這就是我們看不到的地方。她想，一個所有聖母極不願提起、只有科維扎基·哈得那奇才能看到的地方。

這種意識使她恢復了一點自信。她再次冒險把注意力集中在內心世界的運動上，讓自我變成一粒微塵，在她的體內尋找潛在的危險。

她在剛才吞下的迷藥中找到了它。

那種東西成了在她體內跳動不已的粒子，其運動速度之快，連凝固的時間也無法使它停頓下來。跳動的粒子。她開始辨認出熟悉的結構，原子鏈：這兒有一個碳原子，螺旋形擺動……葡萄糖分子。接下來，整個分子鏈展現在她面前，她辨認出了其中的蛋白質……一個含甲基蛋白質的結構。

啊—哈！

看出迷藥的本質時，她在體內發出了精神上的無聲的歎息。

不斷探索內心世界。她鑽入那種粒子，挪開一個氧原子，讓另一個碳原子與之結合，然後又重新附著在一個氫氧鏈上。

變化擴展開來……催化作用迅速擴展，反應的速度於是愈來愈快、愈來愈快。

凝固的時間漸漸解凍，她感到周圍重新運動起來。水袋上的噴水管貼在她嘴上——緩緩地，從她嘴上收集到一滴水分。

加妮正從我體內取出催化劑，改變這水袋裡的毒質。潔西嘉想，為什麼？

有人扶她坐下。她看到老聖母拉馬羅被帶到她身旁，坐在鋪著地毯的平台上，用一隻乾癟的手撫摸著她的脖子。

在她的意識中還有另一個意識粒子！潔西嘉竭力排斥它，但那個粒子卻越逼越近……越逼越近。相觸！

是和諧的最高狀態，同時成爲兩個人：不是心靈感應，而是直接的意識互通。

可潔西嘉看出，面前的這位聖母並不認爲自己已經上了年紀。她們共同的靈眼前展現出一幅圖像：一位少女，精神活潑，性格溫和。

在互通的意識中，那個年輕女孩說：「是的，那就是我。」

潔西嘉只能聽，卻無法開口作答。

「很快妳就會擁有這一切，潔西嘉。」意識之內的人像說。

*這是幻覺。*潔西嘉告訴自己。

「妳知道不是這麼回事。」人像又說，「快點，不要極力排斥我，時間不多了，我們……」她停頓了很長時間，這才說，「妳本來應該告訴我們妳已經懷孕了！」

潔西嘉總算能在這個互通意識中開口說話了：「爲什麼？」

「因爲這種變化將影響妳們母女兩個人！神母啊，我們做了些什麼呀？」

潔西嘉感到這個互通意識被微微牽動，這才看到另一個微粒。這個微粒瘋狂地跑來跑去，兜著圈子，散發出純粹的恐懼。

「妳必須堅強起來。」老聖母的人像說，「幸虧妳懷的是女兒，否則，這種儀式會殺死男性胎兒的。現在……小心點，輕輕地……摸摸妳這位不幸列席的女兒。讓妳的女兒過來。把她的害怕吸出來……放鬆些……運用妳的勇氣和力量……輕輕地，好……輕輕地……」

那個旋轉的微粒朝她晃過來，愈來愈近，潔西嘉強迫自己去接觸它。

恐懼幾乎壓倒了她。

她能運用的武器只有一種：「我絕不能害怕。恐懼會扼殺思維能力……」祈禱文給她帶來了表面上的平靜。另一個微粒靠在她身上，一動不動。光說話是不會起作用的。潔西嘉對自己說。

她放鬆下來，讓自己只表現出最基本的情緒反應，散發出愛、安慰，敞開溫暖的懷抱保護它。恐懼感退卻了。

老聖母再次主動現身，這一次是三重互通意識——其中兩個很活躍，另一個只靜靜地汲取。

「時間緊迫，我不得不這樣做。」意識中的老聖母說，「我有那麼多東西要傳給妳。不知道妳女兒接受這一切之後，是否還能保持神智健全。但我們必須做：部落的需求至高無上。」

「什麼——」

「安靜！接收！」

各種經歷開始展現在潔西嘉面前，很像比吉斯特學校裡用潛意識催眠裝置講授的課程……只是更快……快得令人頭暈目眩。

同時卻歷歷在目。

前任聖母的每一次經歷都栩栩如生：有一個愛人——精力充沛，蓄著鬍鬚，有一雙弗瑞曼人的眼睛，而潔西嘉可以通過老聖母的回憶看到他的力量和溫柔。但有關他的一切轉瞬間就過去了。

現在沒有時間去考慮這會對她肚子裡的女兒造成什麼影響，只來得及不停地接收、記錄。這些經歷如洪水般向潔西嘉湧來：出生，生活，死亡，重要的和不重要的，一次播放之後便再不重複。

但為什麼總能看見懸崖頂上落下的沙瀑？這個鏡頭執著地粘在老聖母記憶裡，揮之不去。她向自己。

潔西嘉明白了正在發生的事，但已經為時太晚：老聖母就要死了。臨死前，她拚命把自己的經歷全部注入潔西嘉的意識中，就像把水倒進杯子裡一樣。潔西嘉眼看著另一個微粒逐漸消退，重又回到出生前的意識狀態中。從理論上說，老聖母正在死去，但她已經把自己的一生留在潔西嘉的記憶裡。老聖母歎了一口氣，模糊不清地吐出最後一句話。

「我一直在等你，已經等得很久了。」她說，「這就是我的一生。」

就是這樣，全部收好，壓縮封裝。一生的經歷。

甚至包括死亡的瞬間。

*我現在是聖母了。*潔西嘉意識到。

就她所知，她已經變成一個眞正意義上的、完全符合比吉斯特規則的聖母了。有毒的迷藥改變了她。

她知道，這與比吉斯特學校造就聖母的方式不盡相同。從來沒人告訴過她造就聖母的祕密，可她就是知道。

最後的結果是相同的。

潔西嘉感覺到女兒的微粒仍然在觸摸她的內心意識，不斷探尋著，卻沒能得到自己的回應。

意識到自己身上發生的一切變化之後，一種可怕的孤獨感蔓延到她的全身。她自己的生命放慢了步伐，相比之下，周圍所有其他的生命彷彿加快了速度，她能清晰地看到周圍生命如何變化，如何互相影響。

隨著她的身體逐漸擺脫毒藥的威脅，粒子意識的感覺稍稍減退，漸漸鬆弛下來。但是她仍能感覺到另外那個代表著女兒的粒子。她撫慰著它。自己竟然容忍這種事發生在女兒身上，她心中愧疚不已。

是我做的，我可憐的、還未成形的、親愛的小女兒。是我把妳帶進這個內在的宇宙，讓妳的意識

在毫無防禦能力的狀態下暴露在這個宇宙的千變萬化之中。

從另一個微粒那兒流出一點點愛和安慰，像鏡像一樣，反射出潔西嘉傾注在它身上的感情。

沒等潔西嘉做出回應，她突然感到方才接收的記憶抑制不住地湧了上來。有件事需要立即去做。她在這些記憶中摸索著，同時意識到發生了變化的藥物已經滲透她全身，使她遲鈍、迷惑，難以採取行動。

我可以改變這種狀況。她想，我能去除這迷藥的毒性，使它變得完全無害。但她又感到不應該那樣做。我正在置身於一場融合儀式之中。

隨即，她知道自己應該怎麼做了。

潔西嘉睜開眼睛，朝加妮舉在她頭上的水袋做了個手勢。

「它已經得到祝福了。」潔西嘉說，「混合這水，讓所有人都能體會到這種藥物的變化，讓所有人分享這份祝福吧。」

催化劑自會發揮效用。她想，讓眾人飲用，一段時間內強化他們對彼此身體的認同。這藥現在安全了……一位聖母已經化解了它的毒性。

然而，記憶裡仍然有什麼在催促著她，推擠著她。還有一件必須做的事，她意識到了，但藥物的作用使她難以集中精力。

啊—啊—啊……老聖母。

「我剛見過聖母拉馬羅。」潔西嘉說，「她去了，但她仍在我們中間。在這個典禮儀式上，讓她的記憶顯耀。」

我怎麼會想起說這些話？潔西嘉問自己。

她明白了，它們來自另一個記憶。老聖母一生的經歷已經傳給她了，現在更成了她自己的一部分。可是，這份禮物中卻還是有某些方面讓人覺得並不完整。

「讓他們縱情狂歡去吧，」她的另一個記憶說，「掙扎求生之外，他們實在享受不到多少歡樂。另外，妳我也需要一點時間相互熟悉，那以後我才會離去，從妳的記憶中消失。我已經覺得自己被妳頭腦中屬於妳的東西吸引了，啊，存在於妳意識之中的這些東西眞是太有意思了，那麼多我從來想像不到的東西。」

壓縮封裝、傳輸給她的記憶在她的意識中敞開了，像打開了一條寬闊的記憶隧道，層層深入，進入其他聖母的記憶中。歷代聖母的記憶連綿不絕，似乎無窮無盡。

潔西嘉不禁畏縮起來，唯恐迷失在這個將無數前人的記憶匯爲一體的汪洋中。但隧道並沒有因此消失，通過它，潔西嘉看到了弗瑞曼文化的底蘊，源遠流長，遠遠超出她的想像。

她看到了波里特林上的弗瑞曼人：一個在安樂窩似的星球上漸漸變得軟弱的民族，帝國的入侵者輕而易舉便征服了他們，強迫他們前往比拉．特喬斯和薩魯撒．塞康達斯這些星球，在上面開拓人類殖民地。

潔西嘉感受到了生離死別的嚎啕悲慟。多麼淒慘的景象！

記憶隧道深處，一個虛幻的聲音厲聲嘶叫：「他們廢除了我們朝聖的權利！」

沿著隧道繼續深入，潔西嘉看到了比拉．特喬斯的奴隸營；看到大批老弱病殘被人像除草一樣芟除淨盡；看到人們被挑選出來發配到羅薩克和哈蒙塞普。令人髮指的殘暴景象一幅幅展現在她面前，就像一朵朵可怕的毒花。她看到歷史的脈絡由一個塞亞迪娜傳給下一個塞亞迪娜：起初是口耳相傳，藏在沙漠敘事歌中；後來在羅薩克發現了這種有毒的迷藥，他們自己的聖母於是加以改進……在阿拉吉斯發現生命之水後，這種力量變得更加精妙。

記憶隧道的更深處，另一個聲音嘶叫著：「永不饒恕！永不遺忘！」

潔西嘉將注意力集中在生命之水的發現過程上，看到了它的源泉：那是沙蟲（製造者）臨死前分泌的液體。當她在自己剛剛接收的記憶中看到牠被殺死的情景時，好不容易才控制住自己，沒有驚呼出聲。

這個生物是被淹死的！

「母親，妳沒事吧？」

保羅的聲音侵入她的意識。潔西嘉從自省中掙脫出來，抬頭望著他。她知道自己有責任照顧他，但他偏偏在此刻出現，讓潔西嘉暗自生氣。

我就像是個雙手麻痺的人，但從有意識的那一刻起，我一直感受不到，直到有一天，在外力作用下，突然間有了觸覺。

這個念頭徘徊在她仍然沒有敞開的自我意識中。這時我說：「哎呀！我竟然沒有手！」但我周圍的人卻說：「手是什麼？」

「妳沒事吧？」保羅重複道。

「沒事。」

「我能喝這東西嗎？」他指指加妮手上的水袋說，「他們要我喝。」

她聽出了他話中隱含的意思，知道到他已經探查出這種水在發生變化前含有毒素，也知道他在關心她。潔西嘉突然很想了解保羅的預知能力的局限。她從他這句問話中發現了許多東西。

「你可以喝，」她說，「它的成分已經變了。」她從保羅肩頭望過去，見史帝加正低頭凝視著她，那雙深色眼睛裡滿是探詢的神情。

「現在，我們知道妳不會是假的了。」史帝加說。

她感到他的話裡也有某種隱含的意思，但迷藥強大的藥力使她的感官變得遲鈍了。她覺得溫暖、寬慰！這些弗瑞曼人多好啊，讓她得到了一批多麼好的密友。

保羅看得出來，母親漸漸被藥力所控制。

他在記憶中搜索著——凝固的過去，流動的未來，就像把時間拆成一個個片段，放在靈眼的放大鏡下細細察看。從流動不息的時間線中剝離出來之後，一個個片段變得難以索解了。

這種迷藥——他可以把有關它的知識集合起來，由此了解它在母親身上所起的作用。但是，這些知識缺乏自然規律，缺乏一個參照系統。

他突然明白了，看見過去對現在的影響是一回事，但對預言能力的眞正考驗是看到過去對未來的影響。

事物的發展是一個不斷延續的過程，但這個過程並不等同於它們的外部表象。

「喝下去！」加妮說，把水袋的角形噴管在他鼻子底下晃了晃。

保羅直起身子，看著加妮，感到空氣中充斥著狂歡的興奮。他知道，如果喝下水袋裡的香料迷藥，吸收了迷藥中高度濃縮的香料精萃成分，他會發生什麼變化。他會回到純粹的時間幻象中去，時間會變成空間，而他會被拋上這個空間中令人頭暈目眩的顚峰，激勵他去理解未來。

史帝加在加妮身後說：「喝下去吧，小夥子。你拖累了整個儀式的進程。」

保羅傾聽著人群的呼聲，聽出了其中的狂熱：「利山．阿蓋博，天外綸音！穆哈迪！」他低下頭看看母親，她坐在那裡，似乎平靜地睡著了，呼吸平穩而深沉。就在這時，保羅腦海中閃現出一句來自未來、昭示他孤獨的一生的話：「她在生命之水中沉睡。」

加妮拉了一下他的衣袖。

保羅把角形噴水管放進嘴裡，只聽人們歡呼起來。加妮壓了一下水袋，他感到一股液體直噴入喉，立刻被濃烈的氣息熏得頭暈眼花。加妮拿開噴水管，把水袋交到平台下面向上伸出的手中。他的眼睛注視著她的手臂，還有上面那條表示哀悼的綠帶子。

加妮直起身來，注意到保羅的目光，說：「即使在聖水帶來的歡樂中，我也能哀悼他。他給了我們倆一件東西。」她把手放在他的手心裡，拉著他沿平台走去，「一個相同之處，友索——我們倆都因哈肯尼失去了父親。」

保羅跟著她，覺得自己的頭和身體分開了，又重新聯在一起，形成一種奇特的聯結之感。雙腿好像已經不屬於自己，離他很遠，軟綿綿的。

他們走進一條狹窄的支道，坑道的牆壁映著外面懸浮球燈懸浮球燈微弱的燈光。保羅感到迷藥的奇異藥效已經開始在他身上產生作用了，如花朵綻放一般，爲他打開了時間的大門。轉過另一條黑暗的隧道時，他需要靠在加妮身上才能穩住身形。她衣裙下面的身體既柔軟又結實，讓他熱血沸騰起來。藥力已將過去和未來融入現在，又加上熱血上湧的感覺，使過去、未來和現在的分別幾乎不復存在。

「我認識妳，加妮。」他輕聲說，「我們曾經坐在沙漠上方一處凸岩上，我安慰著妳，讓妳不再害怕。我們曾在穴地的黑暗中互相愛撫，我們……」他發覺自己有點神智不清了，於是用力甩了甩頭，腳下隨即一絆。

加妮扶他站穩，領他穿過厚厚的簾子，走進一間溫暖的黃色私宅。裡面擺著兩張桌子，若干靠墊，還有鋪著橙色床單的睡墊。

保羅漸漸意識到他們已經停下了腳步，加妮面對著他，眼中流露出一絲恐懼。

「告訴我吧。」她輕聲說。

「妳是塞哈亞，」他說，「我的沙漠之春。」

「當部落分享聖水的時候，」她說，「我們在一起——我們所有人。我們……分享，我知道……

大夥兒都和我在一起，但我害怕和你分享。」

「爲什麼？」

他極力將注意力集中到她身上，但過去和未來都融入了現在，使她的形象模糊不清。他以無數種方式、在無數情況下、無數背景中，看到了她的存在。

「你身上有某種令人畏懼的東西。」她說，「當我帶你離開其他人的時候……我這麼做，是因爲我能感覺到其他人想要什麼。你的力量……施加在眾人身上。你……使我們看見了！」

他努力讓自己的話不至於含混不清：「妳看見了什麼？」

她低頭看著自己的雙手。「我看見一個孩子……在我懷裡。是我們的孩子，你和我的孩子。」她把一隻手放到自己嘴上，「我怎麼才能完完全全地了解你呢？」

這些人有一點預感的天分。他的意識告訴他，但他們壓抑了它，因爲預感讓人恐懼。

在頭腦澄澈的一瞬間，他看到加妮正瑟瑟發抖。

「妳想要說什麼呢？」他問。

「友索。」她悄聲道，仍在顫抖不已。

「別再看未來的情景了。」他說。

她的哭泣使他突然深深憐憫起這個小女孩來。他把她拉過來靠在自己身上，撫摸著她的頭說：「加妮，加妮，不要怕。」

「友索，幫幫我。」她哭著說。

就在她說話的時候，他感到體內的迷藥發揮出了全部效用，撕開了帷幕，讓他看到了自己動盪不安的灰色未來。

「你怎麼不說話？」加妮說。

他穩住自己的意識，注視著未來，看著時間在它那神奇的空間中不斷延展，旋轉不休，同時卻巧妙地保持著平衡。時間化成空間，窄窄的，同時又不斷鋪開。鋪開時像一張巨網，讓無數星球、無數力量落入網中；收窄時像一根他必須從上面走過的細鋼絲，又像一塊他必須使之平衡的翹翹板。

在翹翹板的一邊，他看到了帝國；看到一個叫菲得．羅薩的哈肯尼人，像致命的利刃般朝他砍殺過來；看到薩督卡狂暴地衝出他們自己的星球，在阿拉吉斯上大肆屠殺；看到宇航公會密謀策畫，縱容這種屠殺；看到比吉斯特繼續著她們的選擇性育種計畫。一股股力量聚在一起，像未來的天邊飽蘊風雷的沉雲。在翹翹板的另一邊牽制它們的卻只有弗瑞曼人和他們的穆哈迪，後者彷彿一個沉睡中的巨人，弗瑞曼人已經準備將他喚醒，發起一場橫掃整個宇宙的瘋狂聖戰。

保羅感到自己處於這一切的中心，整個結構都圍繞這個軸心旋轉著。和平就像一根細絲，他走在上面，身邊伴著加妮。他很幸福。他能看見這根細絲，就在他前面。一個隱蔽的穴地，一段相對寧靜的時光，不斷的暴力衝突中平靜的一瞬。

「除此之外，再沒有和平的時候了。」他說。

「友索，你哭了，」加妮喃喃地說，「友索，我的力量，你是把水獻給死者嗎？給哪一位死者？」

「給那些現在還沒有死去的人。」他說。

「那麼，就讓他們盡情享受這段活著的時光吧。」她說。

透過迷藥的濃霧，他知道她說得對！他粗魯地緊緊擁住她。「塞哈亞！我的沙漠之春！」他喊道。

她伸出一隻手，撫著他的臉頰，「看看我吧，我不再害怕了，友索。當你這樣抱著我時，我看到了你所看到的未來。」

「妳看到什麼了？」他問道。

「我看到，在風暴之間的平靜期，我們互相把愛給予對方。這就是我們要做的事。」

藥力重又控制了他，他想：多少次了？你給了我安慰，給了我遺忘。他重又體驗到那種無比鮮明的預見，未來歷歷如見，無比清晰，然後化爲記憶：沉浸於肉欲的溫柔鄉，兩個人的分享、交流，種種溫柔，種種粗暴……

「我們之中，更堅強的人是妳，加妮。」他喃喃低語，「和我在一起吧。」

「永遠在一起。」她說著，吻上他的臉頰。

第三卷
先知

沒有任何人曾與我父親有過十分親密的關係，無論是女人、男人，還是孩子。只有一個人稱得上是他的朋友。這份友誼的提供者就是他兒時的玩伴哈西米爾·芬倫伯爵。與芬倫伯爵之間這份友情首先反映在積極的一面：阿拉吉斯事件後，是伯爵出面減輕了立法會對我父親的懷疑。據我母親說，為這件事，一共花了價值一億多陽幣的香料賄賂各方，此外還有其他禮物：女奴、皇室的榮譽勳章和名譽軍銜。而第二個能夠證明伯爵友誼的主要證據反映在消極的一面上：他敢於抗拒我父親的命令，拒絕殺人，盡管這完全是他力所能及之事。接下來我會對此加以詳述。

——摘自伊如蘭公主的《芬倫伯爵小傳》

伏拉迪米爾·哈肯尼男爵衝出他的私人套間，怒氣沖沖地沿著走廊往前走。午後的陽光透過高高的窗戶傾瀉進來，在走廊裡投下斑斑駁駁的光影。他的身體在懸浮器裡劇烈地扭動著，搖晃著，一個勁兒地往前衝。

他如一股風暴般狂掃過去：私人廚房、圖書室、小會客廳，然後衝進僕人待命的前廳。此時，前廳的夜間娛樂活動已經開始了。

衛隊長阿金·耐福德踞坐在大廳裡一張長沙發上。他面無表情，一副吃了塞繆塔迷藥後反應遲鈍、昏昏欲睡的樣子，周圍迴盪著怪誕的、如哀號般的塞繆塔音樂。他自己的隨從坐在離他很近的地方聽候差遣。

「耐福德！」男爵怒吼道。

眾人立刻亂作一團。

耐福德站起身來。在迷藥作用下，他臉上依然保持著鎮靜，但蒼白的臉色說明他心中的畏懼。塞繆塔音樂頓時停了下來。

「男爵老爺。」耐福德說。全靠迷藥的藥效，他才勉強使自己的聲音沒有顫抖起來。

男爵掃視著周圍那一張張臉，發覺大家全都默不作聲，一臉驚惶。他把注意力轉回耐福德身上，柔聲說道：「耐福德，你當我的衛隊長多長時間了？」

耐福德吞了一口口水：「自從阿拉吉斯事件後，老爺，快兩年了。」

「你是否始終竭盡全力保護我，使我免受威脅？」

「這是我唯一的心願，老爺。」

「那好，菲得．羅薩在哪兒？」男爵怒吼道。

耐福德一縮：「老爺？」

「你不認爲菲得．羅薩對我來說是個威脅嗎？」他的聲音再次變得柔和起來。

耐福德舔了舔嘴唇，塞繆塔迷藥造成的呆滯神情略微衰退了些。「菲得．羅薩在奴隸營區，老爺。」

「又在跟女人鬼混，呃？」男爵竭力想壓住怒火，氣得渾身發抖。

「閣下，可能他——」

「閉嘴！」

男爵又朝前廳裡邁進一步。周圍的人紛紛後退，與耐福德隔開一段微妙的距離，盡量把自己與撞在槍口上挨罵的人分開。

「難道我從沒命令過你，要你隨時隨地，確切地弄清楚準男爵去了什麼地方嗎？」男爵一邊問，一邊又朝前邁了一步，「難道我從沒跟你說過，要你隨時隨地，確切地弄清楚準男爵講了什麼話、對誰講的嗎？」再一步，「難道我從沒告訴過你，無論什麼時候準男爵進入女奴隸的營區，你都必須向我報告嗎？」

耐福德緊張地咽著口水，汗水從他額頭上冒了出來。

男爵保持著平淡的語氣，話音裡幾乎聽不出重音：「難道我從沒跟你講過這些嗎？」

耐福德點點頭。

「還有，難道我從沒吩咐過你，要檢查所有送到我那兒去的奴隸男孩嗎？而且要你自己……親自查驗？」

耐福德又點點頭。

「恐怕，你並沒察覺到，今晚送到我房裡的那個男孩大腿上有毛病？」男爵問，「有沒有可能你……」

「叔叔。」

男爵轉過身，盯著站在門口的菲得．羅薩。侄子這麼快就趕來了——瞧這年輕人一臉掩飾不住的匆忙。好啊，一切都暴露無遺了：菲得．羅薩有他自己的間諜系統，緊盯著男爵的一舉一動。

「我房裡有具屍體，我想叫人挪走它。」男爵說。他的手始終握住衣袍下面的震盪槍，心中暗自慶幸自己的遮罩場是最高級的。

菲得．羅薩迅速瞟了一眼靠在右邊牆壁上的兩個警衛，點了點頭。那兩個人馬上走開，快步跑出房門，沿著走廊朝男爵的房間奔去。

這兩個，嗯？男爵想，哼，這小魔頭，想跟我耍陰謀詭計，還差得遠呢！好好學著點吧！

「我想，你離開的時候，奴隸營裡一定天下太平吧，菲得。」男爵說。

「我一直在跟奴隸總管下金字塔棋。」菲得．羅薩說。他想：到底什麼地方出了差錯？我們送到叔叔房裡的那個男孩顯然已經失手被殺了。可要做那件事，他是最理想的人選，就連哈瓦特也不可能有更好的選擇。那個男孩是最理想的！

「下金字塔棋，」男爵說，「眞棒啊。你贏了嗎？」

「我……啊，是啊，叔叔。」菲得・羅薩竭力掩飾心中的不安。

男爵打了一個響指：「耐福德，你想重新得到我的恩寵嗎？」

「閣下，我做錯什麼了嗎？」他戰戰兢兢地說。

「現在已經不重要了。」男爵說，「菲得・羅薩下金字塔棋贏了奴隸總管，你都聽見了？」

「是的……殿下。」

「我要你帶上三個人去找奴隸總管，」男爵說，「絞死他。完事之後，把他的屍體帶來給我，讓我瞧瞧你辦事是否妥當。我們雇用的人裡，可不許有這麼蹩腳的棋手。」

菲得・羅薩頓時臉色蒼白，向前跨了一步。「但是，叔叔，我……」

「等會兒再說，菲得，」男爵揮了揮手，「等會兒。」

那兩個跑去男爵房間處理奴隸男孩屍體的警衛搖搖晃晃地從前廳門口經過。屍體耷拉在兩人中間，垂著手臂。男爵看著他們，直到他們走出視線。

耐福德上前一步，走到男爵身邊，「您要我現在就去除掉奴隸總管嗎？老爺？」

「現在就去。」男爵說，「等你完事之後，把剛才過去的那兩個傢伙也加在你的名單上。我不喜歡他們抬屍體的樣子，拖泥帶水的。做這種事就應該乾淨俐落。我希望也能看到他們的屍體。」

耐福德說：「老爺，是不是我做了什麼——」

「照你主子吩咐的去做。」菲得・羅薩說。他想：現在唯一能期望的就是先救我自己，別讓他扒了我的皮。

好極了！男爵想，至少他還知道該如何減少損失。男爵在心裡對自己笑了笑，心想：此外，這小子也還知道怎麼做才能取悅於我，怎麼做才能讓我別把火氣撒到他頭上。他知道我必須留下他。我遲早有不得不離開的那一天，到那時，除了他還有誰可以接手呢？我沒有其他繼承人。但他必須學習！而在他的學習期間，我也必須保住自己的性命。

耐福德朝他的助手們打了個手勢，帶著他們走出廳門。

「你願意陪我回我的房間去嗎？菲得？」男爵問道。

「悉聽尊便。」菲得．羅薩說。他朝男爵鞠了一躬，心想：這回我可算是落到他手裡了。

「你在前面走。」男爵說著，指了指廳門。

看得出來，菲得．羅薩很害怕，但他只略微猶豫了一下。我徹底失敗了嗎？他暗自問道，他會不會把毒刃插到我背上？……慢慢地，刺穿遮罩場？他是不是另有繼承人了？

就讓他感受一下此刻的惶恐吧。男爵一邊跟在侄子後面，一邊思忖著，他將繼承我的事業，但必須是在我選定的時刻。我才不會讓我辛辛苦苦創立起來的基業在他手上毀於一旦！

菲得．羅薩盡量壓住自己的腳步，別走得太快。他感到背後的肌膚直起雞皮疙瘩，彷彿他的身體本身也在猜測那致命一擊會何時到來。他的肌肉一會兒緊張一會兒放鬆。

「你聽到來自阿拉吉斯的最新消息了嗎？」男爵問。

「沒有，叔叔。」

菲得．羅薩強迫自己千萬別回頭，一路沿著長廊拐出僕人居住區。

「弗瑞曼人有了一位新先知，或者說某個宗教領袖。」男爵說，「他們叫他穆哈迪。非常有趣，眞的。意思是『耗子』。我已經告訴拉賓，就讓他們繼續信仰他們的宗教好了，那會讓他們一直有事可忙，沒時間來找我們的麻煩。」

「確實很有趣，叔叔。」菲得．羅薩說。他拐進通往他叔叔房間外面的專用走廊，心想：他爲什麼談起宗教來了？這是不是什麼微妙的暗示？

「是啊。」男爵說。

他們走進男爵的寓所，經過客廳進入臥室。眼前是激烈搏鬥之後的現場：一盞懸浮燈錯了位，床墊掉在地板上，一支按摩棒迸成碎片，散落在床頭桌上。

「這是個聰明的計畫。」男爵說。他讓護身遮罩場的防禦力維持在最大一檔，然後停下來，和他的侄子面對面，「但還不夠聰明。告訴我，菲得，你爲什麼不親手殺掉我？你有足夠多的機會。」

菲得・羅薩找到一把懸浮椅，沒有徵求許可便逕直坐下，同時在心裡聳了聳肩。

我現在一定要表現得大膽些。他想。

「您教導過我，自己的手一定要保持乾淨。」他說。

「啊，是的。」男爵說，「當你面對皇上時，你必須能夠誠懇地說，你沒做過那種事。皇上跟前的女巫自然會仔細傾聽你的話，並從中辨出眞僞。是的，關於這一點，我的確警告過你。」

「您爲什麼從來不買個比吉斯特呢，叔叔？」菲得・羅薩問，「有個眞言師在您身邊……」

「你知道我的品位！」男爵喝斥道。

菲得・羅薩打量著他的叔叔，說：「可是，有個比吉斯特還是會……」

「我不信任她們！」男爵怒罵道，「別想轉移話題！」

菲得・羅薩溫和地說：「遵命，叔叔。」

「我記得，幾年前，你在競技場上表演過一次角鬥。」男爵說，「好像，那天有個奴隸被安排好要刺殺你，到底是不是眞的？」

「那是很久以前的事了，叔叔。畢竟我——」

「請不要迴避。」男爵說。聲音聽上去很嚴厲，顯然正在壓抑內心的憤怒。

菲得・羅薩看著他叔叔，心想：他全知道，否則根本不會這麼問。

「是假的，叔叔。我那麼安排是想除掉你的奴隸總管。」

「非常聰明，」男爵說，「也很勇敢。那個奴隸角鬥士差點要了你的命，是不是？」

「是的。」

「勇氣可嘉，如果你有與之相配的手段和精明的話，那你就眞是個可怕的對手了。」男爵不住搖頭。他還記得在阿拉吉斯上遇刺的那一天。從那可怕的一天起，他時常會想念門塔特彼得，並對失去彼得深感惋惜。那個門塔特很機靈，精得像魔鬼一樣，但盡管如此，卻也沒能救下他自己的性命。男爵又搖了搖頭。命運有時眞是難以捉摸。

菲得．羅薩環視了一下臥房，打量著搏鬥後遺留下來的痕跡，心裡猜測著他叔叔是如何戰勝那個奴隸的——要知道，他們爲此曾經做過相當細緻的準備工作。

「我是怎樣打敗他的？」男爵問道，「啊——哈，得了，菲得，就讓我保留一些祕密武器安度晚年吧。唔，我們最好利用這次機會訂一個協議。」

菲得．羅薩盯著他，心想：協議！那麼，他的意思肯定是繼續讓我作他的繼承人了。否則還訂哪門子協議呢？一個平等的，或者近乎平等的協議！

「什麼協議，叔叔？」菲得．羅薩感到非常自豪，因爲他的聲音仍然可以保持平靜，仍然很理智，一點也沒暴露出他滿心的得意洋洋。

男爵也注意到他在控制情緒，於是點點頭說：「你是塊好材料，菲得。我不會浪費好材料的。然而，你固執地拒絕了解我對你的眞正價值。眞夠倔的。你看不出來，爲什麼應該把我當成一個對你最有價值的人，好好保護我。這……」他指了指臥室裡搏鬥後的滿屋狼藉，「這是愚蠢。我不會獎勵愚行。」

有什麼話就快說好了，你這個老傻瓜！菲得．羅薩想。

「你把我當成一個老傻瓜。」男爵說，「我必須奉勸你一句，別這麼想。」

「您剛才提到協議。」

「啊，年輕人就是耐不住性子。」男爵說，「好吧，主要內容是這樣的：你，不要再做出這種企圖威脅我生命的蠢事。而我呢，在你準備好接手之後，隨你高興，選個時間靠邊站。我會退下來當個顧問，留你自己坐在權力的寶座上。」

「退休，叔叔？」

「你仍然認爲我是個傻瓜，」男爵說，「而這份協議只能更進一步地證明這一點，是嗎？你以爲我是在乞求你！做事要愼重，菲得。我這個老傻瓜看穿了你的陰謀。你在那個奴隸男孩的大腿上埋進一根隱蔽的毒針，埋在我平時撫摸的部位。呃，只要輕輕用力，哪怕只一點點——那根毒針就會刺進這個老傻瓜的手心。啊——哈，菲得……」

男爵搖著頭，心想：要不是哈瓦特警告過我，他就成功了。好吧，就讓這小子以爲是我自己看穿了他的陰謀。從某種意義上講，確實應該歸功於我，因爲是我從阿拉吉斯的廢墟中救了哈瓦特。再說，也需要讓這小子知道一下我的厲害，讓他對我更加心存敬畏。

菲得·羅薩仍然沉默不語，內心激烈鬥爭著。可以相信他嗎？他眞打算要退休嗎？但是，爲什麼不呢？只要我謹愼行事，相信總有一天我會繼承他的統治權。他不可能長生不老。也許，企圖加速這一進程確實很愚蠢。

「您提到協定，」菲得·羅薩說，「我們用什麼來保障雙方遵守協定呢？」

「我們如何才能彼此信任，是這個意思嗎？」男爵問，「那麼，菲得，至於你，我將安排瑟菲·哈瓦特監視你。我相信哈瓦特在這方面的門塔特能力。你明白我的意思了嗎？至於我，你必須信任我。我總不能長生不老吧，是不是，菲得？有些道理我明白，你也應該明白，也許你該好好反省一下了。」

「我向您發誓我會履行我的義務。可您能給我什麼保證呢？」菲得．羅薩問。

「我讓你繼續活下去。」男爵說。

菲得．羅薩再次打量著他的叔叔。他竟然派哈瓦特來監視我！如果我告訴他，當初正是哈瓦特策畫了那個詭計，利用奴隸角鬥士使他失去了他的奴隸總管，那他又會怎麼說呢？他很可能會說我在撒謊，企圖使哈瓦特失去他的信任。不，那個大好人瑟菲是個門塔特，應該早就預料到會有這麼一天了。

「那麼，你怎麼說？」男爵問。

「我還能說什麼？當然，我接受。」

而菲得．羅薩心想：哈瓦特！他腳踩兩隻船，玩弄我們兩邊，自己卻站在中間看熱鬧……不是嗎？難道，他轉移陣營投靠了我叔叔，只因爲我沒跟他商量那個奴隸男孩的計畫？

「我派哈瓦特來監視你，你還沒對此發表任何意見呢。」男爵說。

菲得．羅薩翕動著鼻孔，臉上流露出一副氣憤的樣子。多年來，在哈肯尼家族中，哈瓦特這個名字一直是危險的信號……而現在它又有了新的內涵：更加危險。

「哈瓦特是個危險的玩具。」菲得．羅薩說。

「玩具！別傻了，我知道能從哈瓦特那兒得到什麼好處，也知道該如何控制局面。哈瓦特是一個用情很深的人，菲得。沒有感情的人才讓人害怕，但用情太深……啊，瞧，你可以利用他的感情來滿足你的需要。」

「叔叔，我不明白您的意思。」

「嗯，已經夠明白的了。」

菲得·羅薩並不答話，唯有閃動的眼瞼洩漏了他心中的憤懣。

「你不了解哈瓦特。」男爵說。

你也不了解他！菲得·羅薩心想。

「哈瓦特落到今天這步田地該怪誰呢？」男爵問，「我？當然是我。但他以前不過是亞崔迪的工具，而多年來一直都是他打敗我，直到皇室插手。這就是他對此事的看法。如今，他對我的仇恨是暫時的。他相信自己隨時可以打敗我，也正因為他相信這一點，所以才被我打敗了。因為是我在引導他，要他把注意力轉向我所希望的方向——反抗帝國。」

菲得·羅薩恍然大悟，這個新資訊使他緊張起來，他抿起雙唇，額頭上現出緊繃的線條。「反抗皇上？」

讓我親愛的侄子也嘗嘗那種滋味吧。男爵想，讓他對自己說：「菲得·羅薩·哈肯尼皇帝！」讓他問問他自己，那得值多少？價值肯定超過一位老叔叔的性命，我可是能讓他美夢成真的人啊！

慢慢地，菲得·羅薩用舌尖舔了舔嘴唇。這個老傻瓜說的是眞的嗎？這裡面的好處可比看上去的多得多。

「那，哈瓦特跟這件事有什麼關係？」菲得·羅薩問。

「他以為他是在利用我們，實現他對皇上的復仇大計。」

「這一切結束之後呢？」

「他還沒想過復仇以後的事。哈瓦特是個必須為別人服務的人，這一點就連他自己也不甚了解。」

「我從哈瓦特那兒學到很多東西，」菲得·羅薩認同道，同時覺得叔叔所說的句句是眞，「但我學到的越多，我就越覺得我們應該除掉他……越快越好。」

「你不喜歡被他盯著？」

「哈瓦特誰都盯。」

「他也許可以把你推上皇位呢。哈瓦特精明能幹，同時也是危險的，非常狡猾。不過，我還不打算撤掉他的解藥。別說是人，就連寶劍也是危險的，菲得。可盡管危險，我們自有套住這把劍的劍鞘——他身中劇毒。只要我們撤掉解藥，死亡就會像劍鞘一樣把他牢牢套住。」

「從某種意義上講，這就像是在競技場上。」菲得．羅薩說，「大招數套小招數，小招數下面還有更深的招數。必須注意奴隸角鬥士的身體朝哪個方向傾斜，他朝哪兒看，怎麼握刀。」

他暗自點了點頭，看得出這些話取悅了他的叔叔。但他心想：沒錯！就像在競技場上！而頭腦就是刀鋒！

「現在你明白你是多麼需要我了吧。」男爵說，「我還有用呢，菲得。」

寶劍當然還是可以揮幾下的，直到太鈍派不上用場。菲得．羅薩想。

「是的，叔叔。」他說。

「那好，」男爵說，「現在我們就去奴隸營，我們倆一起去。我要看著你親手把娛樂室裡所有的女人全殺掉。」

「叔叔！」

「還會有其他女人的，菲得。但我說過，跟我在一起，沒有你隨便犯錯的餘地。」

菲得．羅薩面色一沉。「叔叔，您——」

「你要接受懲罰，並從中學到些東西。」男爵說。

菲得．羅薩看著叔叔心滿意足的眼神，心想：我一定要記住這個晚上，要時時牢記在心，也要記住其他那些不該忘記的夜晚。

「你不會拒絕的。」男爵說。

如果我拒絕了，你又能怎樣，老頭兒？菲得．羅薩問自己。但他知道，爲了讓他屈服，男爵自會有其他的懲罰辦法，也許更陰險，更殘酷。

「我了解你，菲得。」男爵說，「你不會拒絕的。」

那好吧。菲得．羅薩想，現在我還需要你，這我明白。協定是訂好了，但我不會永遠需要你的。哼，到那時……

※　※　※

人類潛意識的深處存在一種壓倒一切的需求，即追求一個符合邏輯、凡事有理可據的宇宙。但是，現實中的宇宙總是領先邏輯一步，是邏輯無法企及的。

——摘自伊如蘭公主的《穆哈迪語錄》

我跟許多大家族的統治者打過交道，從沒見過比這頭豬更粗俗、更危險的。瑟菲．哈瓦特對自己說。

「跟我說話，你可以開誠布公，哈瓦特。」男爵低沉地說。他往後靠在懸浮椅上，一雙眼睛擠在滿臉的肥肉裡，銳利的目光如錐子般盯著哈瓦特。

老門塔特低頭看看他與伏拉迪米爾．哈肯尼男爵之間的桌子，注意到桌上擺滿了豐盛的食物。在評價男爵的時候，就連這也是需要考慮的因素。其他許多因素也同樣需要考慮在內：這間私人會議室四面的紅色牆壁，空氣中瀰漫的淡淡的草藥甜香（掩蓋了一股更加濃郁的香料味）。

「你絕不會因爲一時興起，就讓我向拉賓發警報。」男爵說。

哈瓦特堅韌的老臉毫無表情，絲毫沒有流露出內心的厭惡。「我覺得有很多事值得懷疑，大人。」

「是啊。你懷疑薩魯撒·塞康達斯，懷疑阿拉吉斯跟它有牽連。我想知道這是爲什麼。你告訴我說，阿拉吉斯與皇上那顆神祕的監獄行星之間有某種關聯，而皇上正爲此煩心不已。可你解釋得還不夠清楚。如今，我之所以急匆匆地向拉賓發出警告，僅僅是因爲信使趕著乘那艘巨型運輸艦離開。你說過，這件事不能耽擱。那好，很好。但我現在要求你做出解釋。」

*他太愛嘮叨了，*哈瓦特想，*不像萊托。萊托要告訴我什麼事，只需一揚眉毛或一揮手就行了。也不像老公爵，簡簡單單一個詞就足以表達整句話的意思。這個鄉巴佬！毀掉他是對全人類做貢獻。*

「離開這裡之前，你必須向我做出充分而完整的解釋。」男爵說。

「談起薩魯撒·塞康達斯的時候，你似乎沒把它當回事兒。」哈瓦特說。

「那裡是刑事犯的流放地，」男爵說，「整個銀河系裡最壞的地痞流氓都被遣送到薩魯撒·塞康達斯。我們還需要了解什麼？」

「那顆監獄行星上的生存條件比其他任何地方都更加難以忍受。」哈瓦特說，「你應該聽說過，那裡新犯人的死亡率高達百分之六十；你也應該聽說過，皇上在那裡採取了各種高壓政策。這一切你全都知道，卻從來不覺得可疑嗎？」

「皇上不允許各大家族刺探他的監獄。」男爵發牢騷地說，「但話又說回來，他也沒來查過我的地牢。」

「而薩魯撒·塞康達斯讓人感到好奇的是……唔……」哈瓦特把一根瘦骨嶙峋的手指放到嘴唇

上，「……皇上似乎想阻止任何人去刨根問柢。」

「就是說，有些事他不得不那麼做，而他並不爲此感到自豪！」

哈瓦特發黑的雙唇露出一絲極淡的微笑。他盯著男爵，雙眼在螢光管的燈光下閃閃發亮。「你從來沒猜過，皇上是從哪兒弄來薩督卡軍團的？」

男爵噘起肥厚的雙唇，樣子活像一個噘著嘴的嬰兒。他用鬧脾氣的口吻惱怒地說：「這個……招募來的吧……也就是說，用徵兵手段，徵上來的，從……」

「呸！」哈瓦特猛地打斷男爵，「你也聽說過薩督卡的戰場表現，那些可不是謠傳，對不對？全都是第一手資料，來自與薩督卡打過仗的極少數倖存者，對不對？」

「薩督卡是極優秀的戰士，這一點毫無疑問。」男爵說，「但我認爲我自己的軍團……」

「跟薩督卡比起來，不過是一群度假的遊客！」哈瓦特厲聲道，「你以爲我不知道皇上爲什麼要轉而對付亞崔迪家族嗎？」

「這種問題不是你能妄加揣測的。」男爵警告說。

*會不會就連他也不知道，皇上這麼做的眞正動機是什麼？*哈瓦特自問。

「只要與我的工作有關，任何問題我都必須揣測一番。你雇我就是爲了這個。」哈瓦特說，「我是個門塔特，你總不能阻止門塔特搜集情報或推算結果吧。」

男爵盯著他看了很長時間，這才說道：「要說什麼就說吧，門塔特。」

「帕迪沙皇帝轉而對付亞崔迪家族，是因爲公爵的軍事統領葛尼．哈萊克和鄧肯．艾德荷訓練了一支戰鬥部隊，一支小型戰鬥部隊，即使與薩督卡軍相比也毫不遜色。他們中有些人甚至表現得比薩督卡更出色。公爵正打算擴充軍力，好讓它在任何方面都跟皇上的軍隊一樣強大。」

男爵暗自掂量著這個剛剛披露的祕密，然後說：「阿拉吉斯跟這又有什麼關係？」

「阿拉吉斯提供了兵源。這些人早就習慣了最艱苦的生存環境。」

男爵搖了搖頭，「你該不會是指那些弗瑞曼人吧？」

「我指的正是弗瑞曼人。」

「啊！那幹麼要警告拉賓？在薩督卡的屠殺和拉賓的鎮壓下，不會剩下多少弗瑞曼人了，最多一小撮。」

哈瓦特默不作聲地盯著他。

「最多一小撮！」男爵重複道，「光去年一年，拉賓就殺掉了六千弗瑞曼人！」

哈瓦特還是盯著他，一言不發。

「前年殺掉九千。」男爵說，「而薩督卡離開之前，估計至少殺了兩萬人。」

「拉賓的軍隊在過去兩年間損失了多少人？」哈瓦特問。

男爵摸著下頷說：「噢，他一直在大量徵募新兵，這倒是眞的。他的徵兵官對新兵許下了相當誇張的承諾，而且——」

「我們可否估計大約有三萬人？」哈瓦特問。

「似乎有點高了吧。」男爵說。

「恰恰相反。」哈瓦特說，「我和你一樣，也可以從拉賓報告的字裡行間了解到眞實情況。諜報人員向我提交的報告你當然早就一清二楚。」

「阿拉吉斯是個相當棘手的星球，」男爵說，「沙暴造成的損失可能……」

「我們倆都知道沙暴的危害程度。」哈瓦特說。

「就算他損失了三萬人，又怎麼樣？」男爵質問道。因爲血氣上衝，他的臉色顯得愈發陰沉了。

「你自己算算。」哈瓦特說，「他在過去兩年間殺掉了一萬五千人，可損失的部隊是那個數字的兩倍。你說薩督卡估計殺了另外兩萬人，可能還更多些。但我看過他們從阿拉吉斯返航時的載貨清單。如果他們殺了兩萬人，那他們的損失就幾乎是五比一。你爲什麼不正視這些數字呢？男爵，你明白這些數字意味著什麼嗎？」

男爵冷冷地、不動聲色地答道：「那是你的工作，門塔特。意味著什麼？」

「鄧肯・艾德荷曾經訪問過一個弗瑞曼穴地，我向你報告過他清點出來的人數。」哈瓦特說，「一切都對得上。就算他們只有二百五十個那樣的穴地社區，他們的人口也有大約五百萬。根據我最保守的估計，那種社區的眞正數量至少是我們所掌握的兩倍多。而你卻把你的人分散布置在這樣一個星球上。」

「一千萬？」男爵的下頜驚愕得顫動起來。

「至少。」

男爵噘起肥厚的雙唇，圓鼓鼓的眼睛目不轉睛地盯著哈瓦特。這是眞的門塔特計算結果嗎？他心想，怎麼可能？爲什麼從來沒人懷疑過？

「我們甚至還沒有好好地把他們的出生增長率也計算在內。」哈瓦特說，「我們所做的一切，只不過是除掉他們當中一些發育不良的個體，留下強壯的，讓他們越變越強——和薩魯撒・塞康達斯一樣。」

「薩魯撒・塞康達斯！」男爵叫道，「這跟皇上的監獄行星有什麼關係？」

「一個在薩魯撒・塞康達斯那樣的環境中倖存下來的人，會比絕大多數普通人更強壯、更堅韌不拔。」哈瓦特說，「再對他們施以第一流的軍事訓練……」

「胡說！照你的說法，就連我也可以從弗瑞曼人中間招募新兵了？在我侄子對他們採取高壓政策之後。」

哈瓦特用平和的聲音道：「說到高壓，你敢說你對你自己的任何一支部隊都沒有執行過這種政策？」

「這個……我……但是——」

「高壓這種東西是相對的。」哈瓦特說，「你的作戰人員不是比他們周圍那些人的境況要好得多嗎？讓他們自己看到，如果不當男爵的士兵，剩下的只有讓人不愉快的選擇，是這樣嗎？」

男爵沉默起來，眼光游移不定。這種可能性——難道，拉賓竟在無意中為哈肯尼家族提供了終極武器？

過了一會兒，他說：「這樣招募上來的人，怎樣才能保證他們的忠誠呢？」

「我會把他們分成小隊，編制不超過一個排。」哈瓦特說，「我會把他們從原先的高壓環境中解放出來，然後把他們隔離起來，只和那些了解他們背景的教官在一起。至於教官嘛，最適合的人選就是那些在他們之前脫離了同一高壓環境的人。然後，我會灌輸給他們一些充滿神祕主義色彩的概念，讓他們滿心以為：他們的星球其實是一個祕密的訓練基地，目的是訓練出像他們那樣出眾的戰士。而與此同時，我會向他們充分展示如此出眾的戰士可以得到些什麼：豐裕的生活、漂亮的女人、精美的府邸……以及他們渴望得到的一切。」

男爵開始點頭認同：「薩督卡在故鄉星球過的就是這種日子。」

「對，當地招募的新兵逐漸相信，像薩魯撒．塞康達斯這樣的地方自有其存在的理由，就是培養他們，精銳部隊。在許多方面，就連最普通的薩督卡，也過著跟任何大家族成員一樣尊貴的生活。」

「真是天才的創意！」男爵悄聲道。

「你開始理解我對薩魯撒．塞康達斯的疑惑了。」哈瓦特說。

「這種事是怎麼開始的？」男爵問。

「啊，是這樣：柯瑞諾家族的原籍在哪兒？第一批犯人送到薩魯撒·塞康達斯以前，那兒有沒有人？就連皇上的表親萊托公爵也不清楚。這種問題皇上從不鼓勵別人去刨根問柢。」

男爵呆呆地沉思起來。「是的，一個被保守得極好的祕密，他們用了各式各樣的手段……」

「還有，那兒有什麼是必須隱藏起來的？」哈瓦特問，「帕迪沙皇帝有個監獄行星？這是人人皆知的事。他有……」

「芬倫伯爵！」男爵不假思索地脫口說道。

哈瓦特頓時停下來，皺著眉頭，用迷惑的目光打量著男爵。「芬倫伯爵怎麼了？」

「幾年前，在我侄子的生日慶典期間，」男爵說，「這位皇室派來的特使，自負的芬倫伯爵，以宮廷觀察員的身份來到這裡……呃，來了結皇上和我之間的一場生意糾紛。」

「哦？」

「我……呃，在我們的一次談話中，我相信我說了幾句把阿拉吉斯改建成監獄行星的事。芬倫他……」

「你跟他講了哪些具體內容？」

「具體內容？那是很久以前的事了，而且……」

「我的男爵大人，如果你希望能在最大程度上利用我的門塔特功能，就必須向我提供足夠多的資訊。那次談話沒記錄在案嗎？」

男爵臉色一沉，憤怒地說：「你跟彼得一樣可惡！我不喜歡這些……」

「彼得已經不在你身邊了，大人。」哈瓦特說，「說起那個彼得，他到底怎麼了？」

「他對我太隨便，要求太多。」男爵說。

「你曾經向我擔保說，你不會浪費任何對你有用的人。」哈瓦特說，「你該不會用威脅和找碴來浪費我的精力吧？我們現在討論的是，你跟芬倫伯爵到底說了些什麼。」

慢慢地，男爵的臉色恢復了沉靜。咱們走著瞧，到時候，哼！他想，我會記住他這種態度的。沒錯，我一定會記住的。

「等一下。」男爵說。他努力回想著那次在宴會大廳裡的談話。他記得，當時他們站在隔音的靜錐區裡。「我說過類似這樣的話，」男爵說，「『皇上知道，做這種買賣總免不了一定程度的殺戮。』當時我是指我們的勞工損失。然後我又說，我正在考慮用另一種方式來解決阿拉吉斯的問題。我還說，皇上的監獄行星給了我靈感去加以效仿。」

「該死的！」哈瓦特咒罵道，「芬倫伯爵怎麼說？」

「那以後，他就開始向我詢問有關你的情況。」

哈瓦特坐回到座位上，閉上眼睛思索著。「原來，這就是他們開始關注阿拉吉斯的原因。」他說，「得，完了。」他睜開眼睛，「事到如今，整個阿拉吉斯一定遍布他們的眼線。整整兩年！」

「但是，我只不過是隨隨便便一句建議，肯定……」

「在皇上眼中沒什麼隨隨便便這種事。你給拉賓的指示是什麼？」

「只是讓他使阿拉吉斯人害怕我們。」

哈瓦特搖搖頭，「你現在有兩個選擇，男爵。一是把當地土著殺光，把他們徹底消滅掉，要不就……」

「浪費整支勞動力？」

「難道你寧願看到皇上和那些仍跟著他起舞的大家族一齊跑到這兒來，表演一次乾淨俐落的刮除手術，把吉迪．普萊姆像刮葫蘆瓢一樣，掏個一乾二淨？」

男爵打量著他的門塔特，然後說：「他不敢！」

「不敢嗎？」

男爵的雙唇顫抖著，「另一種選擇是什麼？」

「丟車保帥，捨棄你親愛的侄子拉賓。」

「捨棄……」男爵說不下去了，死盯著哈瓦特。

「不再給他派軍隊，不給他任何援助，也不給他回信，只說你已經聽說了他在阿拉吉斯上處理事務的可怕方式，說你只要一有可能就會立即採取適當的措施加以糾正。我會作出相應的安排，有意讓你的一些資訊被皇上的間諜截獲。」

「可香料怎麼辦？稅收怎麼辦？還有——」

「繼續索取你作爲男爵應得的那一份收益，但索取方式務須謹慎。給拉賓定個固定的總數。我們可以……」

男爵把手一攤，說：「但我怎麼才能肯定，我那狡猾的侄子不……」

「我們在阿拉吉斯上還有自己的密探啊。告訴拉賓，要麼完成你分派給他的香料配額，要麼就派人取而代之。」

「我了解我的侄子，」男爵說，「這只會逼他變本加厲地壓榨那裡的人民。」

「他當然會那麼做！」哈瓦特厲聲說道，「現在已經停不下來了！你只能希望別弄髒了你自己的手。就讓拉賓去替你建立你的薩魯撒·塞康達斯吧，甚至沒有必要送任何犯人給他，他已經有所需的人口了。只要看到拉賓不斷驅使他的人民來完成你的香料配額，皇上就不會懷疑你有什麼其他的動機。這個理由足以讓皇上相信，你把阿拉吉斯推上這樣的軌道，並沒有任何謀反的企圖。而你，男爵，無論講話還是行動，都不要表露出你另有所圖。」

男爵的語氣中抑制不住地流露出讚賞、狡黠的意味：「啊，哈瓦特，你可眞是個狡猾的傢伙！那麼，我們該如何重新進入阿拉吉斯，利用拉賓爲我們準備好的東西？」

「再簡單沒有了，男爵。如果你把每年的配額都定得比上一年略高些，那兒的問題很快就會總爆發。產量會下降，這樣你就可以借此除掉拉賓，自己取而代之……來糾正當地的混亂局面。」

「天衣無縫。」男爵說，「可我覺得自己已經厭倦了這一切。我準備讓另一個人替我接管阿拉吉斯。」

哈瓦特打量著對面那張肥胖的圓臉。慢慢地，這位老兵加間諜開始點起頭來。「菲得．羅薩？」他說，「原來，這就是你現在採取高壓政策的原因。你自己也非常狡猾嘛，男爵。也許我們可以把這兩個計畫合二爲一。是的，你的菲得．羅薩可以去阿拉吉斯當他們的救星，可以贏得民心。沒有問題。」

男爵微笑起來，而在笑容背後，他暗自問道：那麼，這個計畫究竟在多大程度上跟哈瓦特個人的復仇大計相吻合呢？

哈瓦特看出自己已經可以離開了，於是站起身，走出那間被紅牆包圍的房間。他一邊走，一邊想著阿拉吉斯上新近出現的一些變故。他不能不考慮這些令人不安的未知因素，它們影響著他每個有關阿拉吉斯的估算。葛尼．哈萊克現在藏在走私販那兒，他從那邊發來情報，提到一個新的宗教領袖——穆哈迪。

也許我不該告訴男爵，應該任由這個宗教在它自己的地盤上興盛起來，甚至傳播到住在盆地和谷地裡的當地人中間去。他對自己說。但有一點是眾所周知的：鎮壓反而會帶動宗教興旺發達。

然後，他又想到哈萊克有關弗瑞曼戰術的報告。這種戰術有點像哈萊克本人……還有艾德荷……甚至還有哈瓦特自己的風格。

難道艾德荷還活著？他暗自問道。

但這是個毫無意義的問題。直到今天，他還沒問過自己，有沒有可能是保羅活下來了。他只知道，男爵堅信亞崔迪家的所有人都死了。男爵還承認，那個比吉斯特女巫一直都是他的武器。這只能意味著一切都結束了——甚至包括那個女人自己的兒子。

她對亞崔迪家族的仇恨是多麼刻骨銘心啊，竟連自己的兒子也不放過，他想，就像我對這個男爵所懷的深仇大恨。我對他的致命一擊能否像她一樣，足以徹底結束男爵的一切呢？

※　※　※

世間萬物都有模式，這種模式合於宇宙的運行，是它的一個組成部分。這種模式是對稱的、精確的、合情合理的。只有真正的藝術家才能捕捉到它，在他們的創造物中，你總能發現這種模式。在季節的變換中，在沙粒沿著沙脊的流動中，在灌木叢那紛雜的枝椏和葉片的脈絡中，你也可以找到這種模式。我們努力模仿這種模式，將它複製到我們的日常生活和社會生活中，追求這種宜人的韻律、節奏和組成形式。然而，在尋找終極完美的過程中，還是有可能遇上某些危險。很明顯，這種模式發展到極致時便已固化。在盡善盡美的理想模式中，一切事物只能走向死亡。

——摘自伊如蘭公主的《穆哈迪語錄》

保羅—穆哈迪記得曾經吃過一頓富含香料萃取物的飯，他牢牢地抓住這個記憶不放。它就像一個支撐點，只要抓住這個牢固的點，他就可以區分現實和夢境，認清最近的經歷的本質：一場大夢。

我就像是一個舞台，未來的種種發展變化在這個舞台上來去匆匆，他對自己說著，種種模糊的幻象、種族意識和它那可怕的使命——我是它們的獵物，被它們緊緊抓住。

內心深處始終有一種恐懼，無法擺脫：他擔心自己超越了時間；擔心在時間的長河中找不到自己的位置；擔心過去、未來和現在因此混在一起，再也無法區分。這是一種視覺疲勞，因爲他必須不斷將預見到的未來當成某種記憶存儲下來，而他所預見的未來本身又與過去糾纏不清。

那頓飯是加妮爲我準備的。他告訴自己。

但現在，加妮正在遙遠的南方，那個有熾熱太陽的荒涼地區，隱藏在新穴地某個祕密的堡壘中，安全地跟他們的兒子萊托二世在一起。

又或者，那也是一件還沒發生的事？

不，他打消了自己的疑慮，因爲怪人阿麗亞，他的妹妹，已經跟著母親和加妮一塊兒到那兒去了，乘著安放在野生製造者背上的聖母轎，長途跋涉二十響，深入南方。

他甩開騎上巨型沙蟲長途旅行的念頭，自己問自己：又或者，阿麗亞還沒出世吧？

我正在組織游擊隊進攻。保羅回想起來，我們發動奇襲，收回了當年犧牲在阿拉肯的烈士的水。我在火葬台上找到了父親的遺骸。然後，我在可以俯瞰哈格山口的弗瑞曼人的石山堤裡設立了一個聖殿，把父親的遺骨安置在那裡祀奉。

又或者，那也是一件還沒發生的事？

我受的傷是眞的，保羅告訴自己。我的傷疤是眞的。安葬我父親遺骨的聖殿也是眞的。

保羅仍然處於半夢半醒之間，突然記起在臨時營地裡的一件事。那兒一直以來都是臨時營地，直到女人和孩子們被送往遙遠的南方。有一回，哈拉赫——詹米斯的妻子——把他推醒，對他說有人在穴地的走廊裡打起來了。哈拉赫站在內室入口處，一條條黑色的髮辮用水環串成的鏈子綁在腦後。她撩開臥室的門簾，告訴他加妮剛把某某人給殺了。

這件事發生過。保羅告訴自己說。這是眞事，不是根據預知所產生的幻象，不是還有可能發生變化的未來。

保羅記得自己急忙跑了出去，發現加妮正站在走廊黃色的懸浮球燈下，外面穿了一件色彩豔麗的藍色罩袍，兜帽甩在腦後，一張俏麗的小臉因剛剛的搏鬥泛起了紅暈。她正要把嘯刃刀插入刀鞘。旁邊的一群人亂作一團，抬著包裹匆匆忙忙地沿過道走遠。

而保羅記得，當時他還告訴自己說：無論什麼時候抬屍體，他們都是那個樣子，總是一眼就能讓人看出來。

因爲是在穴地裡，加妮公然把水環用繩子拴在一起，戴在脖子上。轉身面向他時，那些水環叮叮噹噹地晃動著。

「加妮，怎麼回事？」他問。

「我把一個來向你單挑的傢伙打發了，友索。」

「妳把他殺了？」

「是啊。不過，也許我該把他留給哈拉赫。」

（保羅想起來了，當時周圍那些人對她這番話讚賞不已，就連哈拉赫也大笑起來。）

「可他是來向我挑戰的！」

「你已經親自教會了我那種神奇的格鬥術了呀，友索。」

「那當然！可妳不該——」

「我生在沙漠裡，友索。我知道該怎麼用嘯刃刀。」

他壓住內心的憤怒，盡量通情達理地說：「也許這都是事實，加妮。可……」

「我不再是一個在穴地裡提著燈籠捉蠍子的孩子了，友索。我不是在玩遊戲。」

保羅瞪著她，發覺她那不經意的態度中竟帶著一種奇特的兇猛。

「他不值得你出手，友索。」加妮說，「我絕不會讓他這種人來打攪你的沉思。」她走近了些，用眼角斜瞥著他，把聲音降到只有他才能聽到的地步，輕聲說道：「而且，親愛的，這麼做是爲了讓他們明白，挑戰者可能會先遇上我，然後在穆哈迪的女人手下可恥地死去。等他們接受了這個教訓之後，想來挑戰的人就沒那麼多了。」

是的，保羅對自己說。那肯定是已經發生過的事，是眞實的過去。而想要一試穆哈迪新刀的挑戰者也的確驟減了。

某個地方，在並非夢境的眞實世界裡，能看到有什麼東西在動，還可以聽到一隻夜梟在啼叫。

我在做夢，保羅對自己說。是香料食物的緣故。

他仍然多多少少有種被拋棄的感覺。他想知道，有沒有可能，他的汝赫靈魂已經莫名其妙地悄悄溜進了阿拉姆・拉—米薩：與現實世界相似的另一個世界，一個汝赫神界，在那裡，所有物質世界的限制都不復存在。弗瑞曼人相信，他的眞身就在那個世界裡。一想到那樣的地方，他就感到害怕。因爲一切限制都不復存在，也就意味著所有參照物都不復存在。在那樣一個世界裡，他無法找到自己的位置，無法說：「我就是我，因爲我在這兒。」

他母親曾經說過：「因爲對你的看法迥然不同，他們中的一些人會分成幾派。」

我必須從夢中醒來，保羅告訴自己。這種事已經發生了——他母親所說的這種情況。潔西嘉夫人現在是弗瑞曼人的聖母，她的話已經應驗了。

保羅知道，潔西嘉害怕他與弗瑞曼人之間的那種宗教關係。無論穴地還是凹地，人們都把穆哈迪當成救世主。這一點讓她很不高興。她去各個部落了解情況，派出她自己的手下塞亞迪娜充當間諜，搜集他們對此事的反應，並加以分析。

她曾經引用過一句比吉斯特諺語給他聽：「當宗教和政治同乘一輛馬車時，駕車的人就會相信，無論什麼也阻擋不了他們。他們會一路狂奔，愈來愈快，愈來愈快。他們會把一切危機意識拋諸腦後，忘記前面的懸崖並不會主動提醒閉起眼睛盲目狂奔的人。他們不懂得懸崖勒馬，直到爲時已晚。」

保羅想起來了，當時他坐在母親的寓所裡，一塊黑色門簾遮住內室，門簾上織滿了以弗瑞曼神話傳說爲主題的圖案。他坐在屋裡聽她講話，發覺她總是在留心觀察，就連她垂下眼睛的時候也是如此。那張橢圓形的臉上，嘴角邊新增了幾條皺紋，可頭髮還是像精美的青銅器一樣紋絲不亂，整整齊齊，閃著光澤。然而，她那雙大大的綠眼睛已經隱沒在香料染成的藍色陰影下了。

「弗瑞曼人有一套簡單而實用的宗教。」他說。

「宗教沒有什麼是簡單的。」她警告說。

保羅本來便覺得前途布滿陰霾，一聽此言，更是胸中火起。他只能說：「宗教把我們大家的力量聯合在一起，這就是我們制勝的祕訣。」

「你有意營造這種氛圍，這種氣勢。」她挑戰地說，「你一直不停地把這些東西灌輸給他們。」

「那是您自己教我的。」他說。

那一天，她從早到晚都在爭執不休。他還記得，小萊托的割禮儀式就是在那天舉行的。保羅知道她心煩意亂的部分原因：她始終不肯接受他與加妮的結合——「年輕人的婚姻」。但既然加妮已經爲亞崔迪家生下了子嗣，潔西嘉發覺自己無法再拒絕這一對母子了。

終於，潔西嘉在他的注視下不安起來，說：「你認爲我是個不近人情的母親。」

「當然不是。」

「當我和你妹妹在一起的時候，你看我的眼神總是很奇怪，這我知道。其實，你並不了解你妹妹。」

「我知道阿麗亞爲什麼與眾不同。」他說，「在您改變生命之水時，她還沒有出世，還是您身體裡的一部分。她——」

「你什麼也不懂！」

保羅突然間無法把自己從時間幻象中獲得的資訊表達出來，只好說：「我並不認爲您不近人情。」

她看出了他的沮喪，於是說：「有件事，兒子。」

「什麼？」

「我確實喜歡你的加妮，我接受她了。」

這是眞實的，保羅對自己說。並不是隨著時間的推移仍然有可能發生變化的扭曲圖像。

拿準這一點之後，他得到了一個新的支撐點，由此重新把握住他自己的世界。現實一點一點透過夢境，進入他的意識。他突然想起，自己這是在臨時沙營裡，在沙漠中的宿營區。加妮把他們的蒸餾帳篷搭在粉沙上，因爲粉沙很軟，睡在上面會很舒服。這只能說明加妮就在附近——加妮，他的靈魂；加妮，他的塞哈亞，像沙漠之春一樣甘甜；加妮，南方沙漠的女兒。

這時，他記起臨睡前她給他唱的一首沙漠催眠曲：

哦，我的靈魂啊，
今晚，我不想進入天堂。
但我向夏胡露起誓，
當你前往天堂時，

我一定緊緊追隨我的愛。

她還唱了情侶們在沙漠常常一起哼唱的行走歌，節奏就像在沙丘上拖著腳走動時發出的沙沙聲。

告訴我你的眼
我就告訴你你的心。
告訴我你的足
我就告訴你你的手。
告訴我你要入夢
我就告訴你醒時的情形。
告訴我你的願望
我就告訴你你眞正所需。

當時，他聽到另一個帳篷裡傳出九弦琴的聲音，於是想起了葛尼．哈萊克。那熟悉的樂器讓他想起葛尼，他記得曾在一群走私販的商隊裡看到了葛尼的臉，但葛尼要麼是沒看見他，要麼是擔心引起哈肯尼人的注意，怕他們發現本來應該已經命喪黃泉的公爵之子其實還活著，所以不能看他，更不能認他。

然而，在一片黑暗中，彈奏者的演奏風格，那手指在九弦琴上彈出的獨特韻律，讓保羅想起了現實中的那位樂手。彈琴的人是跳躍者查特，弗瑞曼敢死隊隊長，穆哈迪的護衛隊領隊。

我們這是在沙漠裡，保羅記起來了。在哈肯尼巡邏隊勢力範圍外的沙海中心地帶。我到這兒來是爲了做一回沙行者，要想法引來一條製造者，騎到牠背上去親自駕馭牠，只有這樣我才能成爲一個徹頭徹尾的弗瑞曼人。

他摸了摸別在腰上的彈射槍和嘯刃刀，感到周圍一片沉寂。這是破曉前那種特殊的沉寂。此時，夜鳥歸巢，而白天出沒的動物還沒有被太陽這個敵人驚醒。

「你必須在白天破沙前進，好讓夏胡露看見你，知道你毫無畏懼。」史帝加這樣說過，「所以，我們要把時間調整過來，晚上休息。」

保羅悄悄坐起來，感到身上的蒸餾服鬆鬆垮垮的，而蒸餾帳篷的另一邊隱在一片陰影中。他移動著，盡量放低聲音，可加妮還是聽見了。

加妮躺在帳篷的另一處陰影裡，在黑暗中說道：「天還沒大亮呢，親愛的。」

「塞哈亞。」他說，語氣中半帶笑意。

「你把我稱作你的沙漠之春，」她說，「但今天我是驅策你的鞭子，是負責監督儀式按規則進行的塞亞迪娜。」

他開始繫緊他的蒸餾服。「妳曾經告訴過我《求生：宗教手冊》的一句話，」他說，「妳告訴我：『女人就是你的沃野，因此，快到你的田裡耕耘去吧。』」

「沒錯，我是你長子的母親。」她承認道。

保羅看著加妮灰濛濛的身影也跟著他動了起來，穿好她自己的蒸餾服，準備進入露天沙漠。「你應該盡量休息。」她說。

他從加妮的言語間感受到了她對自己的愛護，於是溫柔地責備道：「負責監督任務的塞亞迪娜不會對應試者多說什麼，無論告誡還是警告都不應該。」

她滑到他身旁，手掌撫摸著他的臉頰說：「今天，我既是監督者，也是一個女人。」

「你應該把這個職責留給別人。」他說。

「等待是最糟糕的事，」她說，「我寧可守在你身邊。」

他吻了吻她的手心，然後繫緊蒸餾服的面罩，轉身扯開帳篷的密封簾。一股並不十分乾燥的空氣帶著寒意迎面撲來，這種濕度的空氣會在黎明時分凝結出少量的露水。隨風吹來的還有香料菌的味道。他們早已探測到香料菌叢位於東北方向，這意味著附近可能有製造者。

保羅鑽出密封簾，站在沙地上，伸展四肢以驅除殘留的睡意。一個珍珠形發光體發出黯淡的綠光，慢慢侵蝕著東方的地平線。下屬的帳篷僞裝成小型沙丘散布在四周，籠罩在黎明前的黑暗裡。他看到左邊有人在動。是衛兵，他知道他們看見自己了。

他們很清楚他今天要面對的危險，每一個弗瑞曼人都面對過牠。爲了讓他做好充分準備，他們把爲時不多的最後寧靜留給了他。今天一定要辦好這件事。他對自己說。

他想起，當面臨哈肯尼人的大屠殺時，他是如何贏得權力的；想起那些把兒子送到他這裡接受神奇格鬥術訓練的老人；想起那些在會議上聽他演講、遵照他的策略行動的老戰士；想起那些得勝歸來、將弗瑞曼人最高榮譽賦與他的人們，他們高呼著：「你的計謀生效了，穆哈迪！」

然而，哪怕最平凡、最年輕的弗瑞曼武士都能做到的事，他卻從沒做過。大家都知道他這個「與眾不同」之處，保羅知道，他的領袖地位也因此遭到質疑。

是的，他從來沒有騎過製造者——沙蟲。

是的，他曾經與其他人一起，接受過沙漠旅行的訓練，參加過奇襲戰，但卻從來沒有孤身遠行。在那以前，他的世界只得受限於別人的才幹，離開他們就寸步難行。沒有一個眞正的弗瑞曼人會容忍這種狀況發生在自己身上。在這片沙海的另一邊約二十響的地方，就是南方廣袤的土地。如果他不能自己駕馭製造者，就連南方的家園也不會爲他敞開大門，除非他下令準備一頂轎子，像聖母或其他病人及傷者一樣，坐在轎子裡旅行。

整整一個晚上，回憶不斷湧上心頭，在他的自我意識中翻騰湧動。他發覺，駕馭製造者和駕馭靈眼這兩件事竟有著不可思議的相似之處。如果他能夠駕馭製造者，他的領導地位就將鞏固下來；如果他能夠駕馭內心的靈眼，這就將帶給他另一種意義上的領導權。如果不能做到這兩者，未來便是無法捉摸的幢幢陰影，潛伏其中的是席捲整個宇宙的大動盪。

他了解宇宙的方法與眾不同，觀察到的結果既準確又有誤差，這使他飽受折磨。他在預見中看到了未來。然而，當那一刻眞正降臨的時候，當未來步步進逼、愈來愈趨近於成爲現實的時候，現實卻彷彿有了自己的生命，自行衍生出種種微妙的變化。那個可怕的使命依然存在，種族意識也依然存在，血腥、狂熱的宗教戰爭迫在眉睫，到處都籠罩在戰爭的陰影中。

加妮鑽出帳篷站在他身邊。她抱著胳膊，像平時揣摩他心情時那樣，歪著頭，眼角斜瞅著他。

「再給我講一講你出生地的水吧，友索。」她說。

他看出她在盡力分散他的注意力，好讓他在面對生死考驗之前盡量放鬆心裡的緊張情緒。天漸漸亮了起來，一些弗瑞曼敢死隊員早已開始收帳篷了。

「我寧願妳給我講講穴地的情況，講講我們的兒子。」他說，「我們的萊托還成天抱住我母親不放嗎？」

「現在他又纏上阿麗亞了。」她說，「他長得好快呀，會長成大高個兒的。」

「南方情況怎麼樣？」他問。

「等騎上製造者之後，你就能自己去看了。」她說。

「但我希望能先藉由你的眼睛看一看。」

「那兒寂寞得厲害。」她說。

保羅撫摸著從她前額蒸餾服帽子裡露出來的產子頭巾，說：「爲什麼妳不提營地的事？」

「我已經說過了。沒了我們的男人，營地變得非常寂寞，只是個工作的地方。我們天天在工廠或陶器作坊裡工作。要製造武器，要去埋預測天氣的沙竿，要採集香料當賄金，要在沙丘上植草，讓植物生長，固定沙丘，要織布，編毯子，要給電池充電，還要訓練孩子們，好保證部落的力量永不衰竭。」

「這麼說起來，穴地裡就沒有令人高興的事嗎？」他問道。

「孩子們高興啊。而我們只是料理部落的各種日常事務，好在食物足夠。有時，我們中間的某個人還可以到北方來，和她的男人在一起。無論如何，血脈不能斷。」

「我妹妹，阿麗亞——大家還是無法接受她嗎？」

加妮在漸明的曙光中轉向他，她盯著他，一眼就看穿了他的心思。

「這件事最好另找時間談，親愛的。」

「我看，還是現在就談吧。」

「你應該保存精力，應付今天的考驗。」她說。

他看出自己已經接觸到某個敏感話題，也聽出她的話裡有退縮之意。「人們對於自己不了解的事物多少會有些擔心害怕。」他說。

她立刻點頭：「還是有些……誤解。因爲，阿麗亞行爲古怪。女人們感到害怕。要知道，這孩子只不過比嬰兒稍大點兒，可她說的那些事……只有成年人才知道。是那次……發生在子宮裡的變化使阿麗亞……與眾不同，但她們不明白。」

「有麻煩嗎？」他一邊問，一邊心想：我已經看到過許多阿麗亞遇到麻煩的幻象了。

加妮望著前方初生的太陽漸漸升起，說：「有些女人一起去聖母那裡投訴，要求她驅除附在她女兒身上的惡魔。她們引用經文說：『不能容忍一個女巫生活在我們中間。』

「我母親是怎麼跟她們說的？」

「她引用了一段律法，把那群女人打發了。她還說：『如果阿麗亞引起了麻煩，那是大人的過錯，因爲她沒能預見並阻止這麻煩的形成。』她竭力向大家解釋，當日的變化如何影響到了子宮裡的阿麗亞。但女人們還是很生氣，因爲她們一直以來都被這件事困擾著。最後，她們嘟嘟囔囔地離開了。」

阿麗亞以後會惹出大麻煩的。他想。

一股夾雜著細沙的風吹打著他暴露在面罩外的臉，帶來陣陣香料菌的香氣。「帶來清晨的沙雨。」他說。

他望著遠方灰茫茫的沙漠風光，望著那片毫無憐憫之心的死亡之地，望著漫無邊際的漫漫黃沙。一道乾澀的閃電劃破黑暗，閃過南方的天際。這是個徵兆，表明一場大風暴正在那裡積聚靜電。隆隆的滾雷聲過了許久才隱約傳來。

「妝點大地的雷聲。」加妮說道。

更多人從帳篷裡鑽出來忙碌著。衛兵們紛紛從兩邊朝他們走來。無需任何命令，一切都遵循古法，準備工作在平靜中順利進行著。

「盡量少發命令，」他父親曾經告訴他……不過，那是很久以前的事了，「一旦你對某件事下達過什麼指令，你就不得不總是針對同一類事務下達命令。因爲人們會習慣性地向你請示。」

弗瑞曼人本能地知道這條規律。所以，他們很多時候都自發地遵循慣例。

隊伍裡的司水員開始了晨禱。今天的歌聲中加進了激勵沙蟲騎士的語句。

「空空世界不過是個軀殼，」那人吟唱起來，哀痛的聲音越過沙丘，飄向遠方，「有誰能逃避死亡的天使？夏胡露的天命啊，必須遵從。」

保羅聽著，想起他手下弗瑞曼敢死隊死亡頌歌的歌詞，意識到這段祈禱詞也是死亡頌歌開頭的那一段，此外，也是敢死隊隊員投身戰鬥前所念的誓詞。

過了今天，這裡會不會也豎起一座岩石聖殿，以紀念另一個逝去的靈魂？保羅暗自問道，將來，弗瑞曼人會不會紛紛在這裡駐足，每人都往聖殿加一塊石頭，以此憑弔死在這裡的穆哈迪？

他知道，今天是足以決定未來的重要轉捩點之一。他可以清楚地看到，從當前的時空位置輻射出無數通往未來的軌跡。一幕幕不完整的幻象折磨著他。他越抵制他那可怕的使命，越反對那即將到來的聖戰，交織在未來幻象中的混亂局面就越大、越不可收拾。他的整個未來正變成一條河流，朝著峽谷急衝而去。可見的未來和不可見的未來就像河流和峽谷，兩者之間即將爆發的猛烈衝突完全隱沒在一片雲霧之中。

「史帝加過來了，」加妮說，「我必須跟你分開，親愛的。現在，我的身份是塞亞迪娜，必須監督整個儀式的進行，一點也疏忽不得。要知道，以後的編年史會眞實地記錄這次儀式的整個過程。」她抬起頭看看他。有那麼一刻，她顯得情緒低落，但很快就重新控制住自己，「等這事過去以後，我會親手給你準備早餐。」她說著，轉身離開。

史帝加越過粉沙地向他走來，腳下揚起一連串細碎的沙塵。他仍然帶著桀驁不馴的眼神，深陷在眼窩裡的一雙眼睛緊緊地盯著保羅。蒸餾服面罩下隱約露出烏黑發亮的鬍子尖，一條條皺紋深陷在雙頰上，彷彿由天然岩石風化而成。

他扛著一根旗竿，旗竿上掛著保羅的軍旗：一面綠黑旗，旗竿上刻著水紋。這面旗幟已經成爲這塊土地上的傳奇了，保羅半帶自豪地想：現在，隨便我做什麼，即使最簡單的事也會變成傳奇。他們會把一切全都記錄下來：我如何與加妮分離，如何問候史帝加——我今天的一舉一動全都將記錄在冊。無論生死，我都將成爲傳奇。但我絕不能死，否則這一切就僅僅是一個傳奇，再也沒有任何力量阻止宗教戰爭的爆發了。

史帝加把旗竿插在保羅身旁的沙地上，雙手垂放在身體兩側，藍中透藍的眼睛依然平視前方，一副專心致志的樣子。保羅看著史帝加，想到自己的眼睛也因爲香料的緣故變成了這種顏色。

「他們廢除了我們朝聖的權利。」史帝加莊嚴地開始了儀式。

保羅按照加妮教他的話回答說：「誰能否決一個弗瑞曼人想去哪裡就去哪裡的權利，無論他徒步行走還是乘騎。」

「我是耐布，發誓絕不活著落入敵人之手；」史帝加說，「我是死亡三腳的一隻腳，誓把仇敵消滅掉。」

沉默降臨了。

現在是個人祈禱時間。保羅掃了一眼散立在史帝加身後沙地上的其他弗瑞曼人，只見大家全都站著一動不動，各自祈禱著。這時，他聯想到弗瑞曼這個民族獨特的個性，不知這一切究竟是如何形成的。殺戮對他們來說是生活的一部分，整個民族終日生活在憤怒與悲痛之中，從來沒考慮過可以用什麼來取代這種生活方式——只除了一個夢，也就是列特–凱恩斯生前灌輸給他們的那個夢。

「領導我們穿越沙漠和避開陷阱的主啊，在哪裡？」史帝加問。

「永遠和我們在一起。」弗瑞曼人齊聲吟誦道。

史帝加挺直肩膀走近保羅，壓低聲音說：「嗨，記住我告訴你的那些話，動作要簡單直接——別要什麼花樣。我們的族人十二歲就開始騎製造者。雖然你的年紀已經超出了六歲，可你畢竟不是生來就過著我們這種生活的人。你沒有必要爲了給別人留下深刻印象做出大膽的舉動。我們都知道你很勇敢。你所要做的只是召來製造者，然後騎上去。」

「我會記住的。」保羅說。

「一定要這麼做。我不會允許你讓我的教導蒙羞。」

史帝加從衣袍下面拉出一根長約一公尺的塑膠棒，一頭尖，另一頭卡著一個上緊發條的沙槌。

「這個沙槌是我親自爲你準備的，很好用，拿去。」

保羅接過沙槌，感到了溫暖光滑的塑膠表面。

「你的矛鉤在西薩克利那兒。」史帝加說，「等你走出去，爬上那邊那個沙丘時，他就會把矛鉤交給你。」他指指右邊，「召來一條大製造者讓我們瞧瞧，友索。露一手。」

保羅留意到了史帝加說話的語氣——半帶正式，半含朋友的擔心。

說時遲那時快，太陽似乎一下子就蹦出了地平線。染上一片銀白的藍灰色天空表明，即使對阿拉吉斯來說，今天也是極其乾燥、極其炎熱的一天。

「現在正是滾燙的一天裡最適當的時機，」史帝加說。如今，他已經完全是一副公事公辦的口氣了，「去吧，友索。騎上製造者，像一位首領那樣在沙漠上奔馳吧。」

保羅向軍旗敬了個禮。晨風已經停止，綠黑旗軟軟地垂著。他轉身朝史帝加所指的沙丘走去。那是一座灰濛濛的褐色斜坡，上面有一個S形沙脊。絕大多數人早就開始朝反方向撤出，爬上另一個遮蔽著他們宿營地的沙丘。

保羅前面只剩下一個身穿長袍的身影：西薩克利，弗瑞曼敢死隊的一個班長。那人靜靜地站著，只看得見蒸餾服兜帽和面罩之間縫隙裡的雙眼。

保羅走近時，西薩克利把兩根細細的、可以像長鞭一樣舞動的竿子遞過來。竿子大約一公尺半長，一端是閃閃發亮的塑鋼鉤子，另一頭打磨得很粗糙，可以牢牢握住。

保羅按儀式要求，左手接過兩根竿子。

「這是我自己用的矛鉤，」西薩克利沙啞著嗓子說，「很稱手，從沒讓人失望過。」

保羅點了點頭，繼續保持著必要的沉默。他走過西薩克利身邊，爬上沙丘斜坡。在沙脊上，他回頭望了一眼，看到隊伍像炸窩的昆蟲般四散開來，他們的衣袍在風中飄動著。如今，他獨自一人站在沙脊上，眼前只有一望無際的地平線——平坦的、一動不動的地平線。這是史帝加特意替他選好的沙丘，比周圍所有的沙丘都要高，視野開闊，便於觀察。

保羅彎下身，把沙槌深深埋入迎風面的沙裡。迎風面的沙很密實，能讓鼓聲傳得最遠。然後，他頓了頓，溫習了一下所學過的知識，溫習著每一個足以決定生死的必要步驟。

只要他一拔掉插銷，沙槌就會發出召喚的擊打聲。在沙漠另一邊，巨大的沙蟲——製造者——會聽到鼓聲，並立刻趕過來。保羅明白，有了那鞭子模樣帶鉤的竿子，他就可以騎到製造者高高拱起的背上。只要用矛鉤鉤開沙蟲環狀鱗甲的前端，暴露出沙蟲十分敏感的軟組織，這傢伙擔心沙子鑽進鱗甲裡引起擦傷，就不會鑽回到沙面下。事實上，牠會捲起巨大的軀幹，使被鉤開的部位盡可能遠離沙漠地表。

*我是一個沙蟲騎士。*保羅對自己說。

他低頭看了一眼左手的矛鉤，心想，只需劃動矛鉤，沿著製造者巨大身軀的曲線向下，就可以讓牠翻滾轉身，指揮牠去任何他想去的地方。他見別人這樣做過。訓練的時候，他也在別人的幫助下，爬上沙蟲背騎了一小會兒。等捉來的沙蟲被騎得筋疲力盡，躺在沙地上一動不動時，就必須召喚新沙蟲了。

保羅知道，只要他能通過這次考驗，就有資格踏上那二十響的旅程，前往南方休整一番，恢復自己的體力。那裡是女人和家人為躲避大屠殺的藏身之所，也是部落培養新人、生育後代的地方。

他抬起頭望向南方，一邊提醒自己：回應召喚、從沙海中心狂奔而來的製造者是個未知數，這次考驗對召喚者本人而言也同樣是個未知數。

「你必須仔細回測製造者離你有多遠。」史帝加曾解釋說，「你必須站在足夠近的地方，這樣才能在牠經過時一下子騎上去；但也不能靠得太近，否則牠會呑掉你的。」

保羅突然下定決心，抽掉了沙槌的插銷。沙槌開始旋轉，召喚的鼓聲從沙下傳了出去，一種有節奏的敲擊聲：咚！咚！咚！咚！

他直起身來，掃視著地平線，記起史帝加所說的話：「仔細判斷趨近的沙浪。記住，沙蟲很少能在不被發現的情況下接近沙槌。同時還要仔細傾聽。一般情況下，看見牠之前就能聽到牠。」

晚上，加妮擔心得睡不著覺，輕聲跟他講了許多注意事項。如今，加妮的那些警言也充斥在他腦海中：「當你在沙蟲前進的路線上站好位置之後，必須紋絲不動。你必須把自己想像成沙漠的一部分，好好藏在斗篷底下，在任何方面都要把自己變成一座小沙丘。」

他慢慢掃視著地平線，凝神諦聽，搜尋著別人教授的那些識別沙蟲活動的特殊跡象。

東南方向遠遠傳來一陣嘶嘶聲，那是沙的低語。不一會兒，他看到了遠方曙光下沙蟲軌跡的輪廓。保羅立即意識到，自己以前從來沒見過這麼大的製造者，甚至沒聽說過有這麼大尺寸的沙蟲。牠的長度看上去超過二點四公里，凸起的巨頭一路拱起沙浪，像一座不斷向前移動的大山。

無論在夢中還是在現實生活裡，我從沒見過這樣的景象，保羅告誡自己。他急忙跑過去，在那傢伙將要經過的路線上站好位置，所有注意力完全集中在這緊張的一刻上。

※ ※ ※

「控制造幣廠和法庭——其他的盡管交給賤民好了。」這就是帕迪沙皇帝的建議。他會說：「想獲得利潤，必須擁有統治權。」這句話之中確實不乏真理，但我問自己：「誰是賤民，誰又是被統治者？」

——摘自伊如蘭公主的《阿拉吉斯的覺醒》之〈穆哈迪寫給立法會的密信〉

一個念頭不由自主地鑽入潔西嘉腦海中：從現在起的每一刻，保羅都可能正在接受乘騎沙蟲的考驗。他們竭力向我隱瞞，但這是明擺著的事。

再說加妮也走了，神神祕祕的，去執行什麼任務。

潔西嘉坐在她的休息室裡，抓緊時間享受晚課間隙的一刻寧靜。這是一個舒適的房間，但不如躲避大屠殺前，她在泰布穴地住過的房間寬敞。但這個房間的地板上同樣鋪著厚厚的地毯，也有柔軟的靠墊，一伸手就能搆到旁邊的矮咖啡桌，牆上掛著絢麗多彩的壁毯，頭頂則是散發出柔光的黃色懸浮球燈。整個房間裡充溢著弗瑞曼穴地特有的那股刺鼻味道，但現在，對她來說，這種氣味等於安全感。

然而，她知道自己永遠也無法克服那種身處異鄉的感覺。這就是隱藏在地毯和壁毯之下粗糲的現實。

一陣叮呤噹啷的聲音隱約傳入休息室。

潔西嘉知道這是慶賀嬰兒出生的慶典儀式，可能是蘇比婭吧，她的產期就在這幾天。潔西嘉也知道，自己很快就會看到這個嬰兒，一個藍眼睛的小胖娃娃，被帶到聖母這裡接受賜福。她還知道，她的女兒阿麗亞準在慶典儀式上，一會兒就會向她詳述經過。

還不到為離家在外的人舉行夜禱的時間，也不是為在波里特林、比拉·特喬斯、羅薩克和哈蒙塞普諸星被擄爲奴隸而死的人們哀悼的時間，他們不會在那種時刻爲嬰兒舉行慶生禮。

潔西嘉歎了口氣。她知道，自己之所以這麼東想西想，其實是希望能夠盡量不去想她的兒子和他所面對的危險：帶有毒鉤的陷阱，哈肯尼人的突襲（哈肯尼人的突襲愈來愈少，因爲弗瑞曼人用保羅帶給他們的新戰術，消滅了大量哈肯尼人撲翼機和巡邏隊），還有沙漠本身的危險——沙蟲、乾渴和沙陷。

她想叫一杯咖啡。隨著這個念頭，她突然想到了弗瑞曼人的生活方式，這種矛盾的想法早就有了：與凹地人相比，他們在穴地山洞裡的生活好多了；然而，他們在沙漠開闊地帶長途跋涉時所遭受的苦難，卻比哈肯尼奴隸都多得多。

一隻膚色很深的手從她旁邊的門簾後面伸出來，把一個杯子放在咖啡桌上，然後縮了回去。杯子裡冒出陣陣香料咖啡的芳香。

慶生禮的禮物，潔西嘉想。

她端起咖啡抿了一口，對著自己笑了笑。她暗自問道：在我們這個宇宙裡，還有哪個社會，像我這種身份的人可以放心大膽地接受來歷不明的飲料，還敢毫不畏懼地大口喝下它？當然，現在的我能在任何毒藥對我造成傷害之前就改變它的毒素成分，但那個煮咖啡的人是意識不到這一點的。

她喝乾杯中的咖啡，感受著熱呼呼、香噴噴的飲料中蘊藏的能量和興奮作用。

她又想，還有哪個社會，人們會這麼自然而然地尊重她的隱私，關心她的生活，以至於來送禮的人僅把禮物放下，卻不進來打攪她。尊重和愛，這本身就已經是一種禮物了——當然，還帶著一絲懼意。

而另一個念頭自然而然地閃現在她意識中：她一想到咖啡，咖啡就出現了。她知道，這絕沒有任何心靈感應作祟。這是「道」，指整個弗瑞曼穴地社區凝成一體的趨勢。通過平時共用的香料食品，他們一起中了這種奇妙的香料毒，而一體化就是大自然給他們的補償。當然，這群人永遠也不可能獲得香料帶給她的那種頓悟；他們沒受過相關的訓練，也沒有任何心理準備面對這一切。他們的思維抵制那些他們不能理解或無法接受的知識。但有的時候，這個人群依然可以像單獨一個有機體那樣感受外物，做出反應。

只是，他們的頭腦中從來沒有想過這種一致性。

保羅已經通過沙漠中的考驗了嗎？潔西嘉問自己。他有這個能力，但淹死的都是會游泳的，意外事故甚至可以擊倒最有本事的人。

等待。

等待是最磨人的。她想，你只能等待一定的長時間，然後，這種折磨就會征服你、擊敗你。

在他們的一生中，有各種各樣的等待。

我們到這兒已經兩年多了，她想，哈肯尼人派來的執政官是惡魔統治者——野獸拉賓。要想把阿拉吉斯從他手裡奪回來，就算只是剛能看到希望，也至少還需要兩倍那樣長的時間。

「聖母？」

門簾外傳來一個聲音，是哈拉赫，保羅家的另一個女人。

「進來吧，哈拉赫。」

門簾分開，哈拉赫彷彿從中間滑了進來。她穿著穴地裡穿的便鞋，兩隻手臂露在紅黃色的罩衫外面，幾乎一直露到肩頭。她的黑色頭髮從中間分開，向後梳起，像昆蟲翅膀一樣頂在頭上，平滑油亮。她緊緊皺起眉頭，一張五官突出、潑辣好勝的臉上愁雲密布。

跟在哈拉赫身後進來的是阿麗亞，一個大約兩歲的小女孩。

看到自己的女兒，潔西嘉的注意力立即被這個小女孩吸引住了，和以前她被小保羅吸引住一樣。

當時的他跟現在的阿麗亞差不多大，他們都有同樣嚴肅、充滿好奇的大眼睛，都有黑色的頭髮，堅毅的唇線。但他們還是有區別的，這也正是大部分成年人覺得阿麗亞令人不安的地方。這孩子不比一個剛學會走路的小孩大多少，卻具有遠遠超出她那個年紀的沉著冷靜和豐富知識。成年人震驚地發現，當大人們開有關兩性之間的玩笑時，盡管那些話很隱晦，她卻聽懂了，也跟著哈哈大笑起來。有時候，他們還會發覺自己竟被她口齒不清的話音所吸引。他們聽著她那尚未發育完全的柔軟聲帶發出模模糊糊的聲音，發覺她的話裡暗帶狡黠，而那種狡猾卻是以一個兩歲大的孩子不可能具備的人生經驗爲基礎的。

哈拉赫怒氣沖沖地呼出一口氣，重重地坐在靠墊上，皺起眉頭看著阿麗亞。

「阿麗亞。」潔西嘉朝女兒打了個手勢。

孩子走到母親身旁，找了個靠墊坐下，緊緊抓住母親的手。肉體的接觸聯通了兩人的意識，甚至早在阿麗亞出生之前，兩人就一直是這樣。這並不是什麼共有的思想（這種情形只出現過一次：當潔西嘉那次改變生命之水的毒性成分時，兩人的接觸爆發出了共同的思想）。這種互通的意識是某個更宏觀的體驗，是對另一個生命火花的直接感受，一種尖銳而痛苦的東西，一種可以使她們在感情上形同一人的神經共鳴。

哈拉赫是兒子家中的一員，潔西嘉按照符合對方身份的正式禮節問候道：「Subakh ul kuhar，妳今晚過得好嗎，哈拉赫？」

哈拉赫以同樣的傳統禮節回答道：「Subakh un na。我很好，妳也好吧？」聲音低得幾乎聽不清。哈拉赫又歎了口氣。

潔西嘉感到阿麗亞正開心地把眼前發生的事當成一種消遣。

「我哥哥的加尼馬在生我的氣呢。」阿麗亞用她稍嫌口齒不清的聲音說。

潔西嘉留意到了阿麗亞用來專指哈拉赫的術語——加尼馬。在弗瑞曼語中，這個詞的意思是「戰場上的戰利品」，其引申義是指某樣不再用於其最初目的的東西。比如說，一個用做窗簾墜物的矛頭。

哈拉赫對孩子喝道：「別想侮辱我，孩子。我知道我的地位。」

潔西嘉問：「這回妳又做了些什麼，阿麗亞？」

哈拉赫回答說：「今天，她不僅拒絕和其他孩子一起玩，還硬擠進……」

「我躲在簾子後面，看蘇比婭生孩子。」阿麗亞說，「是個男孩。他哭啊哭啊，嗓門眞大！當他哭夠了的時候……」

「她走出來摸了他一把，」哈拉赫接著說，「然後他就停下不哭了。大家都知道，每個弗瑞曼孩子出生的時候，只要是在穴地，就必須讓他哭個夠，因爲以後他絕對不能再哭了，免得在沙漠旅途中暴露我們的行蹤。」

「他已經哭夠了，」阿麗亞說，「我只是想感受一下他的火花，他的生命。就這些。當他感覺到我的時候，他就不想再哭了。」

「這只會在大夥兒中間引起更多的閒言碎語。」哈拉赫說。

「蘇比婭的孩子健康嗎？」潔西嘉問。她看出有什麼東西在深深困擾著哈拉赫，很想知道那是什麼。

「像任何母親所希望的那樣健康，」哈拉赫說，「她們知道阿麗亞並沒有傷害他，也不太介意她撫摸他。他立即就安定下來，一副很高興的樣子。只是……」哈拉赫聳了聳肩。

「只是我女兒有些怪怪的，對不對？」潔西嘉問，「因爲她說起話來那種口氣遠遠超出了她的年紀；也因爲她說了許多她這個年齡的孩子不可能知道的事——屬於過去的事。」

「她怎麼會知道比拉・特喬斯星球上的孩子長什麼樣?」哈拉赫問。

「但他確實像啊!」阿麗亞說,「蘇比婭的那個男孩看起來眞像離開比拉・特喬斯星球之前米莎生的兒子。」

「阿麗亞!」潔西嘉斥責道,「我警告過妳。」

「可是,母親,我看見過,是眞的,而且……」

潔西嘉搖搖頭,看到了哈拉赫臉上憂慮不安的神情。我生下的究竟是什麼啊?潔西嘉問自己,這個女兒一生下來就知道我所知道的一切,甚至……比我知道的還多。看樣子,我體內那些聖母們把時間長廊裡的一切舊事全都顯示給她了。

「不光是她說的那些事兒,」哈拉赫說,「還有她做的那些練習:她的坐姿、瞪著岩石的樣子。她居然能只動鼻子旁邊的一塊肌肉,或是手指指背上的一塊肌肉;還有……」

「那些是比吉斯特的日常訓練。」潔西嘉說,「妳知道的,哈拉赫。妳該不會否認我女兒有我的遺傳基因吧?」

「聖母啊,您也知道,我自己不在乎那些事兒。」哈拉赫回答道,「可外面那些人在說閒話。那些話不安好心,我覺得危險。她們說您女兒是魔鬼,其他孩子也拒絕跟您女兒一起玩兒,說她是——」

「與其他孩子相比,她確實與眾不同,」潔西嘉說,「但她絕不是魔鬼,只是……」

「她當然不是了!」

潔西嘉對哈拉赫激烈的言辭感到十分驚訝,她朝下瞟了一眼阿麗亞。這孩子似乎神遊天外,渾身散發出一種……等待的感覺。潔西嘉又把注意力移回哈拉赫身上。

「妳是我兒子家中的一員,我尊重這一點。」潔西嘉說(阿麗亞在她手中不安地扭動起來),

「妳可以開門見山地給我講講，究竟什麼事讓妳那麼煩惱。」

「過不了多久，我就不再是您兒子家中的一員了。」哈拉赫說，「我是爲我兒子才等了這麼久的，爲了讓他們能作爲友索的兒子受到特殊訓練。我能給他們的也只有這些了，因爲人人都知道，我沒跟您兒子同過床。」

阿麗亞又在她身邊扭動起來，半夢半醒的樣子，身上熱烘烘的。

「盡管如此，妳一直都是我兒子的好伴侶。」潔西嘉說。她暗暗補充了一句，說出心裡的念頭：伴侶……而非妻子。隨後，潔西嘉直接想到問題的實質，想到自己內心深處的痛苦：穴地裡的人普遍認爲，她兒子與加妮的伴侶關係已經成爲一種永久性的關係了——婚姻。

我愛加妮，潔西嘉想，但她提醒自己：愛情必須爲皇室的需要而讓路。皇室婚姻除了愛以外，還有別的理由。

「您以爲我不知道您爲您兒子所做的安排？」哈拉赫問。

「妳這是什麼意思？」潔西嘉質問道。

「您計畫讓各部落都團結在他周圍。」哈拉赫回答道。

「這有什麼不好的？」

「可我感覺到了危險……而阿麗亞就是危險的一部分。」

這時，阿麗亞愈發往母親身邊湊。她依偎著母親，睜開眼睛打量著哈拉赫。

「我一直在觀察妳們兩人在一起的時候，」哈拉赫說，「觀察妳們接觸的方式。穆哈迪就像我兄弟，而阿麗亞是他妹妹，所以她就像是我的親骨肉。過去，她還只是個小嬰兒，我們開始打游擊，然後又跑到這兒來。從那一天起，我一直在照看她、保護她。我在她身上看到了許多東西。」

潔西嘉點點頭，覺得身邊的阿麗亞再一次不安起來。

「您明白我的意思。」哈拉赫說，「從一開始，她就知道我們在談論她。什麼時候出過這麼怪的嬰兒？這麼小就懂得嚴格的用水紀律？還有哪個嬰兒能像她那樣？對保母所講的第一句話就是：『哈拉赫，我愛妳』？」

哈拉赫盯著阿麗亞，「這是對我的冒犯。您知道我爲什麼忍受了這種冒犯？因爲我知道那些話裡沒有惡意。」

阿麗亞抬頭看著母親。

「是的，我也有預知能力，聖母。」哈拉赫說，「我本來有可能成爲塞亞迪娜。我已經見到了我曾經預見過的東西。」

「哈拉赫……」潔西嘉聳聳肩說，「我眞不知道該說什麼好。」她對自己說出的話感到很驚訝，但這句話是她的眞實感受。

阿麗亞直起身來，挺了挺肩膀。潔西嘉感到那漫長的等待終於結束了，感到了女兒混雜了決斷和悲哀的情緒。

「我們犯了一個錯誤，」阿麗亞說，「我們現在需要哈拉赫。」

「我早就看出來了。歸根到柢就是那次慶祝播種的儀式，」哈拉赫說，「在您改變生命之水的時候，聖母。當時阿麗亞還在您肚子裡沒出生呢。」

需要哈拉赫？潔西嘉問自己。

「除了她，還有誰能在族人中間爲我們說話，還有誰能讓她們開始了解我呢？」阿麗亞問道。

「妳要她做些什麼？」潔西嘉問。

「她早就知道該怎麼做了。」阿麗亞說。

「我將把事實眞相告訴她們。」哈拉赫說。她的臉似乎突然蒼老下來，滿臉悲傷，橄欖色皮膚上露出愁眉不展的皺紋，反倒使那張五官鮮明的臉顯得別有魅力。「我會告訴她們，阿麗亞只不過裝成是個小女孩，但她從來就不是一個小女孩。」

阿麗亞搖著頭，淚水順著臉頰往下流。潔西嘉感到女兒的悲哀如波浪般傳到自己身上，彷彿是她自己的悲哀一般。

「我知道我是個怪胎。」阿麗亞輕聲說。成年人的話出自孩子口中，像痛苦的認罪。

「妳不是怪胎！」哈拉赫厲聲說道，「誰敢說妳是怪胎？」

潔西嘉再一次對哈拉赫那種出於保護的嚴厲語氣大爲吃驚。隨即，她看出阿麗亞的判斷是對的——她們確實需要哈拉赫。部落裡的人會理解哈拉赫的，理解她的話，理解她的感情。很明顯，她愛阿麗亞，就像愛她自己的孩子。

「誰說的？」哈拉赫重複道。

「沒人說過。」

阿麗亞拉起母親的長袍，用衣角拭去臉上的淚水，然後把弄濕揉皺的袍角拉平。

「妳自己也別那麼說。」哈拉赫語氣強硬地命令道。

「好的，哈拉赫。」

「現在，」哈拉赫說，「妳可以告訴我這到底是怎麼回事，這樣我就可以告訴其他人了。告訴我，妳出了什麼事。」

阿麗亞咽了一口口水，抬起頭來看著母親。

潔西嘉點點頭。

「有一天我醒來，」阿麗亞說，「就像是從睡夢中醒來一樣，只不過，我也記不得當時是不是在睡覺。我發覺自己身處一個溫暖而黑暗的地方。嗯，我嚇壞了。」

聽到女兒稍有些口齒不清的童音，潔西嘉想起了在大山洞裡舉行儀式的那一天。

「我嚇壞了，」阿麗亞說，「想要逃，卻無路可逃。然後，我看見一點火花……但好像不是用眼睛看到的。那火花就在我身邊，和我在一起，我能感覺到那個火花的情緒……它撫慰我，讓我安下心來，告訴我一切都會好起來的。那火花就是我母親。」

哈拉赫揉著眼睛，對阿麗亞微笑著，撫慰著她。可這個弗瑞曼女人的眼睛中有一種瘋狂的神色，炯炯閃耀，彷彿這雙眼睛也在努力傾聽阿麗亞的敘述。

而潔西嘉心想：我們眞的能明白這種人心裡究竟是怎麼想的嗎？眼前這一位，她的祖先、她所受過的訓練，以及她的人生經歷，全都與我們不同。

「就在我感到安全、定下心來之後，」阿麗亞繼續說，「旁邊又出現了另一個火花，跟我們融匯在一起……一切就在那一刻發生了。另外那個火花是老聖母。她把……許多人的畢生經歷傳給我母親……一切……我跟她們在一起，全都看見了……一切的一切。而結束之後，我就是她們，包括所有其他人，也包括我自己……只是，我花了很長時間才重新找回我自己。那兒有那麼多人……」

「這很殘酷，」潔西嘉說，「沒人應該這樣獲得自我意識。問題在於，所發生的一切，妳只能接受，別無選擇。」

「我什麼都做不了！」阿麗亞說，「我不知道該如何拒絕，也不懂該如何隱藏我的意識……或者乾脆切斷它……一切就那麼發生了……一切的一切……」

「我們不知道。」哈拉赫喃喃地說，「當我們把聖水交給妳母親，讓她改變生命之水時，並不知道妳正在她肚子裡。」

「不要爲這個難過，哈拉赫，」阿麗亞說，「我並不爲自己感到遺憾。畢竟，有因就有果：我是個聖母，這個部落有兩個聖……」

她停下來，側過頭來傾聽著。

哈拉赫用腳後跟在地上一頂，把自己頂回到靠墊上坐好，盯著阿麗亞看了看，然後把注意力轉回到潔西嘉臉上。

「所有這些，難道妳從來沒想到？」潔西嘉問。

「噓──噓。」阿麗亞說。

一道門簾把她們與穴地過道隔開，很有節奏感的聖歌遠遠傳來，穿過門簾。歌聲愈來愈大，現在已經很清晰了。「萬惡的敵人啊！你聽清楚！聽啊聽啊聽清楚！我願你世世不得好呀！聽啊聽啊聽清楚！」唱歌的人從外屋門口經過，他們低沉的歌聲傳入內室，然後漸漸朝遠處去了。

當歌聲減弱到差不多了的時候，潔西嘉開始舉行齋戒儀式，聲音中充滿悲戚：「齋月啊，比拉．特喬斯上的四月。」

「我的家人坐在院子裡的水池邊，」哈拉赫說，「噴泉飛沫四濺，水汽讓空氣潮潤清新。院中柳橙樹上，金燦燦的橘子伸手可及，又大又香。身旁的籃子裡裝著甜杏、貝拉瓦糕點和一杯杯優酪乳──各式各樣的美味佳餚。在我們的花園裡，在我們的畜欄中，有的只是和平……洋溢在整個大地上的和平。」

「我們的生活充滿幸福，直到侵略者到來的那一天。」阿麗亞說。

「在朋友們的哭喊聲中，熱血變冷。」潔西嘉說，感到過去的記憶不斷湧出。那是與其他所有聖母共用的過去。

「不！不！不！女人們在哭泣。」哈拉赫說。

「侵略者穿過庭中庭，手持利刃向我們撲來，刀上淌著我們男人的血。」潔西嘉說。

和穴地所有房間裡一樣，沉默籠罩著她們三人。她們在沉默中回憶，過去的悲痛記憶猶新。

過了一會兒，哈拉赫宣布齋戒儀式結束，嚴厲刺耳的口氣是潔西嘉以前從沒聽到過的。

「永不饒恕，永不遺忘。」哈拉赫說。

說完之後，三人在一片沉寂中陷入深思。就在這時，只聽到外面傳來人們的竊竊私語，還有許多袍裙沙沙作響的聲音。有人站在她房間的門簾外。

「聖母？」

一個女人的聲音，潔西嘉聽出來了：這是薩薩，史帝加的幾個妻子之一。

「什麼事，薩薩？」

「有點麻煩事，聖母。」

潔西嘉心頭一緊，突然擔心起保羅來。「保羅他……」她大口大口地喘著氣。

薩薩分開門簾，走進房間。在簾子落下之前，潔西嘉瞥見外屋站著黑壓壓一群人。她抬起頭來看著薩薩。這是個又矮又黑的女人，穿著一件繪著紅色圖案的黑袍，藍眼睛一眨不眨地盯著潔西嘉，小鼻子的鼻孔張開來，露出鼻塞長期摩擦留下的疤痕。

「什麼事？」潔西嘉問道。

「沙漠裡傳來了消息，」薩薩說，「友索爲通過考驗去見製造者……就在今天。年輕人都說他是不會失敗的。夜幕降臨之前，他就會成爲沙蟲騎士。這裡的年輕人正串聯，說要準備奇襲。他們會衝到北方與友索會合。他們說，到時他們會大聲歡呼，還說要迫使他向史帝加挑戰，要他奪取部落的領導權。」

集水、固沙、植草，緩慢而穩妥地改造這個世界——但這些已經不夠了。潔西嘉想，小規模奇襲、持續的進攻——自從我和保羅訓練好他們之後，這些也不夠了。他們感到了自己的力量，他們渴望戰鬥。

薩薩把身體的重心從一隻腳移到另一隻腳上，清了清喉嚨。

我們都明白，需要小心謹愼地等待時機，潔西嘉想。但關鍵在於伴隨著等待的挫折感。我們也清楚地知道，等得太久反而有害。因爲，如果耽擱的時間太長，我們會喪失方向感。

「年輕人都說，如果友索不向史帝加挑戰，那他一定是害怕了。」薩薩說。

她說著，垂下眼簾。

「原來如此。」潔西嘉喃喃地說。她心想：我早就知道這種事遲早會發生，史帝加也知道。

薩薩再一次清了清喉嚨。「就連我弟弟，夏布，也這麼說。」她說，「他們不會讓友索有選擇的餘地。」

終於來了，潔西嘉想，保羅將不得不自己處理這種事。聖母不能捲入爭奪領導權的糾紛。

阿麗亞把手從母親手裡掙脫出來，說：「我要和薩薩一起去，聽聽那些年輕人怎麼說。或許有什麼解決辦法。」

潔西嘉與薩薩視線相交，嘴裡卻對阿麗亞說道：「那就去吧。要盡快向我報告。」

「我們不希望發生這種事，聖母。」薩薩說。

「我們不希望這樣，」潔西嘉認同道，「部落需要保存它的全部力量。」她瞥了哈拉赫一眼，對她說道，「妳要跟她們一起去嗎？」

哈拉赫聽出了這句話中沒說出口的顧慮，便直接回答道：「薩薩不會允許任何人傷害阿麗亞的，她知道我倆很快就會成爲同一個人的妻子。她和我，我們將共用同一個男人的懷抱。我們已經談過了，薩薩和我。」哈拉赫抬頭看看薩薩，又轉回頭來對潔西嘉說，「我們有協議。」

薩薩伸出一隻手拉著阿麗亞，說：「我們必須趕快，那些年輕人正要出發呢。」

她們急匆匆地鑽出門簾，小個子女人拉著孩子的手，可看上去帶路的卻是那個孩子。

「要是保羅—穆哈迪殺死了史帝加，這對部落來說不是什麼好事。」哈拉赫說，「以前總是這樣，這是決定繼任者的老辦法。但時代不同了，情況已經發生了變化。」

「對妳來說，情況也發生了變化。」潔西嘉說。

「您該不會以為，我還對這種決鬥的結局有所懷疑吧。」哈拉赫說，「友索只會勝出，不會有別的結局。」

「我正是這個意思。」潔西嘉說。

「您以爲我的個人感情會影響我的判斷。」哈拉赫搖了搖頭，水環項圈在她脖子上叮噹作響，「您大錯特錯了。或許您還以爲我懊悔沒被友索選中，以爲我在妒忌加妮？」

「妳按妳自己的意志做出了選擇。」潔西嘉說。

「我同情加妮。」哈拉赫說。

潔西嘉渾身一僵。「妳這是什麼意思？」

「我知道您怎麼看加妮，」哈拉赫說，「您認爲她不配做您的兒媳婦。」

潔西嘉重新平靜下來，全身放鬆，坐在靠墊上。她聳聳肩說：「也許吧。」

「您也許是對的。」哈拉赫說，「但如果您眞這樣想，或許您還找到了一個令人驚訝的同盟——加妮本人，她也希望讓他得到所有最好的東西。」

潔西嘉突然感到喉頭一緊，她艱難地咽了一下，說：「加妮跟我很親，她完全可以——」

「您這兒的地毯太髒了。」哈拉赫說。她避開潔西嘉的目光，環顧周圍，「您這兒總有那麼多人進進出出的，眞該叫人打掃得更勤些才是。」

※　※　※

傳統宗教無法擺脫與政治之間的相互影響。在一個傳統社會中，宗教與政治的鬥爭勢必滲透訓練、教育及律法等各個方面。由於這個壓力，這種社會的領導人終將面對如何解決這一內部鬥爭的大難題：或者屈從於完全的機會主義，依附於占上風的一方，以維護自己的統治地位；或者冒著犧牲自我的風險，以維護傳統的道德規範。

——摘自伊如蘭公主的《穆哈迪：宗教問題》

保羅在巨型製造者前進路線旁邊的沙地上等著。我絕不能像一個等待中的走私販，既不耐煩，又緊張不安，他提醒自己，我必須成爲沙漠的一部分。

現在，那傢伙離保羅只有幾分鐘的路程了，穿行時發出的嘶嘶聲充斥在晨風裡。牠那山洞似的圓形巨口張開來，露出嘴裡的巨牙，像某種碩大無朋的怪花。一股香料味兒從牠口中散發出來，瀰漫在空氣中。

保羅的蒸餾服貼身而舒適，只隱約感覺得到鼻塞和面罩。他現在滿腦子想的只有史帝加教導他的動作要領，滿心感受到的只有沙漠中痛苦難熬的分分秒秒，其他的一切全都顧不上了。

「在豆粒狀沙地上，你應該站在離製造者軀幹多遠的地方？」史帝加問過他。

他的回答十分正確：「製造者的直徑每增加一公尺，沙蟲騎士與其軀幹之間的安全距離就應增加半公尺。」

「爲什麼？」

「爲了避開牠快速前行時所產生的旋風，同時，這樣的距離也使你有足夠的時間跑過去，騎到牠上面。」

「你已經騎過爲播種和製造生命之水而馴養的小型製造者。」史帝加說，「但是，這次考驗召喚來的將是一條野生製造者，是沙漠之長。對這樣的製造者，你必須保有適當的敬意。」

現在，沙槌重重的打擊聲與製造者前行的嘶嘶聲混在一起。保羅努力做著深呼吸。即使隔著篩檢程式，他也能嗅得出沙地裡香料礦的刺鼻氣味。那位野生製造者，沙漠之長，漸漸逼近，幾乎要撞上他了。牠那高高聳立的前節部位猛撲過來，掀起的沙浪蓋過了他的膝蓋。

來吧，你這可愛的大魔頭！他想，來，聽見我的召喚了吧？來吧，來吧！

沙浪把他頂了起來，地表的沙塵從他周圍橫掃過去。他竭力穩住身形，把全部注意力放在製造者身上。他只看到一堵彎曲的沙牆如烏雲壓頂般從他面前掠過，分節的軀幹像懸崖一樣高高矗立，一節一節的環形界線清楚地標誌出每一節軀幹。

保羅舉起矛鉤，順著鉤尖往上看，然後把矛鉤斜著向製造者的軀幹搭去。他感到鉤子鉤住了什麼，拉住他往前直衝。他向上躍起，雙腳牢牢蹬住沙牆，斜吊在已經固定住的矛鉤上。這才是眞正的考驗：如果他的矛鉤已經準確地鉤住製造者軀幹上環節的邊緣，成功地扯開環節，牠就不會側滾下來壓扁他。否則……

製造者的速度放慢了。牠從沙槌上滑過去，沙槌靜了下來。慢慢地，牠的軀幹向上捲起——上，再上——帶著那兩根刺進鱗甲裡的鉤刺，能抬多高就抬多高，讓環形鱗甲下面柔軟的肌肉盡量遠離充滿威脅的沙礫。

保羅發現自己已經高高騎在了沙蟲背上。他感到極度興奮，感覺自己像一位正在巡視疆域的帝王。他突然衝動起來，想在這沙蟲身上蹦一蹦、跳一跳，想讓牠轉個身，想充分展示自己是這生物的主人。但他終於還是勉強壓住了這種渴望。

他突然明白當初爲什麼史帝加要警告他，別去學那些莽撞的年輕人：他們在這些魔頭身上起舞，要弄牠們，在牠們的背上倒立，取掉雙鉤，然後在沙蟲把他們甩下去之前重新把雙鉤插回沙蟲身上。

保羅把一個矛鉤留在原處，取下另一個矛鉤，把它鉤住沙蟲軀幹側下方的環甲邊緣。鉤牢這第二個矛鉤之後，他試了試牢固程度，這才取下第一個矛鉤，再鉤住側下方的另一處環甲邊緣，就這樣一點一點下移。沙蟲翻滾著，一邊滾，一邊掉過頭來，直奔等在遠處細沙地上的其他人，然後在保羅手下繞著那片細沙地兜圈子。

保羅看到他們跑過來，紛紛用矛鉤鉤住沙蟲的軀幹往上爬，但盡量避免觸及牠那些敏感的環節邊緣，直到爬上沙蟲頂部。他們呈人字形排在他身後，用矛鉤穩住身體。

史帝加沿著隊伍往前挪，檢查著保羅雙鉤的位置，抬頭瞥見保羅的一張笑臉。

「你成功了，哦？」史帝加問，他提高音量，壓過沙蟲在沙上滑行的嘶嘶聲，「你就是這麼想的？成功了？」他挺直身子說，「現在讓我告訴你，你這工作做得太爛了。我們有些十二歲的小傢伙都能做得更好些。在你等待製造者的那個地方，左邊就是一片沙鼓區，要是沙蟲往那邊轉，你根本別指望退到那邊沙地上去。」

笑容從保羅臉上褪去。「我看見那片沙鼓區了。」

「那你爲什麼不發信號？爲什麼不讓我們中的某個人幫你占據後備位置以防萬一？就算是在考驗中，這也是允許的。」

保羅咽下一口口水，把臉轉向行進中迎面而來的風。

「你覺得我現在跟你講這些話很沒意思，」史帝加說，「但這是我的職責。我要考慮你對整個隊伍的價值。如果你失足進入沙鼓區，製造者就會扭頭朝你奔過去。」

雖然保羅心中怒氣沖沖，但他知道史帝加說的是事實。過了很久，他才憑著從母親那裡學來的克制力重新恢復了冷靜。「我很抱歉，」他說，「這種事今後不會再發生了。」

「情況緊迫的時候，總要給自己留個幫手。萬一你失手，也會有人制住那條製造者。」史帝加說，「記住，我們要並肩戰鬥，這樣才能確保勝利。並肩戰鬥，記住了嗎？」

他拍了拍保羅的肩膀。

「我們並肩戰鬥。」保羅贊同地說。

「現在，」史帝加說，聲音聽上去很嚴厲，「讓我看看你是否懂得駕馭製造者。我們這是在沙蟲的哪一面？」

保羅朝下瞥了一眼腳下的沙蟲，仔細觀察著牠體表的環狀鱗甲，注意記下鱗甲的特徵和大小，發覺牠右邊的鱗甲大一些，左邊的小些。他知道，每條沙蟲遊走起來都有自己的特點，其中一面會經常朝上。當牠長大時，哪一面朝上就幾乎固定不變了。相比之下，沙蟲底部的鱗甲會更大些、更厚重些，也更光滑一些。對大型沙蟲而言，要想判斷牠現在是哪一面朝上，從牠頂部鱗甲的大小就可以看出來。

保羅移動雙鉤，挪到左邊。他示意那一側的人跟他一起動作，沿著沙蟲的驅幹用矛鉤往下鉤開沙蟲一側環節上的鱗甲，使沙蟲直著身子滾動。在牠轉過身子之後，他又示意兩個舵手走出隊伍，到最前面的位置上。

「過左，嗨……喲！」他喊起了傳統的號子，左邊的舵手根據指令鉤開左面環節處的鱗甲。

沙蟲為了保護牠那被鉤開的環節，氣勢威嚴地轉了個圈，把身子扭過來。一會兒工夫，牠已經完全掉過頭來，朝南轉向牠來時的方向。這時，保羅高呼道：「蓋拉特——前進！」

舵手鬆開矛鉤，沙蟲便筆直地向前急馳而去。

史帝加說：「非常好，保羅—穆哈迪。勤加練習，你總還是可以成爲沙蟲騎士的。」

保羅皺起眉頭，心想：我不是第一個爬上來的嗎？誰說我還不算是正式的沙蟲騎士？

身後突然爆發出一陣笑聲，整個隊伍開始有節奏地齊聲高呼他的名字，呼聲直插雲霄。

「穆哈迪！穆哈迪！穆哈迪！穆哈迪！」

沙蟲背脊的尾部遠遠傳來刺棒敲擊尾環的聲音。沙蟲開始加快速度。他們的長袍在風中飄揚，沿途與沙面摩擦而發出的嚓嚓聲也愈來愈響。

保羅回頭望著身後的隊伍，在他們中間發現了加妮的臉。他一邊盯著她瞧，一邊對史帝加說：「那麼，我現在是沙蟲騎士了，對嗎，史帝加？」

「呵，總算盼到了！你今天成了沙蟲騎士。」

「那麼，我可以選擇我們的目的地嗎？」

「是這個規矩。」

「我是今天誕生在哈巴亞沙海這兒的弗瑞曼人。我的人生今天才眞正開始，之前我只是個孩子。」

「不完全是個孩子。」史帝加說著，重新繫緊被風掀開的兜帽一角。

「但是，我的世界曾經被封得死死的，如今封條被除掉了。」

「再沒有什麼可以阻擋你的腳步。」

「我要去南邊，史帝加——二十響遠。我要親眼看看我們創造的那片土地，那片我只能通過別人的敘述看到的土地。」

我還要去看我的兒子和家人，他想。現在，我需要一段時間來考慮在我頭腦中已成過去的將來。騷亂開始了，要是我無法妥善解決，事情就會變得難以收拾。

史帝加用一種堅定而審慎的目光打量著他。而保羅的注意力仍然放在加妮身上，看到她臉上立即露出很感興趣的神情，也留意到他的話在隊伍中點起了興奮之火。

「大夥兒渴望跟你一起去襲擊哈肯尼的窪地巢穴，」史帝加說，「那片窪地只有一響遠。」

「弗瑞曼敢死隊員們曾經跟我一起出擊，」保羅說，「這之後，他們會再次和我出擊，直到阿拉吉斯的天空下再也見不到哈肯尼人。」

製造者風馳電掣地往前衝，史帝加則默默地打量著保羅。保羅意識到，此刻的這一幕勾起了史帝加的回憶，讓他回想起當年列特—凱恩斯死後，他如何成爲泰布穴地的首領，又如何取得了部落首領聯合會的領導權。

保羅想：他已經聽說了弗瑞曼年輕人鬧事的報告。

「你希望召集部落首領見證會嗎？」史帝加問。

隊伍中的年輕人兩眼冒光。他們騎在製造者身上，興奮得扭來扭去，觀察著事態發展。保羅從加妮的眼神中看出了她心中的不安。她一會兒看看她的叔叔——史帝加，一會兒看看她的男人——保羅。

「你猜不出我想要什麼的。」保羅說。

他心想：我絕不能退縮，必須牢牢控制住這些人。

「今天，你是沙蟲馭者，」史帝加說，語氣冰冷生硬，「你要如何行使這個權力？」

我們需要時間放鬆放鬆，也需要時間冷靜地反思一下，保羅想。

「我們去南方。」

「即使我說，今天結束之前我們就應該折返北方？」

「我們去南方。」保羅重複道。

史帝加用長袍緊緊裹住自己，渾身散發出一貫的威嚴氣勢。「我們將召集部落首領見證會，」他說，「我會發出通知的。」

他以爲我要向他挑戰，保羅想，他也知道自己無法與我抗爭。

保羅面向南方，任由大風吹打在他裸露的臉頰上，一邊想著所有必須考慮在內的因素，以便做出決定。

他們不明白！他想。

但保羅知道，他不能因爲心存顧忌，偏離自己的路線。在他預見到的未來的時間風暴中，他必須牢牢守住那條鋼絲線，不能有任何偏移。未來的某一個瞬間，將出現可以平息動盪的關鍵一刻，但前提是，他必須守在可以一擊奏功的至關重要的一點上。

只要還有一線希望，我就不會向他挑戰，保羅想。只要還有其他辦法可以阻止聖戰的話……

「我們將在哈巴亞山脊下的鳥巢洞宿營，在那兒吃晚飯、祈禱。」史帝加說。製造者邊走邊晃，他用一支矛鉤穩住自己的身形，伸手指向前方突起在沙漠上的一道低矮的岩石屏障。

保羅觀察著那道懸崖，層層疊疊的岩石像波浪一樣漫過懸崖，向遠處延伸而去。沒有半點能讓剛硬的地平線顯得柔和些的綠色、花朵。懸崖後面便是伸入南方沙漠的路徑，就算他們驅使製造者全速前進，也至少是十天十夜的行程。

二十響。

這條路通向哈肯尼人巡邏範圍以外很遠的地方。他知道那裡是什麼樣子，那些夢已經把那片土地展示給他了。他們行進中的某一天，遙遠地平線上的顏色會有一點點輕微的變化——變化如此之小，以至於他會覺得，那是因爲自己滿懷希望而幻想出來的。那個遠方的綠洲就是他們的新營地。

「我的決定符合穆哈迪的心意嗎？」史帝加問道。他的話裡只帶了極其輕微的一點譏諷，但弗瑞曼人一向敏感，就連鳥鳴的每一個音調、翼手信使的每一句資訊都能分辨得清清楚楚。所以大家都聽出了史帝加的譏諷語氣，紛紛把目光轉向保羅，看他怎麼回應。

「在我們獻身敢死隊時，史帝加聽過我向他宣誓效忠的誓言。」保羅說，「我的敢死隊員們都知道我滿懷敬意地發了誓，難道史帝加對此有所懷疑嗎？」

史帝加不由得垂下眼簾，他聽出了說這番話時保羅的痛苦心情。

「友索，我同一個穴地的夥伴，我永遠也不會懷疑他。」史帝加說，「但你是保羅—穆哈迪，亞崔迪公爵，也是天外綸音。這些人我甚至不認識。」

保羅扭頭望著聳立在沙漠上的哈巴亞山脊。他們腳下的製造者仍然強健而溫馴，還能載他們走很長一段路。弗瑞曼人以前從沒見過這麼大的製造者，在他們所經歷過的騎沙旅程中，走得最遠的也無法跟牠媲美，恐怕連一半都比不上。他知道這一點。除了講給孩子們聽的古老傳說以外，沒有哪隻沙蟲的年紀能與這位沙漠老爺爺相比。保羅意識到，牠將成爲新傳奇的素材。

一隻手抓住他的肩膀。

保羅看了看那隻手，然後順著手臂看到了後面那張臉——還有史帝加露在面罩和蒸餾服兜帽之間那雙深色的眼睛。

「在我之前領導泰布穴地的那個人，」史帝加說，「是我的朋友。我們一起共患難。我救過他好幾次……他也救過我好幾次。」

「我是你的朋友，史帝加。」保羅說。

「沒人會懷疑這一點。」史帝加說。他挪開搭在保羅肩上的手，聳了聳肩，「但這是慣例。」

保羅知道，史帝加過於注重弗瑞曼人的慣例，無法考慮任何其他的可能性。在這裡，要想取得部落的領導權，繼任者必須殺死他的前任首領。如果前任首領出於意外死於沙漠，繼任者就必須殺死部落中最強壯的人。史帝加就是這樣挺身而出成爲耐布的。

「我們該讓製造者回到沙下去了。」保羅說。

「是的，」史帝加贊同地說，「我們可以從這兒走到山洞那邊。」

「我們騎得夠遠的了。牠會把自己埋進沙裡，生上一兩天的悶氣。」保羅說。

「你是沙蟲馭者。」史帝加說，「你說吧，我們什麼時候……」他突然停下來，凝視著東方的天空。

保羅轉過身，在香料作用下變異的藍眼睛使他眼裡的天空有些發暗，碧藍如洗的天空映射著遠方很有節奏的閃光，顯得十分清晰。

撲翼機！

「一架小型撲翼機。」史帝加說。

「可能是偵察機。」保羅說，「你認爲它發現我們了嗎？」

「從這麼遠的距離看過來，我們只不過是地表的一條沙蟲。」史帝加說，他用左手打了個手勢，「下去，在沙地上散開。」

小隊開始從沙蟲側面往下滑，一個接一個跳下去，躲在他們的斗篷下面，與沙漠融爲一體。保羅特意記下了加妮跳下去的位置。不一會兒，沙蟲背上只剩他和史帝加。

「第一個上來，最後一個下去。」保羅說。

史帝加點點頭，用矛鉤穩住身形，從側面跳了下去，落在沙地上。

保羅一直等到沙蟲安全離開小隊的分散區，這才取下矛鉤。沙蟲此刻還沒有筋疲力竭，所以現在是最危險的時候。

從刺棒和矛鉤中剛一解脫，那條巨大的沙蟲就開始往沙子裡鑽。

保羅輕盈地沿著牠那寬闊的背脊往後跑，仔細算準時機往下跳。一著地就跑，按平時學到的那樣竭盡全力躍向沙丘滑沙面，裹著衣袍，把自己藏在紛紛落下的沙瀑下面。

然後，等待……

保羅輕輕翻過身，從衣袍縫隙望出去，看到了一線天空。他想像著身後一路藏起來的其他人，他們一定也正做著相同的動作。

看見撲翼機之前，他先聽到了機翼撲打的聲音。撲翼機的噴氣式發動機輕輕哼著，掠過他那片沙漠的上空，然後繞了一個很大的弧，朝山崖那邊飛去。

保羅注意到，這是一架沒有標誌的飛船。

飛船越過哈巴亞山脊，消失在視線之外。

沙漠上傳來一聲鳥叫。又是一聲。

保羅抖掉身上的沙，爬上沙丘頂端，其他人也都站直身子，從山脊那邊一路行來，排成蜿蜒的一條線。保羅從他們中間認出了加妮和史帝加。

史帝加指指山脊方向。

他們聚攏過來，開始在沙面上行走，小心地以節奏散亂的步伐滑過沙面，以免引來製造者。史帝加主動靠過來，和保羅並排走在被風壓實的沙丘頂端。

「是走私販的撲翼機。」史帝加說。

「看來是這樣。」保羅說，「但對走私販來說，這裡已經過分深入沙漠腹地了。」

「他們跟哈肯尼巡邏隊之間也有麻煩。」史帝加說。

「如果他們能深入沙漠腹地這麼遠，也就有可能去得更遠些。」保羅說。

「確實如此。」

「如果他們冒險深入南部地區，就有可能看到他們不該看到的東西。那樣就不好了。走私販們也販賣情報。」

「我看他們是在尋找香料，你不這樣想嗎？」史帝加問。

「那樣的話，一定會有一支空中小隊和一部香料機車在某個地方等著。」保羅說，「我們有香料，就讓我們在沙地上設誘餌吧，最好能抓住幾個走私販。該給他們一次教訓了，好讓他們明白這是我們的土地。再說，我們的人也需要練習一下新式武器。」

「友索說話了。」史帝加說，「友索爲弗瑞曼人著想。」

而保羅心想：但在那個可怕的使命面前，連友索也不得不屈從，做出違背自己心願的決定。

一場沙暴正在醞釀之中。

※ ※ ※

當法律和職責在宗教的作用下結為一體時，你永遠無法擁有完全的自我意識，無法充分地體會到個人的存在。你總是集體的一員，而非獨立的個體。

——摘自伊如蘭公主的《穆哈迪：宇宙中的九十九個奇蹟》

走私販的香料機車和它的運載器懸浮在沙丘的斜坡上，旁邊圍著數架嗡嗡轟鳴的撲翼飛船，像一群蜜蜂圍著牠們的蜂王。在機群正前方，一條低矮的山脊從沙漠中平地升起，像一座遮罩牆山的小型仿造品，乾燥的山脊兩側被新近颳起的暴風掃得乾乾淨淨。

機車的控制室裡，葛尼．哈萊克傾身向前，調整著雙筒望遠鏡的焦距，仔細觀察周圍的地形。他可以看到，山脊另一邊有一片黑色區域，可能是香料富礦。他向一架在空中盤旋的撲翼飛船發出信號，派它去那邊偵察一下。

撲翼飛船搧動著翅膀，表示收到信號了。它飛出機群，迅速向那片黑色沙面撲去。它盤旋在那片區域的上空，垂下探測器，一直放到貼近地面的高度。

它幾乎立即做出反應，折起翼尖，機頭向下，然後開始在空中盤旋，告訴等在岩脊這邊的香料機車——香料找到了。

葛尼收起他的雙筒望遠鏡，知道其他人也看到信號了。他喜歡這塊香料田，因爲山脊爲工廠提供了良好的隱蔽和保護。這裡是沙漠腹地，不大可能遇伏……然而……葛尼還是發信號派出一個機組飛到山脊上空，好好偵察了一番，同時命令後備機組在這片區域附近散開，占據有利位置——不能到太高的地方去，會被遠處哈肯尼人的探測器發現。

話雖如此，可葛尼懷疑哈肯尼人的巡邏隊根本不會深入到南方這麼遠的地方來。這兒仍是弗瑞曼人的地盤。

葛尼檢查了一下自己的武器，知道防護盾在這兒派不上用場，於是忍不住罵了幾句怨天怨地的話。必須不惜一切代價，避免使用任何會招來沙蟲的設備。他揉搓著下頜上的墨藤鞭痕，打量起周圍的景致來。他覺得，最安全的做法是派出地面部隊，沿山脊到達香料生長地。步行探查仍然是最可靠的。在弗瑞曼人和哈肯尼人相互殘殺之時，再怎麼小心都不爲過。

在這兒，使他不安的是弗瑞曼人。只要你出得起價錢，他們並不介意你花錢買走他們的所有香料，你想買多少他們就賣多少；但如果你涉足被他們視爲禁區的地方，他們就會變成嗜殺好戰的惡魔。成爲惡魔的弗瑞曼人實在是太狡猾了。

這些土著人在戰鬥中很狡猾，又熟悉地形，這使葛尼非常苦惱。他們是葛尼曾經遇到過的最老練的戰士。要知道，葛尼本人可是由宇宙中最好的鬥士訓練出來的。他久戰沙場，只有極少數最優秀的戰士才能從那些極其殘酷的戰爭中倖存下來。

葛尼再次仔細觀察周圍的地形，奇怪自己爲什麼總感到不安。也許是他們看見的那條沙蟲……但那是在山脊的另一邊。

一個腦袋忽然從甲板上冒了出來，鑽進控制室，走到葛尼身旁。這是香料機車的機車長，一個獨眼龍老海盜，長著滿臉鬍鬚，因長期食用香料食品而長了一雙藍中透藍的眼睛和滿口奶白色的牙齒。

「看樣子像一片香料富礦，長官。」機車長說，「要我把香料機車開過去嗎？」

「飛到那片山脊上下來，」葛尼命令說，「讓我先指揮我的人登陸。你們可以從那兒把香料機車拉到礦區去。我們要看看那塊岩石附近的情況。」

「是。」

「萬一出了什麼事，」葛尼說，「先救機車，我們可以乘撲翼飛船離開。」

機車長向他敬了一個禮。「是，長官。」他從艙口鑽出，退回下面去了。

葛尼再一次掃視著地平線。他不得不考慮到弗瑞曼人在此出沒的可能性，因爲他正帶人侵入他們的領地。弗瑞曼人既頑強又難以捉摸，讓他擔心不已。這次行動有許多方面使他不安，但酬金非常豐厚，令人難以拒絕。同時，他不能讓撲翼機升到高空偵察，還必須保持無線電靜默，這一切都增加了他的不安。

運載器載著香料機車掉了個頭，開始下降。它輕輕地向山脊腳下乾燥的沙灘滑下去，起落架平穩地落在沙面上。

葛尼打開頂蓋，解開安全帶，機車剛一停穩，他便爬了出去，一邊順手把艙蓋在身後關好。他翻過護欄，直接跳到緊急救生網外面的沙地上。他的五個衛兵則從前艙的緊急出口衝出來，站在他旁邊。另有人依照程序鬆開連接機車和運載器的機械手，兩者剛一分離，運載器便離開地面，上升至低空盤旋起來。

巨大的香料機車剛一著陸，便歪著身子離開岩脊，搖搖擺擺地朝沙漠中那片黑色的香料田挪去。一艘撲翼飛船突然俯衝下來，滑了幾公尺，停在附近。然後，其他撲翼機開始一架接一架著陸，吐出葛尼的手下之後，又再升到空中，懸浮在那裡。

葛尼穿著蒸餾服稍事運動，舒展筋骨。他把面罩從臉上取下來，這樣一來，等一會兒發布命令時，聲音就會顯得更有力些。爲達到效果，即使損失些水分也是必要的。他開始往岩石上爬，一邊察看著地形。腳下是鵝卵石和豆粒大的沙礫，還有陣陣的香料氣息。

一個設立應急基地的好地方，他想，也許應該在這兒埋藏一些補給品。

他回頭瞥了一眼，見手下跟在他身後逐漸散開。多麼出色的戰士！就連那些他還沒來得及測試的新人也都很出色。用不著每次一一交代他們該怎麼做，任何人身上都見不到防護盾發出的閃光。這群人裡沒有懦夫，沒人把防護盾帶進沙漠，因爲沙蟲會感應到遮罩場，跑來搶走他們找到的香料。

葛尼站在岩石叢中一處略有些坡度的高地上，從這裡望過去，可以看到大約半公里外的那片香料田，香料機車剛剛抵達其邊緣地帶。他抬頭看了看護航機隊，注意到它們的高度——不算太高。他對自己點了點頭，轉身繼續往山脊上爬。

就在這時，山脊中突然噴出火焰！

十二條怒吼的火龍直奔盤旋著的撲翼飛船和運載器的機翼。香料機車那邊傳來爆炸聲，葛尼周圍的岩石上突然間滿是頭戴兜帽的戰士。

葛尼來不及細想，只在心裡驚叫道：看在神母的份上！火箭！他們竟敢用火箭！

隨即，他與一個頭戴兜帽的人面對面對峙起來。那人把身子壓得很低，手持嘯刃刀準備進攻。另外還有兩個人站在高處的岩石上，一左一右等在那裡。葛尼面前的這個戰士包著頭，只能看見他的兜帽和沙色面罩之間露出的那雙眼睛。然而，那人蓄勢待發的姿勢無疑是個警訊，提醒他此人是個訓練有素的戰士。而那雙藍中帶藍的眼睛表明，對手是住在沙漠腹地的弗瑞曼人。

葛尼伸手拔刀，一雙眼睛則死死盯住那人手裡的嘯刃刀。既然他們敢用火箭，他們就很可能還有其他投射式武器。這種時候尤其需要謹慎小心。他單憑聲音就能判斷出，他的護航機隊至少已經有一部分被擊落了。同時還聽到身後傳來呵呵的吼叫聲，說明那邊有幾個人正在拚死戰鬥。

那個弗瑞曼戰士站在葛尼面前，視線始終盯在葛尼的手上。他看看葛尼的刀，又收回目光，看著葛尼的眼睛。

「把刀留在刀鞘裡吧，葛尼·哈萊克。」那人說。

葛尼猶豫了一下。即使透過蒸餾服的篩檢程式，他也聽得出這個聲音很耳熟。

「你知道我的名字？」他問。

「你沒必要對我用刀，葛尼。」那人說著直起身來，將嘯刃刀插回到衣袍下面的刀鞘裡，「告訴你的人，停止無用的抵抗。」

那人把兜帽甩到身後，又把臉上的篩檢程式拉到一邊。

眼前的情景使葛尼渾身的肌肉都僵住了。一開始，他還以爲自己見到了萊托·亞崔迪的鬼魂，慢慢地，他才完全清醒過來。

「保羅，」他輕聲說，「眞的是保羅嗎？」

「難道你不相信自己的眼睛？」保羅問。

「他們說你死了。」葛尼喘著粗氣，向前邁了半步。

「告訴你的人快點投降。」保羅命令道，朝山脊低處的岩層那邊揮了揮手。

葛尼轉過身，極不情願地把目光從保羅身上挪開。他放眼望去，看到只有少數幾處仍在戰鬥；戴兜帽的沙漠人似乎到處都是；香料機車靜靜地躺著，機車頂上站滿了弗瑞曼人；空中再也看不見一架撲翼機的蹤影。

「別打了！」葛尼吼道。他深深吸了口氣，合攏雙手圍成喇叭模樣，大聲喊道，「我是葛尼．哈萊克！別打了！」

慢慢地，戰鬥中的人影警惕地分開來。一雙雙眼睛疑惑地轉向他。

「這些人是朋友。」葛尼叫道。

「好個朋友！」有人高聲罵道，「我們有一半人被他們殺死了。」

「這是誤會，」葛尼說，「別再錯上加錯。」

他轉回身面向保羅，盯著這個年輕人藍中透藍的弗瑞曼眼睛。

保羅的嘴角露出微笑，但表情卻讓人覺得有些冷酷。葛尼不由得回想起了老公爵，保羅的祖父。葛尼隨即注意到了保羅強健粗壯的筋骨，亞崔迪家以前沒有一個人有這股蠻勁。保羅的皮膚變得像皮革一樣粗糙，目光卻很銳利，彷彿只用眼睛隨便一瞟，就可以掂量出任何東西的分量。

「他們說你死了。」葛尼重複道。

「讓他們那樣想似乎是最好的保護措施。」保羅說。

葛尼意識到，自己之所以自暴自棄，所有的理由歸結起來其實只有一個——因爲他相信他的小公爵……他的朋友，已經死了。於是，他突然很想知道，這個他曾經非常了解的男孩、這個他用訓練鬥士的方法教出來的男孩的身上究竟還有沒有什麼屬於過去的東西留了下來。

保羅邁前一步，離葛尼更近了，發覺了他眼中的痛苦。

「葛尼……」

一切彷彿自然而然就發生了，他們擁抱在一起，拍著彼此的背，感受著對方可靠的堅實臂膀。

「你這傻小子！你這傻小子！」葛尼不住地說。

而保羅則叫著：「葛尼，老夥計！葛尼，老夥計！」

過了一會兒，他們各自退開一步，互相打量起來。葛尼深深吸了口氣說：「原來，你就是那個讓弗瑞曼人在戰術上變得如此聰明的傢伙。我早該想到的。他們不斷使出只有我本人才能設計出來的戰術。要是我早知道……」他搖了搖頭，「要是你給我捎個信兒就好了，小夥子。什麼也阻擋不了我。我會不顧一切地跑來追隨你，而且……」

保羅的眼神使他停了下來……是那種嚴厲的、正在權衡輕重的眼神。

葛尼歎了口氣。「當然，有人肯定會想，爲什麼葛尼．哈萊克要不顧一切地跑到弗瑞曼人那兒；有些人不僅會提問題，還會進一步到處搜尋答案，就像聞到了獵物的老狐狸。」

保羅點點頭，看了一眼等在他們周圍的弗瑞曼人。弗瑞曼敢死隊員臉上紛紛露出好奇的神情。他把目光從敢死隊員的臉上移回到葛尼身上，發覺自己這位以前的劍術師父滿臉欣喜。保羅把這看成一個好兆頭，表明自己踏上了一條通向美好未來的大道。

有了葛尼站在我這邊……

保羅的目光越過弗瑞曼敢死隊員，沿著山脊朝下看了一眼，打量著與哈萊克一道來的走私販們。

「你的人站在哪一邊，葛尼？」他問。

「他們全是走私販，」葛尼說，「哪邊有利可圖，他們就站在哪一邊。」

「在我們的冒險生涯裡，沒多少油水可撈。」保羅說。就在這時，他注意到葛尼正晃動右手的手指，發出幾不可察的暗號。這是他們過去的手語暗號，告訴他走私販裡有不可信任的人，必須提防。

保羅努努嘴，表示自己知道了，一邊抬頭望了望站在他們頭頂岩石上擔任警戒任務的人，看到史帝加也站在那兒。一想到與史帝加之間還有未了的麻煩，保羅漸漸冷靜下來，不再那麼興高采烈了。

「史帝加，」他說，「這是葛尼．哈萊克，我跟你談起過他。他曾經是我父親的軍事指揮官，也是教過我的劍術大師之一，老朋友了。在任何情況下都可以信任他。」

「我聽說，」史帝加說，「你是他的公爵。」

保羅盯著高處那張黝黑的面孔。史帝加為什麼這麼說？「他的公爵。」最近，史帝加的話裡總有一種奇怪的調子，很微妙，彷彿他倒寧願說些別的什麼。這不像是史帝加的風格啊，他是個弗瑞曼首領，一個心直口快的人。

我的公爵！葛尼想。他再次望向保羅。是的，萊托公爵死後，公爵的頭銜便落到了保羅頭上。阿拉吉斯上弗瑞曼戰爭的戰術模式在葛尼腦海中現出了新的輪廓。我的公爵！他心裡原本已經死去的一個角落又復活了。他自顧自地想著心事，只有一部分意識集中在保羅身上，聽到保羅下令解除走私販的武裝，盤問他們。

葛尼聽到自己的一些手下紛紛抗議，思緒這才回到保羅的命令上。他搖搖頭，轉過身去。「你們這些人都聾了嗎？」葛尼大聲吼道，「他就是阿拉吉斯的合法公爵，照他的命令去做。」

走私販們抱怨著繳械投降。

保羅上前一步走到葛尼身邊，壓低聲音說：「我沒想到落入陷阱的會是你，葛尼。」

「我可是被好好教訓了一頓。」葛尼說，「我敢打賭，那片香料田只有表面上灑著厚厚一層香料，地下除了沙子什麼也沒有。那是引我們上鉤的誘餌。」

「這個賭你贏了。」保羅說。他看著下面那些正被解除武裝的人，「你的手下裡還有沒有我父親的人？」

「沒有。我們分得很散。自由行商那邊只剩下不多幾個，大多數人一攢夠買船票的錢就離開了。」

「可你留下來了。」

「我留下來了。」

「因爲拉賓在這兒。」保羅說。

「我以爲，除了復仇之外我已經一無所有了。」葛尼說。

山脊頂上突然傳來奇怪的吆喝聲，聲音很短促。葛尼一抬頭，見一個弗瑞曼人正揮動著方巾。

「製造者來了。」保羅說。他走到一塊突出的岩石尖上，葛尼緊隨其後，兩人一起朝西南方向望去。在不遠不近的沙漠裡，可以看見一條沙蟲拱起一個大沙包，一路沙塵滾滾，穿越無數沙丘，勢如破竹，直奔山脊而來。

「夠大了。」保羅說。

他們腳下的香料機車發出喀嗒喀嗒的聲響。它發動履帶，如一隻巨大的昆蟲般，踏著隆隆的步伐朝岩石那邊挪過去。

「可惜沒辦法救下那架運載器。」保羅說。

葛尼瞟了他一眼，回頭看看散布在沙漠上的一縷縷焦煙和飛船殘骸，是被弗瑞曼人用火箭打下來的大型運載器和撲翼飛船。他突然爲那些喪命的人感到很痛心——那些可都是他的人。他說：「你父親會更關心那些沒能救下的人。」

保羅用銳利的目光瞪了他一下，旋即垂下雙眼。過了一會兒，他說：「他們是你的朋友，葛尼。這我理解。可對我們來說，他們是入侵者，可能會看到他們不該看到的東西。這一點你也必須理解。」

「我很理解。」葛尼說，「現在，我想見識一下那些我不該看到的東西。」保羅抬起頭來，看到哈萊克臉上露出過去熟悉的狡黠笑容，他下頷那道墨藤鞭痕也如過去一樣扭曲起來。

葛尼朝他們腳下的沙漠點了點頭。到處都是弗瑞曼人，各自忙著自己的事。使他感到震驚的是，似乎沒人擔心沙蟲的到來。

充當誘餌的香料田後面是一片遼闊的沙丘地帶，一陣鼓聲從那邊傳來。沉悶的鼓聲震撼著大地，彷彿用腳就可以聽到。葛尼看見弗瑞曼人沿著沙蟲前進的路線在沙地上一一散開。

沙蟲繼續奔過來，就像在沙海中游動的大魚，高高拱起沙丘地表。牠的環節彎曲著，掀起陣陣沙浪。沒過多久，葛尼便在岩頂的有利位置上親眼目睹了沙蟲被制伏的一幕。先是一個持鉤者大膽地翻身一躍，跳到沙蟲身上；隨即，那生物翻身扭動起來，一側的鱗甲在陽光下閃閃發亮；接著，整整一隊人都躍到沙蟲彎曲的背上。

「這就是你不該看到的事之一。」保羅說。

「一直有這種傳言，」葛尼說，「但若不是親眼所見，實在難以置信。」他搖了搖頭，「阿拉吉斯的所有人都害怕這傢伙，可你們卻把牠當坐騎。」

「你過去也聽我父親講起過沙漠軍，」保羅說，「這就是。這顆行星的地表是屬於我們的！任何風暴、任何生物、任何惡劣的環境都無法阻擋我們。」

*我們。*葛尼想，*他指的是弗瑞曼人。聽他說話的口氣，儼然已經把自己看成弗瑞曼人的一員了。*葛尼再次打量著保羅那雙香料藍的眼睛。他知道，自己的眼睛也染上了幾分香料藍，但走私販可以得到宇宙各地的食物，所以受影響的程度還不是很嚴重。另一方面，在走私販中間，眼睛的色澤是一種微妙的暗示，標誌著他們的身份地位。當他們說某人有「香料刷過的痕跡」時，意思是指那人太土著

化，通常暗示著不可信任。

「以前在這個緯度範圍，我們不會在光天化日之下騎沙蟲。」保羅說，「但拉賓的空中部隊剩得不多了，他不會浪費軍力在沙漠上尋找幾個小黑點。」他看看葛尼，「你的撲翼機出現在這兒，眞是讓我們大吃一驚。」

我們……我們……

葛尼搖搖頭驅走這種想法。「和你們相比，大吃一驚的人應該是我們吧。」他說。

「拉賓對窪地和村莊裡的人說了些什麼？」保羅問。

「他們說，他們在谷地村莊裡加強了防禦工事，你們傷害不了他們。他們還說，他們只需守在防禦工事裡，你們就會在徒勞無益的進攻中將自己的有生力量消耗殆盡。」

「一句話，」保羅說，「他們龜縮不出。」

「而你們則可以想去哪兒就去哪兒。」葛尼說。

「這是我從你那兒學到的策略。」保羅說，「他們已經喪失了主動，意味著他們已經輸掉了這場戰爭。」

慢慢地，葛尼臉上露出心照不宣的微笑。

「我們的敵人只能待在我想要他們待的地方。」保羅看了看葛尼，「好了，葛尼。你會支持我打完這一仗嗎？」

「支持？」葛尼瞪著他說，「老爺，我從來沒有放棄過爲你效力的念頭。你是唯一一個讓我……我以爲你死了。而我就此四處漂泊，每天得過且過，等著尋找機會拿自己的命去換另一個人的命——拉賓的命。」

保羅有些尷尬，不作聲了。

一個女人爬上山岩朝他們走來，蒸餾服兜帽和面罩之間露出眼睛，目光始終在保羅和他這位同伴之間掃來掃去。女人在保羅面前停下腳步。葛尼注意到她站得離保羅很近，一副宣告所有權的樣子，暗示保羅是屬於她的。

「加妮，」保羅說，「這是葛尼．哈萊克，我跟妳說起過他。」

她看看哈萊克，又扭回頭對保羅說：「我記得。」

「那些人騎著沙蟲去哪兒？」保羅問。

「他們只是把牠趕開，好讓我們有時間搶救設備。」

「那麼……」保羅突然頓住，用力嗅了嗅空氣。

「風來了。」加妮說。

他們頭頂的山脊上有人高聲叫道：「喂——風來了！」

這下子，葛尼發覺弗瑞曼人的動作明顯加快了，跑來跑去，給人一種匆匆忙忙的感覺。沙蟲沒有讓弗瑞曼人恐懼，風卻使他們緊張起來。沉重的香料機車爬上他們腳下乾燥的沙灘。一扇石門突然在岩石間打開，露出一道通道……香料工廠一進洞，石門便在它身後合攏，不留一絲痕跡。這機關做得如此巧妙，竟連葛尼也看不出痕跡。

「你們有很多這樣的隱蔽點嗎？」葛尼問。

「多得很。」保羅答道。他看著加妮說，「去找柯巴。告訴他，葛尼警告我，這夥走私販裡有幾個不能信任的傢伙。」

她看了葛尼一眼，回頭望望保羅，點點頭，隨即轉身跳下岩石，靈巧得像一隻羚羊。

「她是你的女人。」葛尼說。

「是我長子的母親。」保羅說，「亞崔迪家族又添了一個萊托。」

葛尼什麼也沒說，只睜大雙眼，接受了這個事實。

保羅警惕地觀察著周圍的動靜。此時，南方的天空呈現出一片咖喱色，斷斷續續的陣風和迅疾的氣流颳起沙塵，揚到他們頭頂的半空中。

「繫好你的蒸餾服。」保羅一邊說，一邊繫緊自己的面罩和兜帽。

葛尼照做了。幸虧有篩檢程式，這兒的風沙可眞厲害。

保羅說：「有哪些人你不信任，葛尼？」隔著篩檢程式，聲音有些含糊不清。

「有幾個新招來的人，」葛尼說，「是從外星球……」他突然一頓，被自己用的詞嚇了一跳。「外星球」，這個詞竟如此輕易地溜出了他的嘴邊。

「哦？」保羅說。

「他們不像我們平時招來的那些尋寶者，」葛尼說，「相比之下更剽悍些。」

「哈肯尼間諜？」保羅問。

「老爺，我認爲，他們並不向哈肯尼人報告。我懷疑他們是爲皇上辦事的，隱約有些薩魯撒·塞康達斯的特徵。」

保羅目光銳利地瞥了他一眼，「薩督卡？」

葛尼聳聳肩，「可能。但他們僞裝得很好。」

保羅點點頭，心想：葛尼輕易便恢復成了亞崔迪家臣……只是，他顯得稍有保留……跟原先不太一樣。阿拉吉斯改變了我，也改變了他。

兩個戴兜帽的弗瑞曼人從他們腳下的亂石堆中露出身形，開始往上爬。其中一人肩上扛著一個很大的黑色包裹。

「我的人現在在哪兒？」葛尼問。

「都很安全，在我們腳下的岩石裡。」保羅說，「我們在這兒有一個山洞，鳥巢洞。等沙暴過去以後，我們再決定如何處置他們。」

山脊上面有人喊道：「穆哈迪！」

保羅聞聲轉過身去，見一個弗瑞曼衛兵正示意他們下到洞裡去。保羅發出信號，表示他已經聽見了。

葛尼表情驟變。他打量著保羅。「你就是穆哈迪？」他問，「你就是『沙的意志』？」

「那是我的弗瑞曼名字。」保羅說。

葛尼轉身走開，心裡感到很壓抑，有種不祥之感。他的人一半躺在沙漠裡死了，其餘的人被俘。他並不關心那些新招募來的傢伙，他們本來就值得懷疑。但其他那些人裡也有好人，有朋友，他覺得自己應該對他們負責。「等沙暴過去以後，我們再決定如何處置他們。」這就是保羅的話，穆哈迪的話。葛尼想起那些關於穆哈迪，關於天外綸音的傳聞：他如何剝下一名哈肯尼軍官的皮做鼓面；如何在弗瑞曼敢死隊員的簇擁下衝鋒陷陣；那些敢死隊員們又如何嘴裡哼唱著死亡聖歌，毫無畏懼地躍入戰場。

原來是他！

那兩個弗瑞曼人爬上山岩，輕快地躍到保羅面前一塊凸出的岩石上。黑臉的那個人說：「全弄好了，穆哈迪。我們最好現在就下到山洞裡去。」

「好的。」

葛尼注意到那人說話的語氣。一半是命令，一半是請求。這就是那個叫史帝加的人，弗瑞曼新傳奇中的另一個角色。

保羅看著另一個人扛著的包裹，說：「柯巴，包裹裡是什麼東西？」

史帝加回答說：「在香料機車上找到的，上面有你這位朋友的姓名縮寫，裡面裝著一把九弦琴。我聽你講過好多次葛尼·哈萊克彈九弦琴的故事。」

葛尼打量著說話的人，看到蒸餾服面罩外隱約露出幾縷黑色的鬍鬚、一雙銳利的鷹眼，和一個鷹鉤鼻。

「老爺，你有個很會動腦子的朋友。」葛尼說，「謝謝你，史帝加。」

史帝加示意他的同伴把包裹遞給葛尼，說：「謝謝你的公爵大人吧。全靠他的支持，你才得以加入我們的隊伍。」

葛尼接過包裹。對方話裡話外的刻薄之意讓他迷惑不解。這人明顯帶著挑釁的口氣。葛尼很想知道，是不是因為這個弗瑞曼人嫉妒他。突然跑出來一個叫葛尼·哈萊克的傢伙，甚至在保羅到達阿拉吉斯之前就認識他了，還跟他有著深厚的友情，而這份友情卻是史帝加永遠無法插進來的。

「你們倆都是我的好朋友。」保羅說。

「弗瑞曼人史帝加，你可是個大名鼎鼎的人物。」葛尼說，「能認識你這個朋友是我的榮幸，任何殺哈肯尼人的勇士都是我的朋友。」

「你願意和我的朋友葛尼·哈萊克握握手，認識一下嗎？」保羅問。

慢慢地，史帝加伸出手來，用力握住葛尼結滿老繭的握劍的大手。「很少有人沒聽說過葛尼·哈萊克的大名。」他一邊說，一邊鬆開手，轉身對保羅說，「沙暴的勢頭很猛。」

「我們立即動身。」保羅說。

史帝加轉身帶著他們向下穿過岩石堆，沿著一條彎彎曲曲的小徑走到一塊隱蔽的凸岩下面，那裡有一個低矮的洞口。他們剛走進山洞，裡面的人便急忙用密封條把他們身後的門封死。懸浮球燈照亮了一間寬大的圓頂洞室，洞室一邊有一塊突出的岩石，一條通道從那裡伸向山洞深處。

保羅跳上那塊突出的岩石，帶頭進入通道，葛尼緊隨其後，其他人則朝洞口對面的另一條通道走去。保羅帶路經過一個前廳，走進內室，內室的牆上掛著葡萄酒色的深紅壁毯。

「我們可以在這兒不受干擾地待一會兒。」保羅說，「其他人尊重我的隱私……」

房間外突然響起叮叮噹噹的警鈴聲，緊接著傳來大聲呼喝和武器碰撞的聲音。保羅急忙轉身往回跑，穿過前廳，跑到外面那塊凸岩上，俯視著腳下的大廳。葛尼手持武器跟在後面。

下面的洞底，一群人正混在一起奮力拚殺。保羅站了片刻，估量著眼前這一幕。他辨出戰鬥一方是身穿弗瑞曼長袍和沙地斗篷的自己人，另一方則身著不同服裝。憑著母親過去對他的訓練，保羅能察覺到最細枝末節的線索，他一眼便看出，這是弗瑞曼人在與那些身穿走私販服裝的人搏鬥。不過，走私販們已經被壓縮成幾個小三角，背靠背三人一組苦苦支撐著。

這種在近身搏鬥時組成三角形戰鬥小組的習慣，是皇家薩督卡軍的招牌戰術。

一個擠在人群中奮戰的敢死隊員看見了保羅，頓時，戰鬥口號在洞內響起，此起彼伏，迴盪不止：「穆哈迪！穆哈迪！穆哈迪！」

另一雙眼睛也認出了保羅，一把烏黑的匕首風馳電掣般向他飛過來。保羅一側身，只聽匕首啪的一聲劈在他身後的岩石上，然後瞥見葛尼拾起了那把匕首。

走私販的三角隊形被壓縮得愈來愈小，逐漸向後退去。

葛尼舉起匕首，把它遞到保羅眼前，指指匕首上頭髮絲一樣細的黃色紋章。黃色是皇室的專用色，紋章是金色獅子頭，匕首柄上還刻著許多隻眼睛。

毫無疑問是薩督卡。

保羅走到凸岩邊上。下面只剩下三個活著的薩督卡，洞室的地上橫七豎八蜷縮著幾具血肉模糊的屍體，有薩督卡，也有弗瑞曼人。

「住手！」保羅喊道，「保羅．亞崔迪公爵命令你們住手！」

正在格鬥的人動搖起來，猶豫不決。

「你們，薩督卡！」保羅朝剩下的那幾個人大聲喝道，「你們這是奉誰的命令？竟敢來威脅一位有統治權的公爵？」他的人開始從四面八方壓向那幾個薩督卡，保羅於是飛快地又補了一句，「快住手！」

那個三角形小隊已經被壓縮在角落裡了，其中一人挺身質問道：「誰說我們是薩督卡？」

保羅從葛尼手上拿過那把匕首，舉過頭頂：「這把匕首說的。」

「那誰說你是一位有統治權的公爵？」那人又問。

保羅向他周圍的敢死隊員一指，說：「這些人說我是一位有統治權的公爵。你們的皇上把阿拉吉斯賜予了亞崔迪家族，我就是亞崔迪。」

薩督卡站著不吭聲，躊躇不決。

保羅打量著那個人。身材高大，相貌平庸，左邊臉頰上一道白色的傷疤橫過半邊臉。他的態度暴露出內心的憤怒和迷惑，渾身上下卻仍舊散發出一股傲氣。所有薩督卡都有一股傲氣，沒有這股傲氣，就跟沒穿衣服一樣——而有了這股傲氣，即使他赤身裸體，看上去也像是全副武裝。

保羅看著他的敢死隊小隊長說：「柯巴，他們怎麼會有武器的？」

「他們把匕首藏在蒸餾服下面的祕密口袋裡。」那個小隊長說。

保羅審視了一遍滿屋的死者和傷者，又把目光投向小隊長。什麼也不用說，小隊長自己就垂下了雙眼。

「加妮在哪兒？」保羅問。他屏住呼吸，等著對方的回答。

「史帝加把她帶到一邊去了。」他朝另外一條通道努努嘴，然後看著地上的死傷者，「該爲這個過失負責的人是我，穆哈迪。」

「你那兒有多少這樣的薩督卡，葛尼？」保羅問。

「十個。」

保羅輕盈地跳到岩室底部，大步走到那個說話的薩督卡旁邊，站在他的攻擊範圍內。弗瑞曼敢死隊員緊張起來，他們不喜歡看到保羅離危險那麼近。他們誓死保衛保羅，竭力避免讓他犯險。弗瑞曼人希望保有穆哈迪的智慧。

保羅頭也不回地問他的小隊長：「我們的傷亡情況如何？」

「兩死四傷，穆哈迪。」

保羅看到薩督卡後面有動靜，是加妮和史帝加，他們正站在另外那條通道裡。他把注意力轉回說話的那個薩督卡身上，緊盯著對方的眼睛。這雙眼睛帶著外星特徵，有很分明的眼白。「你叫什麼名字？」保羅問道。

那人僵住了，看看左邊，又看看右邊。

「不要打什麼鬼主意，」保羅說，「我知道得很清楚，你們受命找出誰是穆哈迪，然後設法除掉我。我敢說，準是你們建議到這沙漠深處來尋找香料的。」

身後的葛尼歎了一口氣，保羅禁不住露出一絲微笑。

那個薩督卡的臉漲得通紅。

「站在你們面前的不止有穆哈迪。」保羅說，「你們死了七個人，而我們只死了兩個。三比一。跟薩督卡戰鬥，這份成績單可是相當不錯了，對嗎？」

那個薩督卡剛想上前，敢死隊員們馬上逼過去，他不得不重新退後。

「我在問你的名字，」保羅命令說。他稍稍用了點魔音大法，聲音聽上去十分威嚴，「告訴我你的名字！」

「上尉阿拉夏姆，皇家薩督卡。」那個薩督卡脫口而出。他張大了嘴，迷惑地望著保羅，原先那種把這個石洞看成擠滿野蠻人的巢穴所的傲慢態度漸漸消失了。

「那好！阿拉夏姆上尉。」保羅說，「爲了你今天看到的一切，哈肯尼人肯定樂意付出大價錢。至於皇上嘛——雖說是他背信棄義，但爲了得到這個亞崔迪家還有倖存者的情報，恐怕也會不惜代價的。」

上尉看了看一左一右留在他身邊的兩個人。保羅幾乎能看出那人腦子裡正轉著什麼念頭：薩督卡絕不投降，但必須讓皇上知道這個威脅的存在。

保羅運用魔音大法說：「投降吧，上尉。」

上尉左邊那個人在毫無徵兆的情況下突然撲向保羅，沒想到卻撞上了自己人。上尉匕首一閃，刺入他的胸膛。襲擊者呆呆地癱倒在地，身上還插著上尉的匕首。

上尉轉向唯一剩下的同伴說：「我知道什麼是對皇帝陛下最有利的。」他說，「明白嗎？」

聽到這話，另一個薩督卡的雙肩立即耷拉下來。

上尉轉向保羅：「我爲你殺了一個朋友，我不會忘記這件事，你也別忘了。」

「你們是我的俘虜，」保羅說，「你們向我投降了。至於你們是生是死，這已經無關緊要了。」保羅示意衛兵把這兩個薩督卡帶走，打了個手勢，讓那個負責搜身的小隊長過來。

衛兵們擁過來，押著俘虜離開了。

保羅朝那個低著頭的小隊長轉過身去。

「穆哈迪。」那人說，「我讓你失望了，我……」

「這是我的錯，柯巴，」保羅說，「我早該提醒你該搜查些什麼的。今後搜查薩督卡的時候，要記住這次教訓。另外還要記住：每個薩督卡都有一兩個假腳趾甲，跟偷偷藏在身上的其他祕密物品相聯，用作信號發射器。他們會有好幾顆假牙。頭髮裡也暗藏釋迦藤，隱藏得十分巧妙，讓人幾乎無法察覺。那玩意兒結實得很，足以勒死一個人，如果運用得當，甚至能把頭勒下來。要對付薩督卡，你必須仔細搜查，認眞搜查——既用普通的儀器，也要使用X光，甚至剃掉他們身上的每一根毛髮。可即使你那麼做了，肯定還是會漏掉些什麼。」

保羅抬頭看看葛尼，後者早就來到他身邊，正聽他講話。

「那我們最好還是把他們殺了吧。」小隊長說。

保羅搖了搖頭，眼睛卻盯著葛尼。「不。我打算讓他們逃跑。」

葛尼瞪著他。

「殿下……」他大口大口地喘著粗氣說。

「怎麼？」

「你的人說得很對。應該立刻處死這些俘虜，銷毀所有證據。你已經使皇家薩督卡很丟臉了！皇上知道了會寢食難安的，非把你架在小火上慢慢燒死才能一解心頭之恨。」

「皇上不大可能有那麼大的能耐，足以戰勝我。」保羅說。他的語速很慢，語氣也很冷漠。面對那些薩督卡時，他的內心深處發生了某些變化，意識裡突然生出一系列決策。「葛尼，」他說，「拉賓身邊有許多宇航公會的人嗎？」

葛尼挺直身子，眼睛眯成了一條縫。「你的問題毫無……」

「有沒有？」保羅喝道。

「阿拉吉斯現在隨處可以見宇航公會的代理人，他們到處購買香料，好像那是宇宙中最稀有的東西似的。要不你以爲我們爲什麼要冒險深入到……」

「香料的確是宇宙中最稀有的東西，」保羅說，「對他們來說是。」他朝史帝加和加妮望去，看到他們正穿過岩室大廳朝這邊走來。「而控制香料的人是我們，葛尼。」

「控制著香料的是哈肯尼人！」葛尼反駁說。

「能摧毀它的人，才是眞正控制它的人。」保羅說。他揮了揮手，不讓葛尼繼續爭執下去，然後朝身旁的加妮和站在他面前的史帝加點了點頭。

保羅左手握著薩督卡的匕首，把它遞給史帝加。「你爲部落的利益而活，」保羅說，「你能用這把匕首汲取我的生命之血嗎？」

「如果這是爲了部落的利益！」史帝加啞著嗓門說。

「那就用這把匕首吧。」保羅說。

「你是在向我挑戰嗎？」史帝加質問道。

「如果你把它當成挑戰的話。」保羅說，「我會站在這兒，不帶任何武器，讓你殺死我。」

史帝大吃一驚，倒吸一口涼氣。

加妮叫道：「友索！」然後看了葛尼一眼，又把目光轉回保羅身上。

史帝加還在掂量著保羅的話，保羅又繼續說道：「你是史帝加，一個鬥士。可當薩督卡在這裡打起來的時候，你卻不在戰鬥的最前線。你首先想到的是保護加妮。」

「她是我的侄女。」史帝加說，「而且我相信你的敢死隊對付這群豬綽綽有餘了，如果對此稍有懷疑的話……」

「爲什麼你首先想到的是加妮？」保羅質問道。

「不是！」

「哦？」

「我首先想到的是你。」史帝加承認說。

「你以爲你能下得了手來對付我嗎？」保羅問。史帝加的身體顫抖起來，他小聲嘟囔著說：「這是傳統。」

「殺死在沙漠中發現的外星異鄉客，奪走他們的水，作爲夏胡露賜予的禮物，這才是慣例。」保羅說，「可那天晚上，你卻允許兩個這樣的人活下來了，那就是我母親和我。」

史帝加仍然沉默不語，渾身顫抖地盯著他。保羅接著說：「慣例已經改了，史帝加，是你自己改變了它。」

史帝加低頭看看手裡那把匕首上黃色的徽記。

「當我成爲阿拉吉斯的公爵、身邊伴著加妮的時候，你以爲我還有時間關注泰布穴地每一件具體的日常管理事務嗎？」保羅問，「難道你自己會插手每戶家庭的家務事嗎？」

史帝加還是繼續死盯著手裡的匕首。

「你以爲我會砍掉我自己的右臂嗎？」保羅質問道。

慢慢地，史帝加抬起頭來望著他。

「你！」保羅繼續說，「你以爲我願意使我自己或整個部落失去你的智慧和力量嗎？」

史帝加壓低聲音說：「我部落中這位我知道他姓名的年輕人，我能在決鬥場上殺死他，如果那是夏胡露的意志的話。而天外綸音，卻是我不能傷害的人。當你將這把匕首交給我的時候，你就已經知道了。」

「對，我知道。」保羅承認道。

史帝加攤開手，匕首鋃鐺一聲掉到石頭地面上。

「傳統變了。」他說。

「加妮，」保羅說，「去找我母親，派人送她到這兒來，她的忠告會……」

「可你說過我們要去南方！」她抗議說。

「我錯了。」他說，「哈肯尼人不在那兒，戰鬥也不在那兒。」

她深深吸了口氣，接受了這個命令。所有沙漠女人都會這麼做的。碰上生死攸關的大事時，她們會毫無怨言地接受一切。

「妳給我母親捎個口信，這話只能落入她一人耳中。」保羅說，「告訴她，史帝加承認我是阿拉吉斯的公爵，但必須找到一個好辦法，既能讓年輕人接受這一點，又無需動用暴力。」

加妮瞥了一眼史帝加。

「照他說的做，」史帝加喝道，「我們倆都知道他可以打敗我……我根本下不了手……這是爲了部落的利益。」

「我會跟你母親一起回來。」加妮說。

「派別人送她來。」保羅說，「史帝加的本能反應很正確。妳安全，我才能更強壯。妳要留在穴地。」

她剛想抗議，又把要說的話咽了回去。

「塞哈亞。」保羅說著，用上了對她的昵稱。他飛快地轉向右邊，正好迎上葛尼那雙怒氣沖沖的眼睛。

自從保羅提到他母親以來，葛尼便彷彿失去了知覺。保羅和那位年長的弗瑞曼人說了些什麼，他無知無覺，那些話就像雲彩一樣從他身旁飄了過去。

「你母親。」葛尼說。

「遭到奇襲的那天夜裡，艾德荷救了我們。」保羅說。一想到要與加妮分別，他禁不住心煩意亂起來，「現在，我們已經……」

「鄧肯．艾德荷怎麼樣了，老爺？」葛尼問。

「他死了——他用生命爲我們贏得了逃跑的時間。」

那個女巫還活著！葛尼想，那個我發誓要向她復仇的人！還活著！很明顯，保羅公爵還不知道生他的那個傢伙是個什麼東西。那個魔鬼！竟把他父親出賣給哈肯尼人！

保羅從他身邊擠過去，跳上凸岩。他回頭瞥了一眼，發現傷者和屍體已經被搬走了，而他苦澀地想道，保羅—穆哈迪的傳說中只怕又添了新的一章。我甚至沒有拔刀，可人們會說，這一天我親手殺死了二十個薩督卡。

葛尼跟在史帝加身後，亦步亦趨地走在岩石地面上，但他完全意識不到自己身在何處。怒火使他甚至看不見這個洞穴和懸浮球燈黃色的燈光。那女巫還活著，可那些被她出賣的人卻成了寂寞孤墳中的森森白骨。我一定要設法在殺死她之前，向保羅揭露她的眞面目。

※ ※ ※

多少次，人們的憤怒使他們不肯聽從自己內心的聲音。

——摘自伊如蘭公主的《穆哈迪語錄》

聚在洞內大廳的人群散發出一種氣氛，潔西嘉以前也曾感受過，在保羅殺死詹米斯那天。人們的喃喃低語中透出緊張不安。大家三五成群聚在一起，像長袍上的衣結。

潔西嘉從保羅的私人住所出來，一邊朝凸岩上走，一邊把一個資訊筒塞進衣袍底下。她從南方一路北上，長途跋涉，累是累了些，但現在已經休息夠了。保羅不允許他們使用繳獲的撲翼機，讓她十分生氣。

「我們還沒有完全掌握制空權。」保羅曾經這樣說，「此外，我們絕不能過分依賴外星燃油。燃油和撲翼機必須集中起來，收好，在總攻那天發揮最大的作用。」

保羅和一群年輕人一起站在凸岩附近。蒼白的燈光給眼前的景物染上了幾分不眞實的意味，看上去像一幕舞台劇，只不過加上了擁擠的人群所散發出的體味、嘈雜的低語、拖沓的腳步聲。

她審視著自己的兒子，想知道他爲什麼不急於炫耀他的意外驚喜——葛尼·哈萊克來了。一想到葛尼，過去的輕鬆生活便重新湧上心頭，那些與保羅父親相親相愛的美好時光。

史帝加和他的那一小群人站在凸岩另一邊。他一言不發，渾身散發出與生俱來的威嚴氣勢。

*我們絕不能失去那個人。*潔西嘉想，*保羅的計畫一定要成功。否則，無論誰殺死誰，都將是極大的悲劇。*

她大步走下凸岩，從史帝加面前走過，沒有看他，徑直走進凸岩下的人群中。她朝保羅走過去的時候，人們紛紛爲她讓出一條路來，所到之處一片沉寂。

她知道這沉默意味著什麼：憂慮不安和對聖母的敬畏。

走近保羅時，那些年輕人紛紛從保羅身邊朝後退去。他們對保羅表現出一種不同於以往的尊崇，但這種尊崇卻讓她深感不安。「*一切在你之下的人都覬覦你的地位。*」比吉斯特格言是這麼說的。可在這些人臉上，她沒有發現任何貪婪的表情。人們的宗教狂熱使他們對保羅只有仰望尊崇之心，毫無覬覦之意。這時，她又記起另一句比吉斯特諺語：「*先知多死於暴*

力。」

保羅看著她。

「是時候了。」她說著，把信息筒遞給他。

跟保羅在一起的這些人裡有一個比較膽大些，他看著對面的史帝加說：「你要向他提出挑戰了嗎，穆哈迪？現在當然到時候了。否則他們會把你當成膽小鬼……」

「誰敢說我是膽小鬼？」保羅質問道。他的手飛快地伸向腰間，握住嘯刃刀的刀柄。

保羅身邊這幾個人首先沉默下來，隨後，沉默漸漸蔓延到了人群。

「該幹活了。」保羅說，剛才提問的那個人向後退去。保羅轉身離開，從那群人中擠到凸岩下。他動作輕盈地跳上平台，面向眾人。

「開始吧！」有人尖聲叫道。

尖叫過後，人群中響起一片竊竊私語聲。

保羅等著大家安靜下來。在散亂的腳步聲和咳嗽聲中，整座岩洞慢慢安靜了。寂靜中，保羅抬起頭，開始講話，洪亮的聲音就連洞裡最遠的角落也能聽得清清楚楚。

「大家已經等得不耐煩了。」保羅說。

台下立即響起一片興奮的叫喊聲。他又等了一會兒，直到回應的喧嘩聲漸漸平息下來。

看來，他們確實已經等得不耐煩了，保羅想。他舉起資訊筒，思忖著裡面的內容。他母親把它交到他手上，告訴他這是從一個哈肯尼信使身上繳獲的。

信裡的意思很清楚：拉賓被拋棄了，只能依賴阿拉吉斯上現有的資源自力更生！他無法得到支援，也不會再有補給！

保羅再次高聲說道：「你們認爲，現在時機成熟了，我該向史帝加挑戰，奪取軍隊的領導權！」

沒等大家回答，保羅憤慨地厲聲說道，「你們以爲天外綸音就這麼愚蠢嗎？」

大家都驚呆了，山洞裡一片死寂。

他認可了那些傳說，正打算爲自己披上宗教的外衣，潔西嘉想，他不該這麼做！

「這是慣例！」有人喊道。

「慣例改了。」保羅淡淡地扔出這句話，試探著人們的情緒反應。

山洞一角響起一個憤怒的聲音：「要改些什麼得我們說了算！」

人群中傳出幾聲零星的應和。

「悉聽尊便。」保羅說。

潔西嘉聽出了保羅話中的微妙語調，知道他正在運用自己教他的魔音大法。

「你們說了算，沒錯。」保羅認同道，「但先聽聽我怎麼說。」

史帝加沿著平台走過來，蓄著一把大鬍子的臉看上去非常冷漠。「這也是慣例。」他說，「全民大會上，任何弗瑞曼人都有發言權。保羅—穆哈迪也是弗瑞曼人。」

「部落的利益高於一切，是這樣嗎？」保羅問。

史帝加繼續用威嚴而平淡的語氣說：「這個原則始終領導著我們前進的步伐。」

「很好。」保羅說，「請問大家，我們部落的軍隊是由誰來統領的？另外，我們用神奇的戰術思想訓練出了一批指揮官，又是誰通過這些指揮官統率著所有弗瑞曼部落和軍隊？」

保羅等了等，掃視著人群。沒人回答。

過了一會兒，他又說：「是史帝加統領著這一切嗎？他自己都說不是。難道不是我在統領大家嗎？就連史帝加有時都會聽令於我。而那些德高望重的老人們，智者中最睿智的人，就連他們也都聽取我的意見，都在聯合會議上對我表示尊重。」

人們有些驚慌不安，不知該說什麼，只好繼續保持沉默。

「那麼，」保羅說，「是我母親在統領大家嗎？」他指指台下身穿神職黑袍站在人群中的潔西嘉，「大家都知道，面臨重大抉擇的時候，史帝加和其他所有部落首領幾乎每次都會前來詢問她的意見。但聖母會走在沙漠裡，帶領戰士們閃電般突襲哈肯尼人嗎？」

保羅可以看到，不少人皺起眉頭開始思索，但還有些人在憤怒地嘟囔著。

這麼做很危險，潔西嘉想，但她想起了資訊筒和裡面的資訊。她看出了保羅的意圖：直接深入他們的內心，直面那些讓大家無所適從的問題，解決它們，其餘的一切自然會迎刃而解。

「沒人承認未經挑戰和決鬥的領袖，是這樣嗎？」保羅問。

「那是慣例！」有人喊道。

「那我們的目標是什麼？」保羅問，「是推翻拉賓，那個哈肯尼禽獸；是重建我們的星球，把它建成一個水源豐富、能讓我們的家人過上幸福生活的地方──這難道不是我們的目標嗎？」

「艱難的任務需要堅忍不拔的領袖，他必須通過殘酷的考驗。」有人大聲說。

「你們會在戰鬥之前折斷自己的刀鋒嗎？」保羅質問道，「我說的是事實，絕不是誇口或向誰挑戰：包括史帝加在內，在場的諸位相信沒有一個人能在單打獨鬥中擊敗我。這一點，史帝加本人也承認。他知道，你們大家也都知道。」

人群中再次響起憤怒的低語。

「你們中間有許多人曾經在訓練場上跟我交過手，」保羅說，「知道這不是我誇口說大話。我這麼說，是因爲這是人人都知道的事實，難道我會蠢到自己看不出來嗎。我比你們更早開始接受這些訓練，我的那些老師也比你們所見過的任何人更加經驗豐富。不然你們以爲我是如何戰勝詹米斯的呢？在我當時的年紀，你們的男孩子不過剛學會打鬥遊戲罷了。」

他的魔音大法運用得恰到好處，潔西嘉想，但對這些人來說還不夠。他們對魔音大法有相當不錯的抵制能力，他還必須在邏輯上說服他們。

「那麼，」保羅說，「讓我們來看看這個。」他舉起資訊筒，剝掉殘餘的封皮，「這是從一個哈肯尼信使身上搜到的，它的可靠性毋庸置疑。這封信是寫給拉賓的，告訴他說，他請求增派新部隊的要求被拒絕了，他的香料收成遠遠達不到配額的要求，他必須利用他現有的人手，從阿拉吉斯榨取更多的香料。」

史帝加走過來站在保羅身邊。

「你們中有多少人明白，這意味著什麼？」保羅問，「史帝加立刻就看出來了。」

「他們已經孤立了。」有人大聲回答道。

保羅把資訊筒塞進腰包，從脖子上解下一根用釋迦藤編成的繫繩，從上面取下一個戒指，把它高高舉起。

「這是我父親的公爵璽戒，」他說，「我曾發誓永遠不會戴上它，直到我準備好率領我的軍隊橫掃整個阿拉吉斯，並宣布它是我的合法領地。」他把戒指戴在手指上，然後握緊拳頭。

沉默籠罩著整個山洞，洞內鴉雀無聲。

「誰是這裡的統治者？」保羅一邊問，一邊舉起拳頭，「是我！我統治著阿拉吉斯的每一吋土地！它是我的公爵封地，無論皇上說『是』還是『否』！皇上把它封給了我父親，我父親又把它傳給了我！」

他審視著人群，用心感受他們此刻的情緒波動。

差不多了，他想。

「當我奪回本應屬於我的統治權時，這裡的一些人將在阿拉吉斯擁有重要地位。」保羅說，「史帝加就是其中之一。我並不是想收買他！也不是出於感激，盡管我和許多人一樣，欠他救命之恩。不！不爲別的，就因爲他的睿智和強大，因爲他用自己的智慧而不僅僅是紀律來統率這支軍隊。你們以爲我很愚蠢嗎？你們以爲我會砍斷自己的右臂，讓他在這個山洞裡血濺當場，就爲了讓你們看熱鬧嗎？」

保羅犀利的目光掃過人群，「你們誰敢說我不是阿拉吉斯合法的統治者？難道我爲了證實自己的統治權，就必須讓這沙海中的每一個弗瑞曼部落都失去首領嗎？」

保羅身邊的史帝加動了動，探詢地看著保羅。

「難道我會在最需要人才的時候，反而削弱我們自己的力量嗎？」保羅問，「我是你們的統治者，而我要對你們說，現在該停止自相殘殺了。不要再殺死我們自己最好的戰士。我們要一致對外，把刀鋒對準我們眞正的敵人——哈肯尼人！」

史帝加唰地抽出自己的嘯刃刀，刀尖朝上，指向人群上空，高呼道：「保羅—穆哈迪公爵萬歲！」

震耳欲聾的吼聲立刻響徹山洞，此起彼伏，久久迴盪。人們歡呼著，吟唱著：「Ya hya chouhada! Muad' Dib! Muad' Dib! Muad' Dib! Ya hya chouhada!」

潔西嘉自言自語地翻譯道：「穆哈迪的戰士萬歲！」她、保羅和史帝加，他們三個人刻意導演的這一幕成功了。

喧鬧聲漸漸平息下來。

洞內完全恢復平靜時，保羅面向史帝加說：「跪下，史帝加。」

史帝加雙膝著地，跪在凸岩上。

「把你的嘯刃刀交給我。」保羅說。

史帝加服從了。

我們原先不是這樣計畫的，潔西嘉想。

「跟著我念，史帝加。」保羅說。然後，比照父親在授勳儀式上所說的話，他念道：「我，史帝加，從我的公爵手中接過這把刀。」

「我，史帝加，從我的公爵手中接過這把刀。」史帝加說著，從保羅手中接過那把乳白色的嘯刃刀。

「我的公爵所指，便是我的刀鋒所向。」保羅說。

史帝加以緩慢莊嚴的語調重複著保羅的話：「我的公爵所指，便是我的刀鋒所向。」

潔西嘉明白了這個儀式的來源，她眨眨眼，忍住淚花，搖搖頭。我知道他這麼做的理由是什麼，她想，我本不該爲此感到不安的。

「只要我的血管中仍有鮮血流淌，我的刀就屬於我的公爵，我將誓死消滅他的敵人。」保羅說。

史帝加跟著他念了一遍。

「吻一吻這把刀。」保羅命令道。

史帝加服從了，然後，又以弗瑞曼人的方式吻了保羅的刀柄。保羅點點頭，史帝加於是還刀入鞘，站起身來。

人群中傳出一片充滿敬畏的輕聲歎息，潔西嘉聽到他們在說：「那個預言——一個比吉斯特將爲我們指引前進的方向，而一位聖母將會看到這條光輝大道。」接著，從更遠處傳來其他人的議論：「她是在藉由她的兒子指引我們！」

「史帝加統領這個部落，」保羅說，「絕不允許任何人對此心存異議。他代我發布命令。他要你們做的，就是我要你們做的。」

聰明，潔西嘉想，部落的領袖絕不能在那些本應聽命於他的人面前丟臉。

保羅壓低聲音說：「史帝加，我想在今晚派出沙漠旅者，同時放出一些翼手信使，召集一次部落首領聯合會。把他們派出去之後，你就帶著卡特、柯巴、奧塞姆，和其他兩名你自己挑選出來的小隊長，到我房裡來制定作戰計畫。等各部落首領到達的時候，我們必須打一個大勝仗，讓他們好好瞧瞧。」

保羅點頭示意母親陪他一起離場，然後率先走下凸岩，穿過人群，朝中央通道和早已準備好的起居室走去。當保羅從人群中擠過去的時候，無數隻手伸出來想要觸摸他的身體，陣陣歡呼聲不斷湧入他的耳際。

「史帝加指向哪裡，我的刀就砍向哪裡，保羅—穆哈迪！快讓我們戰鬥吧，保羅—穆哈迪！讓我們用哈肯尼人的血來澆灌我們的大地！」

潔西嘉可以感受到人們的激情，意識到這些人渴望著戰鬥。他們已經完全準備好了。我們正把他們的鬥志推上顛峰，她想。

進入內室後，保羅示意母親坐下來，說：「在這兒等一下。」然後，他掀開掛簾，走進一條支道。

保羅走了以後，內室裡顯得非常安靜。掛簾後面如此之靜，甚至能聽到把在穴地裡循環的空氣打進這個房間的鼓風機那微弱的颯颯聲。

他是去帶葛尼．哈萊克到這兒來，她想。不知爲什麼，她心裡充滿了一種混雜著酸甜苦辣的奇怪情緒。在搬來阿拉吉斯之前，葛尼和他的音樂一直是卡拉丹愉快時光的一部分。如今，她卻覺得卡拉丹彷佛是發生在別人身上的故事。這三年來，她彷佛變成了另外一個人。就要與葛尼再次面對面了，這使她不得不重新估量發生在自己身上的變化。

保羅的咖啡用具放在她右邊的矮桌上，這套銀鎳合金製品是從詹米斯那裡繼承來的。她看著它，心想不知曾有多少隻手摸過它的金屬表面。這個月裡，加妮就是用它來服侍保羅。

他的沙漠女人除了會伺候他喝咖啡以外，還能爲一個公爵做些什麼呢？潔西嘉暗自問道。她無法給他帶來權力，也沒有家族勢力。保羅只有一個選擇——他只能通過政治聯姻，與某個強勢的大家族結盟，對方甚至可能是皇室家族。待嫁的公主畢竟有許多個，她們中的任何一個都接受過比吉斯特訓練。

潔西嘉想像起來：離開阿拉吉斯這嚴酷的生存環境，作爲一位公爵的母親，過著她所熟悉的既有權勢、又有保障的生活。她瞥了一眼遮在岩洞石壁上厚厚的壁毯，回憶起自己是怎樣一路顛簸到這兒來的——靠一大群沙蟲，乘著聖母轎騎在沙蟲背上，高高的行李架上，堆滿了爲未來戰鬥所準備的必需品。

要振興亞崔迪家族，他必須與其他大家族聯姻。可只要加妮活著，保羅就看不到他的職責所在，潔西嘉想。她給他生了個兒子，這已經足夠了。

她突然非常渴望見到她的小孫子，這孩子在許多方面都那麼像他的祖父——眞像萊托啊。潔西嘉把雙掌放在臉頰兩邊，開始用慣用的呼吸法來穩定情緒，清醒頭腦，然後向前彎腰，專心練習，讓身體可以隨時服從頭腦的指揮。

她清楚地知道，保羅選擇這個鳥巢洞作爲他的指揮部是無可挑剔的。這是一個理想的地點，北邊的狂風隘口通往一處岩壁環繞的窪地，那裡有一個護衛森嚴的村莊，許多阿拉吉斯技工和機械師的家都在那個村莊裡，同時，它也是整個哈肯尼人防禦區的維護中心，是個關鍵性的戰略要地。

門簾外傳出一聲咳嗽，潔西嘉挺起身子，深深吸了一口氣，然後慢慢呼出。「進來。」她說。

簾子甩開，葛尼·哈萊克猛地跳進屋內。她只來得及瞥了一眼他臉上那奇怪的痛苦表情，葛尼已經轉到她背後，一隻強壯的手臂卡住她下巴底下，把她提了起來。

「葛尼，你這個蠢貨，你要做什麼？」她質問道。

隨即，她感到刀尖抵在自己背上，一陣寒意從刀尖向外蔓延，傳遍她的全身。剎那間，她突然明白了：葛尼想殺死她。爲什麼？她想不出任何理由，他不是那種會變成叛徒的人。但她確信自己沒有誤會他的企圖。明白這一點之後，她迅速在心裡盤算起來。站在身後的並不是一個能輕易戰勝的對手，而是一名老練的殺手，對魔音大法具有高度的警惕性，了解所有戰鬥策略，熟知每一個死亡陷阱和暴力手段。站在身後的是她親自用潛意識培訓法幫著訓練出來的殺人工具。

「妳以爲妳已經逃脫了懲罰，是嗎？巫婆？」葛尼怒罵道。

她還來不及細想，也沒來得及回答，保羅掀開門簾走了進來。

「他來了，母……」保羅突然頓住，注意到屋內的緊張局面。

「站在原地別動，老爺。」葛尼說。

「你這是……」保羅搖了搖頭。

潔西嘉剛要開口，突然感到葛尼收緊了手臂，緊緊勒住她的咽喉。

「沒有我的允許不准開口，巫婆。」葛尼說，「我只想從妳嘴裡聽到一件事，好讓妳兒子親耳聽到妳的供認。我已經準備好了，只要妳有一絲反抗的跡象，我就把這口刀刺入妳的心臟。妳必須保持平穩的音調，不許繃緊肌肉，更不許移動。妳必須小心妳的一舉一動，這樣才能爲妳自己多贏得幾秒鐘活命的時間。我向妳擔保，就只有這些了，再沒什麼討價還價的餘地。」

保羅向前邁進一步。「葛尼，夥計，這是怎麼——」

「停在原地別動！」葛尼厲聲喝道，「再向前走一步，我就要她的命！」

保羅的手滑向腰間的刀柄，他極其平靜地說：「你最好解釋一下你這是在做什麼，葛尼。」

「我發過重誓，一定要手刃出賣你父親的叛徒。」葛尼說，「你以爲我能忘記那個對我恩重如山的人嗎？是他把我從哈肯尼奴隸營裡救出來的，是他給了我自由、生命、榮譽……和友誼，這份友情對我而言珍貴無比、無可替代。如今，背叛他的人就在我的刀下。沒人能阻止我——」

「你錯得太離譜了，葛尼。」保羅說。

而潔西嘉心想：原來是這麼回事！眞夠諷刺的！

「錯了？我錯了？」葛尼質問道，「那就讓我們聽聽這個巫婆自己怎麼說好了。最好讓她明白，我用盡所有賄賂、打探和欺騙的手段才證實了這個指控。爲了弄清其中一部分眞相，我甚至對一個哈肯尼衛隊長用了塞繆塔迷藥。」

潔西嘉感到勒住她咽喉的手臂微微鬆了些，但沒等她開口，保羅搶先說道：「叛徒是岳。我只跟你講一次，葛尼。證據很確鑿，不容辯駁。確實是岳。我不管你是怎麼瞎猜出這麼個結論來的——追究這些毫無意義——但如果你傷害我母親……」保羅從刀鞘裡抽出嘯刃刀，亮出刀刃橫在身前，「……我就要你血債血償。」

「岳大夫是接受過蘇克學校心理訓練的醫師，甚至可以擔任御醫。」葛尼怒喝道，「他不可能變成叛徒！」

「我知道有一種方法可以解除那種心理控制。」保羅說。

「證據！」葛尼堅持說。

「證據不在這兒，」保羅說，「在泰布穴地，遙遠的南方。但如果……」

「這是詭計。」葛尼吼道，他的手臂重新勒緊了潔西嘉的咽喉。

「沒有什麼詭計，葛尼。」保羅說。聲音無比悲慟，撕扯著潔西嘉的心。

「我看過從哈肯尼間諜身上搜出的信件，」葛尼說，「那封信直指……」

「我也看過那封信。」保羅說，「有一天晚上，我父親把那封信拿來給我看。他跟我解釋，爲什麼他認爲那一定是哈肯尼人的陰謀。而他估計，敵人的目的就是想讓他猜疑自己心愛的女人。」

「哎呀！」葛尼說，「你還不知道……」

「別說話。」保羅說。語氣平淡而沉著，卻比潔西嘉聽過的任何聲音更具支配力。

他已經達到魔音大法的最高境界了，她想。

葛尼架在她脖子上的手臂開始發抖，抵在她背上的刀尖也游移不定起來。

「你不知道的，」保羅說，「是我母親那晚因爲失去公爵而哭泣的聲音，是她眼中一說起天殺的哈肯尼人就會噴出的怒火。」

這麼說，當時他全聽見了，她想。淚水頓時模糊了她的雙眼。

「你不知道的，」保羅繼續說，「是如何牢記你在哈肯尼奴隸營裡學到的教訓。你說你爲我父親的友誼感到驕傲！難道你還不了解哈肯尼人和亞崔迪人之間的區別嗎？難道你還無法通過哈肯尼人留下的臭味嗅出他們的陰謀嗎？難道你還不了解，亞崔迪人的忠誠是用愛換來的，而哈肯尼人用金錢買來的卻只有恨？難道你還看不清這次叛變的眞相嗎？」

「但是，岳？」葛尼喃喃地說。

「我們的證據就是岳親手寫給我們的信，他在信中承認了他的變節行爲。」保羅說，「我用我對你的愛發誓，我說的全是眞的。你自己也知道我對你的愛有多深，就算待會兒我把你殺死在地上，我也仍將保留自己對你的這份愛。」

聽到兒子說出這番話來，潔西嘉大爲驚訝，他對人性的了解和洞察一切的聰明才智，無不讓潔西嘉震驚不已。

「我父親在交朋友這方面很有天分，」保羅說，「他並不是個博愛主義者，但他的愛從不會給錯對象。他的弱點在於他錯誤地理解了恨。他以爲任何一個仇恨哈肯尼的人都不會背叛他。」他看了母親一眼，又說，「這些她都知道。我已經把我父親的話傳給她了。父親要我告訴她，他從來未曾懷疑過她。」

潔西嘉感到自己快要失控了，於是咬緊下唇。她能察覺到保羅僵直的軀體和生硬的口氣，意識到他爲說出這番話來，需要付出多大的代價——他需要多大的意志力才能面對深藏在心底的傷痛啊。她想朝他奔過去，把他的頭摟在胸前，那是她以往從沒做過的事。但勒住她咽喉的手臂已經停止了顫抖，銳利的刀尖一動不動地緊緊抵在她背上。

「一個孩子一生中遭遇到的最可怕的一刻，」保羅說，「就是發現他父親和母親共同分享著一種他永遠無從參與的愛。這是一種損失，也是一種領悟，也就是：世界分爲這個人的世界和那個人的世界，我們總是孤身一人生活在我們自己的世界中。這一頓悟自有其眞實性，讓人無法迴避。當我父親提到我母親時，我聽出了他對她的愛。我母親絕不是叛徒，葛尼。」

潔西嘉這時才完全控制住情緒，她開口道：「葛尼，放開我。」話中沒帶任何特殊的命令語氣，也沒有針對他的弱點使什麼詭計的意思，然而葛尼的手臂卻鬆開了。她跑向保羅，站在他面前，但終究還是沒有碰他。

「保羅，」她說，「這個世上還有其他的頓悟。我突然意識到自己是在利用你，壓制你，操縱你，硬把你放在我所選擇的道路上……或者說，這是一條我不得不選擇的道路。就算是藉口吧，我只能說，我所受的訓練要求我那麼做。」她的喉嚨哽住了，過了一會兒，她抬頭看看兒子的眼睛，接著又說，「保羅……我要你爲我做一件事：去選擇一條幸福的人生道路。你那位沙漠女人，如果你願意，就和她結婚吧。別管別人怎麼說，想做就去做。但要選擇一條你自己的路，我……」

她突然停下來，身後傳來的喃喃低語打斷了她的話。

葛尼！

她看見保羅的眼睛直直地盯著她身後，於是順著他的目光轉過頭去。

葛尼站在原地，但刀已經插回刀鞘中。他撕開胸前的衣袍，露出裡面灰色的蒸餾服。這是走私販從弗瑞曼人手裡買來發給手下的。

「把你的刀刺入我胸膛吧，就這兒。」葛尼喃喃地說，「我說，殺了我吧，我願意接受懲罰。我玷污了自己的名聲，我對不起我自己的公爵！最好……」

「別動！」保羅說。

葛尼瞪著他。

「扣上你的袍子，別像個傻瓜似的做出這種舉動來。」保羅說，「這一天裡，我已經看夠傻事了。」

「殺了我吧！」葛尼憤憤地大喊道。

「你該更了解我才是。」保羅說，「你以爲我有多白癡啊？難道每個我所需要的人都要跟我玩這麼一手嗎？」

葛尼看著潔西嘉，用絕望、乞求，可憐得完全不像他的語氣說：「那就求您好了，夫人，啊，求您……殺了我吧。」

潔西嘉走到他面前，雙手按在他的肩上。「葛尼，爲什麼那麼固執？爲什麼非要逼著亞崔迪殺死他們所愛的人不可呢？」她輕輕地把葛尼敞開的衣袍從他手指下面拉出來，爲他掩好衣襟，又幫他把胸前的衣服繫緊。

葛尼結結巴巴地說：「但是……我……」

「你以爲自己是在爲萊托復仇，」她說，「就因爲這樣，我才敬重你。」

「夫人！」葛尼說。他低下頭，下巴垂在胸前，緊閉雙眼，強忍著不讓淚水流出來。

「讓我們把這看成老朋友之間的誤會吧。」她說。保羅聽出她有意調整了自己的語調，話裡暗含撫慰，「一切都過去了，萬幸的是，我們之間永遠也不會再有這樣的誤會了。」

葛尼睜開淚光閃爍的雙眼，低頭看著她。

「我所認識的那個葛尼．哈萊克是一個既精通刀法，又精於九弦琴的人。」潔西嘉說，「而我最仰慕的，還是身為琴師的葛尼。難道那個葛尼．哈萊克不記得了嗎？當年，我多喜歡聽他為我彈琴啊。你還帶著九弦琴嗎，葛尼？」

「我換了把新琴，」葛尼說，「是從楚蘇克弄來的，音色美妙極了。它彈起來眞像是維羅塔親手所製的樂器，盡管上面沒有他的簽名。我本人認為，它是維羅塔的學生製作的，那人……」他突然頓住了，「該怎麼跟您說呢，夫人？我們在這兒閒聊天——」

「不是閒聊天。葛尼。」保羅說。他走過去站在母親身旁，直視葛尼的眼睛，「這不是閒聊天，而是朋友之間的樂事。如果你願意現在為她彈琴的話，我會非常感激你的。作戰計畫可以等會兒再談，無論如何，明天之前我們是不會發動攻擊的。」

「我……我去拿琴。」葛尼說，「就在過道裡。」他從他們身邊繞過去，穿出門簾走了。

保羅把手放在母親的手臂上，發覺她正在顫抖。

「都過去了，母親。」他說。

她並沒有轉過頭來，只用眼角的餘光看著他說：「過去了？」

「當然。葛尼他——」

「葛尼？哦……是啊。」她垂下眼簾。

門簾沙沙作響，葛尼帶著他的九弦琴回來了。他開始調音，盡量迴避他們的目光。牆上的壁毯削弱了迴響效果，樂音變得柔和而親昵。

保羅領著母親到靠墊上坐下，讓她背靠著牆上厚厚的壁毯和帷幔。他突然吃驚地發現母親變得十分蒼老，臉上開始出現沙漠人特有的那種乾燥引起的皺紋，一雙香料藍的眼睛，眼角周圍現出了魚尾紋。

她累了，他想，我們必須想個什麼辦法，好減輕她的負擔。

葛尼隨手撥了一個和弦。

保羅看了他一眼，說：「我……有些事要處理一下。在這兒等我吧。」

葛尼點點頭。此時此刻，他的思緒似乎已經飄向遠方，彷彿正徜徉在卡拉丹遼闊的天空下——地平線上烏雲翻滾，預示著即將到來的風風雨雨。

保羅強迫自己轉身離開，穿過厚重的門簾，走進支道。他聽見葛尼在身後開始彈起小調，便停在屋外站了一會兒，聆聽著微弱的琴聲：

果樹園，葡萄園，
豐乳肥臀的美女抱滿懷，
溢滿酒杯的佳釀香滿路。
我面前擺放著幸福，
爲什麼還要空談戰爭？
滄海桑田，連高山也會變成塵土。
爲什麼我仍會品嘗到傷心的淚珠？
天堂的大門敞開著，

灑下遍地財富，
我只需合起雙手，
就能聚起無數。
爲什麼我還想著埋伏，
想著杯中投下的劇毒？
爲什麼我會感慨年華老去，
哀歎青春難駐。
愛人伸出臂膀召喚著我，
帶著溢於言表的幸福，
迎接我的，
還有伊甸園裡快樂無數。
爲什麼我還記得這些傷痕，
爲什麼我要夢見過去的罪負？
爲什麼
我總是帶著恐懼
陷入噩夢深處？

一名身穿長袍的敢死隊員從保羅前面的通道拐角處走出來。他的兜帽甩在身後，繫蒸餾服的帶子鬆鬆地掛在脖子上，這表明他剛從沙漠開闊地裡來。

保羅示意那人停下，然後離開門簾，沿著通道走到那個信使身邊。

那人雙手交叉放在胸前，以弗瑞曼人在典禮儀式上向聖母或塞亞迪娜行禮的方式，向保羅彎腰致意。他說：「穆哈迪，各部落首領已經陸續抵達了。」

「這麼快？」

「是史帝加早些時候叫來的那一批，他以爲……」他聳了聳肩。

「我知道了。」屋裡傳出微弱的九弦琴聲，保羅回頭望了一眼，回想起那是母親喜愛的一首老歌，一首曲調歡快、歌詞悲哀的奇怪歌謠，「史帝加很快就會和其他首領們一起趕來，待會兒你帶他們到我母親那兒去，她正等著呢。」

「我會等在這兒的，穆哈迪。」信使說。

「好的……好的，就等在這兒吧。」

保羅從信使身邊擠過去，繼續朝洞穴深處走。每個這樣的洞穴裡都有一個特殊場所——就在儲水池旁邊。在那裡，他會找到一條小夏胡露，不到九公尺長，被四周的水溝包圍著，因爲生長受到限制而長不大。一旦從小製造者菌體中孵化出來之後，製造者就不能再接觸水了，水對牠們來說是一種劇毒。淹死製造者是弗瑞曼人的最高機密，只有這樣才可以獲得那種把他們凝聚成爲一體的物質——生命之水，而水中所含的毒素只能由聖母來改變。

保羅的這個決定源自剛才母親面對的危急關頭。他以前從沒在未來的預見中看到過那個時刻，從沒看見出自葛尼．哈萊克的這個危機。未來，灰雲籠罩中的未來，整個宇宙翻騰著向前湧動，衝向一個沸騰的關鍵點。這個未來包圍著他，像幢幢幻影。

我必須清晰地看到未來，他想。

他的身體已漸漸對香料產生了某種抗藥性，預知的幻象於是愈來愈少……愈來愈朦朧。對他來說，解決辦法就擺在那兒，再明顯沒有了。

我要淹死那條製造者。現在就讓我們來看一看，我到底是不是科維扎基·哈得那奇。只有科維扎基·哈得那奇才能經受得住那種聖母所經受過的考驗。

※ ※ ※

那是沙漠戰爭爆發後的第三個年頭，保羅—穆哈迪獨自一人躺在鳥巢洞的一間內室裡，頭頂的牆壁上掛著一幅以弗瑞曼神話傳説為背景的壁毯。他像一個死人般躺在那兒，為生命之水帶來的啓示所吸引。這種能夠賜予新生的毒藥改變了他，使他不再受到時間的限制。於是，那個預言被證實了：天外綸音可以在活著的同時死去。

——摘自伊如蘭公主的《阿拉吉斯傳奇故事集》

黎明前的黑暗籠罩著哈巴亞盆地，加妮從盆地中走出，聽著把她從南方帶到這裡來的那架撲翼機發出呼呼的聲音飛走了，飛往荒漠中的一處隱蔽地。在她周圍，護衛隊與她保持一定距離，呈扇形在山脊的岩石中散開，以防出現任何危險。這也是因爲穆哈迪的女人，他長子的母親，要求單獨走一會兒。

他爲什麼要召我來？她問自己。他以前跟我説過，要我跟小萊托和阿麗亞一起留在南方。

她攏起長袍，輕快地躍起，越過一道岩石屏障，跳上登山小道。在黑暗中，這些小道只有經過沙漠訓練的人才辨認得出。腳下的小石子滑動著，可她照樣如履平地，全然不覺。

爬山讓人心情愉快，緩解了她的擔心和害怕。她的護衛隊靜悄悄地消失在視線之外，讓她覺得似乎少了點安全感。另外，派來接她的竟是一艘珍貴的撲翼機，這個事實令她不得不深感不安。馬上就要與保羅—穆哈迪——她的友索——重聚了，隨著這一時刻逐漸臨近，她的心劇烈跳動起來。他的名字可能已經成了整個星球上的戰鬥口號：「穆哈迪！穆哈迪！穆哈迪！」但是，她所認識的那個男人不僅僅是穆哈迪，他還有另一個名字：友索。他是她兒子的父親，她溫柔的愛人。

一個模模糊糊的高大身影出現在她頭頂的岩石叢中，示意她加快速度。她立即加快了步伐。黎明時分，鳥兒們早就開始活動了，紛紛鳴叫著飛上天空，一道朦朧的曙光灑在東方的地平線上。

上面那個人影並不是她的護衛隊員。是奧塞姆嗎？她猜想著，覺得那個身影的動作和風格都很熟悉。她走到他面前，在逐漸變亮的晨光中認出了敢死隊小隊長奧塞姆那張平板的大臉。他的兜帽掀開了，嘴上的篩檢程式鬆鬆地繫著。有些時候，如果只打算到沙漠裡待一小會兒，還是可以冒險穿成這個樣子出來。

「快點，」他輕聲說著，帶她沿著祕密岩縫走進隱蔽在山中的岩洞，「天就要亮了。」他一邊替她拉開密封門，一邊小聲說，「哈肯尼人已經孤注一擲跑到這一帶來巡邏了，我們現在還不敢冒被發現的危險，過於暴露。」

他們走過狹窄的邊門支道進入鳥巢洞。懸浮球燈亮了起來。奧塞姆從她身邊擠過去，說：「現在跟我走，快。」

他們沿著通道快步往下走，經過另一道密封門，拐入另一條通道，然後撥開掛簾，走進一間凹室。鳥巢洞原先只是供人們日間休息的驛站，當時這間凹室是塞亞迪娜的休息室。現在，房間的地面上鋪著厚厚的地毯和軟墊，一幅繡著紅色巨鷹的壁毯遮住岩壁。一旁的矮桌上扔著幾張以香料為原料製成的香料紙，散發出陣陣香料氣息。

聖母獨自一人坐在正對著門口的地方。她抬起頭來，眼神彷彿能看穿別人的內心，讓人禁不住想發抖。

奧塞姆雙手合什，說：「我把加妮帶來了。」他彎腰鞠躬，掀開門簾退了出去。

潔西嘉想：我要怎樣開口告訴加妮呢？

「我孫子怎麼樣了？」潔西嘉問。

這是標準的問候，加妮想。可穆哈迪在哪兒？爲什麼沒在這兒接我？她再一次惶恐起來。

「他很健康，也很快樂，母親，」加妮說，「我把他和阿麗亞一起留給哈拉赫照看。」

母親？潔西嘉想，是啊，在正規的問候禮儀中，她有權那麼稱呼我。畢竟，她已經給我生了個孫子。

「我聽說，柯魯亞穴地送了塊布料作禮物。」潔西嘉說。

「一塊漂亮的布料。」加妮說。

「阿麗亞有什麼消息讓妳捎來嗎？」

「沒有。但人們已經漸漸開始接受她這個奇蹟了。穴地裡一切都很順利。」

她爲什麼要拖拖拉拉地問這些？加妮感到很奇怪，肯定出了什麼急事，否則他們不會派撲翼機來接我。可現在，我們卻拘泥於形式，在這些繁文縟節上浪費時間！

「我們得從新料子上剪幾塊下來給小萊托做衣服。」潔西嘉說。

「怎麼都行，母親。」加妮垂下眼簾，「有戰鬥的最新消息嗎？」她竭力保持面無表情的樣子，好讓潔西嘉猜不出她的心思。畢竟，這是一個有關保羅–穆哈迪的問題。

「新的勝利，」潔西嘉說，「拉賓已經派人送來一份措辭謹慎的休戰提議。我們取走了他那些信使的水，把他們的屍體送回去了。拉賓甚至還決定減輕一些窪地村民的賦稅，但他做得太遲了。大家都知道，他是出於對我們的畏懼才那麼做的。」

「事態發展正如保羅的預計。」加妮說。她盯著潔西嘉，竭力隱藏內心的惶恐。我已經提到了他的名字，可她仍然毫無反應。別人很難從她那張石頭一樣的臉上看出她的心思……可她的態度也太僵了點吧。她爲什麼閉口不談？我的友索出什麼事了嗎？

「眞希望我們此刻是在南方。」潔西嘉說，「我們離開的時候，那些綠洲多美啊！難道妳不渴望看到，有一天整個大地同樣能開滿鮮花嗎？」

「確實，大地很美，」加妮說，「但也有許多悲傷。」

「悲傷是勝利的代價。」潔西嘉說。

她這是讓我爲悲傷做好思想準備嗎？加妮想。她說：「有那麼多女人失去了男人。當她們知道我被召到北方來的時候，都很嫉妒我呢。」

「是我召妳來的。」潔西嘉說。

加妮感到自己的心怦怦狂跳。她眞想用手捂住耳朵，害怕聽到那些可能會聽到的不幸消息。然而，她仍舊保持著平靜的音調說：「信上的署名是穆哈迪。」

「是我簽的，當時他的敢死隊小隊長們都在場。這是一個必要的藉口。」潔西嘉說。我家保羅的女人很勇敢呢。即使她幾乎要被惶恐壓垮了，卻還是能保持謹愼。是的，也許她就是我們現在所需要的那個人。

加妮的聲音裡僅僅流露出幾分聽天由命的語氣，她說：「您現在可以把您不得不說的那些話告訴我了。」

「我們需要妳到這兒來幫我救活保羅。」潔西嘉說。她想：就這樣！我說得恰到好處，救活他。這麼一來，她就會知道保羅還活著，也知道他現在生命垂危。全在這一個詞裡了。

加妮只用了一會兒就使自己冷靜下來，她問道：「要我怎麼做？」她很想朝潔西嘉撲過去，拚命搖晃她身子，放聲尖叫：「帶我去見他！」但她只坐在那裡，靜靜地等待潔西嘉回答。

「我懷疑，」潔西嘉說，「哈肯尼人設法在我們中間安插了一個間諜，想毒死保羅。這似乎是唯一合理的解釋。這是一種十分罕見的毒藥。我已經仔細檢查過他的血液，什麼法子都用過了，但什麼也查不出來。」

加妮撲向前去，跌倒在地。「毒藥？他痛苦嗎？我能不能……」

「他不省人事。」潔西嘉說，「他的新陳代謝十分緩慢，只有用精度最高的檢測方法才能探測得到。如果發現他的人不是我，別人早就把他當死人處理了。一想到這一點我就不寒而慄。在未經訓練的人看來，他已經死了。」

「您召我來的理由應該不僅僅是出於禮貌吧。」加妮說，「我了解您，聖母。有什麼事是您認爲我能做而您做不到的呢？」

她勇敢、可愛，而且，啊，十分機靈。潔西嘉想，她原本可以成爲一個優秀的比吉斯特。

「加妮，」潔西嘉說，「也許你會認爲這難以置信，但我自己也不大清楚爲什麼要派人召妳來。這是本能……一種原始的直覺。那念頭自己就跳出來了：『去叫加妮來。』」

生平第一次，加妮看到潔西嘉的臉上露出悲傷的神情，痛苦甚至讓她那洞察人心的銳利眼神變得溫和了。

「我什麼法子都試過了。」潔西嘉說，「全試過了……用盡所有遠遠超出妳想像的一切手段，可還是……沒用。」

「那個老夥計，哈萊克，」加妮問，「他會不會是個叛徒？」

「不是葛尼。」潔西嘉說。

簡簡單單四個字，卻傳達出了長篇大論才能表現的內容。從潔西嘉聽似平淡的否認語氣裡，加妮看出了她做過的種種嘗試：到處搜尋線索，一次又一次地測試……然後是一次又一次的失敗。

加妮身體向後一挺，從跪姿轉為蹲姿，然後站起身來，撫平沾滿沙塵的長袍。

「帶我去見他。」她說。

潔西嘉站起來，轉身掀開左邊牆上的一道掛簾。

加妮跟在她身後，發覺自己走進了一間內室。這個房間過去一直是貯藏室，如今，四面岩壁都被厚厚的帷幔遮了起來。房間另一頭靠牆壁的地上鋪著一張野營床墊，保羅就躺在床墊上。一盞懸浮球燈吊在他頭頂上方，照亮了他的臉。一件黑色長袍齊胸蓋在他身上，雙臂則露在外面，直直地伸在身體兩側。長袍下的他好像沒穿衣服，裸露在外的肌膚像蠟一樣，硬邦邦的。看不出他有任何明顯的動作，彷彿連呼吸都沒有。

加妮強忍住想衝上前撲到保羅身上的念頭。相反，她發覺自己現在滿腦子想的都是兒子——萊托。在這一剎那，她意識到潔西嘉也曾經歷過這種時刻——自己的男人受到死亡的威脅，她不得不認眞考慮，究竟要怎麼做才能拯救稚子的性命。這一認知使加妮突然感到與那位老婦人之間有了一層更為親密的關係。加妮伸出手去，緊握住潔西嘉的手，而對方也緊緊回握住她的手，握得那麼緊，幾乎讓人感到疼痛。

「他活著。」潔西嘉說，「我擔保他還活著。但他命懸一線，生命跡象非常微弱，稍有疏忽就檢測不到了。有些首領早就咕噥說，說他還活著的人是一位母親，而非聖母；又說我兒子明明已經死了，可我卻不願意把他的水獻給部落。」

「他像這樣有多久了？」加妮問。她從潔西嘉手中抽回手，朝房間裡面走去。

「三個星期。」潔西嘉說，「我花了差不多一個星期的時間想喚醒他。這期間我們開過會，爭論過……也做過詳細調查。後來我就派人去叫妳了。弗瑞曼敢死隊還服從我的命令，不然我也拖不了這麼長時間……」潔西嘉舔了舔雙唇，看著加妮向保羅走去。

加妮俯身站在他身旁，低頭注視著這位年輕人滿臉鬆軟的鬍鬚，緊盯著他那高高的眉骨，堅挺的鼻粱，緊閉的雙眼——他沉沉地靜臥著，臉上一片安靜祥和。

「他是如何攝取營養的？」加妮問。

「他的肉體幾乎停止了所有新陳代謝，對營養的需求很少，到現在還無需進食。」潔西嘉說。

「有多少人知道這件事？」加妮問。

「只有他最親近的幾個顧問、一些部落首領、弗瑞曼敢死隊隊員，當然，還有那個下毒的人。」

「找不到殺手的線索嗎？」

「已經徹查過了，還是一無所獲。」潔西嘉說。

「弗瑞曼敢死隊員們怎麼說？」

「他們相信保羅只是處於閉關神遊的狀態，正在最後的戰鬥前凝聚神力。這種說法是我有意散播的。」

加妮低下身子，跪在床墊旁邊，彎腰湊近保羅的臉，立即覺察到他臉部周圍的空氣裡有一種不大尋常的味道……但那只是香料的味道——無所不在的香料。事實上，弗瑞曼人的生活中到處瀰漫著香料味道。不過，她還是覺得……

「你們跟我們不一樣，並非生來就混在香料堆裡的。」加妮說，「您查過沒有，會不會是因爲他的身體對飲食中過量的香料產生了藥物反應？」

「過敏反應全呈陰性。」潔西嘉說。

她突然感到疲憊至極，於是閉上眼睛，彷彿想把這一幕完全抹去。我有多長時間沒睡過覺了？她問自己。太久了。

「當您改變生命之水時，」加妮說，「您是通過內部意識在體內進行的。您用這種內部意識給他驗過血了嗎？」

「只是普通弗瑞曼人的血。」潔西嘉說，「已經完全適應了這兒的飲食和生活。」

加妮靠回去，跪坐在腳後跟上。她打量著保羅的臉，努力把恐懼深埋在心底。這是她通過觀察諸位聖母的舉止學到的小竅門。時間可以調節情緒，理清思路。在現在這種情況下，一個人必須集中全部注意力來思考。

過了一會兒，加妮問：「這兒有製造者嗎？」

「有幾條，」潔西嘉帶著一絲疲倦說，「這些天來，我們離不開牠們。每次勝利都需要牠的祝福，發起突襲前的每次祈禱儀式……」

「可保羅—穆哈迪本人一直迴避這些儀式。」加妮說。

潔西嘉暗自點了點頭，想起了兒子對香料的矛盾心理，因爲香料會帶來突發性的預知能力。

「你怎麼知道的？」潔西嘉問。

「大家都這麼說。」

「閒話說得太多了。」潔西嘉不快地說。

「把製造者的原水給我拿來。」加妮說。

加妮的話音中帶著命令的口氣，潔西嘉不禁渾身一僵，但隨即便覺察到這位年輕女人正高度集中注意力，努力思考。潔西嘉說：「馬上就去。」她掀開那道門簾走了出去，派人叫司水員來。

加妮跪坐在那裡，眼睛盯著保羅。要是他眞試著去做了……她想，這種事他眞有可能想試一試。

潔西嘉在加妮旁邊跪下，捧著一個樣式很普通的水罐。毒素的味道很濃，刺激著加妮的嗅覺。她用手指蘸了一下毒液，伸近保羅的鼻子。

鼻梁上的皮膚微微收縮了一下。慢慢地，他的鼻孔張開了。

潔西嘉喘息起來。

加妮用蘸了毒液的手指輕輕抹著保羅的上嘴唇。

他長長地吸了一口氣，斷斷續續地呼吸起來。「怎麼回事？」潔西嘉問道。

「安靜，」加妮說，「馬上轉換一點聖水出來，快！」

潔西嘉不再提任何問題，她聽出加妮的話裡有一種恍然大悟的意味。看來，加妮已經找到答案了。潔西嘉把水壺舉到嘴邊，吸了一小口。

保羅眼皮一顫，眼睛睜開了，看著眼前的加妮。

「沒必要讓她轉換聖水。」他說。聲音很虛弱，但語氣十分堅定。

潔西嘉飲下一小口毒液，身體立即做出回應，幾乎完全自動地改變著水中的毒素。像在典禮儀式中一樣，她產生了一種欣快感，隨即感覺到了來自保羅的生命火花——一個閃光點，進入她的意識。

在這一瞬間，她明白了。

「你喝了聖水！」她不假思索地脫口而出。

「就一滴，」保羅說，「很少的一點點……一滴而已。」

「你怎麼會做出這種傻事？」她質問道。

「他是妳兒子。」加妮說。

潔西嘉瞪了她一眼。

保羅的嘴角露出了溫和、理解的微笑，他很久沒這樣笑過了。「聽聽我心愛的人怎麼說。」他說，「聽聽她的話吧，母親。她知道。」

「別人能做到的事，他也必須做到。」加妮說。

「當我把一滴聖水滴進嘴裡的時候，當我感覺到它，聞到它的氣味時，當我了解到它會對我起什麼作用的時候，我立刻就明白了，我也能做到你曾經做過的事。」他說，「妳那位比吉斯特學監提到過科維扎基·哈得那奇，但她們絕對想不到我神遊過多少地方，就在那幾分鐘裡，我……」他突然停下來，迷惑地皺起眉頭，看著加妮說，「加妮？妳怎麼到這兒來了？妳應該在……妳爲什麼會在這兒？」

他想用臂肘撐起自己的身子，卻被加妮輕輕推回到床墊上。

「別，我的友索。」她說。

「我覺得身體很虛弱。」他說著，飛快地環顧四周，「我躺在這裡多長時間了？」

「已經三個星期了。深度昏迷，幾乎連你的生命火花也檢測不到了。」潔西嘉說。

「可我……我喝下那滴水才一小會兒的工夫，而且……」

「對你來說是一小會兒，對我來說卻是擔驚受怕的三個星期。」潔西嘉說。

「不過是一小滴，而且我已經轉換了它的毒素。」保羅說，「我改變了生命之水。」裝著毒液的水罐就放在他身旁的地板上，沒等加妮和潔西嘉阻止，他已經把手插進水罐，掬起一捧毒液，滴滴答答地送到嘴邊，大口吞咽著掌中的液體。

「保羅！」潔西嘉尖叫道。

他抓住她的手，望著她，臉上掛著將死者的微笑，同時把他的意識一波接一波傳向她。

這種意識互通不像與老聖母或阿麗亞互通時那麼溫和，不是分享，也無法相互包容……但它仍舊是意識互通：整個意識全面敞開。這種聯繫使她震驚，使她虛弱，使她畏縮，心中充滿對他的畏懼。

他說出聲來：「妳提到過一個妳進不去的地方，對吧？就是那個連聖母也無法面對的地方。指給我看。」

她搖搖頭，被他這個瘋狂的念頭嚇壞了。

「指給我看！」他命令道。

「不！」

可她無法從他身邊躲開。在他那可怕力量的威逼下，她只好閉上眼睛，集中精力——朝深藏在意識中的那個黑暗方向望去。

保羅的意識從她身邊流過，包圍著她，向那片可怕的黑暗直奔過去。恐懼使她不由自主地閉上眼睛，但在此之前，她模模糊糊地瞥到了那個地方。不知爲什麼，看到的東西竟使她渾身顫抖起來。那個地方颶風吹拂，火花閃爍，一圈圈的光環不斷地擴大、縮小，一條條膨脹開來的白色條狀物在光環的上下左右不停地流動著，彷彿被某種黑暗力量和不知從什麼地方吹來的風驅趕著，四處躥動。

過了一會兒，她睜開眼睛，看到保羅正躺在那兒，盯著她瞧。他仍舊抓著她的手，但那種可怕的意識聯繫已經消失了。她讓自己鎭定下來，不再發抖。保羅這才鬆開她的手。這時，她感覺好像某個支撐物被抽掉了似的，整個身體前後搖擺起來，若不是加妮跳過來扶住她，她就會跌倒在地。

「聖母！」加妮說，「出什麼事了嗎？」

「累，」潔西嘉輕聲說，「太……太累了。」

「到這兒來，」加妮說，「坐在這兒。」她扶著潔西嘉，走到靠牆的一張靠墊旁邊坐下。

這雙年輕強壯的手臂讓潔西嘉感到十分舒適，她緊緊抱住加妮。

「這是眞的嗎？他看見生命之水了？」加妮問。她輕輕掙脫了潔西嘉的擁抱。

「他看見了。」潔西嘉輕聲說。她的思緒仍然因爲剛才心靈上的接觸而不停地翻滾著，洶湧澎湃。那種感覺就像在惡浪滔天的海上漂流數周後，剛剛踏上堅實的陸地。她覺得體內的老聖母……以及所有其他人，全都驚醒過來，一個個急切地追問著：「那是什麼？怎麼回事？那是什麼地方？」

一切線索都指向同一個結論：她兒子確實是科維扎基．哈得那奇，那個可以同時存在於許多時空的人，他就是那個出現在比吉斯特夢想中的人物。而這個事實使她深感不安。

「怎麼了？」加妮問道。

潔西嘉搖了搖頭。

保羅說：「在我們每個人的身上，都有兩種古老的力量——奪取和給予。一個男人不難面對他身體裡那股奪取的力量，但他幾乎不可能看到給予的力量，除非他變成男人以外的其他什麼性別。而對女人來說，情況恰恰相反。」

潔西嘉抬起頭來，發覺加妮一邊聽保羅講話，一邊盯著她瞧。

「妳明白我的意思了嗎，母親？」保羅問。

她只能點點頭。

「我們體內的這些東西非常非常古老，」保羅說，「甚至植根於我們全身每一個細胞深處。這兩種力量塑造了我們。你可以對自己說：『是的，我知道這是怎麼回事。』但當你眞正直視內心世界、毫無遮擋地面對你自己生命的原始力量時，你才能看到其中蘊藏的危險。你清楚地知道這個危險會壓倒你，制伏你。對給予者而言，最大的危險就是奪取的力量；而對奪取者而言，最大的危險就是給予的力量。無論是給予，還是奪取，二者之中，任何一種力量都可以輕易控制一個人。」

「那你呢，我的兒子，」潔西嘉問，「你是給予者還是奪取者？」

「我正好處於這個槓桿的支點上，」他說，「沒有奪取我就無法給予。同樣，沒有給予我也無法……」他突然停下來不往下說了，朝他右邊的牆壁看過去。加妮感到一股氣流吹到臉頰上，扭過頭來，正好看見掛簾合上。

「是奧塞姆，」保羅說，「他剛才正在偷聽。」

一聽這話，加妮也感受到了某些折磨著保羅的預感。她清楚地知道會發生什麼事，彷彿這件事已經發生過了一樣。奧塞姆會把他剛才的所見所聞全都說出來，而其他人則會把它傳揚出去。最後，這個故事將如野火般在整個大地上蔓延開來。人們會說，保羅—穆哈迪絕對異於常人。再也不用懷疑什麼了。他雖然是個男人，卻以聖母的方式看到了生命之水。毫無疑問，他就是天外綸音！

「你已經看到了未來，保羅。」潔西嘉說，「能不能說一說，你都看到些什麼？」

「不是未來，」他說，「我看到的是現在。」他掙扎著坐了起來。加妮走過來想幫他一把，但被他揮揮手拒絕了，「阿拉吉斯的空中布滿宇航公會的飛船。」

聽到他那肯定的語氣，潔西嘉不禁顫抖起來。

「帕迪沙皇上本人也來了，」保羅盯著房間裡的岩石天花板，「帶著他的寵臣眞言師和五個軍團的薩督卡。老男爵伏拉迪米爾．哈肯尼也在，瑟菲．哈瓦特跟在他身邊，七艘飛船滿載他招募來的新兵，他把所有可調動的兵力都壓上來了。另外，每個大家族都往這兒派出了進攻部隊，就在我們頭頂上……等著呢。」

加妮搖了搖頭，目光怎麼也無法從保羅身上挪開。他奇怪的舉止、平板的音調，還有渙散的目光，都使她心中充滿敬畏。

潔西嘉乾咽了一口口水，說：「他們在等什麼？」

保羅看著她說：「等宇航公會允許他們著陸。宇航公會有能力使任何未經允許擅自登陸的部隊陷在阿拉吉斯動彈不得。」

「宇航公會是在保護我們嗎？」潔西嘉問。

「保護我們？搞鬼的正是宇航公會！他們到處散播謠言，詆毀我們在這兒所做的一切，又大幅調低軍隊運輸費用，弄得連那些最窮的家族現在也跑到這兒來了，等著掠奪我們！」

潔西嘉驚訝地發現，他的語氣中並無苦澀之意。她並不懷疑他的話。她還記得當初從阿拉肯逃出來的那個晚上，他在言談間指出了未來的路，說未來將把他們帶到弗瑞曼人中間。現在的他和當時一模一樣。

保羅深深吸了一口氣，說：「母親，妳必須爲我們轉換大量的聖水，我們需要這種催化劑。加妮，要他們派出一支偵察部隊……去找半熟香料堆。妳們知不知道，如果我們往香料菌叢的生長地大量傾倒生命之水，會發生什麼事？」

潔西嘉掂量著他的話，突然看穿了他的念頭。「保羅！」她倒吸了一口冷氣。

「那是死亡之水，」他說，「將引起連鎖反應。」他指指地下，「在小製造者中間傳播死亡，切斷香料和製造者這個生命圈中的一個環節。這樣一來，阿拉吉斯就會成爲一個眞正的荒漠——沒有香料，也沒有製造者。」

加妮一隻手掩住嘴，被保羅這些褻瀆神靈的言辭驚呆了，一句話也說不出來。

「有能力摧毀它的人，才是眞正控制它的人。」保羅說，「我們有能力摧毀香料。」

「那宇航公會爲什麼還不動手？」潔西嘉輕聲問。

「他們在到處找我。」保羅說，「想想吧！宇航公會最好的領航員，那些走在所有人之前、爲最快的太空船尋找最安全航線的人，他們全都在找我……可誰也找不到我。他們害怕得渾身發抖呢！他們知道我手裡掌握了他們的祕密。」保羅舉起握成拳頭的手，「沒有香料，他們就是瞎子！」

加妮終於可以開口說話了：「你說你看到的是現在！」

保羅又躺下了，搜尋著在眼前展開的現在，它的邊界線逐漸擴展到未來和過去。生命之水的刺激作用開始衰退，他勉強保持著清醒。

「照我的命令去做。」他說，「未來正在變成一片混沌。對宇航公會而言如此，對我同樣如此。

幻象的線越收越緊，所有通往未來的線索都集中在這裡——香料產地……他們以前不敢干涉阿拉吉斯，因爲干涉就意味著喪失他們所不能沒有的東西。但現在他們不顧一切了。所有道路都通向黑暗。」

※ ※ ※

破曉——阿拉吉斯成為宇宙的軸心，命運的車輪即將轉動。

——摘自伊如蘭公主的《阿拉吉斯的覺醒》

「你看那是什麼！」史帝加輕聲道。

保羅趴在他旁邊，隱蔽在遮罩牆山山腰處的一條岩縫裡，雙眼緊貼弗瑞曼望遠鏡的目鏡。望遠鏡的鏡頭對著一艘暴露在曙光中的星際飛船。飛船停在他們腳下的盆地裡，朝東那一面高大的船體在白色日光的照射下閃閃發光；而在陰影裡的另一面船體上，依然看得見一排排亮著燈的黃色舷窗。橫亙在飛船後面的是冰冷的阿拉肯城，在北方太陽的照射下，隱約可見灰色的城垣。

保羅知道，激起史帝加敬畏之心的並不是飛船本身，而是敵人的整體布局，那艘飛船不過是這個龐大艦隊的中心點。這是一座一體化的金屬臨時軍營，有好幾層樓高，以飛船爲圓心向外延伸，形成一個半徑長約一千公尺的圓圈，一座由許多金屬扇狀建築連成一體的兵營。這個臨時營地駐紮著五個軍團的薩督卡軍和御駕親征的皇帝陛下，帕迪沙皇帝沙德姆四世。

葛尼．哈萊克蹲在保羅左邊說：「我數出來一共有九層，那兒一定有一大群薩督卡。」

「五個軍團。」保羅說。

「天要亮了，」史帝加小聲說，「你這樣會暴露行蹤，我們可不喜歡，穆哈迪。我們回下面的岩石坑道裡去吧。」

「我在這兒安全得很。」保羅說。

「那艘飛船裝有投射式武器。」葛尼說。

「他們以爲我們有遮罩場保護，」保羅說，「即使他們看見我們了，也不會浪費炮彈來襲擊三個身份不明的人。」

保羅調轉望遠鏡，對準盆地遠處的岩壁，看著對面坑坑窪窪的懸崖，上面一個個小斜坡標誌著一個又一個墳墓，裡面埋葬著許多他父親的士兵。刹那間，他突然覺得那些人的靈魂，此刻也正俯視著這個盆地，關注著這場戰役。區域遮罩場周邊的哈肯尼要塞和城鎮，或是已經落入弗瑞曼人手中，或是被切斷了補給，就像被砍斷根莖的植物一樣漸漸委靡。只有這個盆地和阿拉肯城還在敵人的控制之下。

「如果被他們看見了，」史帝加說，「他們也許會派架撲翼機來襲擊我們。」

「讓他們來吧！」保羅說，「那我們今天就有撲翼機可燒了……何況我們知道，沙暴就要來了。」

然後，他又調轉望遠鏡，對準阿拉肯另一邊的著陸區。哈肯尼人的護衛艦在那邊排成一條線，飛船前面的地上插了幾根旗竿，宇聯公司的旗幟在旗竿上輕飄飄地舞動著。他想：絕望之下，宇航公會不得不允許這兩批人登陸，卻把其他家族的軍隊留在大氣層外作爲後備力量。宇航公會就像一個把手指伸進水裡試探水溫的人，隨時準備抽身。

「看到什麼新情況了嗎？」葛尼問，「我們該進入掩體了，沙暴就要來了。」

保羅再次把注意力轉回到巨大的臨時兵營上。「他們甚至把自己的女人也帶來了，」他說，「還有侍衛和僕人。啊——哈，我親愛的皇上，你可眞夠自信的啊！」

「有人從密道上來，」史帝加說，「可能是奧塞姆和柯巴回來了。」

「好吧，史帝加，」保羅說，「我們這就回去。」

然而，他還是不忘用望遠鏡最後掃視一下周圍的一切。他打量著盆地裡的那片平原和停放在平原上的高大飛船，閃閃發光的金屬兵營，靜悄悄的城市，哈肯尼雇傭軍的護衛艦。然後，他繞過岩坡朝後面滑下去。一名敢死隊哨兵立即接過了他在望遠鏡旁的位置。

保羅撤進遮罩牆山山體表面的一塊淺凹地。這是一個直徑約三十公尺，深約三公尺的天然石坑，坑底就是弗瑞曼人的半透明僞裝掩體。凹地右邊的岩壁上有一個洞口，洞旁堆著通訊設備。敢死隊員們在這塊凹地裡展開成警戒隊形，等著穆哈迪下達總攻的命令。

兩個人從通訊設備旁邊那個洞裡鑽出來，跟守在洞口的敢死隊員講了幾句。

保羅瞥了史帝加一眼，朝那兩個人的方向點了點頭。「去把他們的報告拿來，史帝加。」

史帝加聽命走了過去。

保羅背對岩石伸了個懶腰，伸展肌肉，然後直起身來。他看見史帝加又讓那兩人鑽回到黑黝黝的岩洞裡去了，他們要在那條狹窄的人工隧道裡爬很久才能潛入盆地底下。

史帝加朝保羅走過來。

「什麼情報這麼重要？他們不能派翼手信使把消息送過來嗎？」保羅問。

「他們想把他們的鳥省下來，等戰鬥時再用。」史帝加說。他瞥了一眼通訊設備，又扭頭看著保羅說，「即使有窄波通訊的功能，我們也不該啓用這些設備，穆哈迪。他們可以通過訊號定位法找到你。」

「他們很快就會忙得沒時間來找我了。」保羅說，「那兩個人報告些什麼？」

「我們抓住的那兩個薩督卡已經在『老隘口』附近的山窪裡被放回去了，正趕著向他們的主子復命呢。火箭發射架和其他投射武器已各就各位，戰鬥人員都按你的命令部署好了。這份彙報只是例行公事。」

保羅掃了一眼這個淺凹地，借著經僞裝掩體過濾後的光線，打量著他的部下。他覺得時間過得好慢，就像一隻昆蟲正奮力爬過一塊光禿禿的岩石，意圖明顯但動作緩慢。

「既然我們的薩督卡是徒步出發的，恐怕要花些時間才能發出信號召來運兵船。」保羅說，「有人監視他們嗎？」

「有人監視他們。」史帝加說。

葛尼．哈萊克站在保羅身邊，他清了清嗓子說：「我們最好到一個安全的地方去，行不行？」

「沒有什麼地方是安全的。」保羅說，「天氣預報怎麼說？是否仍然對我們有利？」

「一場曾祖母級的特大沙暴就要來了，」史帝加說，「難道你感覺不到嗎，穆哈迪？」

「有這種感覺，」保羅說，「但我還是喜歡用沙竿測天氣，準確度會高些。」

「沙暴一小時之內就會抵達這裡。」史帝加說。他看著岩縫外面，朝皇上的臨時兵營和哈肯尼人的護衛艦揚了揚頭，「他們也知道沙暴的消息了。空中看不到一架撲翼機，一切都被拉進掩體拴得牢牢地。看樣子，他們從他們在太空的朋友那兒弄到氣象報告了。」

「敵人有什麼偵察行動嗎？」

「自從他們昨晚登陸以來，一點動靜都沒有。」史帝加說，「他們知道我們在這兒。我認爲，現在他們正等著選擇一個對他們有利的時機。」

「時機由我們選擇。」保羅說。

葛尼抬頭朝天上看了一眼，說出了聲：「如果他們給我們機會選擇的話。」

「那支艦隊只會待在太空。」保羅說。

葛尼搖了搖頭。

「他們別無選擇。」保羅說，「我們有能力徹底摧毀香料。宇航公會不敢冒那個險。」

「絕望的人是最危險的。」葛尼說。

「難道我們不也是絕望的人嗎？」史帝加問。

葛尼狠狠瞪著史帝加。

「你還不了解弗瑞曼人的夢想。」保羅提醒他，「史帝加想的是我們花在賄賂上的水，還有多年來的漫長等待。這一切原本都是爲了讓阿拉吉斯遍地鮮花。他不是……」

「唔——」葛尼板著臉，皺起眉頭。

「他幹什麼老陰著臉？」史帝加問。

「每次戰鬥前，他總是陰著臉。」保羅說，「那是葛尼表達幽默感的一種特別方式，他只會這一種方法。」

葛尼的臉上慢慢浮現出狼一般的獰笑，蒸餾服面罩的缺口處露出白森森的牙齒，很像狼牙。「一想到所有那些可憐的哈肯尼鬼魂，一想到我們將無情地送他們去地獄，我的臉就更加陰沉了。」他說。

史帝加哈哈大笑起來，「他講起話來像個弗瑞曼敢死隊員。」

「葛尼是天生的敢死隊員。」保羅說。他想：是啊，在我們與平原上那支部隊交手前，在我們接受眞正的考驗前，就讓他們隨便聊聊吧，沖淡一下戰前的緊張氣氛，別老想著戰鬥。他朝岩壁上的裂縫看了看，又把目光轉回到葛尼身上，發現這位吟遊詩人又恢復了他那陰沉的樣子，皺著眉頭不知正沉思些什麼。

「憂慮會侵蝕戰鬥力。」保羅小聲說，「這句話是你告訴我的，葛尼。」

「我的公爵，」葛尼說，「我擔心的主要是原子彈。我知道你想用原子彈在遮罩牆山體上炸出個洞來，可要是你眞那麼做的話……」

「就算我們動用了原子彈，上面那些人也不會用原子武器來對付我們。」保羅說，「他們不敢……理由是相同的：宇航公會不敢冒這個險，害怕我們眞會摧毀香料源。」

「但禁令規定……」

「禁令！」保羅喝道，「讓各大家族禁絕使用原子彈互相攻擊的，是恐懼，而不是禁令。大公約上寫得很清楚：『使用原子彈對付人類，將導致整個星球的毀滅。』我們準備炸毀的是遮罩牆山，不是人類。」

「這根本就是鑽漏洞！」葛尼說。

「上面那些人心驚膽顫，巴不得能有這個藉口，只要不損及他們的利益就行。」保羅說，「別再談這件事了。」

他轉身走開，暗自希望自己眞的能像表現出來的那麼自信。過了一會兒，他說：「城裡那些人怎麼樣了？是否也已經進入指定位置？」

「是的。」史帝加輕聲道。

保羅看著他問：「那你發什麼愁？」

「我從來沒遇上一個能夠完全信賴的城裡人。」史帝加說。

「我自己就曾經是個城裡人。」保羅說。

史帝加僵住了，他漲紅了臉說道：「穆哈迪，你知道，我的意思並不是……」

「我知道你是什麼意思，史帝加。但是，對一個人的評價，不是依據你認為他會做什麼，而是看他實際上做了些什麼。這些城裡人有弗瑞曼的血統，他們只是還沒學會掙脫束縛。我們教教他們就行了。」

史帝加點點頭，帶著懊悔的口氣說：「這是一輩子的老毛病了，穆哈迪。我們在殯葬平原學會了輕視住在城鎮的人。」

保羅瞥了葛尼一眼，發覺他正在打量史帝加，於是說道：「葛尼，給我們講一講，薩督卡為什麼要把下面那些城裡人趕出自己的家園？」

「老花招了，我的公爵大人。他們以為可以利用這些難民來加重我們的負擔。」

「游擊戰早就成了往事，那些自以為強大的人也早就忘記該如何跟游擊隊作戰了。」保羅說，「薩督卡已經落入我們的圈套。他們以劫掠為樂，到處強搶民女，用反抗者的頭顱裝點他們的戰旗。他們已經在當地人中間製造出一股仇恨的浪潮，要不是這樣，城裡人原本可能會給我們即將發起的戰役造成極大的阻礙……可現在，推翻哈肯尼人的可能性大大增加了。薩督卡是在為我們招募新兵，史帝加。」

「城裡人確實顯得非常渴望戰鬥。」史帝加說。

「熊熊怒火剛在他們心裡點燃，火勢正旺。」保羅說，「所以我們才招募他們組成暴動隊。」

「他們的損失一定會極其慘重。」葛尼說。

史帝加點點頭表示認同。

「這一點，我們已經告訴他們了。」保羅說，「但他們知道，每殺死一個薩督卡，我們這邊就少一個敵人。瞧，先生們，他們現在有了奮鬥目標，就算拋頭顱灑熱血也在所不辭。他們已經發現自己同樣是人，阿拉吉斯正在覺醒。」

觀察員突然低聲驚呼起來。保羅走到岩縫那邊問：「外面發生什麼事了？」

「大騷動，穆哈迪，」觀察員小聲說，「在那個怪物金屬兵營裡，從岩牆西邊開來一輛地面車。然後，就像老鷹飛進鵪鶉窩裡一樣，兵營炸窩了。」

「我們放掉的那兩個薩督卡俘虜已經到了。」保羅說。

「現在，他們在整個著陸區周圍啓動了遮罩場，」觀察員說，「我可以看見遮罩場引起的空氣震動，遮罩場的範圍甚至擴大到了他們存放香料的倉儲區。」

「現在他們知道是在跟誰作戰了，」葛尼說，「讓那些哈肯尼畜生發抖去吧！讓他們為一個還活著的亞崔迪人焦慮不安吧！」

保羅對望遠鏡旁邊的那個弗瑞曼觀察員說：「注意觀察皇上旗艦頂上的旗竿，如果那上面升起我的旗——」

「才不會呢。」葛尼說。

見史帝加迷惑不解地皺著眉頭，保羅道：「如果皇上認可了我的聲明，他就會重新在阿拉吉斯上空升起亞崔迪的旗幟。如果收到他的和解信號，我們就執行第二套方案，只向哈肯尼人發起進攻。薩督卡會站在一邊，讓我們自己來了結和哈肯尼人的恩恩怨怨。」

「對這些外星球的事，我沒什麼經驗。」史帝加說，「我聽說過，但似乎不大可能——」

「他們會怎麼做，用不著什麼經驗也能猜得出。」葛尼說。

「他們正往那艘大飛船上掛新旗。」觀察員說，「是一面黃色的旗……中間有一個黑紅相間的圓圈。」

「夠精明的。」保羅說，「是宇聯公司的旗。」

「跟其他飛船上的旗一模一樣。」弗瑞曼敢死隊員說。

「我不明白。」史帝加說。

「實在夠精明。」葛尼說，「如果升起亞崔迪的旗幟，皇上只好站在我們這一邊了，他周圍有太多證人，不可能食言反悔。如果他在自己的旗艦上升起哈肯尼的旗幟，那就是直截了當的宣戰書。可是，不，他升起了宇聯公司那面破旗。他是在告訴上面那些人……」葛尼指指太空，「……他只關心利益之所在。他是說，他不管這裡是否有亞崔迪家的人。」

「沙暴還要多久才會到達遮罩牆山這邊？」保羅問道。

史帝加轉身走開，詢問凹穴裡的一個弗瑞曼敢死隊員。過了一會兒，他轉回來說：「很快，穆哈迪。比我們預料的還要快。這是一場曾曾祖母級的超大沙暴……也許，比你所期望的還要大。」

「這是我的風暴。」保羅說。聽見他說這話的弗瑞曼敢死隊員們臉上露出敬畏的神情。保羅看著他們的臉，繼續說道，「即使它能震撼整顆星球，也不會超過我的期望。沙暴鋒面會不會正面衝擊整座遮罩牆山？」

「差不多就是整座遮罩牆山了。」史帝加說。

一名偵察兵從通往下面盆地的隧道裡爬出來，說：「薩督卡和哈肯尼的巡邏隊正在往回撤，穆哈迪。」

「他們估計沙暴會把過量的沙塵傾注到盆地裡，這樣就會降低能見度。」史帝加說，「他們以爲，我們也同樣會被困住。」

「告訴我們的炮手，在能見度降低前瞄準好攻擊目標。」保羅說，「等沙暴摧毀遮罩場之後，他們必須立刻敲掉那些飛船的船首。」他踏上凹穴的岩壁，把僞裝掩體的罩子往後拉開一點點，從縫隙裡仰望天空。陰沉沉的空中，可以看見遠處的沙暴正從地面上捲起馬尾形狀的一條沙龍。保羅把罩子重新蓋好，說：「把我們的人派下去吧，史帝加。」

「你不跟我們一起去嗎？」史帝加問。

「我先跟敢死隊員們在這兒等一會兒。」保羅說。

史帝加對葛尼聳了聳肩，然後鑽進岩壁上的那個洞口，消失在一片黑暗之中。

「這是用來炸穿遮罩牆山的起爆器，我就把它交給你了，葛尼，」保羅說，「你來做好嗎？」

「我來！」

保羅朝一名敢死隊的小隊長打了個手勢，說：「奧塞姆，開始讓偵察人員撤離爆破區，必須在沙暴來襲之前全部撤出。」

那人彎腰致意，跟在史帝加後面走了。

葛尼靠在岩縫邊上，對觀察人員說：「注意南邊的岩壁。保證起爆時那上面沒有我們的人防守。」

「放一隻翼手信使出去，給所有下屬部隊通報起爆時間。」保羅命令道。

「一些地面車正朝南邊的岩壁方向運動，」望遠鏡旁邊的人說，「有些還使用了投射式武器。試探性進攻。我們的人按你的指令使用了護體遮罩場。地面車停下了。」

周圍突然一片沉寂。保羅聽見風魔在頭上飛舞起來——這是沙暴的先頭部隊。沙子開始從僞裝掩體與坑口的縫隙間灌進凹地。一陣狂風捲起僞裝掩體的罩子，立刻把它吹跑了。

保羅示意他的弗瑞曼敢死隊員躲進洞裡去，一邊走到隧道口上那些看守通訊設備的隊員面前。葛尼跟在他身邊，也在隧道口停下腳步。保羅在通訊兵旁邊伏下身子。

其中一個人說：「這可眞是一場曾曾祖母級的沙暴呢，穆哈迪。」

保羅抬頭看了一眼正在暗下來的天空，說：「葛尼，把南邊岩壁那兒的觀察員撤回來。」沙暴的呼嘯聲愈來愈大，他不得不提高音量，重複了一遍剛才的命令。

葛尼趕緊轉身執行命令。

保羅收緊面罩，繫牢蒸餾服的兜帽。

葛尼回來了。

保羅拍拍葛尼肩頭，指指通訊兵身後那個安在隧道口的起爆器。葛尼走進隧道，停在那兒，一隻手按在起爆器上。他緊盯著保羅。

「我們收不到信號，」保羅身邊的通訊兵說，「靜電干擾太大了。」

保羅點點頭，眼睛繼續盯著通訊兵面前的標準時鐘。過了一會兒，保羅看了一眼葛尼，舉起一隻手，注意力又回到時鐘的表盤上——指標慢慢轉過最後一圈。

「起爆！」保羅大喊一聲，猛地揮下手臂。

葛尼用力按下起爆器。

似乎過了整整一秒鐘，他們才感到腳下的大地上下起伏，猛烈地震動起來。沙暴的怒吼聲中又加上了爆炸的轟鳴。

那個敢死隊觀察員出現在保羅面前，他的手臂下面夾著一個望遠鏡。「遮罩牆被炸開一個大洞，穆哈迪！」他大聲說，「沙暴就從洞口往裡面衝進去，摧毀了他們的遮罩場。我們的炮手已經開火。」

保羅想像著正橫掃盆地的沙暴：沙牆攜帶著高能靜電，充足的電量足以摧毀敵人營地內所有的遮罩場屏障。

「沙暴！」有人高聲叫道，「我們必須躲到掩體下面去，穆哈迪！」

保羅這才感到沙子像針一樣刺著他暴露在外的臉頰。決戰開始了，他想。他用一隻手臂摟住通訊兵的肩膀，說：「別管這些設備了！隧道裡還有一大堆呢。」他感到自己被人拉著朝隧道裡走，弗瑞曼敢死隊員們一擁而上，簇擁在他周圍保護他。他們一起擠進隧道口。跟外面相比，洞裡寧靜了許多。他們轉過一個拐角，走進一間窄小的岩室，岩室頂上懸著一盞懸浮球燈，對面則是另一個隧道口。

另一個通訊兵坐在一套通訊設備旁。

「靜電干擾太大。」那人說。

一股沙塵衝了進來，充斥在他們周圍，在空氣中打著轉。

「封閉這條隧道！」保羅大聲喊道。突如其來的寂靜表明，他的命令已經被執行了。「通往盆地下面的通道仍然暢通嗎？」保羅問道。

一名敢死隊員馬上跑去查看，一會兒工夫就回來說：「爆炸使一小塊岩石掉了下來，但工兵說道路仍然是暢通的。他們正用雷射光束清理現場。」

「告訴他們用手清理！」保羅咆哮道，「誰知道下頭還有沒有仍處於工作狀態的遮罩場。」

「他們一向很謹慎，穆哈迪。」那人說了一聲，但還是轉身去執行他的命令。

這時從外面進來的通訊兵們扛著他們的設備從他身邊經過。

「我告訴過那些人別管他們的設備了！」保羅說。

「弗瑞曼人不喜歡遺棄設備，穆哈迪。」一名敢死隊員爭辯道。

「現在人比東西更重要。」保羅說，「如果打勝了，我們很快就會有更多設備，用都用不過來。吃敗仗的話，我們以後根本不再需要任何設備了。」

葛尼·哈萊克走上前來，站在他身邊說：「我聽他們說，下去的路通了。我們這兒離地表太近，老爺，別讓哈肯尼人逮著機會報復我們一下。」

「他們沒時間報復，」保羅說，「他們現在才剛剛發現他們沒了遮罩場的保護，而且無法起飛離開阿拉吉斯。」

「不管怎麼說，新指揮所已經全都準備好了，老爺。」葛尼說。

「指揮所裡暫時還用不著我指揮。」保羅說，「沒有我，這場仗也會繼續按計畫進行。我們必須等……」

「我收到一條消息，穆哈迪。」守在通訊設備旁邊的那個通訊兵說。他搖了搖頭，把耳機緊緊按在耳朵上。「靜電干擾太大！」他開始在面前的一個便條本上畫起來，然後又搖搖頭等著，寫一會兒……等一會兒……

保羅走到那個通訊兵身邊，其他弗瑞曼敢死隊員朝後退去，給他騰出地方。他低頭看著那人寫下來的幾行字，輕輕讀道：「偷襲……泰布穴地……被俘……阿麗亞（□□）家人（□□）死……他們（□□）穆哈迪的兒子……」

通訊兵再次搖起頭來。

保羅一抬頭，看到葛尼正盯著他瞧。

「電文很亂，」葛尼說，「因爲靜電的緣故。你不知道……」

「我兒子死了。」保羅說。他一邊說，一邊清醒地意識到這是眞的，「我兒子死了……阿麗亞被俘……成了人質。」他感到心裡空蕩蕩的，成了一個沒有感情的空殼。不管什麼事，只要一沾上他的邊，就會招來死亡和悲哀。他簡直像一場可能會傳遍宇宙的大瘟疫。

看來，皇上也沒閒著。

他能感到那位老人的智慧，無數人的畢生經歷積累而成的智慧。他覺得，彷彿有一隻手正用力擰著他的心，同時咯咯嘲笑著他。

保羅想：什麼是眞正的殘酷，這個宇宙對殘酷的本質了解得多淺薄啊！

穆哈迪站在他們面前，說：「雖然我們將被俘的族人視為已死者，但我知道她還活著，因為她的種子就是我的種子，她的聲音就是我的聲音。她同樣能看到未來最遙遠的種種可能。是的，因為我的緣故，她能一直看到充滿未知的深谷。」

——摘自伊如蘭公主的《阿拉吉斯的覺醒》

※ ※ ※

帕迪沙皇帝的金屬兵營裡有一間橢圓形客廳，伏拉迪米爾·哈肯尼男爵就站在這間瑟蘭里克廳裡，兩眼低垂看著地面。男爵偷偷地四處張望，打量著這間金屬牆壁的房間和房間裡的人群：御前侍衛隊軍官、侍從、衛兵，還有沿牆而立的整隊薩督卡軍人。這些薩督卡以稍息姿勢站在懸在牆壁上的一面面血跡斑斑的破爛軍旗下，每一面軍旗都是繳獲的戰利品，也是這間房間裡唯一的裝飾。

「眾臣迴避！聖上駕到！」覲見室右邊傳來一個聲音，從高大的走廊一路迴響過來。

帕迪沙皇帝沙德姆四世從走廊裡出來，走進覲見室，後面跟著他的扈從。他站在原地不動，等著侍從把他的御座抬進來。皇上對男爵視而不見，應該說，似乎對覲見室裡的所有人都視而不見。

可男爵發現，自己卻不能對皇上視而不見。他打量著皇上，想從皇上身上找出些徵兆，看能不能找到任何線索，以揭示這次皇上召見他的眞實目的。皇上泰然自若地站在那裡，耐心地等著。他身材修長，儀態典雅，身穿灰色薩督卡軍服，軍服上掛著金、銀飾物。他那瘦削的臉龐和冷峻的眼睛讓男爵想起很久以前死去的萊托公爵。這兩個人都有著相似的鷹臉。只不過，公爵的頭髮是黑色的，皇上卻是滿頭紅髮，大部分罩在波薩格將領的墨色頭盔下，頭盔頂上還飾有象徵皇室的金色頂飾。

侍從們抬來了皇帝的御座。這是用一整塊用哈噶爾石英石雕鑿而成的大椅子，呈現半透明的藍綠色，中間貫穿著黃色的火焰條紋。侍從們把御座放在覲見室裡的高台上，皇帝登上高台，在御座裡坐下。

一個老女人身穿黑色的女式寬鬆長袍，兜帽整個拉下來蓋住了前額，她自行從皇上的扈從隊伍裡走出來，在御座後面找了個位置站好，把一隻骨瘦如柴的手搭在御座的石英石靠背上。她的臉從兜帽裡露出一小塊來，窺視著台下的一舉一動，那樣子活像一幅巫婆的漫畫：深陷的兩頰和眼睛，超長的鼻子，長滿斑點的皮膚，還有突起的青筋脈絡。

但男爵一見之下，卻忍不住發起抖來。聖母凱斯．海倫．莫希阿姆是皇上的眞言師，她的出席說明了這次召見的重要性。男爵把視線從她身上移開，仔細打量著皇上的扈從，想從他們身上找到些線索。他們中間有兩個宇航公會的代理人：一個高胖，一個矮胖，兩人都有一雙冷漠的灰眼睛。隨侍的人中還有皇上的長女，伊如蘭公主。據說，她正在接受最高深的比吉斯特訓練，是一個注定要當聖母的女人。她身材高大，皮膚白皙，滿頭金髮，有一張輪廓分明的漂亮臉蛋，還有一雙能看透別人心思的綠眼睛。

「親愛的男爵大人。」

皇上終於屈尊注意到他了。男中音的語氣顯然經過精心控制，既是跟他打招呼，又故意流露出對他的冷漠，好像正要打發他走似的。

男爵低低地躬下身去，向前走到距離高台十步遠的指定位置。「微臣奉召前來覲見，陛下。」

「奉召！」那老巫婆咯咯地笑了起來。

「好了，聖母。」皇上責備道，但看到男爵的狼狽相時，他也禁不住微笑起來，「首先，請你告訴朕，你把你的寵臣瑟菲．哈瓦特藏到哪兒去了。」

男爵飛快地左右看了看，後悔到這兒來的時候沒帶上自己的衛士。他倒不指望那些衛士能對抗薩督卡，但還是……

「嗯？」皇上說。

「他已經失蹤五天了，陛下，」男爵迅速朝宇航公會的代理人瞥了一眼，然後收回目光看著皇上，「他本來應該在一個走私販基地著陸，然後盡力混入那個弗瑞曼狂徒穆哈迪的營地。」

「眞是難以置信！」

皇上點點頭說：「五天啊，男爵。告訴朕，爲什麼你不擔心他的失蹤呢？」

那個女巫用一隻爪子般乾瘦的手拍了拍皇上的肩膀，傾身向前，附在皇上耳邊小聲說了幾句。

「可我確實是擔心啊，陛下！」

皇帝繼續盯著他，等著他的回答。這時，聖母突然發出咯咯的笑聲。

「我的意思是，陛下，」男爵說，「無論如何，再過幾個小時哈瓦特就要死了。」隨後，他向皇上解釋了哈瓦特體內所潛伏的慢性毒藥，以及需要按時服用解藥的情況。

「你可眞聰明啊，男爵。」皇上說，「那你的侄子拉賓和小菲得·羅薩又到什麼地方去了？」

「沙暴要來了，陛下。我派他們去檢查我們的周邊防禦工事，以免弗瑞曼人在風沙的掩護下發起進攻。」

「周邊防禦工事。」皇上說，語氣彷彿是在細細品味著什麼，「盆地這裡不會有多大的沙暴。朕在這兒有五個軍團的薩督卡軍，那群弗瑞曼烏合之眾是不會主動進攻的。」

「肯定不會，陛下。」男爵說，「但謹愼些總沒壞處，所以，因謹愼而犯下的錯誤也是無可厚非的。」

「啊——哈！」皇上說，「無可厚非？你以爲朕在非難你嗎？朕就不能說說阿拉吉斯這件荒唐事花了朕多少時間嗎？也不能提宇聯公司的利潤是如何被白白傾倒在這個老鼠洞裡？也不該抱怨爲了這件愚蠢的事，朕不得不延期甚至取消宮廷的活動，就連國家大事也受了影響？」

男爵垂下眼簾，被皇上的震怒嚇壞了。此時此刻的處境使男爵感到萬分惶恐。如今他孤身一人，在安全保障方面完全依賴於立法會和大家族聯合會家族禁弒宣言的一紙聲明，這使他感到極度焦慮不安。他是要殺我嗎？男爵問自己，不會的！其他大家族都在上面等著呢，他不可能當著他們的面，找藉口因爲阿拉吉斯的動盪局勢殺死我！

「你抓過人質嗎？」皇上問。

「沒用的，陛下。」男爵說，「這些弗瑞曼瘋子爲每一個被俘的人舉行葬禮，當他們已經死了。」

「是嗎？」皇上說。

男爵等待著，目光逡巡不定，在瑟蘭里克廳的金屬牆壁間晃來晃去。他想著這個巨大無比的金屬軍營，它所代表的無限財富就連男爵本人也敬畏不已。他帶著侍從，男爵想，還有無用的宮廷隨侍、他的女人，以及她們的隨行者：髮型師、服裝設計師，一切閒雜人等……所有那些依靠宮廷過日子的寄生蟲，全都在這兒了。一邊阿諛奉承，一邊暗地裡搞陰謀詭計，和皇帝一起，過著「簡樸的軍營生活」，等著看皇上了結這樁阿拉吉斯的小亂子，然後寫幾首有關戰鬥的短詩，把死傷者打扮成塑造成供大眾膜拜的英雄人物。

「也許你沒找到適當的人質。」皇上說。

他好像知道些什麼，男爵想。恐懼像石頭般壓在他的胃上，沉甸甸的，甚至讓他都無法忍受吃東西的念頭。可這種感覺偏偏頗像飢餓，他好幾次在懸浮器裡扭動身子，恨不得命人給他拿吃的來。然而，這裡沒人聽他的吩咐。

「對這個穆哈迪，你了解多少？你知道他是誰嗎？」皇上問。

「肯定是某個瘋瘋癲癲的烏瑪，」男爵說，「一個弗瑞曼狂徒，宗教冒險家。這種人，每隔一段時間，文明社會的邊緣地帶就會出產一批。陛下，這您是知道的。」

皇上看了一眼他的眞言師，回過頭來，板著臉，望著男爵道：「你對這個穆哈迪只知道這些？」

「一個瘋子，」男爵說，「不過，所有弗瑞曼人都有點瘋。」

「瘋？」

「他的子民會高呼他的名字投入戰鬥。女人們把她們的嬰兒扔向我們，然後自己撲到我們的刀上，好讓她們的男人趁隙向我們進攻。他們沒有……沒有……規矩。」

「這麼糟啊。」皇上喃喃地說，但那種嘲諷的語氣沒有逃過男爵的耳朵，「告訴朕，親愛的男爵大人，你調查過阿拉吉斯的南極地區嗎？」

男爵抬起頭來望著皇上。皇上突然改變話題，讓他吃了一驚。「但是……嗯，您知道的，陛下，那個地區完全是不適於居住的無人區，是沙暴和沙蟲的天下。那個緯度範圍甚至連香料都沒有。」

「運香料的駁船報告說，那裡出現了成片的綠地。難道你從來沒聽說過這種報告？」

「時常有這樣的報告。很久以前，我們也調查過其中一些地區的情況，植物沒看到幾棵，卻損失了不少撲翼機。代價太大了，陛下。那是一個人類無法長期生活的地方。」

「原來如此。」皇上說。他彈了一下手指，御座左後方的一道門打開了。兩個薩督卡趕著一個看上去大約四歲的小女孩從門裡走進來。她穿著一件黑色的弗瑞曼女式長袍，兜帽甩在背後，露出咽喉旁邊掛著的蒸餾服附件。她有一張溫和的圓臉，眼睛是典型的弗瑞曼人的藍色，看上去全無懼意。但她的目光竟讓男爵莫名其妙地感到心神不寧起來。

就連那個老比吉斯特眞言師，也在那小女孩經過時後退了一步，還朝她那個方向做了一個屏擋的手勢。老巫婆明顯對這個孩子的出現大感震驚。

皇上清了清喉嚨準備說話，可那孩子卻搶先開口。聲音尖細，稍稍有些含混，但還是能聽清。「原來他在這兒，」她說著，向前走到高台邊上，「模樣不怎麼樣嘛。一個嚇壞了的胖老頭兒，身體虛到家了，要是沒有懸浮器，連自己的身體都支撐不起來。」

從一個孩子口中竟說出如此出人意料的話。男爵氣急敗壞，卻只能乾瞪著她，一句話也說不出來。難道是個侏儒？他暗自問道。

「親愛的男爵大人，」皇上說，「來認識一下穆哈迪的妹妹。」

「妹……」男爵把注意力轉移到皇上身上，「我不明白。」

「有時候，就連朕也會因過於謹慎犯下錯誤。」皇上說，「一直有人向朕報告，你所說的那個南極無人區顯示出有人類活動的跡象。」

「但那是不可能的！」男爵斷然抗議道，「沙蟲……那兒的沙地明顯……」

「這些人好像有能力避開沙蟲。」皇上說。

那孩子在高台上靠近御座的地方坐下來，雙腳垂在台邊晃著，踢著小腿，神情自若地欣賞著這個房間。

男爵盯著那雙踢動的小腳，看著小腳帶動黑色的長袍，露出衣衫下的一雙便鞋。

「不幸的是，」皇上說，「朕只派了五艘運兵船，只運去少量的攻擊部隊。朕原本是想抓些俘虜回來審問，可我們只有一艘飛船逃回來，只帶回三個俘虜。請注意，男爵，朕的薩督卡部隊幾乎全軍覆沒，而對手卻主要是由婦女、兒童和老人組成的。這裡的這個孩子就指揮了其中一個戰鬥分隊。」

「您瞧瞧，陛下！」男爵說，「您瞧瞧他們都是些什麼人！」

「我是自願讓你們抓來的。」那孩子說，「我不想面對我哥哥，因為我不得不告訴他，他的兒子被殺死了。」

「我們的人只逃回來屈指可數的幾個，」皇上說，「逃回來！你聽見了嗎？」

「要不是那些火，」那孩子說，「我們也能殺掉他們。」

「朕的薩督卡把他們運兵船上調整飛行姿態的噴氣發動機當成火焰噴射器來用。」皇上說，「萬般無奈之下的絕望之舉。完全因為這種做法，他們才能帶著三個俘虜逃回來。請注意，親愛的男爵大人：朕的薩督卡在與婦女、兒童和老人的混戰中被迫撤退。」

「我們必須派大部隊清剿，」男爵憤憤地說，「必須消滅每一個殘餘的……」

「閉嘴！」皇上怒喝道，他在御座上推了一把，身子朝前傾去，「不要再侮辱朕的智力。你站在那兒，裝出一副愚蠢的無辜模樣兒……」

「陛下。」老真言師說。

他揮手要她安靜。「你說你不知道我們所發現的那些人類活動跡象，也不知道這麼優秀的人種的戰鬥力！」皇上從御座上抬起半個身子說，「你把朕當成什麼了，男爵？」

男爵後退了兩步，心想：是拉賓。他居然給我來了這麼一手，拉賓……

「還有你與萊托公爵的這個假爭端。」皇上哼哼著說，在御座上向後一靠，「這事兒你處理得真夠漂亮的呀！」

「陛下，」男爵懇求道，「您……」

「閉嘴！」

老比吉斯特把一隻手放到皇上肩上，傾身湊近他的耳朵，輕輕地說了些什麼。

那孩子坐在高台上，不再踢腿了。她說：「讓他更害怕些，沙德姆。我本來不應該高興的，但我實在忍不住。」

「安靜，孩子。」皇上說。他身體前傾，把一隻手放在她頭上，眼睛卻盯著男爵，「這可能嗎，男爵？你眞像朕這個眞言師說的那樣頭腦簡單嗎？難道你沒認出，這個孩子是你的朋友萊托公爵的女兒？」

「我父親從來不是他的朋友。」那孩子說，「我父親死了，這個哈肯尼老畜生以前從來沒見過我。」

男爵驚得腦子裡一片空白，只能呆呆地望著小女孩。他好不容易才重新發出了聲音，聲音嘶啞難聽：「妳是誰？」

「我叫阿麗亞，萊托公爵和潔西嘉夫人的女兒，保羅—穆哈迪公爵的妹妹。」孩子說著，伸手一推高台，跳到覲見室的地板上，「我哥哥發誓要把你的人頭掛在他的戰旗上。我認爲他一定能做到。」

「靜一靜，孩子。」皇上說。他坐回御座上，一隻手摸著下頷，細細打量起男爵來。

「我才不聽皇上的命令呢。」阿麗亞說。她轉過身，抬頭看著高台上的老聖母，「她知道。」

皇上抬起頭，望著他的眞言師：「她這話是什麼意思？」

「那孩子是個令人厭惡的東西！」老婦人說，「她母親應該受到有史以來最重的懲罰，應該被處死！無論是這個孩子，還是生她的那個女人，死得越早越好！」老婦人一根手指指著阿麗亞，「從我腦子裡滾出去！」

「心靈感應？」皇上低聲問道。他的注意力轉到阿麗亞身上，「神母在上！」

「您不明白，陛下。」那個老婦人說，「這不是心靈感應。她就在我腦子裡，和我以前的那些聖母一樣，那些把記憶轉給我的人。她站在我的腦子裡！她不可能在那兒的，可她確實在！」

「什麼？」皇上厲聲問道，「妳究竟在胡言亂語些什麼？」

老婦人站直身子，垂下剛剛指向女孩的手。「我已經說得太多了。但事實還是事實。這個並非孩子的孩子必須除掉。很久以前，我們就受到過警告，要防止這類事情發生；而且，我們也曾被告知防止生出這種怪胎的方法。然而，我們自己人中的一個背叛了我們。」

「胡說八道，老太婆。」阿麗亞說，「妳根本不明白這究竟是怎麼回事，卻還是像個傻子一樣喋喋不休。」她閉上眼睛，深深吸了一口氣，然後屏住呼吸。

老聖母呻吟著搖晃起來。

阿麗亞睜開雙眼。「就是這麼回事。」她說，「宇宙中的意外事故……還有，這裡面也有妳的一份功勞。」

老聖母朝空氣伸出雙手，掌心向著阿麗亞，用力推擋著。

「到底發生了什麼事？」皇上問道，「孩子，妳眞能把妳的思想灌進另一個人的大腦中去？」

「根本不是那麼回事，」阿麗亞說，「除非我生來就是你本人，否則怎麼可能像你那樣思考，更何況是灌輸思想。」

「殺了她，」老婦人喃喃地說。她緊緊抓住御座的椅背，撐住自己的身體，「殺了她！」那雙深陷的老眼死死盯住阿麗亞。

「安靜！」皇上說。他打量著阿麗亞，「孩子，妳能跟你哥哥聯絡上嗎？」

「我哥哥知道我在這兒。」阿麗亞說。

「妳能告訴他，要他投降來換妳的命嗎？」

阿麗亞天眞無邪地對他笑笑。「我不會那麼做的。」她說。

男爵步履蹣跚地朝前走了幾步，站在阿麗亞身旁。「陛下，」他懇求道，「我一點也不知道……」

「再敢插嘴打斷朕，男爵。」皇上說，「你就會喪失插嘴的能力……永遠。」他仍然把注意力集中在阿麗亞身上，眯起眼睛審視著她，「妳不會那麼做，啊？妳能看穿朕的念頭嗎？妳知不知道，如果妳不服從朕的命令，朕會怎麼對付妳？」

「我早說過，我不會讀心術。」她說，「但要讀懂你的意圖，並不需要心靈感應。」

皇上陰沉著臉說：「孩子，妳簡直不可救藥了。那朕只好集結朕的軍隊，把這顆星球變成……」

「沒那麼簡單。」阿麗亞說。她朝那兩個宇航公會的人望去，「問問他們吧。」

「違背朕的意願並不明智，」皇上說，「妳不該拒絕朕這個小小的要求。」

「現在，我哥哥來了。」阿麗亞說，「在穆哈迪面前，就連皇帝也會發抖，因爲他擁有正義的力量，上天當然會眷顧他。」

皇上猛然站起身來。「這齣戲演得太過分了。朕要把妳哥哥和這顆星球統統捏在手心裡，把他們碾成……」

房間發出隆隆巨響，周圍的一切都在劇烈震動著。御座後面原本是連接金屬兵營和皇上旗艦的通道，一道沙瀑卻突然從那邊傾瀉而下。眾人立即感覺到皮膚上傳來一陣一陣的壓力，忽鬆忽緊，表明區域遮罩場正在啓動。

「我跟你說過，」阿麗亞說，「我哥哥來了。」

皇上站在御座前，右手緊緊壓在耳朵上，裡面的無線耳機不斷傳出報告戰況的聲音。男爵移了兩步，走到阿麗亞身後。薩督卡則躍到門口做好戰鬥準備。

「我們要退回太空去，重新組織進攻。」皇上說，「男爵，請接受朕的歉意。這群瘋子在沙暴掩護下發起了進攻。既然如此，我們就向他們展示一下皇帝的憤怒吧。」他指著阿麗亞說，「把她的屍體交給沙暴吧。」

就在他說話時，阿麗亞迅速後退，同時裝出害怕的樣子。「應該交讓沙暴的，就讓沙暴帶走吧！」她尖叫著，往後跌入男爵懷裡。

「我抓住她了，陛下！」男爵高聲叫道，「要不要我現在就把她拆成……哎呀！」他把她狠狠甩到地上，一隻手緊緊抓住自己的左臂。

「對不起，外公，」阿麗亞說，「你已經中了亞崔迪的高姆刺。」她站起身來，一支黑針從她手中落下。

男爵向後翻倒在地，雙眼凸出，瞪著左掌心一條紅色的傷痕。「妳……妳……」男爵在他的懸浮器中翻了個身，滾到懸浮場的一側，那一大堆鬆弛的肥肉在懸浮場支撐下離開地面約吋許，垂著頭，張大了嘴，再也不動了。

「這些人全都是瘋子！」皇上咆哮著，「快！進飛船，我們要徹底肅清這顆星球的每一個……」

在他左邊有什麼東西突然閃起火花。一團球形閃電撞到那邊的牆上又彈了回來，一接觸到金屬地面，立即發出劈啪巨響。覲見室裡頓時瀰漫著絕緣材料燒焦後的臭味。

「遮罩場！」一個薩督卡軍官叫了起來，「外層遮罩場垮了！他們……」

他的話音淹沒在一片金屬撞擊的巨響聲中。皇上身後的飛船艙壁劇烈地抖動起來，整個飛船都在搖晃著。

「他們把我們飛船的船頭給轟掉了！」有人大叫道。

滾滾沙塵在房間裡翻騰起來。阿麗亞趁機在沙塵的掩護下一躍而起，飛也似朝門外跑去。

皇上急忙轉身，示意他的人趕緊往御座後面撤，那邊的艙壁上有一道安全門，正在來回擺動著。一位薩督卡軍官從一片沙霧中跳了出來，皇上飛快地朝他打了個手勢，命令道：「我們就在這兒組織防禦！」

又一聲猛烈的爆炸震撼了整座金屬兵營，覲見室另一頭的雙重門砰的一聲打開，風捲狂沙，挾帶著外面的陣陣呼叫聲。一個小小的、身穿黑色長袍的身影背光而立，在沙霧中若隱若現——阿麗亞飛快地衝出去找了一把刀，然後按照她所受的弗瑞曼訓練，一一殺死那些哈肯尼和薩督卡的傷患。薩督卡軍人穿過一陣黃綠色的煙霧衝向門口，手持武器組成一道弧形防衛圈，保護皇上撤退。

「救您自己，陛下！」一名薩督卡軍官大喊，「上飛船！」

但獨自站在高台上的皇帝伸手指著門口，什麼話也說不出來。遠處，一段四十公尺長的臨時兵營已經被炸飛了，覲見室的大門現在面對的是滾滾沙流。外面低懸著遠方吹來的沙塵雲。透過沙霧可以看到，沙塵雲中不時劃過因靜電而生的閃電，風暴的電荷使遮罩場短路了，電火花四面迸射。平原上到處是戰鬥的身影——那是薩督卡和彷彿乘著沙暴從天而降的沙漠人。沙漠土著們穿著長袍，不停地跳躍、旋轉。

從門裡往外望去，所有這一切構成了一幅帶畫框的動態畫面，皇上用手指著，不敢相信自己的眼睛。

突然，沙霧中鑽出一群排列整齊的發光體——巨大的弧線帶著亮晶晶的輻條平地拔起，赫然竟是沙蟲的血盆大口。沙蟲組成一排高牆，每條沙蟲背上都載滿弗瑞曼人，一路勢如破竹般突襲過來。一片嘶嘶聲中，弗瑞曼長袍在風中飛舞，楔形隊伍直插平原上混戰的戰場。

朝皇上的臨時兵營衝殺過來了。這種場面薩督卡前所未見，有史以來第一次，薩督卡被這種人類理智難以接受的攻擊嚇呆了，不知所措地傻站在那裡。

然而，從沙蟲背上跳下來的是人，刀鋒閃動著充滿威脅的黃色光芒，這正是薩督卡受訓要面對的東西。於是，薩督卡立即投入戰鬥。阿拉肯平原上展開了一場人與人的激戰。這時，一名精選出來的薩督卡保鏢把皇上推回飛船裡，迅速封好艙門，準備把那道門當作掩體的一部分進行殊死抵抗。

飛船內相對安靜了許多，深感震驚的皇上瞪著周圍的扈從，只見他們一個個睜大雙眼，滿面驚恐。他看見自己的長女因激動而面帶紅暈；老眞言師把兜帽拉下來遮住臉，像個黑色的幽靈般站在那裡；最後，他終於發現了他搜尋的面孔——那兩個宇航公會的人。他們穿著宇航公會的灰色制服，制服上毫無裝飾，他們的臉也毫無表情，和身上所穿的制服一樣，灰濛濛、冷冰冰。盡管周圍的氣氛極度緊張，他們卻仍然保持著與那套灰色制服相配的冷靜。

兩個人中的高個子舉起一隻手蒙著左眼。皇上望向他的時候，有人推了一下他的手臂，撞開了他的手，露出那隻眼睛。混亂之中，那人弄丟了原本用於僞裝的隱形眼鏡，這隻暴露在外的眼睛竟完全是藍色的，暗得幾乎變成了黑色——伊巴德香料藍。

那個矮個子用肘尖擠開人群，踏前一步，離皇上更近了。他說：「我們無法預測事態將如何發展。」高個子重新抬手蒙住眼睛，冷冷地加上一句，「可這個穆哈迪也一樣不知道。」

這些話把皇上從迷茫中震醒過來。高個子話中明顯帶著輕蔑的口氣，但皇上仍舊費了好大勁兒才分辨出來。當然，不久以後會如何，不需要宇航公會領航員那種高度強化集中的思維能力也能看得清清楚楚。硝煙散盡後這個平原會是什麼樣子，只要稍加分析就不難得出結論。皇上心想，這兩個人是否過於習慣運用他們的預知能力，以至於忘了用眼睛瞧瞧，用常識判斷？

「聖母，」他說，「我們必須制定一項計畫。」

聖母把兜帽從臉上拉開，兩眼一眨不眨地盯著皇上。兩人視線相交，交換了一個眼神，彼此心領神會。他們剩下的只有一種武器，一種他們倆都十分了解的武器：出賣。

「去芬倫伯爵的艙房，召他來。」聖母說。

帕迪沙皇帝點點頭，揮手示意他的一名副官去執行這個命令。

※ ※ ※

他既是光明磊落的武士，又是神祕莫測的先知；既是陰險冷酷的魔王，又是悲天憫人的聖使；既是老謀深算的狐狸，又是天真單純的少年；既有騎士風範又殘忍無情；他還不是神，卻又不僅僅是人。用普通人的標準無法衡量穆哈迪行事的動機。在他取得勝利的那一瞬，他看穿了擺在他面前的死亡陷阱，但他還是坦然接受了對方的背叛。能說他這樣做是出於一種正義感嗎？又是誰的正義？記住，我們所討論的人是穆哈迪，曾下令剝下敵人的人皮做成戰鼓，曾揮手之間便破壞了過去的亞崔迪傳統，用他的話說：「我是科維扎基·哈得那奇，只這一條理由就夠了。」

——摘自伊如蘭公主的《阿拉吉斯的覺醒》

勝利的那天晚上，保羅—穆哈迪在眾人護衛下來到阿拉肯的行政官官邸，也就是亞崔迪家族首度踏上沙丘阿拉吉斯時所占據的老屋。那座建築物仍然保持著拉賓重建後的樣子，雖然曾遭到市民的洗劫，但戰爭並沒有破壞它，只有大廳裡的一些陳設品被推倒或打碎了。

保羅大步走進正門，葛尼·哈萊克和史帝加緊跟在他身後一步之遙。護衛隊隨即呈扇形在大廳裡散開，把這個地方整理一下，為穆哈迪清出一塊地方休息。一個小隊開始搜查這座建築物，以確保這裡沒有敵人設置的機關和陷阱。

「我還記得我們跟著你父親到這兒來的第一天。」葛尼說。他四下裡打量著大廳裡的橫梁和高高的窄窗。「當時我就不喜歡這個地方，現在更不喜歡。我們的任何一個山洞都比這兒安全些。」

「講起話來倒像個真正的弗瑞曼人。」史帝加說。他注意到，自己這句話使穆哈迪嘴邊露出一絲淡淡的微笑，「你會重新考慮一下嗎，穆哈迪？」史帝加問道。

「這棟官邸有象徵意義，」保羅說，「拉賓過去就住在這兒。占據這裡，我就能以此宣告我的勝利，讓每個人都明白誰是勝利者。派人徹底搜查整座建築物，不要碰這裡的任何東西。只要確定沒有哈肯尼人或他們所控制的傀儡留下來就行了。」

「遵命。」史帝加說。他的語氣聽上去極不情願，但終究還是服從了保羅的命令。

通訊兵們帶著他們的器材匆匆走進大廳，開始在巨大的壁爐旁裝配設備。弗瑞曼敢死隊隊員迅速在大廳周圍布好崗哨。衛兵們小聲交談著，帶著懷疑的目光飛快地掃視著周圍。對他們來說，這個地方長久以來一直是敵人的堡壘，像這樣隨隨便便地住進來，他們有些難以接受。

「葛尼，派一支護衛小分隊去把我母親和加妮接來，」保羅說，「加妮是否已經知道我兒子的事了？」

「消息已經送出去了，老爺。」

「製造者已經被帶出盆地了嗎？」

「是啊，老爺。沙暴差不多已經停了。」

「沙暴造成的損失有多大？」保羅問。

「直接損失嘛，就是著陸場和平原上的香料儲藏庫。至於間接損失，」葛尼說，「戰鬥造成的損失和沙暴造成的損失一樣大。」

「我認爲，沒有用錢修不了的東西。」保羅說。

「除了生命，老爺。」葛尼說。他的語氣中明顯帶著責備的意味，彷佛在說：「當人民還處在生死攸關的緊要關頭時，亞崔迪人什麼時候先關心起財物來了？」

可保羅的注意力已經全部集中，用靈眼窺視未來。他看到自己的前進道路上仍然橫亙著一堵時間之牆，牆上有許多可見的裂縫。而聖戰的陰影穿過每一道裂縫，沿著時間走廊猛撲向前。

他歎了一口氣，走過大廳，看見一把椅子靠牆立著。這把椅子曾經放在飯廳裡，甚至可能是他父親坐過的。但盡管如此，此刻的他卻沒有餘力緬懷過去，只把這張椅子當成可以解除疲勞、掩飾疲態的物件。他坐下，拉起長袍蓋住雙腿，鬆開蒸餾服的領子。

「皇上仍舊躲在他那艘旗艦的殘骸裡。」葛尼說。

「現階段，就容他待在那兒吧。」保羅說，「找到那幾個哈肯尼人了嗎？」

「他們還在清點屍體。」

「上面那些飛船有什麼答復？」他抬起下巴，朝著天花板點了點。

「還沒有答復，老爺。」

保羅又歎了一口氣，把整個後背靠在椅背上休息。過了一會兒，他說：「給我帶一個薩督卡俘虜來，必須給我們的皇帝陛下捎個口信。該是談條件的時候了。」

「是，老爺。」

葛尼轉身離開，臨走前對保羅身旁的弗瑞曼敢死隊貼身衛士打了個手勢。

「葛尼，」保羅輕聲說，「自我們重聚以來，還沒聽你對周圍發生的事說過什麼恰當的引語呢。」他轉過身去，看著葛尼。葛尼咽了口口水，下頜突然僵硬起來，整張臉變得陰沉沉地。

「遵命，老爺。」葛尼說。他清了清嗓子，但聲音仍很嘶啞：『勝利的那一天突然變成舉國上下的哀悼日，因爲人們聽說，國王爲他兒子的死悲痛欲絕。』」

保羅閉上雙眼，強忍心中的悲痛，他必須忍到適當的時候才能允許自己爲兒子哀悼，就像當日爲父親強忍悲痛一樣。現在，他盡量集中精力思考今天的新發現——混雜在一起的諸種未來，還有偷偷出現在他意識中的阿麗亞。

他對時間幻象已經習以爲常了，但今天看到的是最奇怪的。「我奮力對抗未來，終於把我的話放在了只有你才能聽到的地方。」阿麗亞說，「就連你也做不到呢，我的哥哥。我發覺這是一種有趣的遊戲。而且……哦，對了，我已經把我們的外公殺死了，就是那個喪心病狂的老男爵。他死的時候沒受多少苦。」

沉寂。他的時間感官看著她漸漸隱去。

「穆哈迪。」

保羅睜開眼睛，抬頭看到史帝加那長滿黑色鬍鬚的臉，深邃的眼睛閃爍著興奮的光彩。

「你們找到老男爵的屍體了。」保羅說。

他的沉著使史帝加冷靜下來。「你怎麼知道的？」他輕聲說，「我們剛剛才在皇上的那一大堆金屬建築物廢墟裡找到那具屍體。」

保羅不去理會他的問題，一抬眼，看見葛尼回來了，跟在後面的兩個弗瑞曼敢死隊員正架著一個薩督卡俘虜往這邊走。

「給你帶來一個，老爺。」葛尼說。他示意衛兵架著俘虜停在距離保羅五步遠的地方。

保羅注意到，那個薩督卡眼中有一種受驚後的呆滯神情，一道瘀傷從鼻梁一直延伸到嘴角。他是那種金髮碧眼、眉清目秀的人，在薩督卡軍中，他這種長相的人一般地位都不會低。不過，他那身破爛軍服上沒有任何徽章可以標識他的軍銜，只有刻著皇室紋章的金鈕扣和褲子上破爛的流蘇證實他的確隸屬薩督卡軍團。

「我認爲這傢伙是個軍官，老爺。」葛尼說。

保羅點點頭，道：「我是保羅．亞崔迪公爵。你懂我的話嗎？」

薩督卡瞪著他，一動不動。

「大聲回答我！」保羅說，「否則你們的皇上可能因此喪命。」

那人眨了眨眼睛，吞下一口口水。

「我是誰？」保羅質問道。

「您是保羅．亞崔迪公爵。」那人啞著嗓子回答道。

他對保羅的態度似乎過於順從了，不過，話又說回來，薩督卡對今天所發生的這種事完全沒有任何心理準備。保羅意識到：除了勝利，他們從來不知道生活中還有別的東西。而這本身就可能是個弱點。他把這個想法暫且拋開，等日後訓練他自己的軍隊時再加以考慮。

「我要你給皇上捎個口信。」保羅說。他以歷史悠久的標準措辭口述道，「我，一位大家族的公爵，皇室的親戚，對立法會做出保證，並發誓一定會遵守協約：如果皇上和他的人放下武器，到我這裡來，我會以我自己的性命擔保他們的人身安全。」保羅舉起戴有公爵璽戒的左手給那個薩督卡看，「我以公爵的名譽發誓。」

那人用舌尖舔舔嘴唇，瞥了一眼葛尼。

「沒錯。」保羅說，「除了亞崔迪家的人，還有誰能擁有葛尼．哈萊克的忠誠？」

「我會把口信帶到的。」薩督卡說。

「帶他到我們的前沿指揮所，再送他去皇上那兒。」保羅說。

「是，老爺。」葛尼示意衛兵服從命令，隨後帶著他們走出大廳。

「加妮和你母親已經到了，」史帝加說，「加妮因爲悲傷過度，想單獨待一會兒。聖母則提出來要在那間古怪的房子裡歇一陣子。我不知道爲什麼。」

「我母親非常懷念那個她可能再也見不到的星球。」保羅說，「在那裡，水從天上落下，植物茂密得無法穿越。」

「水從天上落下！」史帝加輕聲說。

剎那間，保羅看到史帝加如何從一個弗瑞曼的耐布變成了天外綸音的信徒，變成一個對他滿懷敬畏，只懂得服從的應聲蟲。此時的史帝加成了另一個人，遠遠不及平時的他。保羅從中感受到了陰魂不散的聖戰陰影。

我親眼看到一個朋友變成了信徒，保羅心想。

孤獨感突然襲上保羅心頭，他環顧大廳，留意到他的衛兵們在他面前站得多麼規矩，像在接受檢閱一般。他還能感應到他們之間那種微妙的、充滿驕傲的競爭——人人都希望穆哈迪能注意到自己。所有祝福都來自穆哈迪，他想，這是他一生中最痛苦的念頭。他們以為我要登上皇位。但他們並不知道，我這麼做只是為了阻止聖戰。

史帝加清了一下嗓子，說：「嗯，拉賓也死了。」

保羅點點頭。

右邊的衛兵突然閃到一邊，立正敬禮，給潔西嘉讓出一條道來。她穿著她那件黑色的弗瑞曼女式長袍，走起路來稍稍有些像大步走在沙地上的樣子。可保羅注意到，這棟房子多少使她回想起當年住在這裡時的點點滴滴——她曾是一位有統治權的公爵的寵妃。她此刻的樣子於是帶上了幾分舊時的自信。

潔西嘉在保羅面前停下腳步，低頭看著他。她看出了他的疲憊，也看出他是如何努力掩飾這種疲憊的。但她發覺自己並沒有產生愛憐之心，相反，她彷彿已經無法再對兒子生出一絲感情。

潔西嘉走進大廳，但不知為什麼，這個地方總是無法與她的記憶完相相符。它依然是一間陌生的房間，彷彿她從未在這裡散步，從未和她心愛的萊托一起從這裡走過，也從未在這裡面對醉酒後的鄧肯·艾德荷……從來沒有過……沒有，沒有，沒有……

應該有一個詞，「自發記憶」的反義詞，她想。應該有一個表示記憶的自我否定的詞。

「阿麗亞在哪兒？」她問。

「在外面做任何弗瑞曼乖孩子在這種時刻應該做的事。」保羅說，「殺死敵人的傷患，爲收水小隊標出屍體。」

「保羅！」

「你必須理解，她這樣做是出自善意。」他說，「有時，善良和殘忍是一致的。眞奇怪，我們以前怎麼會始終無法理解這種隱含的一致性？」

潔西嘉瞪著她的兒子，對他身上這種深刻的變化感到極爲震驚。是因爲他兒子的死嗎？她猜測著。然後說：「那些人在講有關你的奇怪故事，保羅。他們說你擁有傳說中的所有神力——什麼事都瞞不過你，因爲你能看見別人看不見的東西。」

「傳說！比吉斯特也會問出這種問題來嗎？」保羅問。

「不管你現在成了什麼，都是我親手造成的，我脫不了干係。」她承認說，「但你絕不能指望我……」

「如果妳有機會活億萬次，過億萬次不同的生活，妳會喜歡嗎？」保羅問，「還有專門爲妳編出來的傳奇故事！想想所有那些生活閱歷，還有隨閱歷而來的睿智。但是，睿智會沖淡愛，不是嗎？而且，它會讓仇恨具備新的形態。如果沒有深深潛入殘忍和善良的深淵，栽進它們的最深處，那麼，妳怎麼知道什麼是無情？妳應該怕我，母親，因爲我就是科維扎基·哈得那奇。」

潔西嘉突然咽喉發乾，乾咽了一口，這才說：「你從前否認你是科維扎基·哈得那奇。」

保羅搖了搖頭，說：「我再也無法否認了。」他抬起頭來，望著她的眼睛，「皇上和他的人來了。衛兵們隨時可能進來報告他們抵達的消息。站到我身邊來，我想好好看看他們。我未來的新娘也在他們中間。」

「保羅！」潔西嘉厲聲說，「不要再犯你父親犯過的錯誤！」

「她是一位公主。」保羅說，「對我來說，她是通向皇位的鑰匙，僅此而已。錯誤？既然我是妳造就的，所以我無法感受復仇的渴望——妳是這麼想的嗎？」

「即使報復在無辜者身上？」她一邊問，一邊在心裡想：千萬別犯我犯過的錯誤。

「這個世上再也沒有什麼無辜者了。」保羅說。

「加妮呢？她也不是無辜者？」潔西嘉朝通往官邸後半部的走廊打了個手勢。

加妮沿著那條走廊進入大廳。她走在兩個弗瑞曼衛兵中間，卻彷彿根本沒有意識到他們的存在。她的兜帽和蒸餾服的帽子都甩在身後，面罩繫在一邊。她走路的樣子看上去很虛弱，搖搖晃晃地，一路穿過大廳，來到潔西嘉身邊。

保羅看到她臉頰上的淚痕——她把水送給了死者。一股莫大的哀痛襲過他的全身。似乎只有在加妮面前，他才能體會到這種感情。

「他死了，親愛的。」加妮說，「我們的兒子死了。」

保羅勉強控制住自己的情緒，站了起來。他伸出手，撫摸著加妮的臉，感到她的臉頰已經被眼淚浸濕了。「他是不可替代的，」保羅說，「但我們還會有其他兒子。我以友索的名義向妳保證。」他把她輕輕拉到一邊，向史帝加打了個手勢。

「穆哈迪。」史帝加說。

「他們從飛船那邊過來了，皇上和他的人。」保羅說，「我就站在這兒。把俘虜帶到房裡來，沒有我的命令，讓他們跟我保持十公尺的距離。」

「遵命，穆哈迪。」

史帝加轉身執行命令，保羅只聽弗瑞曼衛兵們充滿敬畏地嘀咕著：「看見沒？他全知道！沒人告訴他，可他就是知道！」

現在已經能聽到皇上侍從朝這邊走來的聲音了，他的薩督卡衛隊為了保持昂揚的鬥志，一邊走一邊還唱著進行曲。大廳入口處傳來喃喃的低語聲，是葛尼．哈萊克。他從衛兵面前走過，和對面的史帝加交談了幾句，然後來到保羅身邊，眼中露出一種奇怪的神情。

我也要失去葛尼了嗎？保羅問自己，就像失去史帝加一樣——失去一位朋友，換回一個應聲蟲？

「他們沒帶任何投擲武器，」葛尼說，「我親自檢查過，可以完全肯定。」他環顧大廳四周，發現保羅已經做好了準備，「菲得．羅薩．哈肯尼跟他們在一起。要不要我去把他揪出來？」

「隨便他吧。」

「還有幾個宇航公會的人，他們要求享有特權，而且威脅說要對阿拉吉斯實施禁運。我跟他們說，我會把他們的話轉給你的。」

「隨他們怎麼威脅。」

「保羅！」潔西嘉在他身後低聲說，「他說的可是宇航公會的人！」

「我馬上就會拔掉他們的毒牙。」保羅說。

他想著宇航公會，這股壟斷了宇航事業的勢力。壟斷時間如此之久，竟變成了一夥寄生蟲，一旦離開寄主，離開顧客，他們就無法獨立生活下去。他們從來不敢拿起刀劍……所以現在也就根本無法拿起刀劍。他們那些依靠香料所產生的超強直覺加預見性幻象的領航員在分析形勢時犯了一個錯誤，意識到這個錯誤時，他們本來可以奪取阿拉吉斯，讓他們的宏圖偉業繼續下去，直到他們離開人世。相反，他們寧願得過且過，希望在這片權力的海洋中，舊主人死了新主人會自動生成。反正誰上台也少不了他們，何必冒風險。

因爲香料的緣故，宇航公會的領航員們擁有一種有限的預知能力，但他們做出了不幸的決定：總是選擇暢通無阻的安全航道。然而，他們並未意識到，暢通無阻的順境最終只會走向停滯不前。

讓他們好好看看他們的新主人吧。保羅想。

「還有一位比吉斯特聖母，她說她是你母親的朋友。」葛尼說。

「我母親沒有比吉斯特朋友。」

葛尼再次環顧大廳，然後彎下腰，貼近保羅的耳朵說：「瑟菲·哈瓦特跟他們在一起，老爺。我沒找到機會單獨和他見面，但他用我們過去的手語告訴我：他一直在爲哈肯尼人工作，還認爲你已經死了。他說他必須留在他們中間。」

「你把瑟菲留在那些——」

「是他自己要的……我過去也覺得這樣最好。即使……出了什麼事，我們也可以控制他。而如果一切順利的話，我們在那邊也算有了個耳目。」

保羅隨即想起，他在預知的幻象中瞥見過這一刻的種種可能。在其中一條時間線上，瑟菲拿著一根毒針，皇上命令他用那根毒針來刺殺「那個自命不凡的公爵」。

入口處的衛兵們朝兩旁退後一步，兩兩一組搭起長矛，組成一道短廊。一行人快步穿過短廊走了進來，他們的衣服窸窣作響，腳下踩著被風吹進官邸的沙土，一路發出刺耳的腳步聲。

帕迪沙皇帝，沙德姆四世，領著他的人走進大廳。他的波薩格頭盔不見了，一頭紅髮亂蓬蓬的，軍服左邊的袖子也沿著中縫被撕開了。他沒繫腰帶，也沒帶武器，但他那些隨從們緊緊圍在他身邊，用人牆圍成一個大圓圈，跟他一起移動著，像一道用人體組成的遮罩場，爲他隔出一小片安全空間。

一個弗瑞曼人垂下長矛，擋在他前進的道路上，讓他停在保羅事先指定的地方。其他人在他身後聚成一團，像一幅色彩紛雜的印象畫，只不過畫中人個個神情黯淡，死死盯住保羅。

保羅的目光掃過這群人，看到其中有掩面遮住淚痕的女人，也有在薩督卡勝利慶典上享受觀禮台待遇的寵臣。此刻，在失敗的沉重打擊下，他們一句話也說不出，只能默默地站著。保羅在人群中看見了聖母凱斯．海倫．莫希阿姆，她那雙明亮的鷹眼在黑色兜帽下閃閃發光；還有站在她旁邊的菲得．羅薩．哈肯尼，他那張瘦長臉正鬼鬼祟祟地四處張望著。

這是一張預見幻象透露給我的臉，保羅想。

菲得．羅薩身後突然有人動了一下，吸引了保羅的注意力。他隨即往那邊望去，看見一張看上去十分狡猾的瘦長臉，那是一張他從未見過的臉——既未在現實生活中見過，也未在時間幻象中見過。可這張臉卻給他一種似曾相識的感覺，他覺得自己應該認識這個人才對，而且，這種「認識」的感覺中竟帶著幾分害怕此人的意味。

我爲什麼要害怕那個人？他思忖著。

他朝母親傾下身子，輕聲問道：「聖母左邊那個人，那個看上去很邪的人——他是誰？」

潔西嘉抬頭看了看，根據她先夫萊托公爵的檔案材料，立即辨認出了那張臉。「芬倫伯爵，」她說，「我們接手之前的阿拉吉斯臨時執政官，一個天生的閹人……一名殺手。」

爲皇上執行祕密任務的人，保羅想。這個想法穿過他的腦海，震撼了他，因爲他在諸般可能的未來裡無數次看到自己與皇帝的會面，但在所有那些預知幻象中，卻從未出現過這位芬倫伯爵。

隨即，保羅突然記起，沿著時間網路層層展開，他曾經無數次見到過自己的屍體，卻從沒見過自己死亡的那一刻。

我一直看不到這個傢伙，是否因爲他就是殺死我的人？保羅暗自問道。

這個不祥之兆使他心中一懍。他強迫自己把注意力從芬倫身上移開，扭頭打量著那些倖存下來的薩督卡和政府官員，看著他們臉上的苦澀和絕望。保羅的眼光飛快掃過，這些人中，還有幾張臉吸引了保羅的注意力：那些薩督卡軍官正評估著這間大廳裡的警戒水準，看樣子還沒放棄希望，正計畫著如何轉敗為勝。

保羅的目光最終落到一個女人身上。她身材高大，皮膚白皙，金髮碧眼，有一張很有貴族氣質的漂亮臉蛋，傲慢中帶著古典美。她看上去很堅強，不像流過眼淚的樣子，完全是一副不可戰勝的神情。不用說保羅也知道她是誰——她就是皇室的公主，一名訓練有素的比吉斯特，時間幻象曾經多次以不同的形式向他展示過這張臉：伊如蘭公主。

這就是我通往權力寶座的鑰匙。他想。

這時，聚在一起的人群中有個人晃了一下，一張熟悉的臉伴著熟悉的身影出現在保羅面前——瑟非·哈瓦特。他滿臉皺紋，雙唇上染著斑斑的黑漬，雙肩已經駝了下去，一看就知道他已經老了。

「瑟菲·哈瓦特在那兒，」保羅說，「隨便他站在哪裡，葛尼。」

「是，老爺。」葛尼說。

「隨便他站在哪裡。」保羅重複道。

葛尼點了點頭。

哈瓦特步履蹣跚地走上前來，一個弗瑞曼人舉起長矛讓他過去，又在他身後放下長矛。他抬起一雙混濁的眼睛看著保羅，打量著，探尋著。

保羅朝前邁近一步，立刻感覺到周圍的緊張氣氛，他必須隨時提防皇帝和他那些手下的反撲。

哈瓦特的目光穿過保羅，直勾勾地盯住他的身後。過了一會兒，這位老人說：「潔西嘉夫人，時至今日我才知道，當初我錯得多麼離譜，竟然冤枉了您。您無需原諒我。」

保羅等了一會兒，但母親始終保持沉默。

「瑟菲，老朋友，」保羅開口說，「你看到了，我沒背對著門坐。」

「可宇宙中到處都有門。」哈瓦特說。

「我是我父親的兒子。」保羅道。

「您更像您的祖父。」哈瓦特啞著嗓門說，「您待人處世的態度，還有您的眼神，都像您的祖父。」

「但我還是我父親的兒子。」保羅說，「因此，我要對你說，瑟菲，為了報答你多年來對我們亞崔迪家族的忠心耿耿，你現在可以向我索要任何你想要的東西。任何東西。你想要我的命嗎，瑟菲？只要你一句話，我的命就是你的。」保羅又向前跨上一步，雙手垂在身體兩側，看到哈瓦特眼中漸漸露出醒悟的神情。

他意識到，我已經知道他的背叛計畫了，保羅想。

保羅把聲音壓低到只有哈瓦特才能聽到的音量，耳語般輕聲對他說：「瑟菲，我的意思是：如果你真想刺殺我，現在就動手吧。」

「我只是想再次站在您面前，我的公爵。」哈瓦特說。保羅這才開始意識到，這位老人盡了多大努力才支撐住身體不倒下去。保羅急忙伸出手，扶住哈瓦特的雙肩，手下感覺到老人的肌肉正不住地顫抖。

「痛嗎，老朋友？」保羅問。

「痛，我的公爵，」哈瓦特承認說，「但快樂更甚於痛苦。」他在保羅的懷裡轉過半個身子，對著皇上的方向伸開左手，掌心向上，露出扣在手上的小針，「瞧見了嗎，陛下？」他大叫道，「瞧見你這背叛之針了嗎？我把我的一生都奉獻給了亞崔迪家族，你以為現在我竟要背叛他們嗎？」

老人的身子在保羅懷裡一沉，渾身鬆軟下來。保羅搖了搖哈瓦特的雙肩，卻感到死神已經悄然降臨了。輕輕地，他把哈瓦特放到地板上，直起身來，示意衛兵把屍體抬走。

沉默籠罩著大廳，他的命令被默默地執行了。

此時，皇上現出一副等死的面容，那雙從未流露過害怕神情的眼睛也終於暴露出內心的恐懼。

「陛下。」保羅一邊說，一邊注意到，那位高個子皇室公主立即警覺起來。他在說出這個詞時，充分運用了比吉斯特控制音調的方法，盡可能讓自己的語氣充滿藐視和輕蔑。

果然是受過比吉斯特訓練的人，保羅想。

皇上清了清嗓子，說：「也許，朕這位受人尊敬的親戚以爲，他現在已經控制了大局，可以隨心所欲了。然而，事實遠非如此。你違反大公約，竟使用原子武器攻擊……」

「我使用原子武器攻擊了沙漠裡的一座山，以改造當地的自然地貌。」保羅說，「它擋了我的路，而我只是急於見到你，皇帝陛下，急於要你解釋一下你那些古怪舉動。」

「此刻，阿拉吉斯上空有各大家族組成的超級聯合艦隊，」皇上說，「只要朕一句話，他們就會……」

「噢，是啊，」保羅說，「我差點把他們給忘了。」他在皇上的隨行人員中尋找著，直到看見那兩個領航員的臉。他扭頭對身邊的葛尼說，「那兩個傢伙是宇航公會的代理人嗎，葛尼？那邊那兩個穿灰色衣服的胖子。」

「是的，老爺。」

「你們兩個，」保羅指著那兩個領航員說，「立即給我滾出去，發信號要那群艦隊各自回家。之後，你們才可以請求我允許……」

「宇航公會不會聽命於你！」高個子叫道。他和他的同伴一起衝到長矛組成的屏障前。保羅點了點頭，弗瑞曼衛兵們舉起長矛，放這兩個領航員走出來。高個子抬起一隻手臂指著保羅說，「你們將會遭到嚴格的禁運，你的行爲已經……」

「如果我再聽到你們兩個人中任何人講這種廢話，」保羅說，「我就下令摧毀阿拉吉斯所有的香料……永久性地徹底摧毀。」

「你瘋了嗎？」高個子領航員質問道。他朝後退開半步。

「那麼，你承認我有能力做出這種事了？」保羅問。

那個領航員好像注視著虛空，半晌：「是的，你有能力這麼做，但你絕不能這麼做。」

「啊——哈，」保羅對自己點了點頭，說，「原來是宇航公會的領航員，你們倆都是吧，呃？」

「是的！」

那個矮個子領航員說：「你們自己也同樣會變瞎的。你這麼做，等於給我們所有的人都判了死刑，而且是慢慢地死。你難道連這點基本概念都沒有？你知不知道，一旦染上香料癮，缺少香料的供應將意味著什麼？」

「注視前方安全航線的眼睛將永遠閉上，」保羅說，「宇航公會的人會變成瞎子。人類被分成小群，困在他們各自與世隔絕的星球上。你們知道，我完全有可能做出這種事來，也許純粹是出於怨憤……也許，僅僅是出於無聊。」

「讓我們私下裡好好談一談，」高個領航員說，「我相信我們最終總會找到什麼折衷的解決方案——」

「給你們那些停在阿拉吉斯上空的人發信號。」保羅說，「我對這場爭執愈來愈厭煩了。如果上面那支艦隊不盡快離開，我們之間就沒有必要再談下去了。」他朝大廳一側的弗瑞曼通訊員那邊點了點頭說，「你們可以使用我們的通訊設備。」

「首先，我們必須討論一下，」高個領航員說，「總不能就這樣……」

「去！」保羅吼道，「能摧毀某樣東西，自然就擁有對它的絕對控制權。相信你們已經認同我的確有這個力量。而我們今天到這兒來，一不爲討論，二不爲談判，更不爲妥協。你們要麼服從我的命令，要麼立即嘗到苦果。」

「他是認眞的。」矮個領航員說。保羅看到，恐懼緊緊攫住了他們的心。慢慢地，兩個領航員蹭到通訊設備旁邊。

「他們會服從你的命令嗎？」葛尼問。

「他們也有一定的預知能力，只是能力稍弱些，只能看到一小段未來。」保羅說，「現在，通往未來的路全都封死了，顯現在他們面前的只有一堵牆，上面寫明了不服從命令的後果。我們上空每艘飛船上的每個宇航公會的領航員都能看到那堵牆。他們會服從命令的。」

保羅回過身來看著皇上：「當年，他們之所以允許你登上你父親的寶座，僅僅是因爲你擔保將維持香料的供應。可你使他們失望了，陛下。你知道後果會怎樣嗎？」

「朕無需任何人允許朕……」

「別裝傻了。」保羅喝道，「宇航公會就像建在河邊的村子，他們需要水，可充其量不過是汲取一點他們所需要的水而已。他們無法在河上築壩來控制水的流量，因爲他們的注意力只集中在河水本身。說到底，這正是他們的致命弱點。香料的流通就是他們的河流，而我已經在上游築好了堤壩。我的堤壩與河流緊密地連在一起，不毀掉河流，別想毀掉堤壩。」

皇上用一隻手捋了捋他的紅髮，瞥了一眼那兩個領航員的後背。

「就連你的比吉斯特眞言師也在發抖呢。」保羅說，「當然，聖母們本來可以用其他毒藥來玩她們那些把戲，可一旦用過香料，其他藥物就再也起不了作用了。」

老婦人拉了拉她那身毫無樣式可言的黑色長袍，用長袍裹緊身子，從人群中擠了出來，站在長矛組成的屏障前。

「聖母凱斯·海倫·莫希阿姆。」保羅說，「自卡拉丹一別之後，已經過了很長一段時間了，是不是啊？」

她的目光越過保羅，望著他母親說：「好吧，潔西嘉，我看得出妳兒子的確是那個人。因爲這個原因，妳可以被原諒，就連妳女兒那令人厭惡的行爲舉止也可以被原諒。」

保羅以冰冷而憤怒的口氣大聲說道：「我母親做過的事用不著妳來原諒！妳從來沒有這個權力，也沒有任何理由這麼說！」

老婦人的眼睛死死盯在保羅身上。

「想在我身上玩弄妳那套把戲嗎，老妖婆。」保羅說，「妳的高姆刺哪兒去了？試試看再去一趟妳不敢看的那個地方！妳會發現我正站在那裡瞪妳呢！」

老婦人立刻垂下目光。

「沒話說了嗎？」保羅質問道。

「我曾經歡迎你進入眞人的行列，」她喃喃地說，「希望不要玷污了眞人的名聲。」

保羅提高音量說：「看看她吧，夥計們！這就是比吉斯特聖母，耐心地從事著一項需要耐心的事業。她可以和她的姊妹們一起耐心等待——等了整整九十代人，只爲了配出適當的基因，再結合適當的環境，最後生出她們計畫所需的那個人。看呀！她現在知道了，九十代人的努力終於生出了那麼一個人。這個人就是我。我的確是站在這裡了，但—我—永—遠—不—會—按—她—說—的—去—做！」

「潔西嘉！」老婦人尖聲叫道，「叫他閉嘴！」

「妳自己叫他閉嘴吧！」潔西嘉說。

保羅瞪著那個老婦人。「爲了妳在這一切之中所起的作用，我眞想掐死妳。」他說，「妳阻擋不了我！」聽到這話，老婦人氣得渾身僵硬。保羅厲聲喝道，「但我認爲，最好的懲罰是讓妳活下去，讓妳永遠碰不著我一根寒毛，也無法使我向妳臣服，更別指望我做任何妳想要我做的事，我絕不會讓妳如願的。」

「潔西嘉，瞧瞧妳都做了些什麼呀？」老婦人質問道。

「我只告訴妳一件事。」保羅說，「人類這個種族需要什麼，妳們的確看到了一部分，但妳們對它的了解是多麼貧乏啊！妳們想控制人類的繁衍，想根據妳們的主要計畫，把少數經過挑選的基因混合一起！妳們懂得太少了，可是……」

「不能在人前提這些事！」老婦人低聲說。

「閉嘴！」保羅咆哮道。在保羅的控制下，這個詞似乎擁有了實體，扭動著穿越他倆之間的空氣，撲向那老婦人。

老婦人搖搖晃晃地倒退幾步，她身後的眾人立刻伸出手來扶住她。她臉色蒼白，震動不已，保羅竟然擁有如此的精神力量，竟可以抓住她的靈魂。「潔西嘉，」她輕聲念叨著，「潔西嘉。」

「我記住了妳的高姆刺，」保羅說，「妳最好也記住我的。我只用一句話就可以殺死妳。」

大廳四周的弗瑞曼人心領神會地交換著眼神。聖傳中不就是這麼說的嗎：「他的話將給那些有違正義的人帶來永恆之死。」

身材高大的皇室公主正站在她父皇身邊，保羅把注意力轉向她。他兩眼緊盯著這位公主，嘴裡卻對皇上說：「陛下，我們倆都很清楚能幫助我們擺脫困境的方法是什麼。」

皇上瞟了一眼他的女兒，又回過頭來看著保羅。「你敢？你！一個沒有家族撐腰的冒險家，一個無名小卒——」

保羅說：「你早就承認我的身份了——皇室的親戚，這是你說的。我們就別在這方面多廢話了吧。」

「朕是你的統治者。」皇上說。

保羅瞥了一眼那兩個領航員，他們此時正面對著他，站在通訊設備旁邊。其中一個宇航員朝他點了點頭。

「我可以強制執行。」保羅道。

「你敢！」皇上咬牙切齒地說。

保羅只是冷冷地瞪著他。

皇室公主把一隻手放在她父親的手臂上。「父親。」她的聲音絲般柔和，聽上去非常溫柔悅耳。

「別跟朕耍什麼花招。」皇上說。然後，他看著自己的女兒，「妳沒有必要這麼做的，女兒。我們還有其他辦法……」

「可這裡出現了適合當您女婿的人。」她說。

老聖母此時已經恢復了鎮靜，她擠到皇上身邊，湊近他的耳朵輕聲說起來。

「她在爲你說好話，懇請皇上應允。」潔西嘉說。

保羅繼續盯著那位一頭金髮的公主。他走到母親身邊，說：「伊如蘭，皇上的長女，是嗎？」

「是的。」

加妮走到保羅另一邊，說：「你希望我離開嗎，穆哈迪？」

他看著她：「離開？妳再也不會離開我身邊了，永遠。」

「我們之間並不存在互相約束的紐帶。」加妮說。

保羅默默地低頭看著她，然後說道：「跟我講眞話，我的塞哈亞。」她剛要回答，保羅卻伸出一根手指搭在她的嘴唇上，不讓她開口，「連接我們的紐帶永遠不會鬆脫。」他說，「現在，密切注意這裡所發生的一切，我希望等會兒可以聽到妳的意見。」

皇上和他的眞言師低聲進行了一場熱烈的爭執。

保羅對他母親說：「她提醒他，當年他們協議的一部分，就是把一位比吉斯特推上皇帝的寶座，而伊如蘭便是她們培育的皇位繼承人。」

「那就是他們的計畫嗎？」潔西嘉問。

「這還不明顯？」保羅問。

「我也看出來了！」潔西嘉厲聲道，「我問你是要提醒你，用不著把我教你的那些東西教回給我。」

保羅看著她，發覺她嘴角掛著冷笑。

葛尼．哈萊克傾身向前，擋在保羅和他母親之間。「我要提醒你，老爺，那群人中還有一個哈肯尼人。」黑頭髮的菲得．羅薩此刻正擠在長矛屏障的左邊，葛尼朝他那個方向努了努嘴說，「就是左邊那個斜眼的傢伙，那張我平生所見最邪惡的臉。你以前答應過我——」

「謝謝你，葛尼。」保羅說。

「他可是準男爵……哦——不，既然老男爵死了，那他現在就是男爵了。」葛尼說，「我要用他來報仇雪恨，他必須爲我——」

「你能打敗他嗎，葛尼？」

「老爺，別開玩笑了！」

「皇上和他的巫婆已經爭論得夠久了，您不這樣認爲嗎，母親？」

她點點頭說：「確實如此。」

保羅提高音量，對皇上喊道：「陛下，你們之中是否有一個哈肯尼人？」

皇上扭頭看著保羅，皇室特有的傲慢頓時表露無遺。「朕以爲，你身爲公爵是說話算話的，朕的隨扈人員都應該受到人身安全的保障。」他說。

「我只是問一問，了解一下情況。」保羅說，「我想知道，那個哈肯尼人是官方隨扈人員嗎？還是僅僅因爲怯懦而刻意躲在你身邊？」

皇上的笑容十分工於心計：「任何陪同聖駕的人，都是朕的隨扈人員。」

「公爵說的話當然算話。」保羅說，「但穆哈迪就是另一回事了。他也許並不認同你對於隨扈人員所下的定義。我的朋友葛尼．哈萊克想殺死一名哈肯尼人。如果他……」

「世仇！」菲得．羅薩高聲叫道。他擠到長矛屏障前，用力推搡著說，「你父親稱之爲家族世仇，亞崔迪。你說我是懦夫，可你自己卻躲在你的女人中間，派你的僕人來跟我決鬥！」

老眞言師態度激烈地小聲在皇上耳邊說了些什麼，但他把她推到一邊，說：「世仇，是嗎？大家族聯合會對於家族世仇可是有嚴格規定的。」

「保羅，別這麼做。」潔西嘉說。

「老爺，」葛尼說，「你答應過我，給我機會手刃哈肯尼人。」

「你今天有了一整天機會收拾他們。」保羅說，只覺得一股無法遏制的稀奇古怪的衝動：豁出去了。他脫下長袍和兜帽，連同腰帶和他的嘯刃刀一起遞給他母親，然後開始脫蒸餾服。這時，他突然感到整個宇宙都聚焦到了這一刻。

「沒必要這麼做，」潔西嘉說，「還有更簡單的解決辦法，保羅。」

保羅脫下蒸餾服，從母親手中握著的刀鞘裡拔出嘯刃刀。「我知道。」他說，「投毒、暗殺，所有那些常見的老辦法。」

「你答應過我，讓我手刃哈肯尼人！」葛尼低聲說，臉上的墨藤鞭痕高高隆起，幾乎漲成了黑色。保羅從他臉上看出了他的憤怒。「你欠我的，老爺！」

「你因他們而受到的折磨難道比我多嗎？」保羅問。

「我妹妹，」葛尼怒氣沖沖地說，「還有我在奴隸營中捱過的那些年——」

「我父親，」保羅說，「我的好朋友和戰友，瑟菲．哈瓦特和鄧肯．艾德荷，還有我流亡過程中無名無份、無依無靠的那些年……還有一件事：現在是家族世仇，你和我一樣清楚那些必須遵守的規矩。」

葛尼．哈克萊垂下雙肩。「老爺，如果那頭豬……他不過是頭禽獸，給你墊腳都不配，踩在他身上都嫌弄髒了你的鞋。如果一定要這麼做的話，叫個劊子手來好了，或者讓我來，但千萬別親自……」

「穆哈迪沒有必要這麼做。」加妮說。

他瞥了她一眼，察覺到她眼中流露的擔憂神情。「但保羅公爵必須這麼做。」他說。

「這只是個哈肯尼畜生！」葛尼粗聲粗氣地罵道。

保羅猶豫了一下，不知道是否該揭露自己的哈肯尼血統。但母親朝他投來嚴厲的目光，打消了他這個念頭。於是，保羅只說道：「不過，這傢伙長得倒還像個人樣，葛尼，馬馬虎虎可以把他算個人。」

葛尼說：「如果他……」

「請站到一邊去吧。」保羅說。他舉起嘯刃刀掄了掄，輕輕把葛尼推到一旁。

「葛尼！」潔西嘉說，碰了碰葛尼的手臂，「在這種情況下，他很像他的祖父。不要分散他的注意力。現在你能為他做的也只有這些了。」她心裡卻在想：偉大的神母啊！眞夠諷刺的，好一個家族世仇，哈肯尼對哈肯尼。

皇上審視著菲得．羅薩，此人肩膀寬厚，肌肉結實。他又扭頭看看保羅——一個乾瘦高䠷的年輕人，雖然不像阿拉吉斯土著那麼乾巴巴地骨瘦如柴，卻也跟他們一樣數得出肋骨來，而且脅腹深陷，甚至可以清楚地看到皮膚下面肌肉的運動。

潔西嘉靠近保羅，傾身用只有他才能聽見的聲音對他耳語道：「有一件事，兒子。有些時候，當比吉斯特訓練危險人物時，通常會運用老式的潛意識刺激法，把某個關鍵字植入他心靈最深處。最常用的詞是『尤羅西諾』。如果我沒猜錯的話，此人也是用這種方法訓練出來的，只要你在他耳邊發出那個詞，他的肌肉就會立即變得鬆軟無力，而且……」

「這一回，我不想要什麼特殊照顧。」保羅說，「退回去吧，別攔我。」

葛尼對她說：「他幹嗎要這麼做？想要自尋死路去當殉難者嗎？就因為弗瑞曼人宗教中那些無稽之談？就是這些東西蒙蔽了他的理智嗎？」

潔西嘉把臉埋在掌中，意識到自己並不完全了解保羅為什麼要選擇這條路。她能感覺到整個大廳被籠罩在死神的陰影下，也知道保羅之所以會變成這樣，完全有可能就是因為葛尼．哈萊克所暗示的那個理由。她的全部身心都集中在兒子身上，想盡全力保護兒子。然而，她什麼也做不了。

「是因為宗教裡那些無稽之談嗎？」葛尼再三追問道。

「別說話，」潔西嘉輕聲說，「祈禱吧。」

皇上的臉上突然露出微笑。「如果我的隨扈……菲得．羅薩．哈肯尼……希望如此，」他說，「我將解除對他的一切限制，給他自由選擇的權利，讓他自己抉擇自己要走的路。」皇上朝保羅的弗瑞曼敢死隊衛兵們擺了擺手，「你那一群烏合之眾裡，不知是誰拿著我的腰帶和短刀。如果菲得．羅薩願意的話，他可以用我的刀跟你決鬥。」

「我願意。」菲得．羅薩說。

保羅看到他那張洋洋得意的臉，心想：他過於自信，這一點對我很有利。

「把皇上的御刀拿來。」保羅說。他看著衛兵們迅速執行了命令，然後又說，「放在那邊地上。」他用腳點出一個地方，「清場。讓皇上的那群烏合之眾們統統靠牆站，把那個哈肯尼人帶到中間的空地上。」

隨即便是一陣騷動：衣袍摩擦發出的窸窣聲；慌亂的腳步聲；還有低聲的命令和抗議。在這片嘈雜的雜訊中，保羅的命令被貫徹執行了。那兩個領航員仍然站在通訊設備附近，他們朝保羅皺著眉頭，顯然有些舉棋不定。

他們已經習慣於預知未來。保羅想，然而，此時此地，卻只能看見一片空白，他們都變成了瞎子……就連我也一樣。他極力體會時間之風，去感受那即將到來的騷亂，去領略集中在此時此地的風暴中心。如今，就連最細微的罅隙也全都合攏了。他知道，這裡面隱藏著尚未成型的聖戰；這裡面就是他一度引為自己可怕使命的種族意識；這裡面包含著足夠理由，足以生出科維扎基·哈得那奇，或天外綸音，或比·吉斯特育種計畫的終結者。人類的基因自覺地感應到了它的休眠期，意識到它本身已經變得陳舊了，知道自己現在只需要混亂，以便在混亂中進行基因雜交，產生出強壯的新型混合體，這樣才能繼續生存下去。此刻，人類的所有成員都以獨立個體的形式，無意識地生存在這個世界上，所有人都正經歷著一種可以超越一切藩籬的狂熱。

而且，保羅看得出，自己的任何努力都將毫無用處，絲毫無法改變未來。他曾經想過完全依靠自己的意志力對抗聖戰的陰影。然而，聖戰還是會來的。即使沒有他，他的軍團也還是會憤怒地衝出阿拉吉斯。他們只需要一個傳奇，而他已經成為這個傳奇的核心。他已經給他們指明了方向，教會了他們控制宇航公會的方法——因為宇航公會必須依賴香料才能繼續生存下去。

挫敗感占據了他的心靈，他懷著沮喪的心情看著菲得·羅薩已經脫去破爛的軍服，身上只剩下一條遮罩場腰帶。

這就是高潮了，保羅想。從這裡開始，如撥雲見日般，未來之門將重新開啓，把這一切變成榮耀的開端，堅定不移地把未來引向聖戰。如果我在這兒戰死，他們會說我犧牲自己救贖大眾，我的靈魂將領導他們繼續向前；而如果我活下來了，他們就會說，穆哈迪戰無不勝。

「亞崔迪準備好了嗎？」菲得·羅薩遵照古老的家族世仇決鬥儀式高聲叫道。

保羅決定依弗瑞曼人的決鬥方式來回答他：「願你刀斷人亡！」他指著地板上的御刀，示意菲得·羅薩上前拿起刀來。

菲得·羅薩警覺地注視著保羅，迅速拾起刀來，在手中掂量了一會兒，感覺一下。他心中非常興奮，彷彿正燃著熊熊烈火。這是他夢寐以求的戰鬥——一場男子漢對男子漢、技巧對技巧、沒有遮罩場干擾的戰鬥。他可以看到，一條通往權力的康莊大道已經在他面前展開：對皇上來說，亞崔迪公爵是位十分棘手的人物，皇上肯定會大力嘉獎任何一個殺死這位公爵的人。獎品甚至可能就是那位傲慢的公主和一部分皇權。我是受過各種武器裝備和各種奇謀詭計訓練的哈肯尼人，在競技場上經歷過上千次戰鬥，菲得想，這個土包子公爵，一個來自荒蠻世界的冒險家，怎麼可能是我的對手。而且，這個土包子也無從知道，他將要面對的武器可不僅僅是一把刀。

就讓咱們瞧瞧你是不是百毒不侵！菲得·羅薩想。他舉起御刀向保羅致敬，嘴裡說：「去死吧，傻瓜。」

「我們可以開打了嗎，表兄？」保羅問。他貓腰前行，眼睛盯著菲得·羅薩手中的刀。保羅伏低身子，乳白色的嘯刃刀直指前方，像延展出來的手臂。

他們繞著彼此兜了一圈又一圈，赤腳在地板上蹭出刺耳的摩擦聲，一邊警惕地盯著對方，想找出破綻來。

「你的舞跳得眞好。」菲得・羅薩說。

他是個愛說話的人，保羅想。又一個弱點。當面對沉默的對手時，他就會變得不安起來。

「你做過臨終懺悔了嗎？」菲得・羅薩說。

保羅仍然默默地和他兜著圈子。

皇上的隨扈人員都擠著觀看他們兩人的決鬥，老聖母也從人群的縫隙中凝神盯著他們，感到自己竟不由自主地顫抖起來。小亞崔迪把那個哈肯尼人稱爲「表兄」，這只能說明他知道他們倆有著共同的祖先。不過，這很容易理解，因爲他是科維扎基・哈得那奇。但保羅的話迫使她集中心思，開始考慮這場決鬥中與她有關的唯一一件事。

對比吉斯特的人類育種計畫而言，這可能是一次大災難。

她也從中看出了一些保羅看到的東西：菲得・羅薩也許可以殺死對手，但絕不會是最終的勝利者。而隨即而生的另一個念頭幾乎使她完全崩潰。比吉斯特人類育種計畫是個極其耗時且花費巨大的項目，而他們倆就是這個項目的最終產物。如今，他倆在這次生死決鬥中迎面相逢，很可能會一起送命。如果他們兩人都死在這兒，那就只剩下兩個選擇：一個是菲得・羅薩的私生女，但她還是一個嬰兒，一個未知的、不可測的因素；另一個就是阿麗亞，那個令人厭惡的傢伙。

「也許你在這個地方只能接觸到異教徒的儀式，」菲得・羅薩說，「要不要皇上的眞言師爲你準備後事，好送你的靈魂上路啊？」

保羅微笑著朝右邊兜過去，保持著警覺，不再去想那些讓人沮喪的事。這種時候需要盡量壓制自己的思緒。

菲得・羅薩跳開一步，舉起右手佯攻，但手上的刀卻神不知鬼不覺地換到了左手。

保羅輕鬆地避開菲得・羅薩的一擊，注意到對手在劈出這一刀時，因爲慣於使用遮罩場而略有些動作遲緩。不過，菲得．羅薩的動作還不算很慢，並不像保羅見過的其他依賴遮罩場的人。他覺得，菲得．羅薩以前肯定跟沒有遮罩場的人交過手。

「亞崔迪人是不是只會瞎跑，卻不敢停下來堂堂正正地好好打一場啊？」菲得．羅薩問道。

保羅一言不發地重新開始兜圈子。他突然回憶起艾德荷的話來。那是很久以前在卡拉丹的訓練場上，艾德荷說：「開始的時候，要花些時間來觀察你的對手。這麼做，也許你會失去許多速戰速決的機會，但觀察是贏得勝利的保證。慢慢來，直到你確信自己已經有了制勝的把握爲止。」

「也許，你以爲跳跳這種舞可以讓你多活幾分鐘。」菲得．羅薩說，「那好吧。」他停下腳步，直起身來，不再跟著保羅兜圈子。

不過，保羅已經看夠了，已經對菲得．羅薩有了初步的了解。這時，菲得．羅薩率先邁向左邊，露出右臂，彷彿戰鬥腰帶那小小的護甲已經足以保護他的整個側面。通常只有受過遮罩場訓練、手持雙刀的人，才會作出這樣的動作。

難道……保羅躊躇起來……那根腰帶並不僅僅是表面上看起來的那麼簡單。

這個哈肯尼人似乎太自信了。要知道，他的對手可是指揮大軍擊敗了薩督卡軍團的人。

菲得．羅薩留意到保羅的躊躇，說：「既然知道戰死在我手下是不可避免的事，那還拖什麼拖？我遲早會收拾殘局，行使我應有的權力。你也只能耽擱一下我前進的腳步罷了。」

如果是飛鏢發射器，保羅想，那一定是個非常巧妙的機關。從腰帶上一點也看不出有做過手腳的痕跡。

「你爲什麼不說話？」菲得．羅薩質問道。

保羅重新試探性地兜起圈子來，對菲得．羅薩言語之間流露出的不安報以微笑。這表明，沉默帶來的壓力正在積聚中。

「你笑了，呃？」菲得．羅薩問。話沒說完便跳了起來。

保羅一心在尋找適當的戰機，他以爲菲得．羅薩說話的時候會稍稍停頓一下，卻沒料到對手突然發起進攻，因此差點沒能避開菲得．羅薩狠狠劈下來的一刀。保羅感到刀尖劃破了自己的左臂，他一言不發地強忍痛楚，心頭頓時一片雪亮，意識到早些時候對手故意表現出動作遲緩的樣子，其實是陷阱，完全是假象。看來，這位對手的實力在他預料之外。陷阱裡的陷阱還套著陷阱。

「你們自己的瑟菲．哈瓦特曾經指點過我一些戰鬥技巧，」菲得．羅薩說，「他是第一個讓我流血的人。不過，那個老傻瓜沒能活著看到這一切，眞是太遺憾了。」

這時，保羅想起艾德荷曾經說過的話：「不要想當然，不要把希望寄託在外部因素上。只盯住戰鬥過程中出現的種種狀況，這樣你才永遠不會感到意外。」

兩人又繞著彼此兜起圈子來，半伏下身子，異常警覺。

保羅看到對手又得意洋洋起來，覺得非常奇怪。難道對那個傢伙來說，一條小小的劃傷就値得那麼興奮嗎？除非刀刃上有毒！但是，這怎麼可能呢？保羅知道，他自己的人處理過這把刀，交給菲得．羅薩之前檢查過。他們受到過極好的訓練，怎麼可能漏過那麼明顯的陰謀。

「那邊那個你剛剛跟她談話的女人，」菲得．羅薩說，「就是身材嬌小的那個。她對你來說很特別嗎？也許是你的新寵？要不要我回頭特別關照她一下？」

保羅繼續保持沉默，用他的內部意識探測著，仔細檢查從傷口流出的血，發現御刀的刀刃上塗有迷藥的成分。他立即調整自己的代謝功能以應付眼前的危機，然後迅速改變迷藥的分子結構。儘管這迷藥已經不會對他造成傷害了，可他還是覺得有些不寒而慄。他們一早就準備好一把塗上了迷藥的刀，這種迷藥不會觸發毒素檢測器，但藥效卻強到足以使中毒者受創的肌肉遲鈍起來。他的敵人們自有他們的小算盤。陰謀中的陰謀，一個套一個，一個比一個更加陰險狡詐。

菲得·羅薩再次跳起來，劈出一刀。

保羅的微笑僵在臉上，裝出一副暈暈乎乎、動作遲緩的樣子，彷彿迷藥已經開始起作用了。然而，他在最後關頭閃身避開，用嘯刃刀的刀尖迎上對手狠劈下來的手臂。

菲得·羅薩趕緊往斜地裡一閃，跳出決鬥圈，躲在一邊。他趕緊把刀移到左手，感覺保羅刺傷他的地方隱隱作疼，就像中毒一樣。他的下顎因害怕而開始微微泛白。

讓他自己去疑神疑鬼吧，保羅想，就讓他懷疑自己中毒了。

「太陰險了！」菲得·羅薩大聲叫道，「他對我下毒！我覺得我的手臂中毒了！」

保羅終於打破沉默：「只是一點點迷幻藥罷了，回報你塗在御刀上的迷藥。」

菲得·羅薩舉起左手握著的刀，嘲弄地擺出敬禮的姿勢，以此回應保羅的冷笑，雙眼卻在刀後閃出憤怒的火焰。

保羅也把嘯刃刀換到左手，擺出與對手相同的姿勢。接下來，兩人再次兜起圈子來，相互試探著。

菲得·羅薩開始縮短兩人之間的距離，側著身子往圈內移動，御刀高舉在頭頂。他的下巴緊繃著，斜眼瞪著保羅，憤怒之情溢於言表。他分別朝右方和下方佯攻兩下，隨即與保羅撞到一起。他們緊緊抓住彼此握刀的手，奮力扭打著。

保羅懷疑菲得·羅薩的右臂處藏有毒鏢發射器，所以一直很注意。保羅強行扭到右邊，想看個究竟，結果差點漏過菲得·羅薩腰帶下方突然伸出的毒針。當時，菲得·羅薩擰了一下身子，用力朝他頂過來，這個動作引起了他的注意，於是毒針以毫髮之差貼著他的肌膚偏向一邊。

是在左臂上！

陷阱裡的陷阱套著陷阱！保羅提醒自己。出於本能，他那受過比吉斯特訓練的肌肉立刻調動起來，迅速朝下避開，想讓菲得．羅薩撲一個空。但為了不被對手屁股上的小針刺到，保羅一失足，重重摔倒在地，被菲得．羅薩壓在身下。

「看見我屁股上的毒針了？」菲得．羅薩輕聲說，「你死定了，傻瓜！」他開始扭動臀部，把毒針越貼越近。

「這會使你的肌肉暫時失去功能，然後由我來操刀殺死你，絕不會留下任何痕跡，查都查不出來！」

保羅竭盡全力抵抗菲得．羅薩，一邊聽到自己心裡無聲地尖叫起來。烙在細胞裡的每個遺傳先祖都在大聲叫喊，要他使用密語，好讓菲得．羅薩的動作緩上一緩，救他自己的性命。

「我不會說的！」保羅大口大口地喘著粗氣。

菲得．羅薩愣了一下，瞠目結舌地盯著他，稍稍猶豫了一下。雖然這只是一瞬間的事，但卻給了保羅足夠的時間，足以讓他發覺對方下盤不穩，兩腿交錯在一起，很容易失去平衡。菲得．羅薩側著身子，右邊臀部高高翹起，左臀處那根小小的毒針被壓在他自己的身下，戳進地板裡了，所以根本無法轉身。

保羅掙扎著抽出左手，使盡全身的力氣，把嘯刃刀從菲得．羅薩的下巴底下狠狠戳了進去。刀尖直接插入菲得．羅薩的頭部，他抽動了一下，往後便倒，而毒針半嵌在地板裡，支撐著他的屍體側臥在一旁。

保羅做了幾個深呼吸，重新恢復了鎮靜，然後用手一撐，站起身來。他站在屍體旁，手裡拿著刀，故意慢慢地抬起頭來，望著對面的皇上。

「陛下，」保羅說，「你的隊伍裡又少了一個人。我們現在該開誠布公地談一談了吧？討論一下應該怎麼辦？把你的女兒嫁給我，讓亞崔迪人也能登上皇帝的寶座。」

皇上扭頭看看芬倫伯爵。伯爵與他視線相交——灰眼睛對上綠眼睛。彼此都很清楚對方的想法，畢竟合作了那麼多年，只一瞥就能了解對方的意圖。

替我把那個自命不凡的傢伙殺掉，皇上的眼神告訴伯爵，沒錯，這個亞崔迪人的確年輕力壯——但他剛才苦戰了那麼長時間，也累得夠嗆了，無論如何絕不會是你的對手。現在就去向他挑戰……你知道該怎麼做。殺了他。

慢慢地，芬倫伯爵轉動頸項，過了很久才轉過頭來，面對保羅。

「去呀！」皇上低聲說。

伯爵緊盯著保羅，用他妻子瑪格特伯爵夫人按照比·吉斯特方式訓練出來的特殊方法，感受著這位亞崔迪年輕人的神祕和藏而不露的高貴氣質。

我有能力殺死他，芬倫想——他知道這是事實。

這時，從伯爵自己內心深處的祕密角落裡突然冒出一個念頭，阻止他進一步採取行動。他飛快地盤算了一下，大致算了算自己比保羅占優的地方：他善於在年輕人面前把自己僞裝起來，總是行爲詭祕，沒人能看穿他的心思。

保羅通過滾滾的時間激流，對眼前的狀況多少有了一定的認識，他終於明白了，爲什麼從未在預見的時間之網中見過芬倫。芬倫是那些幾乎成功的半成品之一，他差一點就可以成爲科維扎基·哈得那奇了，卻因爲基因範本中的一點點缺陷而變成殘廢——一個天生的閹人，他無法施展自己的才華，最後只落得行爲詭祕、離群索居。保羅突然對伯爵生出一種深深的同情心，那是他以前從未體驗過的兄弟情誼。芬倫讀出了保羅的情緒波動，於是說道：「陛下，我不得不拒絕您的要求。」

沙德姆四世勃然大怒，快走兩步衝過隨行的人群，狠狠一拳打在芬倫下巴上。

芬倫的臉頓時漲得通紅。他直視皇上，故意平淡地說：「我們一直是朋友，陛下。我知道，現在拒絕你有些不夠朋友，所以我會忘記你打了我。」

保羅清了清嗓子說：「我們在談皇位的問題，陛下。」

皇上一個急轉身，瞪著保羅吼道：「坐在皇帝寶座上的人是我！」

「不過，你的寶座將安放在薩魯撒．塞康達斯。」保羅說。

「我放下武器到這兒來，完全是因爲你答應過擔保我們的安全。」皇上大聲喊道，「可你竟敢威脅……」

「你的人身安全在我面前是有保障的，」保羅說，「亞崔迪信守承諾。然而，穆哈迪判你流放，流放到你那顆監獄星球上去。但是你也用不著害怕，陛下，我將做出安排，盡全力改善那裡的艱苦環境，把它變成一個到處都是溫柔鄉的樂園。」

皇上在心裡慢慢體會著保羅話中所隱藏的深意，當他明白了保羅的話外之音時，不禁睜大眼睛瞪著對面的保羅。「現在我們總算明白你的意圖了。」他冷笑著說。

「確實如此。」保羅說。

「那阿拉吉斯又會如何呢？」皇上問，「另一個『到處都是溫柔鄉的樂園』？」

「弗瑞曼人會得到穆哈迪的承諾，」保羅說，「在這片土地上，將會有露天的流動水源和物產豐富的綠洲。但與此同時，我們也要兼顧香料。因此，阿拉吉斯總會有沙漠……也會有狂風，以及種種可以磨練男子漢的艱苦環境。我們弗瑞曼人有一句名言：『上帝締造阿拉吉斯的目的，就是爲了培養忠誠。』人類不能違背神的旨意。」

老眞言師——聖母凱斯．海倫．莫希阿姆——對保羅的話外之音有她自己的看法。她看出了聖戰的苗頭，急忙說道：「你不能放縱弗瑞曼人，讓他們橫行宇宙。」

「妳應該回想一下薩督卡的溫和手段！」保羅厲聲喝道。

「你不能。」她輕聲嘟囔著。

「妳是位眞言師，」保羅說，「反思一下妳所說的話吧。」他瞥了一眼皇室公主，又回過頭來對皇上說，「最好快點，陛下。」

皇上用頗受打擊的目光扭頭看看自己的女兒。她拉著他的手臂，安慰他說：「我之所以受訓，不就是爲了聯姻嗎，父親。」

他深深地吸了一口氣。

「你無法阻止這件事。」老眞言師喃喃地說。

皇上挺直身體，僵硬地站在那裡，不忘維持他的尊嚴。「由誰來代表你談判，我的親戚？」他問。

保羅轉過身去，望向自己的母親，看到她雙眼緊閉，跟加妮一起站在一班弗瑞曼敢死隊衛兵中間。他走到他們面前站住，低頭看著加妮。

「我知道你的理由。」加妮輕聲說，「如果一定要……友索。」

保羅聽出她的話中暗藏悲泣，於是輕撫著她的臉頰安慰她。「我的塞哈亞，什麼也不用怕，永遠不用怕。」他小聲說。隨後，他垂下手臂，面對他母親說，「就由您來代表我談判吧，母親。把加妮帶在您身邊，她很聰明，而且目光銳利。人們常說，沒人能比弗瑞曼人更會討價還價。她看問題時會懷著對我的愛意，會考慮到她今後會有的兒女，會考慮到孩子們的需要。聽聽她的建議。」

潔西嘉明白兒子一定已經算計過了，條件恐怕會很苛刻，因此不由得打了一個冷戰。她問：「你有什麼指示嗎？」

「要皇上拿手裡全部的宇聯公司股份作嫁妝。」他說。

「全部？」她大爲震驚，幾乎說不出話來。

「他理應被剝奪財產。我還要爲葛尼．哈萊克爭取到伯爵爵位和宇聯公司董事的職位，要把卡拉丹賜給他作封邑。每一個倖存的亞崔迪人都將受封，都將享有一定的權力，就連最低階的士兵也不例外。」

「弗瑞曼人怎麼辦？」潔西嘉問。

「弗瑞曼人是我的，」保羅說，「他們會得到什麼將由穆哈迪來分配。首先要任命史帝加擔任阿拉吉斯總督，不過，這可以等一等再做處理。」

「那我呢？」潔西嘉問。

「您希望得到什麼？」

「也許是卡拉丹吧。」她說著，看了看葛尼，「我還不能肯定。我已經變得更像個弗瑞曼人了……而且，還是弗瑞曼聖母。我需要一段時間的寧靜，好好考慮一下。」

「您會得到它的，」保羅說，「還有其他任何葛尼和我可以給您的東西。」

潔西嘉點點頭，突然覺得自己又老又累。她看著加妮說：「那麼，給你這位愛妃賜些什麼？」

「我不要封號，」加妮輕聲說，「我什麼都不要。求你了。」

保羅低頭看著她的眼睛，突然回憶起她懷抱小萊托站著的樣子。可如今，他們的孩子在這次暴力衝突中喪生了。「現在我向妳發誓，」他輕聲說，「妳無需任何封號。那邊那個女人將是我的妻子，妳只是我的姬妾，但這是因爲政治上的需要，不得不如此。我們必須和平解決這次事件，以便取得立法會各大家族的支持。雖說是表面文章，可我們仍舊必須遵守這些形式。不過，那個公主除了名分之外，什麼也得不到。不會有我的孩子，不會得到我的愛撫，不會擁有我溫柔的目光，更不會有片刻溫存。」

「你現在這麼說，但以後……」加妮說著，望向站在大廳另一邊那位高挑的公主。

「妳這麼不了解我兒子嗎？」潔西嘉輕聲說，「妳瞧瞧站在那邊的那位公主，多傲慢，多自信。他們說，她在文學修養方面很自負。我們只能希望，她可以從那些東西裡找到些慰藉；除此之外，她什麼都沒有。」潔西嘉苦笑道，「想想看，加妮，那個公主空有名分，卻會過著不如姬妾的生活——雖然貴爲皇后，卻永遠無法得到丈夫的片刻溫柔。而我們，加妮，背負著姬妾名分的我們——歷史將會把我們稱作妻子。」

〈附錄一〉沙丘星的生態

在有限的空間內，如果個體的數量超出了臨界點，那麼，個體數量的增加就意味著每個個體自由度的減少。在以行星為單位的生態系統中，人類個體與有限生存環境的關係也同樣符合這一原則，就像密封瓶裡的氣體分子一樣。然而，人類所面對的問題不是這個系統可以養活多少人，而是說，為了養活這些已經存活在世上的人，我們究竟還可以做些什麼。

——帕多特·凱恩斯，阿拉吉斯的第一任行星生態學家

阿拉吉斯給初來乍到者留下的第一印象通常是：一顆自然環境極其惡劣的貧瘠星球。外邦人會認為，肯定沒有任何生命可以在這片遼闊的沙漠裡繁衍生息，這裡肯定是一片眞正的不毛之地，過去沒有、今後也絕不會有綠色的沃野。

對帕多特·凱恩斯來說，這顆行星只不過是能量的一種表現形式，是在其恆星驅動下不斷旋轉的自然體系。而他所要做的，就是改造這顆行星的生態系統，使它能夠符合人類的需求。他的思緒直接轉向四處游弋的本地土著——弗瑞曼人。這是多大的一項挑戰啊！他們會成爲無與倫比的工具！弗瑞曼人！他們是一支強有力的生力軍，在生態和地貌改造方面幾乎擁有無限潛能。

就很多方面而言，帕多特–凱恩斯都是一個直接而簡單的人。必須繞開哈肯尼人的約束？很好，那就娶一個弗瑞曼女人，生個弗瑞曼兒子，從列特–凱恩斯開始，然後一個接一個地生。教他們生態學，創造一種全新的符號語言。接下來，用這種語言武裝弗瑞曼人的頭腦，描繪並研究整個星球的地

貌、氣候及季節變換，最終打破藩籬，集思廣益，建立起一套有序世界的雄偉宏圖。

「在任何有利於人類生存的星球環境中，都有一套內部公認的良好機制，用以促進系統內部的平衡與發展。」凱恩斯說，「而在這種良好的機制中，你可以從所有生命形式的本質裡發現一種動態平衡。其目的很簡單，就是爲了維持並產生愈來愈多的變異，以保障同一物種的多樣性。在封閉的系統裡，生命的進化有利於改善該系統容納生物數量的能力。生物——所有的生命體——它們的一切所作所爲都是爲了生存。隨著生態體系裡物種的多樣性逐步增加，生命形式愈來愈豐富，自然會出現高級生物，完全靠獵食其他生物作爲營養來源。於是，整個生態圖景都會鮮活起來，充滿了各種各樣物種與物種之間的關係，關係裡套關係。」

這就是帕多特·凱恩斯在一個穴地的課堂上傳教授業時所說的話。

儘管如此，在開課授業前，他必須使弗瑞曼人信服。要理解爲什麼會這樣，你首先必須明白，他這個人非常單純，一旦決定要解決什麼問題，他就會全心全力地投入，毫無保留。這麼做並非出於天眞，只是因爲他無法容忍自己分心。

一個炎熱的下午，他正駕駛著一輛單人地面車，在野外勘察當地的地貌，卻在無意間看到一幕此地常見的慘劇：六個全副武裝、有防護盾護體的哈肯尼殺手，在遮罩牆山後面靠近風袋村的開闊地帶，設陷阱困住三個弗瑞曼少年。最初，在凱恩斯看來，這是一場打鬧，與其說是眞實的廝殺，倒不如說像場鬧劇。然而後來他卻意識到，那幾個哈肯尼人眞的打算殺死弗瑞曼人。當時，其中一個弗瑞曼少年已經因大動脈破裂倒下了。當然，也有兩個哈肯尼人倒下，但仍然是四個武裝的成年男子對付兩個未成年的少年。

凱恩斯並不勇敢，只是頭腦單純。哈肯尼人正在屠殺弗瑞曼人，他們正要毀掉他打算用來改造星球的工具！他啓動自己的防護盾，踮著腳尖悄悄溜到哈肯尼人的身後，沒等他們發現就是一陣猛攻，殺死了兩個哈肯尼人。剩下的兩個哈肯尼人朝他殺過來，他避開其中一人刺來的劍，乾淨利落地割斷了另一人的喉嚨，然後把剩下的唯一一個哈肯尼殺手留給那兩個少年，轉而把全部注意力放在倒地的那個少年身上，想救那孩子一命。他確實把那少年救活了……與此同時，第六個哈肯尼人也被殺掉了。

於是出現了相當棘手的局面！那幾個弗瑞曼人不知道該如何處置凱恩斯。當然，他們知道他的身份。無論是誰，只要他到了阿拉吉斯，他的檔案都會輾轉落入弗瑞曼人手中。他們知道：他是皇上的臣屬。

可他殺死了哈肯尼人！

如果是成年弗瑞曼人，他們可能會聳聳肩，帶著些許遺憾，送他的靈魂去見躺在地上的六個死人。但這幾個弗瑞曼人是毫無經驗的少年，他們只知道自己欠了這位大臣一份人情債。

兩天後，凱恩斯興奮地來到部落穴地，俯視著山下的風口。在他看來，這一切都很自然。他跟那些弗瑞曼人說水，說植草固沙，說栽種海棗樹建立綠洲，說開鑿橫跨沙漠的露天水渠。他說啊說啊說個不停。

圍繞著凱恩斯，爆發了他從不知曉的激烈爭執。

「該怎麼處置這個瘋子？」

「他知道了一個主要穴地的具體位置，該拿他怎麼辦？」

「那他所說的那些話呢？」

「這瘋子說了一大堆有關阿拉吉斯天堂的事，不過說說而已。他知道得太多了。」

「可他殺死了哈肯尼人！這筆水債要怎麼還？」

「我們什麼時候欠過帝國任何東西？他是殺了哈肯尼人，任何人都可以殺哈肯尼人，我自己也殺過。」

「可他說起一個繁花似錦的阿拉吉斯！」

「很簡單：水從哪兒來？」

「他說過，這兒就有！而且，他確實救了我們的三個人。」

「不過是救了三個傻瓜。誰讓他們送上門去，把自己的性命交到哈肯尼人的鐵拳之下的？何況，他看見了嘯刃刀！」

在正式宣布之前數小時，部落裡的人就都知道這個迫不得已的決定了。弗瑞曼部落特殊的統一意識——「道」——將告訴部落成員必須怎麼做，即使這種要求是最殘忍的，人們也必須服從。一名相當有經驗的戰士被派去用聖刀執行這個任務，另有兩名司水員跟著他，準備從屍體裡取水。

不知道凱恩斯是否注意到了劊子手的到來。當時，他正在一群人面前演講。那些人圍在他身旁，謹慎地跟他保持一定距離。他一邊走一邊講，不時轉個圈，打幾個手勢。凱恩斯說了許多在他們看來不可想像的東西：露天水源！不用穿蒸餾服就可以在露天場所隨便走！從池塘裡直接汲取的水！遍地的柑橘！

預備行刑的劊子手已經來到他面前了。

「走開。」凱恩斯說著，繼續描述他的捕風器。他與劊子手擦身而過，後背完全暴露，只需一刀就可以結束這一切。

那個劊子手當時到底是怎麼想的，現在已經不得而知了。他是否終於聽信了凱恩斯的話而且深信不疑呢？誰知道？總之，他的舉動已被載入史冊。他的名字叫尤列特，意思是大列特。尤列特往旁邊走開三步，故意倒在他自己的刀上，就這樣「走開」了。是自殺嗎？有些人說是夏胡露把他帶走的。

這是個神兆！

從那一刻起，凱恩斯只需拿手一指，喊一聲「出發」，整個弗瑞曼部族就會毫無怨言地沿著他所指的方向前進。男人死了，女人死了，孩子死了，可他們還是前仆後繼地繼續前進。

凱恩斯又回到他作爲皇家行星生態學家的日常工作中去了，指導實驗站的生物遺傳實驗。而現在，弗瑞曼人開始以工作人員的身份出現在實驗站。他們逐漸滲入了「系統」，看到了此前從未想到過的可能性。同時，實驗站裡的儀器也開始在部落穴地派上了用場，尤其是用來挖掘地下集水盆地的切割機和隱藏的捕風器。

水開始逐漸在祕密的地下盆地裡匯集起來。

弗瑞曼人這時才明白，凱恩斯絕對不是什麼瘋子，但他的計畫卻瘋狂得足以使他被稱爲聖人。他是個烏瑪，是另一種意義上的先知。於是，爲凱恩斯而死的尤列特被後世提升爲聖法官薩度斯——天堂的首席大法官。

凱恩斯——這個做起事來直截了當，甚至傾向於蠻幹的凱恩斯——他知道高度系統化的調查研究注定不會有任何新發現。因此，他設計了一系列小型實驗，通過定期交換內部數據實現快速的坦斯里效應，並讓每組實驗分別得出自己的實驗結果。他們必須積累數百萬實驗數據才能總結出有效的結論。他把各個獨立的簡單實驗結果組合在一起，再加上它們的相對難度係數，一起列入計算公式中。

實驗的核心採樣點遍布整個沙海，然後根據長期的氣象變化數據推演出氣候圖表。他發現，在南、北緯度七十度範圍內的遼闊帶狀區域內，數千年來地表溫度始終在攝氏負十九度～攝氏五十九度之間，而攝氏十一度～攝氏二十九度這個範圍最利於陸生動植物生長，換句話說，這一帶狀區域本來可以提供一個很長的生長期……只要能夠解決水的問題。

「我們什麼時候才能解決水的問題呢？」弗瑞曼人問，「我們什麼時候才能見到天堂般的阿拉吉斯？」

凱恩斯以一種老師回答小孩子「一加一等於幾」的態度，告訴他們說：「三百年到五百年左右。」

意志稍稍薄弱一點的人會沮喪得哀號起來，可弗瑞曼人早就在敵人的皮鞭下學會了耐心等待。確實，這比他們所預期的長了些，但他們全都看得出，幸福的那一天正愈趨愈近。於是，他們勒緊腰帶，又回去工作了。不知爲什麼，失望反而使夢想中的天堂顯得更加眞實。

阿拉吉斯的問題關鍵不在於水，而在水汽。這裡幾乎沒人知道圈養的家禽是什麼，就連原產於阿拉吉斯的本地動物都很少見。有些走私販會使用某些馴養的沙漠生物當坐騎，如沙漠野驢，但即使給這些牲畜穿上精心改良過的蒸餾服，牠們的耗水量還是太大。

凱恩斯考慮過安置幾個大型還原裝置，把固定在當地岩層中的氫元素和氧元素分解出來，通過化學作用造水。但這麼做能量消耗高得離譜，根本不可能實現。至於極地冰帽，即使不理會它們給普通百姓帶來的虛幻安全感，悍然融化它們，能夠提供的水量也遠遠無法達到他的計畫所需……他早就在懷疑水都到哪兒去了。在中等海拔高度的地區，空氣濕度穩步上升，而在某些季風所經之處也可以觀察到這種現象。阿拉吉斯的祕密在大氣的組成成分中略現端倪：百分之二十的氧，百分之七十五點四的氮，百分之零點零二三的二氧化碳，其餘則是一些微量元素。

在北部海拔二千五百公尺以上的溫帶地區，有一種原生植物，長約兩公尺的塊狀根莖裡可蓄水半公升。另外還有一種陸生沙漠植物，生命力極其頑強，只要種在低氣壓帶，並輔以露水聚集裝置，就會生長得很茂盛。

接著，凱恩斯看到了鹽盆。

當時，他的撲翼機正航行在沙海腹地的兩個實驗站之間，卻被一場沙暴吹離了既定航線。當沙暴過去之後，沙地上突然現出一個盆地，一個巨大的橢圓形凹地，長軸約有三百公里，在遼闊的沙海中閃爍著奇異的白光。凱恩斯立即著陸，用手指刮了刮被狂風清掃得很乾淨的盆地表面，嘗了一下。鹽。

現在，他終於可以肯定：阿拉吉斯上曾經有過地表水——曾經。

他開始重新勘探那些乾涸的水井，重新收集證據。這些水井都有一個奇怪的現象：剛挖出來的時候都會冒出幾滴水來，但水很快就會消失，而且永遠不會再現。

凱恩斯派出幾個他新培養出來弗瑞曼湖沼學家前去調查。他們的主要線索是，香料菌噴發後時常可以在現場找到皮革狀殘餘物。弗瑞曼傳說故事中有一種虛構出來的「沙鮭」，他們因此著手調查兩者之間可能存在的關係。最後，證據確鑿，一種不爲人知的生物被發現了——這種在沙中游弋的生物又被稱爲「沙地微生物」，牠們把儲量豐富的水封閉在攝氏七度以下多孔岩層的「水包」中，而皮革狀殘餘物就是牠們的屍體。

每次香料菌噴發以後，這些「盜水者」會以百萬計成批死亡。攝氏五度的溫度變化就會致命。而爲數不多的倖存者會進入長達六年的半休眠孢子狀態，成爲小沙蟲（大約三公尺長）。而這群小沙蟲裡，只有極少數能夠避開年長沙蟲的吞噬，避開香料菌生長期形成的「水包」，最終發育成熟，變成巨型的夏胡露。（水對夏胡露而言是有毒的，這一點弗瑞曼人早就知道，他們在小型沙海裡找到「未發育完全的沙蟲」，然後淹死牠，製造出被他們稱爲「生命之水」的致幻劑。這種「未發育完全的沙蟲」已具備了夏胡露的雛形，但身長只有九公尺。）

現在，牠們之間的循環關係已經很明顯了：小製造者的排泄物餵養香料菌，香料菌生成香料；小製造者發育成夏胡露，夏胡露四處散播香料，香料給沙地微生物提供養分；一方面，沙地微生物是夏胡露的食物，另一方面，這些微生物會逐漸長大，然後挖洞築巢，變成小製造者。

這一回，凱恩斯和他的人把注意力從那些複雜的關係上轉移開來，集中在微形生態系統中。首先是氣候：沙漠地表的溫度經常高達攝氏七十一度～攝氏七十七度，地下三十公分的地方溫度會降低攝氏五十五度，地面上方三十公分的空氣溫度則會降低攝氏二十五度，而樹蔭或陰影下的氣溫可以另外降低攝氏十八度。第二是營養學：阿拉吉斯上的沙子大多數是沙蟲消化系統分泌出的殘餘物；沙塵（實屬本地無所不在的大問題）則是地表的沙子在沙暴中摩擦風化而成。沙丘的背風面滿是粗糙的沙礫，迎風面則在風的作用下變得光滑而堅硬。年久的沙丘因氧化而呈黃色，年輕的沙丘則與岩石的顏色相同，通常都是灰色。

老沙丘的背風面提供了首選種植帶。弗瑞曼人首先盯上了一種可以適應貧瘠土地的草，這種草具有類似於泥炭的纖毛狀觸鬚，可以纏住風暴最大的武器——可移動的沙礫。牠用觸鬚把沙礫緊緊纏住，在沙丘表面形成一片席子般的覆蓋物，從而固定住沙丘。

他們所選擇的實驗地帶遠離哈肯尼人的瞭望哨，在南部沙漠腹地。一開始，他們沿著含水量豐沛的主西風帶選擇了幾座沙丘，然後在這些沙丘的背風面（陡坡面）種植能夠適應貧瘠土地的變異野草——耐貧草。隨著背風面被固定下來，迎風面就會越長越高，而耐貧草也會隨之擴展，覆蓋面也就愈來愈大。如此一來，具有曲狀頂線的巨大沙丘逐漸成型，其高度會高達一千五百公尺。

當被擋住的沙丘達到足夠高度之後，就可以在迎風面種植生命力更強韌的劍草，其根鬚是露出地表的部分的六倍，能讓它在沙丘上「定」住。

接下來，他們開始更進一步的種植實驗。先是一些一年生草本植物（藜、甜菜、莧菜）；然後是金雀花、羽扇豆、蔓生桉樹（與卡拉丹北部地區生長的桉樹相同）、矮撐柳、岩松等；接下來是真正的沙漠植物：蠟大戟花、仙人掌、紅柳。種活這些植物的同時，他們又引進了駱駝草、野洋蔥、戈壁羽草、野生紫花苜蓿、鼠尾草、洞灌草、沙地馬鞭草、晚櫻草花、熏香灌木、煙樹、石碳酸灌木。

隨後，他們轉而引進生態系統中必不可少的動物——那些翻開土壤，使之鬆軟、保持土壤裡有充足空氣的穴居動物：坑狐、有袋田鼠、沙漠兔、沙鱉……然後是使食草動物的數量保持平衡的食肉動物：沙鷹、矮貓頭鷹、老鷹和沙漠貓頭鷹；接下來是用於塡滿小型生態系統無可替代的昆蟲：蠍子、蜈蚣、蜘蛛、黃蜂和飛蛾，以及控制昆蟲數量的沙漠蝙蝠。

現在到了實驗的關鍵性階段：海椰棗、棉花、瓜類、咖啡、各種草藥——大約二百多種食用植物需要實驗和改良。

「那些生態盲並沒有意識到，」凱恩斯說，「生態系統也是系統。系統！這個系統始終保持某種動態平衡，而這種平衡是極其脆弱的，哪怕只是在某個小環節上出了紕漏，都有可能導致整個系統崩潰。一個系統有它自己的內部秩序，一切物質和能量都按照順序從一個環節流向另一個環節。如果有任何東西阻塞了這種流動，原有的秩序就會崩潰。未受過生態學訓練的人可能會漏過阻塞跡象，等發現的時候，爲時已晚。都說學習生態學最大的作用就是學會理解因果關係，原因就在於此。」

可他們究竟是否已經成功地建立起了一套完整的生態系統？

凱恩斯和他的人觀察著，等待著。弗瑞曼人現在終於明白了，爲什麼他預言至少需要五百年。

從規模巨大的植被帶傳來報告：在種植區的沙漠邊緣地帶，沙地微生物由於受到新生命體的感染，開始大批大批地中毒而死。其原因是蛋白質不相容，發生了排異反應。林區生成的水對阿拉吉斯上的原有生物而言是有毒的，一觸即亡。圍繞著種植區出現了一片荒漠，就連夏胡露也無法侵入這一地帶。

於是，凱恩斯親赴植被帶視察——一趟二十響的長途跋涉（他是騎著沙蟲背上的轎子來的，就像傷員和聖母一樣，因爲他從來都沒有能成爲一名沙蟲騎士）。他檢查了荒漠地帶（這一帶臭氣熏天），最後卻得到了意外收穫，得到了來自阿拉吉斯的特殊禮物。

他們在土壤中加入硫元素以固氮，把荒漠區變成了肥沃的種植床，專門培育變異植物。可以隨心所欲地種植！

「這會改變原來的時間表嗎？」弗瑞曼人問。

凱恩斯又回過頭去計算他的行星公式。當時，捕風器的草圖已經完成，其構想已經相當可靠了。他知道，在處理生態問題的時候，根本無法把所有的參數和變量都算得很精確，所以在計算時特意留出了充足的餘裕。爲了把沙丘限制在個別區域內，就必須達到一定的植被覆蓋率；還要有一定的食物供給（包括人和動物）；要有一定規模的根系，以便鎖住土壤中的水分，並爲鄰近的熱帶乾涸地區提供水源。到現在爲止，他們已經成功地繪製出沙漠開闊地帶裡的冷點圖，而這些都是必須納入計算公式中的。就連夏胡露也在這份圖表上占了一席之地。千萬不能消滅夏胡露，否則就不會再有香料了，而牠內部的消化「工廠」製造了大量的乙醛和酸，正是巨大的氧氣來源。一條中型沙蟲（大約二百公尺長）釋入大氣中的氧氣，抵得上地表十平方公里綠色植物的光合作用。

他還要考慮宇航公會。他們必須用香料來賄賂宇航公會，以防止阿拉吉斯上空出現氣象衛星或其他偵察衛星。如今，這已經成爲首要問題了。

另外，也不能忽略弗瑞曼人的作用，尤其是這些擁有了捕風器技術的弗瑞曼人。祕密水源地的周圍都是他們的實際控制區，他們掌握了生態學知識，正夢想著在阿拉吉斯遼闊的土地上建立生態循環系統，把沙漠變成草場，再把草場變成莽莽的森林。

凱恩斯從圖表中得出一個數據：百分之三。如果他們可以讓阿拉吉斯上百分之三的綠色植物參與製造碳化合物，就可以在阿拉吉斯建立有自我維護功能的生態循環系統。

「但要用多久？」弗瑞曼人問。

「噢，這個嘛，大約三百五十年。」

所以說，烏瑪一開始說過的那些話都是眞的。現在活著的人，誰也無法看到那一天的到來，即使他們的八世子孫也無法在有生之年看到。但那一天終究是會來的。

工作繼續進行著：開山，種植，挖洞，訓練孩子們。

然後，凱恩斯—烏瑪在普拉斯特盆地的一個岩洞中遇害身亡。

那時，他的兒子列特—凱恩斯十九歲，已經是一個十足的弗瑞曼戰士和沙蟲騎士了，已經殺死了一百多名哈肯尼人。老凱恩斯早就爲他兒子申請了朝廷的任命，此刻也順理成章地批下來了。帝國規定了嚴格的等級制度，目的就是要維持極其穩定的社會秩序，一向提倡子承父業，這一回總算派上用場了。

到現在爲止，改造星球的進度已經按部就班地展開，具備了生態學知識的弗瑞曼人沿著既定路線堅定地繼續向前。列特—凱恩斯只需從旁監測，偶爾推動一下，其他的任務就只剩下監視哈肯尼人了……直到有一天，一位勇士拯救了他的星球。

〈附錄二〉

沙丘星的宗教

任何學者都看得出，在穆哈迪到來之前，阿拉吉斯上弗瑞曼人所信奉的宗教源於毛麼薩日教。此外，許多學者發現，弗瑞曼人還廣泛地借鑒了其他宗教。最常見的例子就是《水的讚美詩》，這首聖歌直接抄自《奧蘭治天主教禮拜手冊》，歌中所呼喚的雨雲是阿拉吉斯人從來沒見過的。然而，讓人覺得意味深長的是，弗瑞曼人的《求生：宗教手冊》與《聖經》、眞遜尼神學，以及眞遜尼宗教的律法有著驚人的一致性。

截至穆哈迪時代之前，所有對主流宗教信仰的比較性研究都必須考慮到以下幾支主要的勢力，其信仰分別如下：

一、塞奇十四的信徒；《奧蘭治天主教聖經》（《奧蘭治聖經》）就是塞奇的大作，他的見解大多被收錄在《聖經註解》和宗教大同譯者委員會所編寫的其他文獻資料中。

二、比·吉斯特姐妹會；她們私下裡否認自己是宗教團體，但她們的運作方式完全是黑箱作業，一切都掩蓋在充滿宗教儀式意味的神祕主義帷幕下。而她們的訓練手法、特殊的符號體系、組織機構、內部的教導方式等等，幾乎全部帶有宗教性質。

三、不可知論者（包括宇航公會）；對他們來說，信仰有些類似於滑稽木偶劇，其主要目的其實是使平民階層生活愉快，保持馴良。他們基本上相信，所有現象——甚至包括宗教奇蹟——都可以簡單地加以解釋。

四、所謂的「原始教義」——包括那些在第一次、第二次、第三次伊斯蘭宗教運動中由眞遜尼流浪者們保存下來的教義，還包括楚蘇克的基督教原教旨主義，蘭吉維爾和絲昆上的主流佛教支派，蘭卡瓦塔拉大乘佛教的混合教義，孔雀三角洲星域的禪宗，薩魯撒．塞康達斯上殘存的猶太教和道教，民間的巫術，在卡拉丹的米農中間保留下來的毛拉可蘭經及其神學和宗教律法，散布在宇宙中一些隔離世界中的興都教，最後還有巴特蘭聖戰的信徒。

當然還有第五種以宗教信仰的形式存在的勢力，但它的影響力遍及整個宇宙，而且意義深遠，因此理應分開來單獨作一個說明。當然，這就是——太空旅行。在討論任何宗教課題時，一提及這股勢力就理應稱之為：太空旅行！

在巴特蘭聖戰爆發前的一萬一千年中，人類在浩瀚太空的遷徙活動給宗教的發展打上了獨一無二的烙印。在早期剛開始太空旅行的過程中，盡管人類的足跡遍布整個宇宙，但這種遷徙隨意性很大，速度緩慢，而且充滿不確定性因素。此外，在宇航公會建立壟斷地位之前，太空旅行的方式像個五花八門的大雜燴，什麼都有。最早的宇宙航行缺少通訊手段，往往被極度曲解，人們因此狂熱地陷入種種充滿神祕主義色彩的宗教情結中。

於是，浩渺的宇宙立即為「造物主之說」帶來一些不同於以往的感受和意味。這種變化甚至可以從當時宗教方面的最高成就中看出來。宗教原本便具有那種神聖感被來自黑暗宇宙的混亂深深觸動了。

於是，朱庇特神和他所有的化身都撤退了，彷彿縮回孕育了一切的黑暗之中，取而代之的則是說不清、道不明的女性神祇——神母。這位神母無所不在，而她的化身就很多方面而言都是令人感到恐懼的。

自遠古流傳下來的宗教觀糾纏在一起，混作一團，恰好符合了新征服者和新形勢的需要。一邊是充滿獸性的魔鬼，一邊是古老的祈禱文和符咒，此刻正是這兩者激烈交鋒的時代。

從來沒人得出過任何明確的結論。

在此期間，據說《創世記》被重新詮釋了一遍，那裡面的上帝說：「要生養眾多，繁衍生息；要遍滿太空，治理寰宇；要管理各種各樣的稀禽珍獸，也要管理所有空中、地上以及地下的生物。」

這是一個屬於女巫的時代，她們掌有實權……至少，再也不會有任何女巫被綁上火刑柱。

然後就爆發了巴特蘭聖戰——一場持續了兩代人的大混亂。機械邏輯之神被大眾推翻了，人們提出一個新觀念：「人類是不可替代的。」

對人類的所有成員而言，持續了整整兩代人的暴力衝突都是文明發展史上的一次停滯。

人們回顧他們所信仰的那些神祇，以及他們所奉行的那些宗教儀式，不難發現這兩者從頭到尾都是一種極爲可怕的綜合體：在令人敬畏的外衣下面，所包藏的都是可怕的野心。

數十億信徒們爲了各自的信仰浴血奮戰，而宗教領導者們卻猶豫著開始相互接洽，交換意見。當時，宇航公會正漸漸取得所有太空旅行方面的壟斷地位，而比吉斯特姐妹會正聯合所有的女巫組成一個共同體，在這兩大勢力的推動下，宗教變革又向前邁進了一步。

圍繞宗教這個議題，整個宇宙範圍內召開了無數會議，初步的會談取得了以下兩個主要共識：

實現宗教大同，所有宗教至少有一條律法是相同的：「汝等不應醜化靈魂。」

成立宗教大同譯者委員會（後簡稱「譯委會」）。

譯委會在地球的一個中立小島上召開了第一次會議，目的是尋找一種可以達成宗教大同的融合方法。他們「一致認同宇宙間必然存在某種神聖的宗教本源」。每一個擁有一百萬以上信徒的信仰團體都派出了自己的代表，他們以令人驚訝的速度迅速達成協議，並對外公布了他們的共同目標：「爆發宗教衝突的原因主要在於，它們都宣稱自己才是唯一正確的，是唯一的正統。我們聚集在此，目的便是爲了消弭這一誤解。」

當初，人們爲簽訂這個「意義深遠的協約」歡呼雀躍，然而，事後卻被證實是過於樂觀了。一年多過去了，那一紙聲明是譯委會公布的唯一公告。人們對計畫的延誤頗有微詞，一提起譯委會就常常免不了帶上幾分譏諷的語氣。吟遊詩人們曾經寫下不少詼諧而充滿嘲諷意味的歌謠，諷刺譯委會那一百二十一個代表委員，那些委員們也從此被扣上了「老怪物」的外號（這個外號來源於一個關於譯委會的下流笑話，在笑話中，他們被稱爲「臭烘烘的老怪物」）。其中一首歌謠《令人厭倦的安眠》每隔一段時間便會大行其道，時至今日也依舊十分受歡迎。歌詞如下：

想想花圈吧，
多麼令人厭倦的安眠。
還有那些悲劇啊，
所有這一切。
老怪物啊，
所有的老怪物！
多麼懶散哦，
多懶散！
你們這一輩子啊，
就如此荒度，
夾在眾神之間啊，
眼看那時光流逝。

在譯委會的會議期間，不時會傳出一些流言蜚語。有些流言聲稱，他們只是在對比不同宗教的教義，而且極不負責地對教義加以刪改。這樣的流言不可避免地激怒了那些反對宗教大同的人，引發出一場場暴亂，當然，也激發出更多的冷嘲熱諷。

兩年過去了……三年過去了。

最初參加譯委會的那一批委員們，有九十人不是去世，就是被替換，剩下的人停下來瞧瞧那些接替者的正式就職典禮，然後聲稱自己正在寫書，準備徹底根除過去宗教中「所有病態表徵」。

他們說：「我們正在製作一件樂器，它將能以諸種方式彈出愛的樂章。」

許多人都覺得很奇怪，這樣一條聲明竟激起了反對宗教大同主義的最嚴重的暴力衝突。二十個委員們被他們各自所屬的宗教團體召回。其中還有一人居然自殺身亡，他偷了一艘太空護衛艦，駕駛著飛船衝向太陽。

歷史學家們估計，暴亂導致八千萬人喪生。這個數據是按照立法會中每個成員組織損失六千人的標準計算出來的。而考慮到當時動盪的局勢，這樣的估算並不過分——儘管，任何聲稱自己的數據眞實精確的統計報告都不過是……聲稱而已。星際之間的交流也因此跌落到最低谷。

很自然，吟遊詩人們卻迎來了多產的時代。當時有一齣流行的音樂喜劇，劇中有一位譯委會的委員，他坐在一棵松樹下的白沙灘上，輕聲唱道：

爲了上帝、女人和愛的榮耀，
我們來到這裡，
毫無畏懼，
滿不在乎。

吟遊詩人啊，
吟遊詩人。
再唱一首歌謠吧。
爲了上帝、女人和愛的榮耀。

這些暴力和嘲諷沒有針對性，只不過是時代的產物，但非常耐人尋味。它暴露了人們的心理狀況：對未來充滿疑慮——一邊努力奮鬥，希望將來會變得更好，一邊又害怕到頭來落得一場空。

在那個時代，嶄露頭角的宇航公會、比吉斯特姐妹會和大家族聯合會，一起成爲對抗當時宇宙間無政府主義潮流的中流砥柱。他們排除萬難，開始定期會晤，商討共同管理宇宙的大計。這樣的局面維持了整整兩千年。在這三巨頭的聯合中，宇航公會所承擔的責任很明確：爲所有立法會和譯委會的業務提供免費的運輸。而比吉斯特姐妹會的任務相比之下則更爲含混一些。毫無疑問，她們正是在這一時期整合了全宇宙的女巫，加強了這個特殊的聯盟機制；同時，她們探索了一些難以讓人察覺的迷藥；發展出一套比吉斯特的明點脈序訓練法；而她們的護使團也在此時初具雛形，開始利用迷信把手伸向宇宙各個角落。《對抗恐懼的祈禱文》也是在這個階段寫出來的。此外，她們還完成了《阿扎宗教解析》的編撰工作，這套叢書堪稱圖書史上的一大奇蹟，它揭示了大多數古代信仰的大祕密。

歷史學家英格斯里對這個時代的註解也許是唯一確切的描述：

「這是一個充滿激烈矛盾與衝突的時代。」

隨後，在過了幾乎七年之後，譯委會終於有了成果。在譯委會成立七周年的年慶即將到來之際，他們爲全宇宙的人類準備了一份重大聲明。在七周年年慶的那一天，他們揭開了《奧蘭治天主教聖經》的神祕面紗，把這本集大成的宗教教義推向公眾。

「這是一本莊重而有意義的巨著，」他們說，「通過它，人們終於可以意識到，全體人類都是上帝的造物。」

譯委會的人自比爲考古學家，只不過，他們研究的對象是人類的思想。在對所有主流宗教進行了有系統的研究之後，他們被上帝的莊嚴與偉大所鼓舞，終於有所成就。據說，他們爲「積累了數個世紀之久的那些偉大思想體系帶來了新的活力」，而且「加強了由宗教道德衍生出來的律法與戒條」。

繼《奧蘭治聖經》之後，譯委會推出了《奧蘭治天主教禮拜手冊》和《聖經註解》。尤其值得一提的是《聖經註解》——就很多方面而言，這都是一部令人矚目的作品，不僅僅是因爲它的言簡意賅（不到《奧蘭治聖經》的一半），更因爲它的直言不諱，以及那種混合了自憐自艾和自以爲是的風格。

對那些不可知論者來說，宗教的起源是很明顯的。「人們無法從《儀式釋疑》（包含了一萬多條宗教問答）中找到答案，於是便開始自行推理。所有人都希望能夠受到啓迪，擺脫蒙昧，宗教只不過是其中最古老、最受人尊敬的方法，通過這種方法，人們將上帝推上宇宙造物主的地位，希望使宇宙從此有理可循。科學家們尋找種種現象之所以會發生的內部法則，而宗教的任務則是想方設法把人與這些法則聯繫起來。」

對於這種結論，《聖經註解》其實早已預料到了，並且早就對許多僞宗教作出定論：

「有許多被稱作『宗教』的思想體系，其實會不自覺地對生命本身抱有敵意。眞正的宗教必須能夠教導人們——生命其實充滿了喜悅，在上帝的看顧下，人生應該幸福快樂，而沒有行動的知識則是空洞的。所有人都必須明白，強調戒條和儀式的宗教，在大多數情況下，不過是愚弄大眾的把戲而已。眞正的宗教教誨十分容易辨認，因爲它能使你覺悟，意識到你自身其實一直知道的眞理。」

相對於以往的暴力反應，《奧蘭治聖經》的出版與發行出奇地寧靜，並逐步推廣至整個宇宙範圍內。有些人甚至把它看作來自上帝的神兆，預示著未來人類的團結一致。

然而，這種虛幻的寧靜很快就被打破了，就連譯委會的委員們也在返回他們所代表的宗教團體之後紛紛淪爲暴力的犧牲品，其中十八人不到兩個月就被人以私刑處死，另有五十三人在一年內被迫公開改弦易張。

而《奧蘭治聖經》則遭到公開的抨擊，被指爲「狂妄自大」的作品。但是，據說這本書通篇貫穿著引人入勝的邏輯分析，因此仍有可取之處。隨後，爲了迎合某些信徒眾多的頑固宗教勢力，一些改編版本開始出現。這些版本傾向於接受宗教象徵體系（天主教的十字架、伊斯蘭教的新月、印第安部落的羽毛撥浪鼓、基督教的十二聖徒、佛像，諸如此類）。很快，人們就清楚地意識到，古代的迷信和原始的信仰並沒有被屏除在這一新的宗教大同之外。

哈羅威爲譯委會七年來的工作成果貼上了標籤，稱之爲「萌芽階段的宿命論」。他的觀點立刻吸引了數十億熱切的擁護者，他們故意將縮寫的「萌宿論」理解爲「蒙事兒論」，以此嘲弄譯委會。

譯委會主席陶伯克是眞遜尼人的阿訇，也是十四個從未放棄宗教大同信念的委員之一（通俗歷史中稱他們爲「十四賢哲」），但他此時也終於承認譯委會確實誤入了歧途。

「我們不應試圖創造新的宗教象徵，」他說，「我們早就應該意識到，不應在已被接受的信仰中注入不確定性因素，更不應讓人們對上帝產生懷疑態度。人類是最難以捉摸的，我們每天都要面對這種可怕的不穩定因素，卻還是聽任我們的宗教日漸嚴格，日漸壓抑，什麼都要控制，還要求信徒們更加順從。順應天意的大道上，爲什麼會存在這樣的陰影？這是警告，警告我們現存的宗教體制仍將繼續；警告我們現有的宗教象徵仍將保留，即使它原有的象徵意義已不復存在；警告我們世界上沒有任何文字可以涵蓋所有已知的宗教知識。」

這段苦澀的「供認狀」是一柄雙刃劍，既損害了譯委會，也損害了其他宗教勢力，因此未能使陶伯克免遭抨擊。那之後不久，他就被迫亡命天涯，過起了流亡的生活，全靠宇航公會替他保密，這才得以保全性命。根據宇航公會的報告，他最後死在避難星——圖拜，死前深受愛戴，非常受人尊重。而他的臨終遺言是：「有些人會對自己說：『我未能成為我希望成為的那種人。』宗教應該保持為這些人提供心理慰藉的功效，絕不能淪為自滿者的集合。」

令人欣慰的是，我們可以認為陶伯克的話確實有某種預見性：「宗教體制仍將繼續」。九十年之後，《奧蘭治聖經》和《聖經註解》滲透了整個宇宙的宗教系統。

當保羅—穆哈迪站在供奉著他父親顱骨的岩石聖殿前，他把右手撫在神龕上（右手是經過祝福的，而左手卻是遭到詛咒的），引用了《陶伯克的遺產》中的一句話：「你們那些擊敗了我的人可以對自己說，巴比倫已經淪陷了，那些偉大的工程也被摧毀。而我要對你們說，人類仍然要接受審判，每個人都將站在他們自己的被告席上，每個人都在進行自己的小小戰爭。」

弗瑞曼人都說，保羅—穆哈迪就像以單獨一艘戰艦挑戰宇航公會的阿布·乍德，可以在一天之內往返於「那個地方」。「那個地方」是由弗瑞曼神話直譯而來的，意思是指不存在任何物理限制的「汝赫神界」。

不難看出，這樣的描述與科維扎基·哈得那奇非常相似。科維扎基·哈得那奇是比吉斯特姐妹會一直試圖通過育種計畫培育出來的奇人，她們把他稱為「捷徑」，或「可以同時出現在兩個時空的人」。

其實，這兩種描述都可以直接從《聖經註解》中找到根源：「當法律與宗教職責合而為一時，個體也就與整個宇宙融為一體了。」

而穆哈迪則這樣形容他自己：「我是時間海洋中的一張網，隨意地撈起未來與過去；我是移動的薄膜，不會漏過任何可能性。」

所有這些宗教思想都是同一回事，殊途同歸。《奧蘭治聖經》第二十二節中有這樣一段話：「一且有了思想，無論是否說出來，這思想都是切實存在的，都對現實有一定的影響力。」

而當我們深入研究穆哈迪為《宇宙棟梁》一書所寫的註解時，我們會發現，他深受譯委會和弗瑞曼—眞遜尼思想的影響。

穆哈迪：「法律和職責是一體的，不用試圖改變它，但要記住其局限性——你永遠無法擁有徹底的自我意識，永遠是集體中的一分子，而非獨立的個體。」

《奧蘭治聖經：完全相同的語句》。（選自啓示錄六十一條）

穆哈迪：「宗教經常會為社會的前進歷程披上神祕主義的外衣，這樣才能使我們不必害怕那變幻莫測的未來，不必擔心以後該怎麼辦。」

譯委會的《聖經註解：完全相同的語句》（根據《阿扎宗教解析》的追溯，這段陳述源自一世紀初的一位宗教作家——聶首）

穆哈迪：「一個孩子；一個沒有經過訓練的人；一個無知的人；或者一個愚蠢的人，如果這個人惹下了什麼大麻煩，應該說這是當權者的錯，因為他沒能預見、也沒能阻止這個大麻煩的發生。」

《奧蘭治聖經》：「或多或少地，任何罪過都可以歸咎於人的惡劣本性，而人是上帝創造出來的，因此對上帝來說，這些罪過也就情有可原、可以接受了。」（根據《阿扎宗教解析》的追溯，這段話出自古代閃族宗教。）

穆哈迪：「伸出你的手，接受上帝賜予的食物；振作體力之後，讚美主的恩惠。」

《奧蘭治聖經》中有一段意思相同的話。（根據《阿扎宗教解析》的追溯，這段話只跟伊斯蘭教的原教義略有不同。）

穆哈迪：「善心是殘忍的開始。」

弗瑞曼人的《求生：宗教手冊》：「一個善良上帝的善心是我們無法承受的可怕負擔。燃燒的太陽（阿—拉特）難道不正是上帝賜予我們的嗎？水之母（聖母）不也是上帝賜予我們的嗎？撒旦（魔鬼）不還是上帝賜予我們的嗎？我們不就是從撒旦那裡學會了害處多多的速度嗎？」（這句話源於弗瑞曼諺語：「速度來自撒旦。」因為運動（速度）需要能量，而每一百卡路里的熱量就會使身體因蒸發而損失大約一百七十毫升的汗水。在弗瑞曼語中，汗水就是「哭泣者」或「眼淚」；當用某種特定的語調發音時，還意味著：「撒旦從你身上搾出的活力。」）

柯尼威爾曾把穆哈迪的抵達稱為「如有神助般地及時」，但在這起事件中，時機其實根本沒什麼關係。正如穆哈迪自己所說的：「不管怎麼說，我在這裡，所以……」

可是，在嘗試理解穆哈迪的宗教影響力時，有一點是至關重要的，而這也是相當直觀的事實：弗瑞曼是一支沙漠民族，他們的祖先早就習慣於惡劣的生活環境。在一個分分秒秒都必須克服周圍的惡劣環境才能生存下去的地方，弘揚神祕主義並非難事。「不管怎麼說，你在那裡，所以……」

在這樣的傳統背景下，他們毫無怨言地忍受苦難。也許他們在潛意識裡的確認為這是上帝的懲罰，可還是毫無怨言地承受下來。我們有理由注意到，弗瑞曼的宗教儀式完全擺脫了一般人在他們那種情況下常有的罪惡感。對他們來說，罪惡感沒有存在的必要，因為他們的律法與宗教完全一致，不服從律法就是惡。更確切地說，這是因為他們的日常生活極其艱難，要想生存下去，就必須面對無情的抉擇（常常是生死抉擇）——而這種無情如果發生在一個生活環境略好的地方，就會使一個人背負良心的譴責，產生一種難以排解的罪惡感。

這或許是弗瑞曼人非常迷信的根源之一吧（姑且不論護使團在這方面的推波助瀾）。無論怎麼編都行，他們全都深信不疑——呼嘯的風沙是預示神意的神兆；第一次見到一號月亮時，必須握起拳頭；一個人的肉體是他自己的，可他的水卻屬於部落——對他們來說，生命的神祕並不是要解決的問題，而是必須經歷的現實。無時不在的神兆自會使你記住這一切。最後，因爲你身在此地，因爲你有這樣的信仰，所以最後的勝利終究還是屬於你的。

無數個世紀之前，遠遠早在比吉斯特姐妹會與弗瑞曼人爆發激烈衝突的數個世紀之前，她們就明白這個道理了：「當宗教與政治同乘一輛馬車時，當駕車的人是一位依然在世的聖使時，無論什麼也阻擋不了他們。」

〈附錄二〉
有關比吉斯特動機和意圖的報告

阿拉吉斯事件後，潔西嘉夫人立即要求她自己的手下準備了一份綜合性報告。本文即摘自這份報告。該報告眞實公允，揭露了許多不爲人知的內幕，其價值不可估量，遠非一般性資料所能媲美。

比吉斯特姐妹會的學校半帶神祕色彩，一向黑箱操作，數百年來，始終堅持在人類中間執行她們的選擇性育種計畫。正是由於長期以來這種神祕的黑幕，我們傾向於誇大她們的作用，對她們的評價也大多言過其實。她們針對阿拉吉斯事件寫了一份報告，名爲《事實的考驗》。但在對這份報告進行一系列分析之後，不難得出一個結論：這份報告暴露了她們對整起事件的忽視，可以說，比吉斯特學校已經全然忘記了自己的任務。

也許有人會爭辯說，比吉斯特姐妹會只能根據她們所掌握的情報展開調查，她們無法直接接觸到先知穆哈迪。但學校曾經戰勝過比這更困難的阻礙，而她們在這起事件上所犯的錯誤也比以往任何時候更加嚴重。

比吉斯特的計畫有它自己的目標，即通過育種，最終培育出被她們稱爲「科維扎基．哈得那奇」的人。用她們的術語說，「他可以在同一時間身處許多不同的時空」。換成簡單一些的話來講，她們想要找的是一個心智超群的人，他可以理解並充分利用多維空間。

她們所要培育的是超級門塔特，一個具有宇航公會領航員那種預知能力的超級人類計算機。現在，敬請留意以下這些事實：

穆哈迪，出生時名爲保羅．亞崔迪，是萊托公爵的兒子，其血統已經被密切追蹤了一千多年。這位先知的母親，潔西嘉夫人，是伏拉迪米爾·哈肯尼男爵的親生女兒，她所攜帶的基因特質對育種計畫而言是非常重要的，這一點比吉斯特們早在兩千年前就已經知道了。她是由比吉斯特培育出來的，而且接受過比吉斯特訓練，應該是該育種計畫的理想工具。

潔西嘉夫人奉命生出一個亞崔迪的女兒來。育種計畫原本打算讓這個女兒與菲得·羅薩·哈肯尼結合，因爲他是伏拉迪米爾·哈肯尼的侄子，這樣的結合有很高的機會可以培育出科維扎基·哈得那奇。

然而，出於某種她從未完全清楚的原因，這位公爵的妾室違抗了下達給她的命令，毅然爲公爵生了一個兒子。

雖然這是一起獨立事件，然而，單單這起事件本身就應該引起比吉斯特姐妹會的警覺，因爲這表明，意外事件已經把一些不確定的參數帶入系統之中。但實際上，被她們忽略的不止於此，還有許多更加重要的因素：

一、少年時期的保羅·亞崔迪就表現出擁有預知未來的能力。眾所周知，他能夠預見未來即將發生的事，所有場景都很精確，很有洞察力，四維空間的傳統理論對此完全無法解釋。

二、聖母凱斯·海倫·莫希阿姆，比吉斯特姐妹會的學監，她曾經在保羅十五歲時爲保羅做過眞人鑒別測試，見證了保羅的超常能力，親眼目睹他在測試中戰勝了有史以來任何眞人都沒有達到過的痛苦極限。然而，她竟未能在她的報告中對此做任何特別說明。

三、當亞崔迪家族移居阿拉吉斯星之後，當地的土著弗瑞曼人紛紛向保羅歡呼，把他當成先知，稱他爲「天外綸音」。比吉斯特姐妹會早就清楚地知道，阿拉吉斯是個自然環境惡劣的星球，其星球表面全是沙漠地貌，極度匱乏地表水，這樣嚴苛的生存環境。使生命必需品極度匱乏，所有這一切，必然使這顆星球上的人民極易被人煽動。除此之外，阿拉吉斯上出產的食品都明顯含有相當高的香料成分，食用者在香料的作用下本來就可以獲得一定的預知能力。然而，弗瑞曼人對保羅的擁戴，以及香料對保羅可能產生的影響，都被比吉斯特姐妹會的觀察員曲解了。

四、當哈肯尼人和帕迪沙皇帝狂熱的薩督卡軍團收復阿拉吉斯之後，他們殺死了保羅的父親和絕大多數亞崔迪部隊，保羅和他的母親卻失蹤了。幾乎馬上就有報告傳出，說弗瑞曼人突然有了一個新的宗教領袖，一個叫「穆哈迪」的人，他也被尊爲「天外綸音」。報告明白無誤地指出，陪同他一起抵達的，是一位通過了塞亞迪娜儀式的新聖母，而這位聖母就是「生他的那個女人」。比吉斯特姐妹會的紀錄清楚地表明，有關這位先知的弗瑞曼傳說中有如下敘述：「他應是一位比吉斯特女巫的兒子。」

（就此事而言，也許有人會爭辯說，早在數世紀之前，比吉斯特姐妹會就已經派遣護使團來到阿拉吉斯，把一些與此相近的傳說作爲安全閥根植於當地土著心中，以便姐妹會的任何成員落難時，可以利用這些傳說在當地找到避難所——所以，「天外綸音」的傳說完全可以忽略不計，因爲這明顯是比吉斯特姐妹會自己的詭計。但這一點如果成立，必須有一個前提：即比吉斯特姐妹會忽視了保羅—穆哈迪的其他所有線索的荒唐做法是正確的。）

五、阿拉吉斯事件爆發初期，宇航公會曾向比吉斯特姐妹會提出過建議。宇航公會暗示說，他們的領航員經常服用阿拉吉斯出產的香料迷藥，這樣才能在駕駛宇宙飛船穿越太空時獲得有限的預知能力。而這些領航員現在「看到地平線上出現了大麻煩」，「非常擔心未來會怎樣」。這些話只能表明他們看出了事件的癥結所在，看出這裡正是未來的交匯點。無數的因果線，不管如何抉擇，最終都會匯集於此。而通往未來的道路也完全被這個交匯點遮住了，領航員們有預知能力的眼睛再也看不出將來會如何發展。這一跡象表明，宇航公會的某些領航員已經將預知能力發展到了一個更高的層次。

（有些比吉斯特很早以前就清楚地知道，香料對宇航公會而言是生死攸關的大事，但他們卻不會直接干涉香料產地的事務，因爲他們早就對此做出了相當無能的決定——至少，在控制香料源這一點上是很無能的。他們意識到，如果眞要對阿拉吉斯採取行動，哪怕只走錯一小步，也會引發一場巨大的災難。而眾所周知的是，宇航公會的領航員們早就預見到，要想控制香料，一定會導致這種亂局的出現。從宇航公會對阿拉吉斯事件最初的態度上看，我們不難得出這樣一個明顯的結論，高層勢力中有人正企圖控制香料源，所以宇航公會才如此驚惶失措。可比吉斯特姐妹會竟完全未能覺察出來。）

在所有這些事實面前，我們不可避免地得出一個結論：比吉斯特姐妹會在這起事件中的無能表現，完全是她們所不了解的冥冥之中的大規劃的一部分，早已注定如此！

〈附錄四〉
人物表（摘自《貴族譜系表》）

●沙德姆四世（一〇一三四～一〇二〇二）

帕迪沙皇帝，柯瑞諾家族第八十一任登上金獅皇權寶座的皇帝。一〇一五六年，沙德姆四世在其父皇埃爾如德十一世被毒死後即位。一〇一九六年，他被迫退位，由保羅—穆哈迪公爵以其長女伊如蘭公主的名義建立攝政王朝。他在位期間最著名的事件即「阿拉吉斯事變」。後世的許多歷史學家都批評沙德姆四世在朝廷職能方面過於輕浮，批評他好大喜功、毫無節制地擴大政府機構。波薩格將領的等級在他即位後的最初十六年間提高了兩倍，而在阿拉吉斯事變前的三十年間，提供給薩督卡軍進行軍事訓練的軍費卻穩步地逐年減少，這大大削弱了薩督卡軍的戰鬥力。他有五個女兒（伊如蘭，茶麗絲，文思霞，周絲法，如姬），沒有合法婚生的兒子。他的五個女兒，除了伊如蘭公主，其餘四個都陪他一起居住在流放地薩魯撒．塞康達斯。其妻阿妮如是一名比吉斯特，卒於一〇一七六年。

●萊托．亞崔迪（一〇一四〇～一〇一九一）

柯瑞諾家族的遠房表親，常常被人稱爲「紅公爵」。亞崔迪家族以采邑的形式統治卡拉丹，前後共有二十代人，直到被迫移居阿拉吉斯。他主要是以保羅—穆哈迪公爵（烏瑪攝政王）父親的身份聞名於世。萊托公爵的遺骨存放在阿拉吉斯的顱骨聖殿中。他的死是由於一名蘇克醫生的背叛，而伏拉迪米爾．哈肯尼男爵正是策畫整起事件的主要負責人。

●潔西嘉夫人（亞崔迪）（一〇一五四～一〇二五六）

根據比吉斯特的遺傳譜系表，她是伏拉迪米爾·哈肯尼男爵的親生女兒，保羅—穆哈迪公爵的母親。她畢業於瓦拉赫九號行星上的比吉斯特學校。

●阿麗亞·亞崔迪夫人（一〇一九一～）

萊托·亞崔迪公爵與其伴侶潔西嘉夫人所生的合法女兒。阿麗亞夫人在萊托公爵死後大約第八個月出生於阿拉吉斯。由於她的母親潔西嘉夫人在懷孕期間接受生命之水的考驗，所以她也與其母一起經歷了聖母的覺醒歷程，一出生就具備了成為聖母的能力。正因如此，比吉斯特卷宗中稱她為「受詛咒的人」。普通歷史書一般稱她為「聖·阿麗亞」，或「聖·尖刀阿麗亞」。其生平詳見《聖·阿麗亞：十億星球的女獵人》。

●伏拉迪米爾·哈肯尼（一〇一一〇～一〇一九三）

通常被稱為哈肯尼男爵，而他的官方頭銜則是行星執政官——西瑞達男爵。伏拉迪米爾·哈肯尼是當年在柯瑞諾戰役後因臨陣退縮而遭流放的巴夏統領阿布魯德·哈肯尼的直系後裔。由於哈肯尼家族逐漸成為操控鯨皮市場的巨頭，這才得以重獲權勢，回到帝國權力中心的舞台，後來，他們的地位更因控制了阿拉吉斯出產的香料而得到加強。這位西瑞達男爵在阿拉吉斯事變中死在沙丘星上，他的頭銜則在倉促間轉給準男爵菲得·羅薩·哈肯尼。

●哈西米爾·芬倫伯爵（一〇一三三～一〇二二五）

柯瑞諾家族的遠房表親，是沙德姆四世的兒時玩伴（根據《柯瑞諾家族野史》中有關旁系血親不甚可靠的記載，芬倫就是對先皇埃爾如德十一世下毒的人）。所有證據都表明芬倫是沙德姆四世一生中最親密的朋友，許多皇室要務都是由芬倫負責的。在哈肯尼家族統治阿拉吉斯時期，他曾經親任皇室派駐阿拉吉斯的代表，後來又被委任爲卡拉丹的行政官。在阿拉吉斯事件後，他陪同沙德姆四世一起隱退到薩魯撒．塞康達斯。

●格羅蘇．拉賓伯爵（一〇一三二～一〇一九三）

格羅蘇．拉賓，蘭吉維爾的伯爵，是伏拉迪米爾．哈肯尼最年長的侄子。格羅蘇．拉賓和菲得．羅薩．拉賓（菲得．羅薩被西瑞達男爵選中做他的繼承人，所以後改姓哈肯尼）是西瑞達男爵同父異母兄弟阿布魯德的婚生子。當阿布魯德被賜予拉賓—蘭吉維爾次級行政區的管轄權時，他宣布放棄原姓氏哈肯尼，並放棄所有屬於哈肯尼人的權利，改姓拉賓（哈肯尼家族遠房表親的姓氏）。

皇權詞彙表

要研究造就了穆哈迪的帝國、阿拉吉斯行星與整個文化體系，不免碰到許多不尋常的詞彙。增進眾人對此的認識極爲重要，以下對照表因此應運而生。

ABA 弗瑞曼女式長袍　一種弗瑞曼女性所穿的寬鬆長袍款式，常以黑底爲主。

ACH 遏左　蟲舵者對沙蟲下達「向左轉」所使用的口號。

ADAB 自發記憶　自體內本身發出的深層記憶。

AKARSO 阿卡索　一種原生於錫坤星（A—蛇夫座七〇的行星之一）的植物，接近橢圓形的葉片爲其主要特徵。葉面成綠白相間條紋，代表其葉綠素總是同時處於多種狀態。綠色條紋是葉綠素處於活動狀態的區域，白色條紋則是休眠狀態的區域。

ALAM AL-MITHAL 汝赫神界　不受物理行爲限制的神秘世界。

AL-LAT 阿—拉特　地球人口中的太陽；實際使用時可以指任何行星的太陽。

AMPOLIROS 太空漂泊者　太空版「飛行的荷蘭人」。（註：「飛行的荷蘭人」這是出自歐洲海洋傳說，這些人註定只能在大海中漂泊，無法靠岸。）

AMTAL or AMTAL RULE 艾姆泰／艾姆泰爾規則　在未開化世界中，用來測試某物的極限或者瑕疵。通稱：破壞測試。

AQL 阿克爾測試　理性思考能力的測驗，原先被稱爲「七道神秘問題」，其開頭爲：「是誰在思考？」

ARRAKEEN 阿拉肯　阿拉吉斯第一殖民區，作爲行星首府已行之有年。

ARRAKIS 阿拉吉斯　爲人所知的另一名稱爲「沙丘」；卡諾普斯第三號行星。

ASSASSINS' HANDBOOK 暗殺手冊　第三世紀時的出版物，記載了刺客戰爭中常用的毒藥，後增訂其內容包括了公會和約和大公約中所允許使用的裝置。

AULIYA 奧麗亞　在眞遜尼流浪者信仰中，立於神左側的女性；又稱神之侍女。

AUMAS 奧瑪斯　可放在食物中的毒藥（尤其是指放在固體食物中）。

AYAT 命印　生命的印記（請參閱「明點」）。

BAKKA 巴卡　在弗瑞曼傳說裡，爲全人類哀悼的泣者。

BAKLAWA 貝拉瓦糕點　攙有棗子糖漿的大塊酥皮麵包。

BALISET 巴利斯九弦琴　源自於古箏的一種九絃樂器，調成楚蘇克調以撥絃彈奏。皇家樂師愛用的樂器之一。

BARADYE PISTOL 染色槍　阿拉吉斯行星上開發的帶靜電荷微粒槍枝，可以在沙地上作出大片染色標記。

BARAKA 聖使　仍在世且擁有神秘力量的聖人。

BASHAR 巴夏（常稱為巴夏統領）　薩督卡軍團中的軍階，比一般軍事階級中的上校略高一階，這是爲了管轄行星上一個子區的統制者所定的軍階。（「巴夏軍團統領」是僅限軍事使用的職稱。）

BATTLE LANGUAGE 戰時密語　在作戰中，爲了清楚溝通而發展出的嚴格加密的特殊語言。

BEDWINE 比德溫　請參閱「伊齊旺．比德溫」。

BELA TEGEUSE 比拉．特喬斯　坤特辛星系第五號行星，同時也是眞遜尼（弗瑞曼）人被迫遷徙時第三處落腳地。

BENE GESSERIT 比吉斯特 巴特蘭聖戰時「思考機器」和機器人被摧毀殆盡，其後所設立著重身心雙方面訓練的古老學校，主收女子。

BI-LA KAIFA 比拉凱法 阿門（字面意義：「不需再進一步解釋。」）。

BINDU 明點 與神經系統相關，特指對神經訓練。常被稱為「明點脈序」（請參閱「氣身合一」）。

BINDU SUSPENSION 明點龜息法 由自身發起的特殊假死狀態。

BLED 沙海 一片平坦、開闊的沙漠。

BOURKA 沙地斗篷 佛瑞曼人在沙漠中穿著的絕緣披風。

BURHAN 命證 生命的證明（常用用法：生命的命印與命證。請參閱「命印」）。

BURSEG 波薩格 薩督卡將軍的別稱。

BUTLERIAN JIHAD 巴特蘭聖戰 請參閱「聖戰」（又稱大騷亂）。

CALADAN 卡拉丹 保羅—穆哈迪所出生的星球，位於孔雀三角洲星域中第三顆行星。

CANTO and RESPONDU 讚美詩 一種祈願儀式，是護使團所散佈之粉飾預言的一部分。

CARRYALL 運載器 在阿拉吉斯上，擁有飛行翼（通稱「翼」）的重工機械。常被用於運輸大型香料原礦、搜尋，和精煉設備。

CATCHPOCKET 儲水袋 蒸餾服上收集並儲存已濾淨水的袋子。

CHAKOBSA 科布薩語 從荷坦尼方言蛻變而來的「磁性語言」。源自刺客戰爭，刺客們借荷坦尼狩獵語言為根基，加入多種方言增添其安全性，轉變成現今的模樣。

CHAUMURKY 瑪斯基 能在飲料中產生效用的毒藥。

CHEOPS 金字塔棋 棋盤有九階的棋類遊戲，必需同在棋盤頂端擺上我方皇后且將敵方國王「將軍」才能獲勝。

CHEREM **共恨**　共通的仇恨對象（常用於復仇上）。

CHOAM **宇聯公司**　聯合誠信奧伯商業聯盟的縮寫。檯面上由皇帝和大家族主導操控，比吉斯特與宇航公會也秘密參與。

CHUSUK **楚蘇克**　θ—沙利胥星系第四號行星，以其樂器的品質著稱，所以被稱之爲「音樂行星」（請參閱「維羅塔」）。

CIELAGO **翼手信使**　經由改造使其能攜帶傳遞密波傳信器的阿拉吉斯蝙蝠。

CONE OF SILENCE **靜錐區**　半環狀一百八十度力場，此力場能藉由印象震動阻絕絕大部分聲波或其他振子入侵。

CORIOLIS STORM **季風沙暴**　指阿拉吉斯最大沙暴，其旋轉風速廣原上最高時速可達每小時七百公里。

CORRIN, BATTLE OF **柯瑞諾戰役**　一場太空戰役，也是柯瑞諾皇室家族名稱來源。此戰始於宇航西曆八八年，戰場接近安置家族戰犯的薩魯撒．塞康達斯監獄行星、龍骨星Σ。

COUSINES **表兄弟**　有血緣關係的表兄弟。

CRUSHERS **撞擊船群**　一種小型軍用戰船群，設計成可數艘彼此鍵結，並以群體戰術圍捕敵船並摧毀它。

CUTTERAY **切割機**　小範圍雷射槍，主要作爲切割工具和外科手術解剖刀。

CRYSKNIFE **嘯刃刀**　阿拉吉斯行星住民弗瑞曼人的一種神聖刀名。此刀取死亡沙蟲的牙齒爲原料來製造，分爲「固定型態」和「不固定型態」。不固定型態須接近人體電場以避免分解，固定型態則可儲存。不論是哪種型態都長約二十厘米。

DAR AL-HIKMAN **宗教學程**　學校裡專門教導翻譯、或解釋宗教的課程。

DARK THINGS 暗黑力量　慣用語。指護使團對落後文明散播的迷信謠言。

DEATH TRIPOD 死亡三腳　最初指一種沙漠劊子手可將被害者懸掛在上的三腳架。實際使用時是指三位共恨成員彼此對同樣的復仇發誓。

DEW COLLECTORS or DEW PRECIPITATORS 露水收集器／露水聚集裝置　收集器（或稱「凝結器」）是長約四公分的蛋形裝置。以鉻塑膠製成，在光線照射下形成反光的白色物質，在黑暗中則恢復透明。收集器的表面溫度相當低，晨露會在其表面凝結，弗瑞曼人將它們放置在地形類似凹面鏡的低地中以提供少量但穩定的飲水來源。

DEW GATHERERS 露水採集員　使用露水採集器從阿拉吉斯植物上收割露水的工人。

DEMIBROTHERS 同父異母兄弟　指在同一家族有著共同父親卻不同妃嬪母親的兄弟們。

DICTUM FAMILIA 家族禁弒宣言　此規則由立法會公佈，禁止皇室成員或大家族彼此之間以著地下形式殺害對方，規則中尤其明文規定限制暗殺手法。

DISTRANS 密波傳信器　一種能夠在阿拉吉斯蝙蝠或鳥類的神經系統上，暫時產生印記的裝置，生物的一般啼聲內即攜帶此訊息印記，另一隻有同系統的生物則可取載波做反解。

DRUM SAND 沙鼓　某種沙粒堆積的方式，在沙鼓表面突然撞擊會產生特殊的鼓聲。

DOORSEAL 密封罩　用以封住佛瑞曼洞穴帳棚洞口，以確保濕氣安全的攜帶型塑膠密封印。

DUNE MEN 沙丘員　慣指阿拉吉斯上，在廣大沙漠中工作者，如香料獵人（包含沙員、香料員）等等。

DUST CHASM 沙陷　在阿拉吉斯沙漠中，表面上看似與其他沙地無異，但掩蓋在黃砂底下的卻是地表深穴。之所以致命是因爲跌落此處的人或動物會下沉並窒息（請參閱「沙潮盆地」）。

ECAZ 艾卡茲　α—半人馬座B星系第四號行星，又稱「雕刻家天堂」。這個別名源自於這星球原生植物「霧林」能因人的想法而改變生長方式。

EGO-LIKENESS **自成畫像** 以釋迦藤放映機播放，可以維妙維肖地表達出本人型體的肖像。

ELACCA DRUG **艾拉加迷藥** 燃燒生長於艾卡茲的艾拉加血紋原木後產生的痲醉劑。它能撤去大半攝取者的自我防衛意識，毒癮者皮膚呈現特有的紅蘿蔔色。通常用在競技場奴隸身上。

ERG **沙漠開闊地** 廣闊的沙丘區域；沙粒之海。

FAUFRELUCHES **等級制度** 由皇權強制劃分人民等級。所謂「各司其職各安其位」。

FEDAYKIN **弗瑞曼敢死隊** 弗瑞曼死亡特攻隊。歷史意義：一隊立誓願犧牲性命以撥亂反正的小隊。

FILMBOOK **電影書** 經改造後可用於搭載記憶脈衝的釋迦藤印。

FILT-PLUG **蒸餾服鼻塞** 掛在鼻間以擷取呼吸的濕氣，屬蒸餾服配件之一。

FIQH **宗教律法** 關於宗教律法語和知識，源起於眞遜尼流浪者宗教半傳說。

FIRE, PILLAR OF **柱火** 能跨越廣大沙漠，用以傳遞信號的簡易噴火器。

FIRST MOON **一號月亮** 在夜晚首升的阿拉吉斯主要衛星；較爲人所知的是其表面上有著和人類拳頭相仿的花紋。

FREE TRADERS **自由行商** 慣用語爲走私販。

FREMEN **弗瑞曼人** 阿拉吉斯星上的自由部落，居住在沙漠中，爲眞遜尼人後裔。（皇家字典中稱弗瑞曼人爲「沙賊」）。

FREMKIT **沙漠救生包** 佛瑞曼式沙漠生存套件。

FRIGATE **護衛艦** 可完好無缺地起降於星球表面的最大型太空船。

GALACH **凱拉奇語** 皇家官方語言。因人類長期遷徙之故，有顯著的斯拉夫語和英語的鑿痕。

GAMONT 蓋蒙特 尼爾希星系中第三行星。值得注意的是其「快樂至上主義」和「特有性文化」。

GATHERING 大聚會 與議會聚會不同。大聚會是弗里曼領導人的正式聚會，爲決定下任部落領導者的格鬥作見證（議會聚會是爲了達成與所有部落相關的決定而召開）。

GEYRAT 蓋拉特——前進！ 蟲蛇者對沙蟲下達「向前進」時所使用的口號。

GHAFLA 加弗拉 巧言令色者。因此：善變者，人皆不信任。

GHANIMA 加尼馬 戰場上的戰利品。通常是指可以喚起戰鬥當時記憶的紀念品。

GIEDI PRIME 吉迪．普萊姆 B—蛇夫座三六星系中的一顆行星，同時也是哈肯尼家族的發源地。是顆因光合作用不發達所以作物產量不高的行星。

GIUDICHAR 聖箴言 神聖的眞理。

GLOWGLOBE 懸浮球燈 使用懸浮系統的照明設備，通常是以有機電池自行發電。

GRABEN 谷地 指因下層地殼移動，所造成地層下陷，導致最後地表形成如長型渠溝的地形之名。

GREAT CONVENTION 大公約 由宇航公會、大家族，和皇帝共同簽訂的全體休戰協議。內文明文規定禁止使用人類互相原子能武器。其餘公約條文則不得違反「大公約最高指導原則」。

GREAT MOTHER 偉大神母 有角女神，掌管女性不可侵空間（又稱：母體空間）。女神容貌則是以常出現於各類皇家神話中女性、中性、男性三位一體的至高神祇爲藍本。

GREAT REVOLT 大騷亂 指巴特蘭聖戰時期（請參閱「巴特蘭聖戰」）。

GRIDEX PLANE 香料分離器 利用電荷差異將沙子從香料粹堆中分離出來的器具；在香料提煉的第二階段中使用的裝置。

GRUMMAN 格魯曼人 尼爾希星系第二行星，值得注意的是在星球上本家（莫里特尼家族）與吉奈家族彼此間的世仇。

GOM JABBAR 高姆刺 又被稱爲「最強橫的致命武器」；指的是比吉斯特學監使用的塗有類氰化物的毒針，使用於對人類意識進行擬似死亡測試時。

GUILD 宇航公會 維持大公約的政治三強之一。公會是巴特蘭聖戰後成立的第二所訓練心靈和身體能力的學校（請參閱「比吉斯特」）。公會開始獨佔太空旅行和運輸以及跨國資金交易的時間被當作帝國曆的元年（宇航曆元年）。

HAGAL 哈噶爾 又稱「珠寶行星」（θ—薩爾威二星），開發於沙德姆一世時。

HAIIIII-YOH! 嗨……喲！ 蟲舵者在下對沙蟲達其他指令前的起始口號。

HAJJ 朝聖 尋聖之旅。

HAJRA 探尋之旅 爲了尋找水源而踏上旅程。

HAL TAWM 「啊，總算盼到了！」 直音譯於弗瑞曼語。

HARMONTHEP 哈蒙塞普 根據弗瑞曼人的傳說，這是貞遜尼人遷徙旅程中的第六站。這顆行星是卡拉丹行星同星系的一顆衛星，但已在巴特蘭聖戰期間被摧毀。

HARVESTER or HARVESTER FACTORY 香料機車 一個巨大的（通常長一百二十公尺寬四十公尺）的香料採收機，通常使用於含量豐富、未經污染的香料粹叢（又被稱爲「爬行車」，因爲其外形像是帶有獨立履帶的蟲子）。

HEIGHLINER 巨型運輸艦 主要用於宇航公會運輸系統中的運輸艦。

HIEREG 臨時沙營 可臨時架在沙漠中的弗瑞曼式防沙帳棚。

HIGH COUNCIL 最高委員會 由立法院內部成員所構成，擁有能裁定家族語家族之間紛爭的最高權力。

HOOKMAN 持鉤者 爲了捕沙蟲而手持製造者矛鉤的弗瑞曼人。

HOUSE 家族　泛指擁有行星系統的實權統治氏族。

HOUSES MINOR 小家族　限於單一行星上的企業家階級。

HUNTER-SEEKER 尋獵鏢　亮銀色的懸浮金屬飛鏢，由附近的控制台所操縱，是常見的暗殺裝置。

IBAD, EYES OF 伊巴德香料藍眼睛　攝食大量香料粹所產生的主要症狀，眼白和瞳孔部位轉爲深藍色（出現此症狀表示已對香料粹重度上癮）。

IBN QIRTAIBA 聖語有言　「眞言如是說……」，源起於粉飾預言中的弗瑞曼宗教咒語。

ICHWAN BEDWINE 伊齊旺．比德溫　指阿拉吉斯上弗瑞曼人的兄弟會。

IJAZ 眞預　不容否認、如眞理般不變的預言。

IKHUT-EIGH! 「伊庫特—哎！」　阿拉吉斯星上水販的吆喝聲（詳出處不明）。請參閱「欸—欸—欸卡！」。

ILM 眞遜尼神學　神學的一支；宗教傳統的科學，是半傳說眞遜尼流浪者信仰的起源。

IMPERIAL CONDITIONING 御用訓練　蘇克醫療學校的一種訓練；爲禁止取人性命的最高級訓練，受此訓練的蘇克醫生即使在爲皇帝治療時也保持超然態度。受訓者的前額上刺有菱形刺青並且可以留長髮，必需配戴銀質的蘇克髮環。

INKVINE 墨藤　一種生長於吉迪．普萊姆星的藤蔓植物，常被用於奴隸嬰兒床的編織上。受害者會因此在身上印下多年無法散去的紋痕和痛苦。

ISTISLAH 伊提斯拉　關於一般社會制度的通則，常用於說出殘酷現實前的引言。

IX 伊克斯　以製造高科技裝置而聞名的星球。

JIHAD 聖戰　一場宗教上的狂熱聖戰。

JIHAD, BUTLERIAN 巴特蘭聖戰　（請參閱「大騷亂」）。對電腦、思考機器和具有意識的機器人進行的聖戰，始於宇航曆前二〇一年，終於宇航前一〇八年。這場戰爭在奧蘭治聖經中留下了一條戒律：「汝不可製造形同人類之機器」。

JUBBA CLOAK 竺巴斗篷　可用來干擾反射、吸收輻射、或作吊床、和簡便避難所的多用途斗篷，常穿於阿拉吉斯星上蒸餾衣外。

JUDGE OF THE CHANGE 監察法官　立法會最高議會和皇帝共同指派的官員，負責監督封地易主的過程、世仇協商和刺客戰爭中的正式戰鬥。法官的判決只有在最高議會前且皇帝在場時可以被推翻。

KANLY 世仇　大公約中所允許的正式家族世仇規則，有嚴格的限制。（請參閱「監察法官」）這套規則原先是設計來保護無辜的旁觀者的。

KARAMA 奇蹟　一種神蹟；始於精神世界的作用。

KINDJAL 雙刃刀　有兩面刀刃的短劍（或是長刀），其刀刃帶有弧度，長約二十公分。

KISWA 弗瑞曼神話藝品　依照弗瑞曼神話所製造的藝術品。

KITAB AL-IBAR 求生　宗教手冊：阿拉吉斯上的弗瑞曼人所寫的一本書，其內容包括了生存指南和宗教指引。

KRIMSKELL FIBER or KRIMSKELL ROPE 克瑞斯克纖維　以艾卡茲出產的荷夫夫藤所編織的「纖維爪」，當拉扯用它打的繩結時它會互相抓緊直到達到設定的強度爲止（進一步的資料請參閱霍江斯・馮布魯克所編著的《艾卡茲的絞勒藤蔓》）。

KULL WAHAD! 「我深深地感到激動！」　帝國中常見的一句驚嘆詞，其實際意義視當時情況而定（據說穆哈迪在見到一隻沙漠鷹雛鳥破殼而出時也發出過這句驚嘆詞）。

KULON 沙漠野驢　爲了適應阿拉吉斯沙漠而演進出的原生驢子。

KWISATZ HADERACH 科維扎基·哈得那奇　「速成之道」，這是比吉斯特對他們尋找的未知基因組合的稱呼，這種組合將會是一個男性的比吉斯特成員，其腦部組織具有可以連結空間和時間的力量。

LA, LA, LA 「不！不！不！」　弗瑞曼人的哀號（LA在此可譯成帶有投訴無門時大喊著：「不！」的味道）。

LASGUN 雷射槍　一種連續波雷射投射器。只有使用力場當作防護盾的文明會使用它當作武器，因爲它在命中防護盾時產生的爆炸效果極佳（技術上來說是「次原子融合」）。

LEGION, IMPERIAL 軍團　皇家用語，一軍團人等於十旅團人（約三萬人）。

LIBAN 香料優格　弗瑞曼香料優格是指摻入絲蘭粉的一種原始香料優酪乳飲品。

LISAN AL-GAIB 利山·阿蓋博　「天外綸音」。在弗瑞曼救世主傳奇中被稱爲世界先知者。有時也會被翻譯成「水之送禮者」（請參閱「穆哈迪」）。

LITERJON 標準密封水瓶　阿拉吉斯行星上運水所使用的容器，容量爲一公升；由高密度、不易破裂的塑膠容器加上密封製成。

LITTLE MAKER 小製造者　介於植物和動物間、潛藏在沙地深處帶有眞菌的阿拉吉斯沙蟲。小製造者的分泌物是生成半熟香料堆的重要元素。

MAHDI 穆哈迪　指在弗瑞曼救世主傳奇中的「天堂引路者」。

MAKER 製造者　請參閱「夏胡露」。

MAKER HOOKS 製造者矛鉤　在阿拉吉斯上被用來奪取、登上和操控沙蟲的矛鉤。

MANTENE 聖箴言　潛在智慧、支持論據，和最初信條。

MATING INDEX 親緣配子目錄　比吉斯特保存的人類配種計畫資料，這個配種計畫的目的是製造出科維紮基・哈得那奇（參閱「科維扎基・哈得那奇」）。

MAULA PISTOL 彈射槍　配載燒夷毒子彈的彈簧驅動槍枝，攻擊範圍約四十公尺。

MELANGE 香料粹　「香料中的香料」，阿拉吉斯的特產，以延年益壽的功效著名。當少量服用時有輕微成癮性，若是服用量超過體重每七十公斤服用兩公克則有嚴重成癮性（請參閱「伊巴德香料藍眼睛」、「生命之水」和「半熟香料堆」）。穆哈迪宣稱香料是他的預言能力的來源，公會的領航員們也有似的說法。在帝國的市場上其價格可以高達每公錢（十公克）要價六十二萬陽幣。

MENTAT 門塔特　藉由訓練而成思考徹底邏輯化的皇家公民。又稱「人型電腦」。

MIHNA 成年禮季　測驗想成爲成人的弗瑞曼年輕人的時節。

MINIMIC FILM 微縮膠卷　可用於傳遞間諜或反間諜資料的一微米釋迦藤。

MISR 米斯人　歷史記載裡，眞遜尼（弗瑞曼）人曾用以稱呼自己的方法。

MISSIONARIA PROTECTIVA 護使團　比吉斯特的一個部門，負責在落後星球上散播迷信，以使那些區域能爲比吉斯特所利用（請參閱「粉飾預言」）。

MONITOR 監視艦　一種可以分離成十塊的太空戰艦，配有強大的裝甲和防護盾，它被設計成可以分離後降落星球表面並再度起飛。

MUAD'DIB 穆哈迪　適應阿拉吉斯環境的一種袋鼠，在弗瑞曼的地靈神話中這種生物的形像被刻印在該行星的第二月亮上。弗瑞曼人因爲這種生物在開闊沙漠中的生存力而崇拜它。

MUDIR NAHYA 惡魔統治者　弗瑞曼人爲野獸拉賓（蘭克維爾的拉賓公爵）所起的名字，拉賓公爵是哈肯尼家族的表親，曾統治阿拉吉斯行星多年。這個字的原文發音是「穆帝納亞」。

MUSHTAMAL 庭中庭　在庭院中的附加小花園。

Na- 準　名詞前綴字，意指「提名」、或是「下一位」。像「準男爵」便是意指男爵繼承者。

NAIB 耐布　弗瑞曼領導者傳統宣示言，意指「絕不在敵人腳下苟活者」。

NEZHONI SCARF 產子頭巾　戴在蒸餾服前額上的圍巾，由已經生過兒子的已婚或「交往中」弗瑞曼婦女穿戴。

NOUKKERS 御前侍衛隊軍官　和皇帝有血緣關係的皇室貼身護衛隊軍官，傳統上由皇帝的偏房所生的兒子擔任。

OIL LENS 張力透鏡　由密封力場保持恆定張力的荷夫夫油，使用在放大影像的鏡筒內或其他光學儀器內。因爲每個透鏡都可以獨立進行微米等級的微調，張力透鏡被視爲最精密的可見光光學儀器。

OPAFIRE 月白火焰石　一種產於哈噶爾的稀有寶石。

ORANGE CATHOLIC BIBLE 奧蘭治天主教聖經　「累積之書」，由一群全基督教會翻譯者們所撰寫，內容包含了數種古老宗教的元素，包括了：茂米斯教、馬哈雅拿基督教、眞遜尼天主教及佛回教的傳統。它的主要戒律爲「汝不可毀損靈魂」。

ORNITHOPTER 撲翼機（常稱為「翼機」）　任何可以持續如鳥類般撲翼飛行的飛行器皆可稱之。

OUT-FREYN 遠房　凱拉奇語中的「直屬外交」，意指：「非直屬轄區內繼承者」。

PALM LOCK 掌紋鎖　藉由人獨特掌紋來控制開關的鎖。

PAN 窪地　在阿拉吉斯行星上的低窪地區或由於地下岩盤消失而產生的低地皆可稱之（在有足夠水源的星球上，「窪地」指的是以前曾有開闊水體覆蓋的區域，一般相信阿拉吉斯行星上也至少有一塊這種區域，不過這點仍有爭議）。

PANOPLIA PROPHETICUS 粉飾預言　比吉斯特爲了利用落後地區製造信徒所散布的迷信（請參閱「護使團」）。

PARACOMPASS **定位羅盤** 任何利用地磁變化現象來指示方向的羅盤皆可稱之；當有相對應的地圖而且該行星的磁場不穩定或磁風暴嚴重干擾時可以使用。

PENTASHIELD **遮罩場** 可以安裝在小區域如門或走道上的五重防護盾（多於五層的防護盾會隨層數增加而不穩定），沒有穿依照護盾密碼設定的僞裝衣的人無法通過（請參閱「警戒門」）。

PLASTEEL **塑鋼** 爲了穩定其晶體結構而植入史粹維迪姆纖維的鋼條。

PLENISCENTA **普拉尼聖塔花** 一種產自艾卡茲行星的奇特綠花，以其甜香氣味而聞名。

POLING THE SAND **探沙** 一門預測天氣的技藝，其方法爲將塑膠或纖維製的桿子插在開闊的阿拉吉斯沙漠荒地中後根據沙暴造成的刻痕來預測天氣。

PORITRIN **波里特林** 阿郎古ε星系的第三顆行星，被眞遜尼流浪者認定爲是他們的起源行星，不過他們的語言和神話顯示他們應當起源於更古老的行星。

PORTYGULS **柳橙** 就是柳橙。

PRANA (Prana-musculature) **氣身合一** 在將全身上下視爲一體來進行極端訓練時對全身肌肉的稱呼（請參閱「明點」）。

PRE-SPICE MASS **半熟香料堆** 香料產生過程中的一個階段，是將水引進小製造者產生的分泌物中使菌類快速生長的階段，在這階段，阿拉吉斯的香料會形成著名的「香料叢」，並在地表和地底深處間進行物質交換。這個階段的香料在經過陽光曝曬和接觸空氣後就形成了香料粹（請參閱「香料粹」和「生命之水」）。

PROCTOR SUPERIOR **高級學監** 同時身兼比吉斯特學校地方主管的比吉斯特聖母（通稱：比吉斯特之眼）。

PRUDENCE DOOR or PRUDENCE BARRIER **警戒門（口語上稱為「警門」）** 任何爲了便於特定人

士在被追捕時逃脫方便而設置的遮罩牆皆可稱之。（請參閱「遮罩牆」）

PUNDI RICE 龐迪米　一種變種米，其穀粒含有大量天然糖份並可長到四公分長，是卡拉丹的主要出口貨物。

PYONS 凹地人　行星上的農民或勞工，是等級制度中的基層等級，在法律上指的是守衛行星的人。

PYRETIC CONSCIENCE 灼熱良心　即一般所稱的「火的良心」；是受御用訓練後的心理禁制程度的等級之一（請參閱「御用訓練」）。

QANAT 露天水渠　一條在受控制情況下將灌溉用水運經沙漠的開放式運河。

RACHAG 阿卡索咖啡香　阿卡索的黃色果實製成的一種類似咖啡的興奮劑（請參閱「阿卡索」）。

RAMADHAN 齋月　一段古老的宗教活動期，特色是禁食和祈禱；傳統上是日月曆的第九個月。弗瑞曼人則以一年中一號月亮第九次跨過子午線的日子當作齋月的開始。

RAZZIA 游擊　一種類似打劫的游擊隊攻擊方式。

RECATHS 蒸餾服體液回收管　將人的排洩系統連接到蒸餾服的回收過濾器的管子。

REPKIT 蒸餾服備件包　內含蒸餾衣修理、和替換配件的包包。

RESIDUAL POISON 慢性毒藥　門塔特彼得·德·佛瑞斯發明的一種毒藥，當人體吸收之後即必需不斷地施打解藥，停止施用解藥會造成死亡。

REVEREND MOTHER 聖母　原先指比吉斯特學校的學監，可以讓啓示毒藥在體內轉化，將她自己提升到意識的更高境界的人。弗瑞曼人將這名稱用於已得到同樣的「啓示」的宗教領袖身上（請參閱「比吉斯特」和「生命之水」）。

RIMWALL 岩牆　阿拉吉斯行星遮罩牆山的第二道具有保護作用的峭壁（請參閱「遮罩牆山」）。

RUH-SPIRIT 汝赫靈魂　在弗瑞曼信仰裡，這指個體深處浸淫在未知世界的那個部分（請參閱「汝赫神界」）。

SADUS 聖法官　法官。一種弗瑞曼人對神聖法官的職稱，亦同於聖徒。

SALUSA SECUNDUS 薩魯撒・塞康達斯　γ—威平星系的第三行星；在其上的皇宮遷移到凱譚後被指定爲帝國的監獄行星。薩魯撒・塞康達斯是柯瑞諾家族的家鄉，也是眞遜尼人流浪旅程中的第二站。弗瑞曼人的傳說中認爲他們曾在該行受人奴役長達九代之久。

SANDCRAWLER 香料採收器　對設計來在阿拉吉斯的地表搜尋和收集香料的機械所使用的總稱。

SANDMASTER 香採工頭　管理香料操作機的監督者的通稱。

SANDRIDER 沙蟲騎士　指弗瑞曼人對能奪取和騎乘稱沙蟲的人的稱呼。

SANDSNORK 沙地通氣管　用來將地表空氣打入被沙蓋住的蒸餾帳棚中的呼吸裝置。

SANDTIDE 沙潮　一般人對塵土潮的稱呼：阿拉吉斯行星上充滿沙子的盆地中因太陽和衛星的重力影響而產生的地形起伏（請參閱「沙潮盆地」）。

SANDWALKER 沙漠旅者　被訓練成能在廣漠中生存的弗瑞曼人。

SANDWORM 沙蟲　請參閱「夏胡露」。

SAPHO 沙佛　從艾卡茲行星出產的屏根中所萃取的高能量液體，通常被宣稱它可以增強心智能力的門塔特所使用。使用者會的嘴邊和嘴唇會出現紅色痕跡。

SARDAUKAR 薩督卡　帕迪沙皇帝的狂熱士兵，他們出身於殘暴的環境中，平均每十三個人中有六個人在十一歲前被殺。他們所受的軍事訓練強調冷酷的行爲和近乎自殺式的不顧個人安危。他們從襁褓中就開始被教導以殘忍行爲作爲武器，用恐懼來削弱對手力量。在他們對宇宙政治影響最大的時期中，據傳他們的劍術相當於吉奈第十級劍士，而他們內鬥的狡詐能力則和比吉斯特內的能手不相上下，他們之中任何一人的戰力和十名普通的立法會徵召士兵相當。到了沙德姆四世的時代，雖然他們的力量仍然強大，但他們已經因過度自信而損耗了部份力量，他們保持的軍事宗教神話也因爲譏諷的言論而開始破滅。

SARFA 薩法　反神之道而行。

SAYYADINA 塞亞迪娜　指弗瑞曼宗教階級中的女性輔佐者。

SECOND MOON 二號月亮　阿拉吉斯雙衛星中較小的衛星，表面有著袋鼠記印是它顯著特徵。

SELAMLIK 瑟蘭里克廳　御用覲見室。

SEMUTA 塞繆塔　燃燒艾拉加樹的殘留物中產生的第二種迷幻藥（由結晶淬鍊而成）。它的效果（一般形容成永恆的、持續的狂喜）可經由某種被稱爲「塞謬塔樂」無音律的震動引發。

SERVOK 定時　可以執行簡單工作的定時裝置；巴特蘭聖戰後仍然被允許使用的少數自動裝置之一。

SHAH-NAMA 夏—納馬　眞遜尼流浪者半傳說中的第一本書名。

SHAI-HULUD 夏胡露　阿拉吉斯行星的沙蟲，又稱「沙漠老人」、「永恆老父」或「沙漠祖父」。「夏胡露」這個名稱當以某種語調說出或是加上私名號時則代表弗瑞曼人宗教中的大地之神。沙蟲可以長到相當巨大（沙漠深處曾出現過身長超過四百公尺的沙蟲）並且相當長壽，除非是被另一隻沙蟲殺死或在對它們而言有毒的水中淹死。阿拉吉斯行星上大部份的沙地都有沙蟲出沒（請參閱「小製造者」）。

SHARI-A 儀式釋疑　爲了推行粉飾預言而設置的釋疑問答（請參閱「護使團」）。

SHADOUT 夏杜特　弗瑞曼語中對「汲水人」的尊稱。

SHAITAN 魔鬼　撒旦。

SHIELD, DEFENSIVE 防護盾　霍茲曼場產生器所產生的保護用力場，這種力場利用了第一相位的懸浮中和作用。防護盾只允許低速移動物體進入其內（依設定不同，速度在每秒六到九公分以下的物體），只有作用面積極大的的電場可以破壞它（請參閱「雷射槍」）。

SHIELD WALL 遮罩牆山　阿拉吉斯行星北方的多山地形，它保護了一小塊區域不受該行星的季風沙暴侵害。

SHIGAWIRE 釋迦藤　一種貼地生長的藤蔓，只生長於薩魯撒．塞康達斯行星和Δ—凱興三號行星，以可以承受極端強大的張力而著稱。

SIETCH 穴地　弗瑞曼語中的「危難時刻的集會地點」，因爲弗瑞曼人長期處於困境之中，這個詞變爲一般用語以表示任何部落社群居住的擁擠洞穴。

SIHAYA 塞哈亞　弗瑞曼語中的「沙漠的春天」，帶有豐收季節及「未來的天堂」的意義在。

SINK 盆地　阿拉吉斯行星上被高地環繞而不爲長年風暴所侵襲的可住人低地區域。

SINKCHART 盆地路線圖　阿拉吉斯星地表的地圖，其上標有可供定位羅盤使用的避難處之間路線（請參閱「定位羅盤」）。

SIRAT 人生歷程　奧蘭治聖經中的一段，其內將人生描述成一段通過一座窄橋（人生歷程）的旅途，其間「天堂在我右邊、地獄在我左邊，死神則在我身後。」

SNOOPER, POISON 毒素檢測器　指能靠嗅覺光譜檢測毒物質的輻射分析儀。

SOLARI 陽幣　皇權內的官方貨幣單位。

SOLIDO 立體投影　立體投影機所投射出的三維影像，影像來源爲紀錄在釋迦藤帶上的三百六十度來源信號。一般公認伊克斯人製造的立體投影機是最好的。

SONDAGI 鬱金香　圖拜星上的鬱金香。

SOO-SOO SOOK! 「欶——欶——欶卡！」　在阿拉吉斯星上水販喊叫聲。欶卡是指市集（請參閱

「伊庫特——哎」）。

SPICE 香料　請參閱「香料粹」。

SPICE DRIVER 香料機車駕駛員　任何在阿拉吉斯行星的沙漠地表上控制和駕駛移動機具的沙丘人。

SPICE FACTORY 香料機車　請參閱「香料採收器」。

SPOTTER CONTROL 偵察長機　香料狩獵團隊中負責控制監視和保護行動的輕型撲翼機。

STILLSUIT 蒸餾服　在阿拉吉斯行星上發明的包覆全身的服裝。它的布料是可以散熱及過濾身體產生的廢物的微夾層。回收的濕氣會經由導管流回儲水袋中。

STILLTENT 蒸餾帳篷　微夾層布料所包覆的小型可縮放帳棚，設計目的爲將居住者所散發的水氣回收成可攜帶的水源。

STUNNER 震盪槍　射出低速子彈的武器，子彈種類包括塗有毒藥或其他藥劑的飛鏢。其有效性會受到防護盾設定和目標的相對速度的影響。

SUBAKH UL KUHAR 「過得如何？」　弗瑞曼式招呼語。

SUBAKH UN NAR 「我很好，那你呢？」　弗瑞曼式招呼語回應。

SUSPENSOR 懸浮　霍茲曼場產生器的第二（低功耗）相位。它會中和一定距離內的重力場，有效距離依相對質量大小及功率而定。

TAHADDI AL-BURHAN 泰哈迪式檢驗　一種最終考驗方式（一般人不喜用之，因爲此方法通常會帶來死亡或破壞）。

TAHADDI CHALLENGE 泰哈迪式挑戰　弗瑞曼式死亡決鬥，常用於裁決某些重大爭議。

TAQWA 塔可瓦　字面意義爲「自由的代價」，意指某件價值很高的東西，一件神向凡人所要求的東西（以及此類要求所引發的恐懼）。

TAU, THE 道　在弗瑞曼詞彙中，指的是穴地社群由於飲食中的香料和狂歡聚會所加強的團結性，特別是由於攝食生命之水所引發的狂歡行爲。

THUMPER 沙槌　一端有彈簧驅動的拍子的短棒。它的功用是插入沙中鎚打地面以召喚夏胡露（沙蟲）（請參閱「製造者矛鉤」）。

TIDAL DUST BASIN 沙潮盆地　任何阿拉吉斯星上的凹地，在過去數世紀中皆被沙子覆蓋而且可量測的沙潮現象，則稱之爲沙潮盆地。

T-P 心感　心靈感應的縮寫。

TRAINING 訓練　當用在比吉斯特中時，這個普通的詞彙有特殊的意義，意指將神經和肌肉（請參閱「明點」和「氣身合一」）訓練到其自然功能所允許的最大限度。

TROOP CARRIER 運兵艦　宇航公會特別爲了讓部隊能在星球間運送方便而製造的船艦。

TRUTHSAYER 真言師　指具有能進入眞言靈態，並且分別出僞善或虛假能力的聖母。

TRUTHTRANCE 真言靈態　由數種「延伸體驗」迷幻藥之一所引發的半催眠出神狀態，眞言靈態中的觀察者可以輕易察覺刻意造假的微小背叛行爲（註：「延伸體驗」迷幻藥一般是有毒的，對毒性不敏感且可以在體內轉換毒物分子結構的人例外）。

TUPILE 圖拜星　一般所稱的「避難星球」（可能指的是數個星球），爲皇權中戰敗家族的避難所，其位置只有宇航公會知曉，並根據公會和約爲不可侵犯之地。

ULEMA 阿訇　眞遜尼神學博士。

UMMA 烏瑪　先知的兄弟會之一（對皇權來說，這是具有輕蔑意義的詞，代表發表瘋狂預言的「野人」）。

UROSHNOR 尤羅西諾　一種沒有意義的詞彙，比吉斯特學校將這類詞彙嵌入特定對象腦中以作爲控制手段。被嵌入此詞彙的人在聽到這詞彙後，會暫時失去行動能力。

USUL 友索　弗瑞曼語中「基座」的意思。

VAROTA 維羅塔　在楚蘇克星上的巴利斯九弦琴製造商名。

VERITE 維特迷藥　一種破壞神經型艾卡茲麻醉劑，服用後會使人呈現無法說謊狀態。

VOICE 魔音大法　比吉斯特原創，藉由複合訓練後，可光靠聲音便能操控他人。

WALLACH IX 瓦拉赫九號行星　洛鄔津星系第九號行星，比吉斯特母校所在地。

WAR OF ASSASSINS 刺客戰爭　立法會和公會和約所允許的有限度的戰爭形式。其用意在於減低無辜旁觀者的涉入程度。這種戰爭的規則要求交戰者正式宣告戰爭的意圖，並指定戰爭中允許使用的武器。

WATER BURDEN 水債　弗瑞曼語：「死前義務」。

WATERCOUNTERS 計水器　不同大小的金屬環，在弗瑞曼商店裡，每種環都代表等同於其金額的水量。尤其是在誕生、死亡和求愛等儀式上，計水器也有著（不同於金錢）特殊涵義。

WATER DISCIPLINE 水紀律　在阿拉吉斯上，居住者爲了確保不浪費水分而接受的嚴苛訓練。

WATERMAN 司水員　一種弗瑞曼人的聖職，主掌與水和生命之水有關的儀式。

WATER OF LIFE 生命之水　一種「帶來啓示」的毒物（請參閱「聖母」）。更詳細地說，是沙蟲（請參閱「夏胡露」）在淹死前所吐出的水在聖母體內被轉化成穴地道儀式中所使用的迷幻藥。一種「延伸體驗」的迷幻藥。

WATERTUBE 蒸餾服水管　泛稱在蒸餾服或蒸餾帳篷內部能替穿戴者與儲水袋間循環的水管。

WAY, BENE GESSERIT 比吉斯特之道　可用來觀察細微末節的方法。

WEATHER SCANNER 氣象員　在阿拉吉斯星球上受過專業訓練，能使用探沙和讀風向技巧的人。

WEIRDING 秘象 慣用語。指物品或人流漏出神奇風采或是使用祕術。

WINDTRAP 捕風器 放置在效應風路徑上，可以凝結氣流中水氣的一種裝置，通常經由裝置中劇烈的溫度下降來達成此一目的。

YA HYA CHOUHADA 「鬥士萬歲！」 弗瑞曼敢死隊的戰鬥口號，本句中的「Ya」（「現在」之意）被後面的「hya」（意為「現在的延續」）所修飾。「chouhada」（鬥士）則代表對抗不公不義事物的鬥士的意義，這個字和表示不為事物奮鬥，而是獻身於某事的鬥士之間是有所區別的。

YALI 地穴屋 弗瑞曼人在地穴所築的個人住所。

YA! YA! YAWM! 「現在，請你仔細聽！」 常用於弗瑞曼讚頌曲中。「YA」在弗瑞曼古語裡意指「專心！」，而「YAWA」則表示強調「片不容緩」之意。

ZENSUNNI 真遜尼人 分裂教派的信徒，該教派在宇航曆前一三八一年時從茂米斯教（或稱「穆罕默德三世」）分離出來，真遜尼的宗教受到注意的重點在於強調超自然主義以及回歸「先人之道」。大多數學者認為阿里・班・歐哈西是最出帶領分裂教派的人，但是有些證據顯示歐哈西可能只是他的第二任妻子——妮塞——的發言人而已。

廣	告	回	信
台灣北區郵政管理局登記證			
台北廣字第000791號			
免	貼	郵	票

0 4 台北市民生東路二段141號2樓

英屬蓋曼群島商家庭傳媒（股）城邦分公司

貓頭鷹出版社　　收